D. J. MacHale

# PENDRAGON

## Der Herr der Zeit

Journal einer Reise durch Zeit und Raum

Aus dem Amerikanischen
von Anja Schünemann

UEBERREUTER

Dies ist ein fiktionaler Text. Jegliche Bezugnahme auf historische Ereignisse sowie reale Personen oder Schauplätze ist fiktional. Sonstige Namen, Charaktere, Orte und Begebenheiten sind Fantasieprodukte des Autors und etwaige Ähnlichkeiten mit tatsächlichen Ereignissen, realen Orten und Personen, ob lebend oder tot, sind rein zufällig.

Meinem Vater gewidmet

ISBN 3-8000-5132-X

Aus dem Amerikanischen von Anja Schünemann
Umschlagillustration von Dieter Wiesmüller
Originaltitel »Pendragon – The Never War«
First Aladdin Paperbacks edition May 2003

Druck: Ueberreuter Print
1 3 5 7 6 4 2

Ueberreuter im Internet: www.ueberreuter.at
»Pendragon« im Internet: www.thependragonadventure.com

## *Danksagung*

Hi, ihr Leser da draußen in Halla. Willkommen im nächsten Kapitel der Geschichte von Bobby Pendragon, dem Reisenden, und seinen Gefährten. Bevor ihr euch gleich wieder in unbekannte Territorien flumt, möchte ich mich noch bei einigen Leuten bedanken, die dazu beitragen, dass Bobbys Abenteuer weitergehen können.

Dieser Band hat mich beim Schreiben in mehrfacher Hinsicht vor besondere Herausforderungen gestellt. (Näheres dazu verrate ich euch an dieser Stelle noch nicht, um nichts vorwegzunehmen.) Ein riesengroßes Dankeschön gebührt Lisa Clancy für ihren wertvollen Rat. Mit ihrer Einsicht hat sie mir geholfen, die Tiefen von Bobbys Persönlichkeit zu ergründen und eine Geschichte zu entwickeln, die nicht nur voller Abenteuer, sondern auch voller Denkanstöße steckt. Danke, Lisa!

Da *Der Herr der Zeit* in der Vergangenheit von Zweite Erde spielt, musste ich massenhaft Recherche betreiben, um all die Ereignisse auch wirklich historisch korrekt darzustellen. Dazu habe ich so viele Quellen genutzt, dass ich sie hier unmöglich alle einzeln nennen kann – hauptsächlich solche im Internet. Ich spreche also den Hunderten von Websites, von denen ich Informationen bezogen habe, ein allgemeines Dankeschön aus. (Schon mal von jemandem gehört, der sich beim Internet bedankt? Ich glaube kaum!)

Ein großes Dankeschön auch an die Mitarbeiter des Verlags Simon & Schuster Children's Publishing dafür, dass sie Vertrauen in meine Bücher setzen, sich dafür stark machen, sie so gut wie möglich herauszubringen, und meine vielen dummen Fragen beantworten.

Wieder einmal gebührt meinem Marketingteam – Rob Wolken, Michael Prevett, Richard Curtis, Peter Nelson, Corinne Farley und, neu hinzugekommen, Danny Baror – ewiger Dank dafür, dass sie cleverer sind als ich.

Meine Frau Evangeline ist und bleibt eine großartige Kritikerin. Abend für Abend liest sie die neuen Kapitel und bekommt regelmäßig Tobsuchtsanfälle, wenn ich am Ende wieder mal an der spannendsten Stelle abgebrochen habe. (Sie kann nicht wie ihr einfach umblättern und lesen, wie es weitergeht, denn wenn sie ein Kapitel liest, ist das nächste noch nicht geschrieben!)

Schließlich möchte ich noch allen bisherigen Lesern der Pendragon-Reihe danken. Ganz besonders denen, die mich über die Website kontaktiert und mir geschrieben haben, wie gern sie meine Bücher lesen. Das bedeutet mir wirklich eine Menge.

Jetzt aber genug. Es ist Zeit, das Tor zum Flume zu öffnen und wieder einmal die Reise in die Territorien anzutreten, damit dieses neue Abenteuer beginnen kann.

Hobey-Ho

D. J. MacHale

Neuntes Journal

# Erste Erde

Jawohl, Erste Erde. Da bin ich jetzt. Veelox war eine falsche Fährte. Spader und ich flumten nach Veelox, aber dort war überhaupt nichts los. Die Sache spielte sich hier auf Erste Erde ab.

Wo Erste Erde ist? Eigentlich muss die Frage lauten: *Wann* ist Erste Erde? Ich befinde mich in New York City und wir schreiben das Jahr 1937. Genauer gesagt März 1937. Ganz genau gesagt: Es ist der 11. März 1937. Mein Geburtstag. Ein komischer Gedanke ... Ich bin im Jahr 1937 gelandet. Bin ich trotzdem fünfzehn geworden? Irgendwie unheimlich, nicht?

Aber lasst mich erzählen, wie ich in die haarsträubendste und gefährlichste Lage meines ganzen Lebens geraten bin. Ich weiß, ich weiß, das habe ich nun schon des Öfteren behauptet – aber es stimmt! Am besten gebe ich euch einen kleinen Vorgeschmack darauf, was allein schon in den ersten Minuten nach meiner Ankunft alles geschehen ist ...

Spader und ich wären beinahe umgebracht worden. Und das gleich drei Mal. Außerdem wurden wir beraubt und waren Zeugen eines grausigen Mordes. Welch ein Empfang! Ich weiß auch schon, was ich mir zu meinem fünfzehnten Geburtstag wünsche: dass ich meinen sechzehnten noch erlebe.

Als Spader und ich von Veelox hier angeflumt kamen, hatte ich nicht die leiseste Ahnung, was ich mir unter *Erste Erde* vorzustellen hatte. Da ich von Zweite

Erde stamme, konnte ich nur vermuten, dass Erste Erde irgendwo in der Vergangenheit von Zweite Erde liegt. Aber wie weit in der Vergangenheit? Womöglich landeten wir in einer Zeit, in der die Quigs Dinosaurier waren, und würden uns jeden Moment vor den raubgierigen gelbäugigen Bestien in Sicherheit bringen müssen!

Mir fiel wirklich ein Stein vom Herzen, als wir uns nach unserer Landung in genau demselben Felstunnel wiederfanden, den ich schon von meinen früheren Reisen kannte. Ja, wir standen tatsächlich vor dem Tor, das zu dem U-Bahn-Tunnel in der Bronx führte. Wir waren also in New York. Uff! Wenigstens lauerten keine Tyrannosaurier oder Neandertaler auf uns. So weit, so gut.

Weniger gut war, dass wir nicht allein waren. Zwei Typen empfingen uns direkt an der Mündung des Flumes. Sie trugen altmodische graue Anzüge wie Clark Kent in den alten *Superman*-Filmen. Oder besser gesagt, sie sahen aus wie die Super*schurken* in diesen alten Filmen. Wirklich finstere Gestalten waren das. Sie hatten ihre breitkrempigen Hüte tief ins Gesicht gezogen und weiße Tücher über Mund und Nase gebunden wie Banditen. Es gibt nur ein Wort, mit dem man diese Kerle beschreiben kann.

Gangster.

Die zwei starrten uns völlig entgeistert entgegen. Kein Wunder – sie hatten gerade mit angesehen, wie Spader und ich in einem Wirbel aus Licht und Musik aus dem Nichts auftauchten. Die beiden Typen standen wie angewurzelt da, offenbar unfähig sich zu rühren. Das war auch ganz gut so, denn eine Kleinigkeit habe ich noch nicht erwähnt …

Die beiden hielten Maschinengewehre auf das Flume gerichtet – und auf uns.

»Runter!«, brüllte ich Spader zu.

Mit einem Hechtsprung flüchteten Spader und ich nach entgegengesetzten Seiten. Im selben Moment eröffneten die Gangster das Feuer. Ich kauerte mich eng an den Fels, schutzlos den Geschossen der Schnellfeuerwaffen ausgesetzt, deren tödliches Geratter von den Tunnelwänden widerhallte. Jeden Moment rechnete ich damit, eine Kugel abzubekommen, aber als die Schüsse nach ein paar Sekunden verstummten, war ich unversehrt. Ich wagte nicht mich zu bewegen, geschweige denn mich zu vergewissern, ob Spader okay war. Das Echo der Schüsse verhallte in den Tiefen der Höhle. Meine Ohren waren ganz taub von dem Lärm und der Pulvergeruch stach mir in die Nase. Ungefähr so musste man sich im Krieg auf dem Schlachtfeld fühlen.

»Aufstehen!«, befahl einer der Gangster. »Hände hoch!«

Ich blickte mich verstohlen nach Spader um und stellte fest, dass ihm nichts passiert war. Langsam rappelten wir uns auf und hoben die Hände. Die Gangster hielten immer noch ihre Gewehre auf uns gerichtet. Keine Ahnung warum – nicht dass *wir* etwa bewaffnet gewesen wären. Der zweite Gangster beäugte Spader und mich unbehaglich. Man konnte meinen, er hätte fast so viel Bammel wie wir. Aber auch nur fast.

»K-kommen die vom Mars?«, fragte er seinen Kumpan ängstlich.

Unter weniger bedrohlichen Umständen hätte ich gelacht. Unser Auftritt musste tatsächlich ausgesehen haben wie eine Invasion aus dem All. Nicht nur dass wir in einem Lichtwirbel aus dem Nichts aufgetaucht waren, zudem trugen wir immer noch die leuchtend blauen Tauchanzüge aus Cloral. Für einen kurzen Moment spielte ich mit dem Gedanken, einen gewaltigen Bluff abzuziehen und zu rufen: »Lasst eure Waffen fallen, sonst vaporisieren wir euch mit unserer Geisteshitze« oder sonst etwas Science-Fiction-Mäßiges, aber dazu kam ich nicht.

»Egal«, blaffte der andere Gangster. Offenbar hatte er das Sagen. Seine Stimme verriet allerdings, dass ihm auch nicht ganz wohl in seiner Haut war.

»Wir erledigen hier nur unsern Job«, fügte er hinzu.

»Und w-was sind d-das für Typen?«, wollte der Ängstliche wissen.

Der Anführer musterte uns. Fast konnte ich die Rädchen in seinem Hirn rattern hören. Er wirkte nicht gerade nobelpreisverdächtig, von daher konnten es keine allzu großen Rädchen sein. Ich fragte mich, ob es wehtat, wenn sie rotierten.

»Du da!«, blaffte mich der Typ an. »Gib den Ring her!«

Ich traute meinen Ohren nicht. Er verlangte meinen Ring – den Ring der Reisenden! Die Lage war ernst. Ihr wisst ja, Freunde, wie dringend ich diesen Ring brauche. Er zeigt mir den Weg zu den Flumes und ohne ihn könnte ich euch meine Journale nicht schicken. Ohne diesen Ring bin ich aufgeschmissen.

»Der ist überhaupt nichts wert«, wandte ich verzweifelt ein – irgendwie musste ich diesem Typen ausreden, mir den Ring abzunehmen.

»Egal«, versetzte er barsch. »Ich will nur 'n Beweis, dass ihr zwei echt seid.«

»Dann nehmt uns doch einfach mit, Kumpel!«, schlug Spader bemüht freundschaftlich vor. »Wir sind der leibhaftige Beweis dafür, dass es uns gibt!«

»Das is' gegen meine Anweisungen«, fauchte der Typ.

»Tatsächlich? Und wie lauten diese Anweisungen?«, fragte ich.

»Quatsch nicht, rück den Ring raus«, befahl der Boss. Dabei hob er das Maschinengewehr, um seiner Forderung Nachdruck zu verleihen. Was blieb mir anderes übrig? Ich nahm den Ring ab und warf ihn dem Typen zu. Er fing ihn auf und stopfte ihn in die Tasche.

»Und jetzt gehen wir hübsch langsam hier raus«, wies er uns an.

Sehr gut. Das hieß schon mal, dass sie uns nicht auf der Stelle abknallen würden. Vielleicht gab es doch noch einen Ausweg. Der Ängstliche stieß die Holztür auf, dann traten beide beiseite und winkten uns mit ihren Gewehren durch. Ich warf Spader einen Blick zu. Spader zuckte die Schultern. Wir hatten keine Wahl. Mit erhobenen Händen traten wir nacheinander durch das Tor in den dunklen U-Bahn-Tunnel hinaus.

Hier kannte ich mich aus. Ich wandte mich sofort nach rechts, in die Richtung der stillgelegten Station.

Aber der Gangster hatte etwas anderes im Sinn. »Nix da«, rief er. »Schön geradeaus.«

Wir mussten wohl oder übel weitergehen. Noch drei Schritte, dann stiegen wir über die erste Schiene hinweg. Das Ganze sah schon wieder erheblich unerfreulicher aus.

»Stopp! Umdrehen.«

Oha, und wie unerfreulich. Wir standen jetzt mitten auf den Bahngleisen.

»Eine Bewegung und ihr seid tot«, verkündete der erste Gangster.

Ja, klar. Eine Bewegung und wir sind tot. *Keine* Bewegung und wir sind auch tot, nämlich wenn die nächste Bahn kommt. Prickelnde Alternativen.

»Wo sind wir hier, Pendragon?«, flüsterte Spader.

Wie zur Antwort ertönte von fern ein Pfeifen. Als wir uns nach rechts wandten, sahen wir die Scheinwerfer einer U-Bahn, die gerade um eine Kurve bog und sich rasch näherte. Sie fuhr auf demselben Gleis, auf dem wir standen.

»Was ist das für ein Ding?«, fragte Spader nervös. Da er aus einem Territorium stammte, das komplett mit Wasser bedeckt war, hatte er natürlich noch nie ein Schienenfahrzeug gesehen.

»Das ist ein ziemlich großer Tum-Tigger«, erwiderte ich, krampfhaft bemüht mir meine Panik nicht anmerken zu lassen.

»Hobey!«, stieß Spader entgeistert hervor. »Kaum angekommen, da haben wir schon verloren.«

Wir waren gerade mal seit zwei Minuten auf Erste Erde und schon blickten wir dem Tod geradewegs ins Auge.

Willkommen zu Hause, Bobby Pendragon.

So viel als Vorgeschmack auf unser Abenteuer auf Erste Erde. Ich will nicht zu weit vorgreifen, denn zwischen dem Zeitpunkt, an dem mein letztes Journal endet, und unserer Ankunft hier ist noch eine ganze Menge passiert. Ich wollte euch nur zuerst erklären, wie mir mein Ring abhanden gekommen ist. Wenn ich ihn nicht zurückbekomme, werde ich euch diese Aufzeichnungen nie schicken können. Vorerst bleibt mir nichts anderes übrig, als weiter meine Journale zu schreiben und zu hoffen, dass ich den Ring bald wiederhabe.

Nun also zurück zum Ende meines vorigen Journals, Leute, damit ich euch auf den neuesten Stand bringen kann.

Die letzten paar Tage im Territorium Cloral ließ ich ziemlich teilnahmslos an mir vorüberziehen. Wir hatten Saint Dane besiegt, aber mir war nicht sonderlich nach Feiern zumute. Ich vermisste Onkel Press und durchlebte die letzten Augenblicke mit ihm im Geiste wieder und wieder. Saint Dane war durch ein Flume entkommen, und als Spader ihn verfolgen wollte, prasselte ihm ein Kugelhagel entgegen. Onkel Press begriff, was sich da näherte, stieß Spader beiseite … und wurde selbst getroffen.

Er starb in meinen Armen. Das war der ultimativ schrecklichste Augenblick meines Lebens. Das Einzige, was mich daran hinderte, völlig durchzudrehen, war das Versprechen, das er mir kurz vor seinem Tod noch gab. Er sagte, wir würden uns wiedersehen. Ich weiß, das muss sich ziemlich verrückt anhören, aber ich glaube ihm. Wenn ich als Reisender eins gelernt habe, dann ist es, dass nichts unmöglich ist. Ich habe so viele fremde Welten und Existenzebenen gesehen, dass mir der Gedanke, irgendwann wieder mit Onkel Press zusammen zu sein, gar nicht so abwegig erscheint.

Natürlich ist mir schleierhaft, wie das gehen soll, aber schließlich bin ich in der Welt der Reisenden noch ein blutiger Anfänger und weiß so vieles nicht. Ich wünschte, es gäbe ein Handbuch, das ich auf Amazon.com bestellen könnte und in dem sämtliche Regeln und Vorschriften stünden. Aber so einfach ist es leider nicht. Ich muss das alles so nebenbei lernen, während ich mitten in den Abenteuern drinstecke. Und zwar ab sofort ohne Onkel Press.

Hiermit beginnt die zweite Etappe meines Lebens als Reisender.

In diesen letzten Tagen in Cloral wusste ich, was ich als Nächstes zu tun hatte, aber ich schob es vor mir her, weil – na ja, weil ich Angst hatte. Von nun an war alles anders. Ich war allein. Das waren völlig neue Spielvoraussetzungen, und ich war mir nicht sicher, ob ich gut genug sein würde, um das Match zu reißen.

Saint Dane hatte sich von Cloral aus in ein Territorium namens Veelox geflumt. Mir war klar, dass ich ihn verfolgen musste, aber die Vorstellung, das allein zu tun, war ungefähr so verlockend wie die, mir die eigene Hand abzuhacken. Wenn ich es mir recht überlege, hätte ich Letzteres wohl noch vorgezogen. Und so traf ich eine Entscheidung, von der ich nur hoffen kann, dass ich sie nicht bereuen werde.

Ich bat Vo Spader mitzukommen.

Versteht mich nicht falsch, Spader ist ein Klassetyp. Immerhin ist er der Reisende von Cloral. Er hat mir mehr als einmal das Leben gerettet, er ist ein begnadeter Sportler, er ist so mutig, wie man es nur sein kann, und was das Wichtigste ist: Er ist mein Freund. Warum ich mir dann Gedanken darüber mache, ob es gut ist, ihn bei mir zu haben?

Weil sein grenzenloser, blinder Hass auf Saint Dane gefährlich ist. Saint Dane hat seinen Vater auf dem Gewissen und Spader will Rache. Um jeden Preis. Was ich ihm auch nicht verdenken kann – nur dass Spaders Saint-Dane-Hass uns alle schon in Cloral mehr als einmal um Haaresbreite den Kopf gekostet hätte. Und wenn er nicht so versessen darauf gewesen wäre, Saint Dane zur Strecke zu bringen, wäre vielleicht sogar Onkel Press noch am Leben.

Spader hat mir inzwischen versprochen, sich und seinen Zorn zu beherrschen. Ich kann nur hoffen, dass er keine Dummheiten macht, wenn wir diesem Dämon das nächste Mal gegenüberstehen. Und dazu kommt es früher oder später garantiert. Das waren so die Gedanken, mit denen ich mich herumschlug, während ich mein letztes Journal zu Ende schrieb.

»Hobey-Ho, Pendragon«, begrüßte mich Spader, als er am Morgen unserer Abreise in mein Apartment kam.

Spader hatte mandelförmige Augen, die ihn ein bisschen asiatisch wirken ließen. Sie standen leicht schräg, sodass er ständig zu lächeln schien. Tatsächlich lächelte er die meiste Zeit – das heißt, wenn er nicht gerade Rachepläne gegen Saint Dane schmiedete. Sein langes schwarzes Haar war noch nass. Offenbar war er wie so oft im Wasser gewesen. Spader war auf Grallion eine Art Verkehrspolizist für die an- und ablegenden Schiffe. Er liebte seinen Job und war mit seinem Leben dort zufrieden. Jedenfalls bis er erfuhr, dass er ein Reisender war. Seither hatte sich einiges geändert.

»Es ist Zeit«, sagte ich.

»Zeit wofür?«, fragte er prompt.

»Cloral ist außer Gefahr. Onkel Press ist tot. Und ich bin bereit Saint Dane zu verfolgen. Es gibt keinen Grund, das noch lange vor sich herzuschieben.«

Spader grinste diabolisch. »Das lässt sich hören, Kumpel! Darauf warte ich schon seit Wochen! Was, wenn die Fährte inzwischen kalt ist?«

»Das kann eigentlich nicht sein«, erwiderte ich. »Onkel Press hat immer gesagt, dass sich die Zeit zwischen den Territorien nicht relativ verhält.«

Spader runzelte die Stirn. »Das ist mir zu hoch.«

Ich musste lachen. Mir war es auch ein Rätsel, aber ich verließ mich darauf, dass Onkel Press wusste, wovon er redete.

»Das ist so: Saint Dane hat sich vor ein paar Wochen nach Veelox geflumt«, erklärte ich. »Aber seitdem kann er fünf Jahre dort verbracht haben. Oder auch nur eine Minute.«

»Jetzt versteh ich überhaupt nichts mehr«, entgegnete Spader verzweifelt.

»Kurz gesagt: Wir kommen nicht zu spät«, schloss ich. »Es spielt keine Rolle, wann wir die Verfolgung aufnehmen, das Flume bringt uns an den richtigen Ort, und zwar zur *richtigen* Zeit.«

»Ah-ja«, sagte Spader zögernd. »Dann will ich das mal glauben.«

Ich hatte mich schon von unseren Freunden auf Grallion verabschiedet und euch, Mark und Courtney, mein letztes Journal geschickt. Ich hatte Spader erklärt, wie wichtig diese Journale sind, und er hatte auch angefangen eins zu schreiben. Er würde seine Berichte zur Aufbewahrung nach Cloral an Wu Yenza schicken, die Oberste Aquanierin und Spaders Chefin. Eine bessere Wahl hätte er nicht treffen können.

Ich sah mich noch einmal in meinem Apartment um. Dann gingen wir zu den Docks hinunter, luden unsere Kopfmasken und Wasserschlitten auf einen Skimmer und machten uns auf den Weg zum Flume. Hier war Spader in seinem Element, also übernahm er das Steuer. Als wir über das Wasser schossen, warf ich einen Blick zurück auf das riesige schwimmende Plantagenhabitat Grallion und fragte mich, ob ich es jemals wiedersehen würde. Cloral gefiel mir. In diesem Territorium hatte ich zeitweise richtig Spaß gehabt. Allmählich wagte ich zu hoffen, dass man als Reisender nicht ständig nur in Angst und Unsicherheit leben musste.

Was jetzt wohl vor uns lag? Womit wir wieder bei der Angst und Unsicherheit wären. Na toll. Auf in die nächste Runde.

Die Fahrt zum Flume war der reinste Sonntagsausflug. Wir ankerten dicht bei dem Riff, stülpten uns die Kopfmasken über, mit denen wir unter Wasser atmen konnten, starteten die Wasserschlitten und waren im Handumdrehen unter der Oberfläche verschwunden. Dabei begegneten wir keinem einzigen Quighai. Ich schätze, wenn Saint Dane mit einem Territorium fertig ist, werden die Flumetore nicht mehr von Quigs bewacht. Trotzdem sah ich mich immer wieder um, während wir uns von den Schlitten durchs Wasser ziehen ließen – nicht dass sich doch noch irgendeine fiese Kreatur unbemerkt heranpirschte, um uns ein bisschen anzuknabbern.

Ich blieb wachsam, bis wir unter dem Felsvorsprung verschwanden, unter dem der Zugang zum Flume lag.

Das Leuchten meines Ringes führte uns schnell zu dem großen runden Loch in der Felsendecke, durch das wir in die Höhle mit dem Flume gelangten. Gleich darauf standen wir beide am Ufer des unterirdischen Sees und starrten zu dem dunklen Flumetunnel empor, der hoch über unseren Köpfen in den Fels geschlagen war.

Da waren wir also. In wenigen Sekunden würde es mit dem friedlichen Leben wieder mal vorbei sein.

Spader lächelte mir zu. »Ich hab richtig Herzklopfen.«

Da war er nicht der Einzige. Ich kam mir vor, als ob ich auf den Startschuss zum nächsten Rennen wartete. Spader liebte das Abenteuer. Und ich? Ich hätte was drum gegeben, zu Hause vor dem Fernseher zu sitzen und mir Zeichentrickfilme anzusehen. Immerhin, selbst Spader war nervös. Also war ich vielleicht doch nicht so ein Jammerlappen.

»Auf geht's in den nächsten Natty-Do, wie, Kumpel?«, fügte er hinzu.

»Das kannst du laut sagen«, erwiderte ich.

»Dann lass uns keine Zeit verlieren.« Er klang erheblich mutiger, als ich mich fühlte.

»Klar«, sagte ich. »Wir sind hier im falschen Territorium.«

Ich nahm all meinen Mut zusammen und rief zu dem dunklen Loch hinauf: »*Veelox!*«

Der Tunnel erwachte zum Leben. Gleißende Lichtstrahlen schossen hervor, und von fern erklang die vertraute Musik, die sich rasch näherte.

Spader lächelte mir zu. »Hobey-Ho, Pendragon.«

»Hobey-Ho, Spader«, antwortete ich. »Ihm nach!«

Im nächsten Moment sogen das Licht und die Musik uns hoch in das Flume.

Nächster Halt: Veelox.

# ZWEITE ERDE

Mark Dimond und Courtney Chetwynde hockten im Tresorraum der Nationalbank von Stony Brook und lasen Bobbys Journal von Erste Erde. Es war völlig anders als alle bisherigen.

Als Erstes fiel auf, dass es nicht aus losen Blättern bestand, sondern in dunkelrotes Leder gebunden war. Die Seiten waren auch nicht mit der Hand, sondern mit der Maschine beschrieben ... mit einer altmodischen mechanischen Schreibmaschine. Das erkannte man daran, dass die Schrift etwas ungleichmäßig war und der Text von Tippfehlern strotzte. Außerdem hatte es 1937 noch keine Computer und Drucker gegeben. Jedenfalls unterschied sich dieses neue Journal himmelweit von den Pergamentrollen, auf denen Bobby seine ersten Berichte geschrieben hatte.

Ein weiterer Unterschied bestand darin, dass Bobby normalerweise nie mehrere Journale gleichzeitig schickte. Sobald er eins fertig geschrieben hatte, übermittelte er es durch seinen Ring an Marks Ring. Diesmal hingegen hatten Mark und Courtney gleich vier Journale auf einmal vor sich. Nachdem sie die Geschichte mit den Gangstern auf Erste Erde gelesen hatten, wussten sie auch warum.

Bobbys Ring war geraubt worden.

Darum also waren die Journale auf so mysteriöse Weise angekommen. Mark hatte nämlich an diesem Tag einen merkwürdigen Anruf von der Nationalbank von Stony Brook bekommen. Die Vizepräsidentin der Bank hatte ihn und Courtney zu sich gebeten, es gehe um Mr Robert Pendragon. Mehr brauchte Mark nicht zu hören.

Eine halbe Stunde später trafen er und Courtney in der Bank ein.

Dort erfuhren sie, dass Bobby im Jahr 1937 ein Schließfach gemietet hatte. Bobby hatte die ausdrückliche Anweisung hinterlassen, dass die Bank genau an diesem Tag – dem 21. August, Marks fünfzehntem Geburtstag – Mark Dimond benachrichtigen solle.

Als Mark und Courtney das Schließfach öffneten, fanden sie darin die vier Journale. Die Bücher hatten über sechzig Jahre lang in dem Fach gelegen.

Damit nahm eine ohnehin schon völlig verrückte Geschichte eine noch skurrilere Wendung. Beinahe neun Monate zuvor war Bobby Pendragon gemeinsam mit seinem Onkel Press auf mysteriöse Weise aus seiner Heimatstadt Stony Brook im Bundesstaat Connecticut verschwunden. Unmittelbar darauf war auch seine Familie verschollen und wenig später tauchten die ersten Journale auf. Die Einzigen, die die Wahrheit kannten, waren Bobbys beste Freunde Mark und Courtney. Bobby vertraute ihnen seine Journale an, damit sie sie aufbewahrten, falls er sie noch einmal brauchen sollte.

Wichtiger schien es Mark und Courtney allerdings, dass das Schreiben Bobby half nicht den Verstand zu verlieren. Er war gerade Hals über Kopf mitten in ein haarsträubendes Abenteuer geraten, in dem nichts Geringeres als die gesamte Zukunft auf dem Spiel stand. Indem Bobby diese Journale schrieb, gelang es ihm offenbar, trotz all der Wirren wenigstens in seinem Kopf Ordnung zu halten. Seine beiden Freunde wussten, dass Bobby eines Tages von seinem Abenteuer heimkehren würde. Doch bis dahin konnten sie ihm nicht beistehen. Sie konnten nichts weiter tun, als seine Berichte zu lesen, sich zu bemühen zu verstehen, was er durchmachte, und die Journale sicher aufzubewahren.

»Wir schließen gleich«, keifte Miss Jane Jansen, die Vizepräsidentin der Bank. Mark und Courtney zuckten zusammen.

Miss Jansen hatte die beiden gerade erst kennen gelernt, aber sie schien sie nicht sonderlich zu mögen. Überhaupt schien sie nichts und niemanden sonderlich zu mögen. Ihr Gesicht wirkte so verkniffen, als ob sie eine Zitrone in der Backe hätte, auf der sie ständig herumkaute.

»Oh, Entschuldigung«, sagte Mark, als hätte sie ihn bei etwas Unrechtem ertappt. »Wir haben gelesen. Können wir morgen wiederkommen?«

»Morgen ist Sonntag«, versetzte Miss Jane Jansen unwirsch. »Außerdem ist das hier keine Bücherei. Ihr habt schon viel zu lange hier herumgelungert, Kinder.«

Courtney ging Miss Jansens Art entschieden gegen den Strich. Und ganz besonders ging es ihr gegen den Strich, dass diese alte Schreckschraube sie als Kind bezeichnete und nun auch noch duzte.

»Wenn wir hier nicht lesen dürfen, was sollen wir denn dann tun?«, erkundigte sich Courtney bemüht höflich.

»Der Inhalt des Schließfaches gehört euch«, entgegnete Miss Jane Jansen. »Macht damit, was immer ihr wollt.«

»Heißt das, wir können die Sachen mit nach Hause nehmen?«, frage Mark.

»Ich sagte doch, was immer ihr wollt«, wiederholte Miss Jansen ungeduldig.

»Warum haben Sie das nicht gleich gesagt?«, fragte Courtney. »Sie haben wohl noch nie was von Kundenfreundlichkeit gehört?«

Mark wäre am liebsten im Boden versunken. Er hasste es, wenn Courtney auf Klugscheißermodus schaltete.

Miss Jane Jansen fielen fast die Augen heraus. »Miss Chetwynde, ich arbeite seit mehr als zwanzig Jahren bei der Nationalbank von Stony Brook und habe in all den

Jahren stets umfassenden und professionellen Service geleistet.«

»Ich werde nicht versäumen, das in unserem Bericht an Ihren Vorstand zu erwähnen«, versetzte Courtney. »Sie müssen wissen, dies ist eine Aktion, mit der getestet werden soll, wie die Mitarbeiter der Bank mit ungewöhnlichen Situationen zurechtkommen. Sie haben sich bislang nicht gerade mit Ruhm bekleckert, wie, Miss Jane Jansen?«

Miss Jane Jansen riss die Augen auf. Schlagartig war sie die Höflichkeit in Person. »Nun, also, sollten Sie irgendetwas zu bemängeln haben, so werde ich selbstverständlich gern persönlich dafür sorgen, dass alles zu Ihrer Zufriedenheit geregelt wird.«

»Eins könnten Sie tatsächlich für uns tun«, erwiderte Courtney. »Wenn Sie so freundlich wären, das leere Schubfach in unser Schließfach zurückzubringen? Den Inhalt nehmen wir mit.«

Miss Jane Jansen biss die Zähne zusammen. Es gehörte nicht zu ihrem Job, hinter anderen Leuten herzuräumen, doch sie schluckte es.

»Aber gern«, antwortete sie mit einem krampfhaften Lächeln. »Selbstverständlich.«

Mark raffte hastig die vier Journale zusammen und verstaute sie in seinem Rucksack. Er wollte verschwinden, ehe Courtney sie beide noch in Schwierigkeiten brachte.

»D-danke«, sagte er verlegen. »Dann wollen wir Ihnen auch nicht länger auf den Senkel gehen.« Er steuerte auf die Tür zu und zog Courtney hinter sich her.

»Vielen Dank für Ihre Hilfe, Ma'am«, flötete Courtney zuckersüß. »Sie sind wirklich die Kuh... äh ... die Kundenfreundlichkeit in Person.«

Mark zerrte Courtney aus dem Tresorraum, von wo aus Miss Jane Jansen ihnen mit einem verkrampften, geradezu schmerzverzerrten Lächeln nachsah. Eine Minute später stürmten die beiden aus dem grauen Bankgebäude auf die Stony Brook Avenue hinaus. Courtney grinste bis über beide Ohren. Mark war stocksauer.

»Bist du verrückt?«, schrie er. »Was, wenn sie uns rausgeschmissen hätte? Am Ende hätten sie uns noch die Journale abgenommen!«

»Konnten sie nicht«, versetzte Courtney gelassen. »Du hast doch gehört, was sie gesagt hat: Sie gehören uns. Im Übrigen hatte sie es verdient. Sie hat uns wie den letzten Dreck behandelt.«

»Schon, aber es gibt Wichtigeres als dein angekratztes Ego«, grummelte Mark.

»Du hast Recht, Mark«, lenkte Courtney ein. »Es tut mir Leid.«

Mark nickte. Dann blickte er Courtney an und grinste. »Aber verdient hatte sie es wirklich.«

Die zwei prusteten los. Nachdem sie sich wieder beruhigt hatten, besannen sie sich auf das Entscheidende: Nach monatelangem Warten hatten sie endlich ein neues Journal von Bobby bekommen! Noch besser, gleich *vier* Journale. In Marks Rucksack steckte ein komplettes neues Abenteuer. Diesmal würden sie nicht ungeduldig warten müssen, bis neue Journale auftauchten. Sie hielten die ganze Geschichte auf einmal in den Händen.

»Ich weiß ja nicht, wie es mit dir steht«, sagte Mark, »aber wenn ich einmal angefangen habe zu lesen, kann ich bestimmt nicht mehr aufhören.«

»Geht mir genauso«, erwiderte Courtney.

»Ich habe einen Vorschlag. Es ist schon ziemlich spät. Wie wär's, wenn wir bis morgen früh warten?«

»Das meinst du doch wohl nicht ernst!«, protestierte Courtney.

»Doch, völlig. Morgen ist Sonntag. Ich komme ganz früh zu dir, gleich morgens um acht. Wir gehen in den Hobbykeller von deinem Vater und kommen nicht eher wieder raus, als bis wir alles gelesen haben.«

Courtney dachte nach. »Versprichst du, dass du heute Abend noch nicht anfängst?«, fragte sie.

»Hoch und heilig.« Mark legte die Hand aufs Herz.

»Okay«, erwiderte sie. »Cool! Ich mache uns Sandwiches zurecht. Du kannst Chips mitbringen. Das wird eine Marathon-Lesesession.«

»Klasse! Ich bringe auch Cola mit«, ergänzte Mark aufgeregt.

»Tu, was du nicht lassen kannst.« Courtney konnte dem klebrigen Zeug nichts abgewinnen.

Am nächsten Morgen klingelte es um Punkt acht Uhr bei Courtney. Als Courtneys Vater öffnete, stand Mark mit einer voll gepackten Einkaufstüte vor ihm.

»Morgen, Mark«, grüßte Mr Chetwynde verschlafen. »Wollt ihr ein Picknick machen?«

»Ähm ... nö«, stammelte Mark. »Courtney und ich wollen bei Ihnen im Keller an einem Projekt für die Schule arbeiten. Das dauert bestimmt den ganzen Tag, da brauchen wir Proviant.«

»Tatsächlich?«, entgegnete Mr Chetwynde. »Aber wir haben doch August.«

»Stimmt.« Marks Gehirn arbeitete auf Hochtouren. »Ferienkurse.«

»Courtney hat keine Ferienkurse belegt.«

»Ich weiß«, gestand Mark und trat sich innerlich selbst in den Hintern für seine plumpe, einfallslose Lüge. »Aber ich.«

Mr Chetwynde musterte Mark. Der setzte sein unschuldigstes Lächeln auf.

Schließlich zuckte Mr Chetwynde die Schultern und gähnte. »Na, dann komm mal rein.« Er trat beiseite und Mark stürmte an ihm vorbei.

Mark kannte sich aus. Er und Courtney hatten sich schon oft in Mr Chetwyndes Hobbyraum im Keller zurückgezogen, um ungestört Bobbys Journale zu lesen. Mr Chetwynde hatte sich da unten eine komplette Werkstatt eingerichtet, die er nie benutzte. Do it yourself war einfach nicht sein Fall. Mark und Courtney konnten sich dort ganze Tage lang verkriechen, selbst am Wochenende, und brauchten nicht zu befürchten, dass jemand sie störte.

Mark ließ sich auf dem breiten, eingestaubten Sofa nieder. Gleich darauf kam Courtney hereingestürmt. »Die Sandwiches sind fix und fertig im Kühlschrank«, verkündete sie.

Courtney setzte sich neben Mark, der die Journale aus seinem Rucksack kramte. Andächtig legte er die vier roten Lederbände auf den niedrigen Couchtisch. Er und Courtney starrten gebannt auf den kostbaren Papierstapel. Keiner von beiden machte Anstalten, ein Buch in die Hand zu nehmen.

»Das ist irgendwie unheimlich«, meinte Mark schließlich.

»Das kannst du laut sagen«, stimmte Courtney zu. »Einerseits kann ich es kaum erwarten, zu erfahren, was Bobby erlebt hat, aber andereseits habe ich auch Angst. Was, wenn etwas Schlimmes passiert ist?«

Die beiden starrten wieder schweigend die Bücher an.

»Und noch was«, fügte Mark nachdenklich hinzu. »Diese ganze Geschichte mit *Erste* Erde macht mich unruhig.«

»Warum?«, fragte Courtney.

»Saint Dane scheint näher zu kommen – näher zu uns.«

»Das kannst du doch gar nicht wissen«, widersprach Courtney hastig.

»Aber ich kann es mir denken. Zweite Erde ist ein Territorium wie die anderen auch. Eines Tages wird Saint Dane auch hier auftauchen und dann werden wir nicht mehr nur darüber lesen.«

»Es sei denn, Bobby und die anderen Reisenden legen ihm vorher das Handwerk, nicht wahr?«, wandte Courtney hoffnungsvoll ein.

Mark antwortete nicht. Er betrachtete die Journale noch einmal nachdenklich, dann griff er nach dem obersten. »Lass uns einfach anfangen, okay?«

Courtney atmete tief durch, um sich zu beruhigen. Dann sagte sie: »Wir könnten es diesmal anders machen. Wie wär's, wenn wir es uns gegenseitig vorlesen?«

Mark war insgeheim erleichtert. Er las schneller als Courtney und musste immer warten, bis sie aufholte. Ihr Vorschlag war die perfekte Lösung.

»Klingt gut«, stimmte er zu und reichte ihr das Journal. »Du zuerst.«

Courtney schlug das Buch auf. »Wir waren an der Stelle, wo Bobby und Spader sich nach Veelox flumen, nicht wahr?«

»Genau«, bestätigte Mark. Er lehnte sich bequem auf der Couch zurück, legte eine Hand hinter den Kopf und sagte: »Schieß los.«

Courtney blätterte bis zu der Seite, wo sie am Vortag aufgehört hatten, und begann laut vorzulesen.

*»Im nächsten Moment sogen das Licht und die Musik uns hoch in das Flume. Nächster Halt: Veelox.«*

## Neuntes Journal
(Fortsetzung)

# Erste Erde

In einem interstellaren Tunnel durch Zeit und Raum zu fliegen war nie das, was man als normal bezeichnen würde, aber dasselbe zu zweit zu erleben trieb das Ganze auf der Abgedrehtheitsskala gleich noch ein paar Grad in die Höhe.

»Daran könnte ich mich gewöhnen!«, verkündete Spader, während er einen Salto nach dem anderen vollführte wie ein Astronaut im schwerelosen Raum.

Der Bursche verstand es, sich zu amüsieren, das musste ich ihm lassen. Ich persönlich nutzte die Zeit lieber dazu, ein bisschen zu relaxen und mir die Sterne draußen hinter den Kristallwänden anzusehen.

Wir waren erst ein paar Minuten so gereist, als das Flume uns schon wieder ausspuckte. Spader flog mit dem Kopf voran und konnte sich gerade noch rechtzeitig umdrehen, um auf den Füßen zu landen. Nachdem Licht und Klänge wieder im Tunnel verschwunden waren, fanden wir uns mitten in …

… im Nichts. Ernsthaft, es war stockfinster. Man konnte nicht die Hand vor Augen sehen.

»Oha, auf Veelox ist es aber ziemlich dunkel«, bemerkte Spader.

»Kann man wohl sagen. Lass uns einen Moment warten, bis unsere Augen sich daran gewöhnt haben.«

Sie gewöhnten sich nicht. Wir standen bestimmt zwei Minuten lang herum, aber es blieb so pechschwarz wie am Anfang.

»Geh hinter mir her«, wies mich Spader fürsorglich an. »Ich taste mich vorwärts, bis ich auf ...«

»Stehen bleiben!«, erklang eine dröhnende Stimme.

Oh. Wir waren nicht allein. Das war noch nie passiert. War es Saint Dane? Konnten die Quigs auf Veelox reden? Kam gerade in diesem Moment eine unsichtbare Gefahr auf uns zugerast?

»Zurück«, flüsterte ich Spader zu.

Ich fasste ihn am Arm und wollte ihn gerade wieder in das Flume ziehen, damit wir uns aus dem Staub machen konnten, als plötzlich ein Licht auftauchte. Es schwebte über unseren Köpfen in der Luft.

»Siehst du das, Kumpel?«, fragte Spader. Seine Stimme klang zittrig.

»Allerdings«, antwortete ich nicht weniger zittrig.

Das Licht wurde größer. Anfangs war es völlig verschwommen und unscharf, aber dann nahm es auf einmal Gestalt an ...

... die Gestalt eines Mädchens. Eines Mädchen*kopfes,* um genau zu sein. Ernsthaft, nur ein Kopf. Und zwar ein großer. Er schwebte wie ein überdimensionaler Kirmesballon über uns.

»Wer seid ihr?«, fragte der Kopf.

Die Stimme war unnatürlich laut, als käme sie aus einem Lautsprecher. Der Kopf an sich sah nicht besonders bedrohlich aus. Langer blonder Pferdeschwanz, blaue Augen, eine kleine Brille mit Drahtgestell und gelb getönten Gläsern. Ich würde glatt sagen, das Mädchen war hübsch – abgesehen davon, dass ihr Kopf riesenhaft vergrößert in der Luft schwebte. Das wiederum konnte man wohl kaum als normal bezeichnen.

»Ich bin Bobby Pendragon«, antwortete ich dem Kopf so freundlich wie möglich.

»Und ich heiße Vo Spader«, fügte Spader hinzu. »Und wer bist du?«

»*Ich* stelle hier die Fragen!«, dröhnte der Kopf.

Ich kam mir vor, als stünde ich vor dem großen Zauberer von Oz. Wenn wir Glück hatten, würde sich herausstellen, dass irgendwo hinter einem Vorhang ein verschrobener alter Kauz an den Hebeln stand und das ganze Riesending steuerte.

»Woher kommt ihr?«, wollte der Kopf wissen.

»Ich komme aus Cloral«, erwiderte Spader. »Mein Kumpel hier stammt von Zweite Erde. Gehört zu deinem Kopf auch ein Körper?«

Blitzschnell stieß der Kopf zu uns herab. Wir warfen uns auf den Boden. Eine Sekunde lang rechnete ich fest damit, gefressen zu werden.

»Ich sagte doch, *ich* stelle hier die Fragen!«, brüllte der Kopf.

»'tschuldigung«, schrie Spader zurück. »Immer mit der Ruhe. Hab's ja kapiert.«

Der Kopf stieg wieder höher, ohne uns verschlungen zu haben. Spader und ich tauschten besorgte Blicke.

»Warum seid ihr hergekommen?«, fragte das blonde Riesending von einem Mädchenkopf.

»Spader und ich sind Reisende«, erklärte ich. »Wir sind hinter jemandem her. Sein Name ist …«

»Saint Dane ist nicht hier«, verkündete die Lautsprecherstimme.

Wow! Dieser Schädel war nicht auf den Kopf gefallen – was keineswegs als Wortwitz gemeint ist.

»Ähm, ich widerspreche ja nur ungern«, erwiderte Spader, »aber er ist von Cloral aus definitiv hierher gereist.«

Der Riesenkopf verdrehte genervt die Augen. »Ich sagte ja auch nicht, er *war* nie hier, ich sagte, er *ist* nicht hier. Hört ihr mir denn nicht zu?«

Spader und ich wechselten einen raschen Blick. Das

wurde ja immer skurriler. Wir sprachen hier mit einem riesigen schwebenden, *klugscheißerischen* Kopf.

»Seht«, fuhr der Kopf ungeduldig fort, als ob er mit ein paar aufsässigen Kindern redete. »Das hier hat sich vor ein paar Minuten ereignet.«

Damit verschwand der Kopf. Einfach so. Er verblasste wie eine Filmprojektion. Ich fing schon an, mich zu fragen, ob er womöglich tatsächlich nur eine Art Projektion gewesen war. Wir tappten wieder im Dunkeln – in mehrfacher Hinsicht. Allerdings nicht lange.

Erneut glomm ein Licht auf und wurde größer. Zuerst dachte ich, der Kopf käme wieder, aber was dann direkt vor uns erschien, war ein gänzlich anderes Bild. Es sah aus wie die Mündung des Flumes! Wie ein Drei-D-Film, der in den Raum projiziert wurde. Ziemlich cool. Das erklärte in gewisser Weise den Riesenkopf. Die Leute hier auf Veelox mussten wohl eine ziemlich abgefahrene Technologie am Laufen haben.

Spader wich zurück. »Was ist das, Pendragon?«, fragte er ängstlich.

»Schon okay, ich schätze, das ist so was wie ein Film«, beruhigte ich ihn.

»Aha«, sagte Spader. »Und was ist ein Film?«

Das Bild von dem Flume erwachte zum Leben. Gleißendes Licht drang aus dem Tunnel, und die Klänge kündigten an, dass gleich jemand eintreffen würde. Und dann geschah etwas Hochinteressantes in diesem eigenartigen Film.

Saint Dane kam aus dem Flume zum Vorschein.

»Hobey!«, stieß Spader verblüfft hervor.

»Keine Panik, das sind nur Bilder«, erklärte ich.

Saint Dane stand in der Mündung des projizierten Flumes. Auch wenn das Ganze nur ein holografischer Film war – es sah schon verdammt echt aus. Saint Danes langes graues Haar wallte über die Schultern seines schwarzen Anzugs, und seine stechenden eisblauen Augen durchbohrten mich, als stünde er leibhaftig vor uns. Er winkte uns sogar zu, als ob er wüsste, dass wir ihn beobachteten.

Ich habe zwar bis heute nicht wirklich begriffen, was es mit uns Reisenden auf sich hat, aber ein paar Dinge sind mir inzwischen mehr als klar. Das meiste davon betrifft unsere Mission und diesen Typen, der da gerade als Hologramm vor uns stand: Saint Dane.

Halla ist in Gefahr, und zwar seinetwegen. Halla ist alles – jedes Territorium, jede Person, jedes Lebewesen und jede *Zeit,* die es jemals gab. Ich weiß, das klingt unbegreiflich, ich verstehe es auch nicht wirklich, aber so wurde es mir erklärt. Saint Dane ist ein Reisender, der darauf aus ist, die Herrschaft über Halla an sich zu reißen. Mit einem Wort: Er ist böse. Aber das allein trifft es nicht; das ist, als würde man sagen, Tiger Woods sei ein guter Golfspieler. Saint Dane ist der Tiger Woods des Bösen. Er genießt es, Schmerz und Leid zu verursachen. Ich habe gesehen, zu welch grauenhaften Taten er fähig ist. Wenn er es schafft, seinen Plan zu verwirklichen und Halla in seine Gewalt zu bringen … Ich will mir gar nicht ausmalen, was dann passiert.

Die Einzigen, die Saint Danes üblen Plänen im Weg stehen, sind die anderen Reisenden. Also wir. Gerade jetzt nähert sich jedes Territorium einem kritischen Punkt, einem Wendepunkt. Saint Dane tut sein Schlimmstes, um den Lauf der Dinge an diesem entscheidenden Punkt so zu beeinflussen, dass das jeweilige Territorium ins Chaos stürzt. Wenn ihm das gelingt, fällt ganz Halla unter seine Herrschaft.

Also müssen wir verhindern, dass es ihm gelingt.

Momentan steht es zwei zu null für uns. Wir haben sowohl in Denduron als auch in Cloral gepunktet. Aber die Schlacht ist noch lange nicht geschlagen.

Während wir dastanden und den holografischen Saint Dane anstarrten, brach die geballte Angst vor diesem Typen mit voller Wucht über mich herein. Das war wirklich einer von der übelsten Sorte. Ich beobachtete, wie sein Abbild sich wieder zum Flume umdrehte.

»*Erste Erde*«, befahl er.

Im nächsten Augenblick saugten Licht und Klänge ihn wieder in den Tunnel. Dann verblasste das Bild und die Projektion des Flumes verschwand. Wir standen wieder im Dunkeln.

»Begreift ihr jetzt?«, hallte die Stimme des Mädchenkopfes in der Finsternis. »Er ist hergekommen. Er ist wieder verschwunden. Schluss, aus, Ende. Und jetzt haut ab.«

»Wer bist du?«, rief ich zurück. »Warum sollten wir dir das glauben?«

Wieder erschien ein Hologramm vor uns, das wie zuvor das Flume zeigte. Erneut drangen Licht und Musik aus dem Tunnel. Wer wohl diesmal angereist kam? Gleich darauf sahen Spader und ich, wie ...

... Spader und ich aus dem Hologramm-Flume kamen!

»Jetzt bin ich völlig durchgeknallt«, murmelte Spader entgeistert.

»Oha, auf Veelox ist es aber ziemlich dunkel«, stellte der projizierte Spader fest.

»Kann man wohl sagen. Lass uns einen Moment warten, bis unsere Augen sich daran gewöhnt haben«, entgegnete mein projiziertes Ich.

Genau wie es sich vor wenigen Minuten abgespielt hatte.

»Ich bin Aja Killian«, dröhnte die Stimme des Kopfes, während sich das Hologramm von uns wieder auflöste.

Spader und ich fuhren herum. Der Riesenkopf schwebte erneut wie eine blonde Wolke über uns.

»Ich bin die Reisende von Veelox«, erklärte der Kopf. »Ich überwache das Flume und zeichne alles auf, was hier vor sich geht. Daher weiß ich, dass Saint Dane nicht mehr hier ist. Sonst noch Fragen?«

»Ja«, entgegnete ich. »Könntest du vielleicht mit dieser Riesenkopf-Nummer aufhören und dich richtig zeigen? Wenn Du eine Reisende bist, sind wir doch Freunde.«

Ich hatte neuen Mut geschöpft, und im Übrigen war ich es leid, zu diesem Mädchen hochzustarren.

»Ich könnte«, antwortete Aja. »Wenn ich in eurer Nähe wäre.«

Spader sagte: »Du willst uns also erzählen, dass Saint Dane sich hierher geflumt hat, um sich gleich in der nächsten Sekunde wieder wegzuflumen?«

»Das will ich euch nicht *erzählen*, das habe ich euch gerade *gezeigt*«, erwiderte sie gereizt. »Traut ihr euren eigenen Augen denn nicht?«

Spader warf mir einen skeptischen Blick zu und fragte leise: »Warum er wohl so schnell wieder verschwunden ist?«

»Weil er hier nur seine Zeit vergeudet«, antwortete Aja prompt. »Auf Veelox ist alles unter Kontrolle.«

Ich lachte. »Klar, das hab ich von Cloral auch gedacht, bis es da auf einmal massenhaft Tote gab.«

»Ich sage euch, niemand kommt oder geht durch dieses Flume, ohne dass ich davon erfahre«, schimpfte der Aja-Kopf. »Er ist nicht hier. Also geht schon und jagt ihm auf Erste Erde nach. Da könnt ihr euch besser nützlich machen.«

Spader und ich wechselten einen Blick. Dann sah ich wieder zu dem Aja-Kopf auf und meinte: »Wenn du glaubst, er ist blöd genug, sich mit solcher Hobbyfilmerei austricksen zu lassen, dann bist du nicht so schlau, wie du denkst.«

Ich schien einen empfindlichen Punkt getroffen zu haben, denn der Riesenkopf schwebte zu uns herab und starrte mir geradewegs in die Augen. Ich musste mich mächtig zusammenreißen nicht zurückzuweichen.

»Und wie kommt es, dass *du* der ultimative Saint-Dane-Experte bist?«, fragte Aja verächtlich.

»Bin ich nicht«, erwiderte ich. »Aber ich habe es zweimal mit ihm aufgenommen und beide Male das Glück gehabt, zu siegen. Wie steht es mit dir?«

Ajas Kopf blinzelte. Offenbar ließ sie sich nicht gern infrage stellen. Sie schwebte wieder höher.

»Wenn du allein gegen ihn antrittst, wirst du verlieren«, fügte Spader hinzu. »Er lässt sich nicht von einem schwebenden Riesenkopf ins Bockshorn jagen … wie wir.«

»Danke, ich werd es mir merken«, versetzte sie sarkastisch.

Aja Killian, die Reisende von Veelox, bildete sich ein, cleverer als Saint Dane zu sein. Das war gefährlich. Mir war klar, dass wir früher oder später wieder nach Veelox kommen würden. Ich hoffte nur, wir würden es dann nicht mit Saint Dane *und* Aja Killian zu tun bekommen.

»Geht nach Erste Erde«, fauchte der Aja-Kopf. »Amüsiert euch, spielt eure Spielchen. Um Veelox braucht ihr euch keine Sorgen zu machen.«

Damit verschwand der Riesenkopf. Spader und ich waren wieder allein.

»Amüsieren?«, wiederholte Spader. »Für den Tum-Tigger, auf den wir uns da eingelassen haben, fallen mir ja eine Menge Bezeichnungen ein, aber *amüsant* gehört nun wirklich nicht dazu.«

»Sollen wir ihr glauben?«, fragte ich.

»Mir scheint fast, uns bleibt nicht viel anderes übrig«,

erwiderte Spader. »Sieht so aus, als wäre Saint Dane hergekommen, um uns abzuschütteln, und das großkopferte Mädchen hat ihn dabei erwischt.«

»Dann sind wir schon wieder im falschen Territorium«, folgerte ich.

»Er hat sich nach Erste Erde geflumt«, sagte Spader. »Ist das so ähnlich wie Zweite Erde?«

»Ich schätze, das werden wir gleich feststellen.«

Wir traten wieder in die Flumemündung.

Erste Erde.

Da ich auf Zweite Erde zu Hause bin, kam es mir beinahe wie eine Heimkehr vor. Wenigstens wünschte ich, es wäre so. Ich konnte ja nicht wissen, dass wir im Begriff waren, uns geradewegs vor die Mündungen der Maschinengewehre zweier mordlustiger Gangster zu flumen.

O ja, gleich würden wir uns so richtig amüsieren.

## Neuntes Journal
(Fortsetzung)

# Erste Erde

»Ihr habt Glück«, kicherte Mr Fieser Gangster. »Es wird schnell gehen. Ihr werdet's gar nich' spüren.«

»Woher willst *du* denn das wissen?«, erkundigte sich Spader unbehaglich.

Die beiden Gangster hielten ihre Maschinengewehre auf uns gerichtet, damit wir uns nicht von den Schienen rührten. Von rechts kam eine U-Bahn auf uns zugerast.

Das war alles andere als eine glückliche Heimkehr.

»Vertraut mir«, erwiderte der Gangster. »Von euch bleibt gar nich' genug übrig, dass ihr noch was spüren könnt.«

Welch reizende Vorstellung.

»Wir sollten sie doch nur erschrecken«, wandte der ängstliche Gangster ein. »Nich' gleich zerlegen.« Er sah aus, als hätte er Skrupel. Der Bursche gefiel mir; allemal besser als der Typ, der es so eilig hatte, uns ins Jenseits zu befördern.

»Der Schreck kommt schon noch«, kicherte der fiese Gangster. »Ganz kurz bevor der Zug sie mitnimmt.«

Dabei wollten wir gar nicht mit der Bahn fahren.

»Aber …«, protestierte der Ängstliche.

»Hey, wir sind hier allein«, fuhr ihm der Fiesling über den Mund. »Jetzt hab ich das Sagen.«

Das Gleisbett unter unseren Füßen bebte, jeden Moment musste die Todesbahn da sein. Schon erfasste uns das Scheinwerferlicht. Das Signal gellte. Offenbar hatte der Fahrer uns gesehen, aber er konnte nicht mehr bremsen. Der Zug raste unaufhaltsam vorwärts, ganz gleich ob wir auf den Gleisen standen.

Ob ihr es glaubt oder nicht – Mr Fiesling mochte denken, was er wollte, ich hatte keine Angst. Mir war nämlich klar, wie wir entkommen konnten. Im Grunde war es ganz einfach, es kam nur auf das richtige Timing an.

»Ich denke, wir sollten besser von hier verschwinden«, flüsterte Spader mir zu. »Sonst gibt es noch einen Messy-Do.«

»Warte«, erwiderte ich.

»Macht's gut, Jungs«, schrie der fiese Gangster über das schrillende Warnsignal hinweg.

Die Bahn hatte uns fast erreicht.

»Äh ... Pendragon?«, drängte Spader.

»Jetzt!«, schrie ich.

Ich packte Spader am Arm und wir beide sprangen rückwärts von den Gleisen. Einen Sekundenbruchteil später schoss die Bahn vorbei. Hatten diese idiotischen Gangster etwa tatsächlich geglaubt, wir würden brav stehen bleiben und uns niedermähen lassen?

»Renn!«, brüllte ich.

Die vorbeirasende Bahn schirmte uns jetzt gegen die Gangster ab und für kurze Zeit waren wir in Sicherheit. So schnell ich konnte, lief ich auf die stillgelegte U-Bahn-Station zu, Spader war mir dicht auf den Fersen. Hoffentlich war die Bahn lang – wenn wir Glück hatten, konnten wir in ihrem Schutz den Bahnsteig erreichen. Noch knapp vierzig Meter. Eigentlich nicht weit, aber wir kamen ziemlich langsam voran, weil wir auf dem Parallelgleis laufen mussten. Ein falscher Tritt und wir würden uns die Knöchel verstauchen.

Ich warf einen raschen Blick über die Schulter, um abzuschätzen, wie lang der Zug war. Schwein gehabt, da kamen noch einige Wagen. Das Glück war auf unserer Seite. Ich schätzte, dass wir die Station gerade eben erreichen konnten, bevor die Bahn vorbei war. Dann würden wir auf den Bahnsteig springen und uns aus dem Staub machen. Ich sah mich noch einmal um und stellte fest, dass der letzte Wagen fast auf gleicher Höhe mit uns war.

»Mir nach!«, rief ich Spader zu.

Eine Sekunde später rauschte der letzte Waggon an uns vorbei. Ich blieb stehen und machte mich bereit, über die Gleise zu springen und auf den Bahnsteig der stillgelegten Station zu klettern. Aber was ich im nächsten Moment sah, ließ mich erstarren. Wir standen genau gegenüber dem verlassenen Bahnsteig …

… nur dass der nicht mehr verlassen war!

Ich konnte es nicht fassen. Bisher war alles genauso gewesen wie in meiner Erinnerung: das Flume, das Tor, die Gleise, auch der Bahnsteig war da, wo ich ihn erwartet hatte. Alles war exakt wie immer – bis auf die Station. Sie war hell erleuchtet und es wimmelte von Leuten. Passagiere strömten die Treppe herunter und kauften am Schalter Fahrscheine. Die ehemals verdreckten, gesprungenen Kacheln an den Wänden sahen neu und sauber aus und an einem Zeitungskiosk herrschte reger Betrieb. Wie war das nur möglich?

»Wir sollten machen, dass wir hier wegkommen, Kumpel«, mahnte Spader.

Recht hatte er. Wir hechteten über das Gleis und stemmten uns auf den Bahnsteig hoch. Die Leute starrten uns entgeistert an. Ich schätze, sie waren es nicht gewöhnt, dass jemand auf den befahrenen Schienen herumrannte – erst recht nicht, nachdem gerade erst ein Zug durchgerauscht war. Spader rappelte sich auf, zwinkerte einer älteren Frau zu, die uns beobachtete, und sagte mit einem charmanten Lächeln: »Keine Sorge, Mütterchen. Nur eine Routineinspektion. Alles in Butter.« Die Frau starrte ihn verständnislos an.

Da hatte ich eine Idee. Ich drängelte mich durch die Menge zum Kiosk, vor dem ein Ständer mit Zeitungen aufgebaut war. Wenn mein Verdacht zutraf, würde ich aus der Zeitung erfahren, was ich wissen musste. Ich nahm eine vom Ständer, starrte auf das Titelblatt und gefror innerlich.

»Was gibt es?«, fragte Spader, der mich eingeholt hatte.

»Wir haben 1937«, stieß ich ungläubig hervor. »Auf Erste Erde schreibt man das Jahr 1937.«

»Verstehe«, sagte Spader wenig überzeugend. »Und was bedeutet das?«

»Das bedeutet, dass wir hier in meinem Heimatterritorium sind, aber in einer anderen Zeit – mehr als ein halbes Jahrhundert vor meiner Geburt.«

Das Datum auf der Zeitung war der 10. März 1937. Ich traute meinen Augen nicht, aber da stand es schwarz auf weiß.

»Was is' nu, kaufst du die Zeitung, Bursche?«, knurrte der Mann vom Kiosk. »Das hier is' keine Leihbücherei.«

Der Kerl war klein und dick und hatte ein feistes, grimmiges Gesicht mit tagealten Bartstoppeln. Er trug eine Wollkappe mit Schirm und kaute an einem Zigarrenstummel herum, der aussah wie ein vermodertes Holzstück und nicht viel besser roch. Ich legte langsam die Zeitung zurück und sah mich in der U-Bahn-Station um. Jetzt begriff ich, warum die Haltestelle in Betrieb war: Wir befanden uns in der Zeit, *bevor* sie stillgelegt wurde.

Das Nächste, was mir ins Auge sprang, war die Kleidung der Leute. Sie sahen alle aus wie in einem alten Film, die Männer mit Anzug und Hut, die Frauen trugen Kleider. Kein Mensch hier hatte Jeans und Turnschuhe an.

Kein Zweifel, wir waren tatsächlich in der Vergangenheit gelandet.

»Hallo, Buck Rogers!«, ertönte eine Stimme hinter uns. »Habt ihr aus dem Weltraum vielleicht 'n bisschen Kleingeld mitgebracht?«

Wir drehten uns um und sahen einen großen grauhaarigen Afroamerikaner in einem langen Wollmantel auf uns zukommen. Buck Rogers? Ach ja, klar: Spader und ich hatten immer noch unsere Schwimmanzüge aus Cloral an. Wir mussten aus der Menge hervorstechen wie Neonschrift auf schwarzem Grund.

»Leider nein«, entgegnete ich. »Werd beim nächsten Mal dran denken.«

»Okay«, kicherte der Mann. »Und richte Ming dem Schrecklichen mal schöne Grüße aus.«

Im nächsten Augenblick ratterten Maschinengewehre los, dass es durch die ganze Station schallte.

Unter panischen Schreien gingen die Leute in Deckung. Ich war fassungslos. Veranstalteten die Gangster hier etwa eine Schießerei? Spader und ich duckten uns und spähten in die Richtung, aus der das Getöse gekommen war. Am anderen Ende des Bahnsteigs standen die zwei Typen mit den Maschinengewehren, immer noch mit weißen Tüchern maskiert. Der Fiesling, der das Sagen hatte, hielt seine Waffe zur Decke gerichtet. Sie rauchte noch.

»Keine Bewegung!«, brüllte er. »Wir suchen ein paar Schlauberger, die wie Astronauten angezogen sind.«

Im Klartext: uns. Wir hatten in dieser Umgebung nicht die leiseste Chance, uns unauffällig unters Volk zu mischen. Verzweifelt hielt ich nach einem Polizisten Ausschau. Fehlanzeige. Falls einer in der Nähe war, fürchtete er sich wohl genauso sehr vor diesen schießwütigen Gangstern wie alle anderen und ließ sich tunlichst nicht blicken. Wir waren auf uns selbst gestellt.

Die Gangster gingen langsam den Bahnsteig entlang und suchten die Menge ab. Überall um uns herum kauerten Leute auf dem Boden und wagten nicht sich zu rühren. Eine Frau starrte uns verängstigt an. Offenbar war ihr klar, dass wir die Gesuchten waren, doch sie hielt den Mund; vielleicht aus Angst, selbst in die Schusslinie zu geraten. Spader und ich sahen uns verzweifelt nach einem Fluchtweg um.

»Da! Da drüben!«, schrie jemand. Es war der Zeitungsverkäufer. Als ich aufblickte, sah ich mit Entsetzen, dass er sich aus seinem Kiosk lehnte und auf uns zeigte. Wirklich ein reizender Bursche.

Spader und mir blieb nichts anderes übrig als aufzustehen. Alle anderen blieben in Deckung. Wir standen quasi auf dem Präsentierteller.

Die Gangster richteten ihre Maschinengewehre auf uns.

»Was soll denn dieser Aufstand?«

Das kam von dem Afroamerikaner, der mich vorhin Buck Rogers genannt hatte. Er trat zwischen Spader und mich und legte uns jeweils einen Arm um die Schultern. »Glaubt ihr etwa, solche Außerirdischen wird man los, indem man sie abknallt?«, rief er. »Ich sag euch, das könnt ihr vergessen! Wenn man auf die schießt, teilen sie sich einfach, hab ich selbst im Kino gesehen! Wollt ihr vielleicht, dass es hier nachher von kleinen blauen Marsmenschen nur so wimmelt?«

»Aus dem Weg, Alter«, blaffte der fiese Gangster. »Oder willst du vielleicht mit den beiden ins All katapultiert werden?«

»Da hätt ich nix dagegen!«, versetzte der Mann.

In diesem Moment näherte sich eine Bahn. Sie fuhr aber nicht durch wie die vorige, sondern hielt an der Station.

»Wollt schon immer mal sehn, wie's draußen im

Weltraum so ist!«, gackerte der Alte. »Scheint, das hier könnt meine große Chance sein!«

Der Chefgangster grinste und brachte sein Gewehr in Anschlag. Der Zweite warf seinem Kumpan und uns abwechselnd nervöse Blicke zu. »Wie du willst, Alter«, sagte der fiese Gangster.

»Na, ich glaub, das, was du da vorhast, lässt du mal lieber bleiben«, sagte der alte Mann mit solcher Überzeugung, dass der Fiesling tatsächlich zögerte.

»Schau dich doch mal um«, fuhr er fort. »Die vielen netten Leute hier, die gucken alle zu.«

Der ängstliche Gangster betrachtete die gaffende Menge bereits mit sichtlichem Unbehagen. Jetzt bemerkte auch der fiese Gangster, dass alle ihn anstarrten. Offenbar regten sich allmählich Bedenken in ihm.

Die U-Bahn kam zum Stehen, die Türen glitten auf und Leute strömten auf den Bahnsteig. Manche brachten sich hastig in Sicherheit, als sie erkannten, was im Gange war, ein paar stiegen schnell wieder in die Bahn. Der Alte fasste Spader und mich an den Schultern und dirigierte uns in Richtung Bahn. Dabei redete er ununterbrochen weiter.

»Lauter anständige Leute, die wären allesamt Zeugen. Wir sind hier nicht allein in irgendeiner finsteren Gasse. Hier sehen euch alle bei euren schmutzigen Machenschaften zu und später werden sie sich daran erinnern.«

Der Alte hatte die Gangster tatsächlich verunsichert, selbst der Oberfiesling wirkte jetzt unentschlossen. Unterdessen näherten wir uns der offenen Tür der U-Bahn. Ich hoffte inständig, dass wir sie erreichen würden, bevor sie sich schloss.

»Ihr scheint mir doch zwei ganz clevere Gentlemen zu sein«, fuhr unser Freund fort. »Nicht wahr, ihr versteht ganz gut, was ich meine.«

Mir kam es nicht so vor, als ob die Gangster irgendwas verstanden, der alte Knabe schien sie einfach nur aus dem Konzept zu bringen. Auch gut. Von mir aus konnten die bösen Jungs denken, was sie wollten. Hauptsache, wir gewannen genug Zeit, um uns aus dem Staub zu machen. Der Alte hielt immer noch die Arme um meine und Spaders Schultern gelegt und dirigierte uns auf die Bahn zu, ohne die Gangster aus den Augen zu lassen, bis wir mit dem Rücken vor der offenen Tür standen. Dann zog er uns ganz langsam rückwärts in die Bahn hinein. Ein paar Sekunden später standen wir alle drei im Waggon. Jetzt betete ich, dass die Türen sich schnell schließen würden.

»Gentlemen, ich bin wirklich stolz auf euch«, sagte der alte Mann lächelnd zu den Gangstern. »Ihr seid aufrechte Menschen.«

Alle warteten darauf, dass irgendwas passierte. Die Gangster standen mit offenem Mund da. Auf dem Bahnsteig wagte sich niemand zu rühren. Spader, der alte Knabe und ich standen direkt hinter der offenen Tür in der U-Bahn.

Die Zeit stand still.

Dann bimmelte die Signalglocke der Bahn und die Türen begannen sich zu schließen. Augenblicklich kam wieder Leben in die Gangster. Sie stürzten auf die Bahn zu und hechteten durch die nächstbeste Tür – die hintere Tür des Waggons, in dem wir uns befanden. Im selben Moment stieß der alte Mann Spader und mich nach vorn. Wir drei sprangen zurück auf den Bahnsteig, nur Sekundenbruchteile, bevor sich die Türen hinter uns schlossen. Die Gangster waren in der U-Bahn eingesperrt!

Gleich darauf fuhr der Zug an. Wir drei sahen zu, wie der Waggon mit den Gangstern an uns vorbeiglitt. Der Fiesling rüttelte zornig am Türgriff und versuchte die Verriegelung zu lösen. Zu spät. Nächster Halt ... irgendwo. Der alte Knabe winkte den beiden strahlend nach, während sie im Tunnel verschwanden. Um uns herum wagten sich die Leute wieder aus ihrer Deckung. Sie schienen ziemlich geschockt, allerdings bestimmt nicht so sehr wie Spader und ich.

»Das war unglaublich!«, rief Spader. »Sie haben diese Typen einfach an die Wand geredet!«

»Sie haben uns das Leben gerettet«, fügte ich hinzu. »Ich weiß gar nicht, wie ich Ihnen danken soll.«

Schlagartig war das freundliche Lächeln vom Gesicht des alten Mannes verschwunden und er verwandelte sich von einem lieben Opa in einen Mann, der eine Mission zu erfüllen hatte.

»Folgt mir«, sagte er knapp und ging los.

Spader und ich rührten uns nicht vom Fleck. »Sollen wir?«, wollte Spader wissen.

Im nächsten Moment begann die Menge sich um uns zu scharen, als ob wir zwei entlaufene Zootiere wären. Wir hatten ganz schön für Wirbel gesorgt, und jetzt wollten die Leute wissen, was eigentlich los war. Es erschien äußerst ratsam, sich aus dem Staub zu machen.

»Nix wie weg hier«, antwortete ich und rannte dem alten Mann nach.

Der Bursche schien erstaunlich flink für sein Alter, er war schon halb die Treppe zur Straße hoch. Spader und ich stürmten durch das Drehkreuz und hetzten ihm hinterher. Ich hatte es so eilig, ihn einzuholen, dass ich gar nicht daran dachte, was mich draußen wohl erwartete. Als wir die oberste Stufe erreichten, traf mich die Realität wie ein Faustschlag ins Gesicht.

Wir waren in einer anderen Zeit gelandet.

Das hier war derselbe Teil der Bronx, in den Onkel Press mich ganz zu Beginn dieses Abenteuers auf dem

Motorrad mitgenommen hatte … nur über sechzig Jahre früher. So vertraut mir die Gegend einerseits war, so krass waren andererseits die Unterschiede. Ich erkannte viele Gebäude. Auch zu meiner Zeit gab es in diesem Stadtteil keine modernen Stahl- und Glasfassaden; etliche dieser Gebäude würden in sechzig Jahren noch genau so stehen. Nur dass sie im Jahr 1937 sauber und neu aussahen.

Was mir am meisten ins Auge sprang, waren die vielen alten Autos. Das heißt, hier im Jahr 1937 waren sie ja gar nicht alt, sondern es handelte sich um die neuesten Modelle. Sehr eigenartig. Der Verkehr war genauso hektisch wie zu meiner Zeit, die seltsamen Gefährte stauten sich auf der Straße. Außerdem roch es merkwürdig. Irgendwie chemisch. Es dauerte eine Weile, bis ich begriff, dass wir uns in einer Zeit befanden, in der sich noch kein Mensch Gedanken um Luftverschmutzung, Auspuffabgase und bleifreies Benzin machte. All diese Autos spuckten ihre altmodischen Abgase mit vollem Bleigehalt und vollem Benzingeruch in die Gegend. Es stank zum Himmel.

Was mir außerdem auffiel, waren die Reklametafeln. Überall hingen Plakate mit Werbung für Sachen, von denen ich noch nie gehört hatte. Ein Bild zeigte eine strahlende Frau, die ihre blendend weißen Zähne nicht irgendeiner Zahnpasta, sondern einem Zahn*pulver* zu verdanken hatte. Auf einem anderen Plakat tankte jemand völlig begeistert sein Auto mit Esso-Benzin auf. In der nächsten Reklame waren Fünflinge zu sehen – lauter Mädchen –, die für eine Seife warben, die aus Olivenöl hergestellt war. Krass! War das nicht ungefähr so, als ob man sich mit Nudelsoße waschen würde? Obwohl ich wusste, dass wir auf der Erde waren, kam ich mir vor wie auf einem anderen Stern.

Spader stand dicht neben mir und wirkte ganz benommen. Auch für ihn musste das alles sehr eigenartig sein, allerdings auf eine völlig andere Art.

»Wollt ihr den ganzen Tag da rumstehen?«

Wir blickten uns um und sahen unseren Retter neben einem gelben Taxi stehen. Er hielt uns die hintere Tür auf.

»Hören Sie«, sagte ich, »wir sind Ihnen wirklich dankbar, dass Sie uns da rausgepaukt haben und alles, aber wir werden nicht in dieses Taxi steigen und mit Ihnen …«

»Vincent Van Dyke ist mein Name«, unterbrach er mich lächelnd. »Meine Freunde nennen mich Gunny.«

»O-kay, Gunny. Also wie gesagt, wir haben noch was vor, also …«

»Ich weiß«, unterbrach Gunny. »Ich weiß alles.«

»Ach ja?«, fragte Spader. »Was wissen Sie denn alles?«

Gunny erwiderte schmunzelnd: »Nun, ich weiß zum Beispiel, dass ihr auf der Suche nach Saint Dane meine Hilfe brauchen könntet.«

Schon wieder schien die Welt stillzustehen. Hatte ich richtig gehört? Ich wandte mich zu Spader um. Der sah genauso geschockt aus, wie ich mich fühlte.

»Mhm, ich hab das Gleiche gehört«, murmelte Spader.

Der Alte rührte sich nicht. Er stand da, die Hand am Türgriff des Taxis, und grinste uns an.

»Wer sind Sie?«, fragte ich.

»Wie ich schon sagte, meine Freunde nennen mich Gunny. Und ich bin sicher, dass wir drei gute Freunde sein werden – ich bin nämlich der Reisende von Erste Erde.«

Er hielt die Hand hoch, sodass wir den vertrauten Silberring mit dem dunkelgrauen Stein sehen konnten.

Unser Besuch auf Erste Erde wurde mit jeder Sekunde spannender.

Neuntes Journal
(Fortsetzung)

# Erste Erde

»Neunundfünfzigste, Ecke Park Avenue, guter Mann«, sagte Gunny zu dem Taxifahrer, während wir einstiegen.

Die Rückbank des großen altmodischen Taxis bot reichlich Platz. Übrigens muss ich mir wohl abgewöhnen, immer von *altmodisch* zu reden. Wir befanden uns im Jahr 1937. Hier war die Vergangenheit Gegenwart. Total abgedreht.

Der Taxifahrer fädelte sich in den Verkehr Richtung Manhattan ein. Während der Fahrt schaute ich ständig aus dem Fenster und verglich das, was ich sah, mit Zweite Erde. Seltsamerweise waren die Unterschiede viel geringer, als ich erwartet hätte. Ich bin zwar nicht gerade ein Experte in Sachen New Yorker Geschichte oder so, aber für mich als Jungen aus Connecticut, der die Stadt nur von gelegentlichen Besuchen kannte, war die Ähnlichkeit schon verblüffend.

Die Autos waren für mich, wie gesagt, der auffälligste Unterschied. Solche Fahrzeuge hatte ich bisher nur in alten Schwarz-Weiß-Filmen gesehen. Als ich klein war, glaubte ich, früher sei die ganze Welt schwarzweiß gewesen. Jetzt kann ich aus eigener Erfahrung bezeugen, dass sie es im Jahr 1937 jedenfalls nicht war. Der Himmel war genauso blau, die Sonne so gelb und das Gras im Park so grün wie auf Zweite Erde. Die meisten Autos waren allerdings tatsächlich schwarz. Es gab auch einige cremefarbene und ein paar graue, aber

Schwarz war eindeutig die gängigste Farbe. Übrigens war es mit der Federung noch nicht weit her. Bei jedem Schlagloch wurden wir drei auf dem Rücksitz gegeneinander geschleudert. Ja, Schlaglöcher gab es auch 1937 schon.

Sosehr es mich reizte, die Vergangenheit näher kennen zu lernen, momentan war der Typ, mit dem ich hier im Auto saß, eindeutig wichtiger. Er behauptete, der Reisende von Erste Erde zu sein, und ich hatte keinen Grund, daran zu zweifeln, zumal er ja den Ring trug. Trotzdem – er passte so gar nicht zu meiner bisherigen Vorstellung von Reisenden. Zunächst mal war er alt. Ich wusste zwar nicht genau *wie* alt, aber ganz taufrisch war er jedenfalls nicht mehr. Vielleicht sechzig? Alle anderen Reisenden waren jung. Onkel Press war etwas älter gewesen, Osa auch; aber nicht *so* alt. Außerdem lebten sie beide nicht mehr. Sie hatten die Fackel an die jüngere Generation weitergereicht. Hieß das, dass auch Gunnys Tage gezählt waren? Ich beschloss ihn nicht danach zu fragen. Das wäre ziemlich blöd rübergekommen.

An und für sich schien er ganz okay zu sein. Was er da mit den Gangstern abgezogen hatte, um uns aus der Patsche zu helfen, war schlichtweg unglaublich gewesen. Seine Stimme wirkte so beruhigend, dass man unwillkürlich das Gefühl bekam, alles sei in Ordnung. Ich hatte schon früher erfahren, dass Reisende die Fähigkeit besitzen, andere zu beeinflussen. Das funktioniert so ähnlich wie Hypnose. Gelegentlich habe ich es selbst ausprobiert, und manchmal funktioniert es sogar, aber sehr gut bin ich noch nicht darin.

»Ihr zwei habt aber wirklich einen Hang zu dramatischen Auftritten«, bemerkte Gunny schmunzelnd. »Mein Herz rast immer noch.«

Wow! Wenn er vorhin in der Bahnstation Angst gehabt hatte, verstand er es wirklich meisterhaft, sich nichts anmerken zu lassen. Ein weiterer Punkt im Steckbrief: Der Bursche reagierte unter Druck ausgesprochen cool.

»Auf so ein Empfangskomitee waren wir nicht vorbereitet«, entgegnete ich. »Jedenfalls sind wir froh, dass du da warst.«

Gunny nickte nachdenklich. »Du musst Pendragon sein«, sagte er. Dann wandte er sich an Spader. »Und wer bist du?«

»Vo Spader, Kumpel«, antwortete Spader stolz. »Top-Aquanier aus dem Territorium Cloral.«

»Das gefällt mir!«, lachte Gunny. »Ich hab zwar keine Ahnung, was ein Top-Aquanier ist, aber es klingt schon toll!«

»Und was ist mit dir?«, fragte ich, immer noch unschlüssig, wie weit wir diesem Burschen trauen durften.

»Ich könnte euch stundenlang mit meiner Geschichte langweilen.«

»Schieß los!«, forderte ich ihn auf.

»Und zuallererst verrat uns, wie du zu dem Namen Gunny gekommen bist«, meldete sich Spader zu Wort.

»Den haben sie mir bei der Army verpasst«, antwortete Gunny. »War ein Scherz. Ich hab mich damals anno 17 freiwillig gemeldet, um im Großen Krieg mitzukämpfen. Keine Ahnung, warum er so genannt wurde, aber wer bin ich, so was zu beurteilen? Das Problem war nur, ich konnte mich nicht überwinden ein Gewehr abzufeuern. Ich hab es versucht, ehrlich, aber es war wie verhext: Das Gewehr in die Hand nehmen und anlegen konnte ich, doch ich brachte es nicht fertig, den Abzug zu drücken. Die konnten mich anbrüllen, wie sie wollten, es ging nicht. Von da an hatte ich meinen Spitznamen weg und für die restliche Dauer des Krieges durfte ich Küchendienst schieben.«

»Wusstest du damals schon, dass du ein Reisender bist?«, fragte Spader.

»Nö, hab ich erst vor zwei Jahren erfahren«, antwortete Gunny. »Bis dahin hab ich halt so vor mich hin gelebt und mir weiter keine Gedanken gemacht und auf einmal steht mein ganzes Weltbild auf dem Kopf. Könnte nicht behaupten, dass ich begeistert wär, aber ich hab wohl keine Wahl, wie?«

Allerdings nicht, ebenso wenig wie wir anderen Reisenden. Willkommen im Club. Ich fragte mich kurz, was der Taxifahrer da vorn wohl von dieser Unterhaltung denken mochte, doch wahrscheinlich bekam man als New Yorker Taxifahrer noch erheblich abgedrehtere Geschichten zu hören.

»Und wie hast du es erfahren?«, fragte ich weiter.

»Ich arbeite in einem Hotel«, erklärte Gunny. »Schon seit bald zwanzig Jahren. Am Anfang hab ich Töpfe geschrubbt, inzwischen bin ich Bell Captain, beaufsichtige die Pagen, kümmere mich um an- und abreisende Gäste und so weiter. Eines Tages taucht da so ein Gentleman auf. Netter Bursche. Ich zeig ihm sein Zimmer, da fängt er auf einmal an, mir alles Mögliche zu erzählen – Sachen über mich, die er eigentlich gar nicht wissen konnte.«

»Was denn zum Beispiel?«, erkundigte sich Spader.

»Er wusste über meine Familie Bescheid, über die Gegend in Virginia, wo ich aufgewachsen bin, über Dinge aus meinem Leben, die vierzig Jahre her waren und an die ich mich selbst kaum noch erinnern konnte. Ich muss schon zugeben, irgendwie hat dieser Bursche mir Angst eingejagt, aber dann hat er mich beruhigt und gesagt, alles werde gut. Er sagte, es sei an der Zeit, dass ich von meiner eigentlichen Bestimmung erfahre.«

»Und dann hat er dir die ganze Geschichte mit den Reisenden einfach so vor den Latz geknallt?«, fragte ich.

»Nicht ganz. Er wollte wissen, ob ich mitkomme auf eine Fahrt in den Norden der Stadt. Wenn ich gewusst hätte, wie weit rauf er meinte – ich weiß nicht recht, ob ich dann mitgegangen wär.«

»Er hat dir das Flume gezeigt«, sagte ich.

»Genau. Und eh ich michs versah, flog ich durch den Weltraum. 'n wahres Glück, dass mein armes altes Herz nicht auf der Stelle den Geist aufgegeben hat. Der Ort, wo wir gelandet sind, hieß Ta Da oder so ähnlich.«

»Zadaa?«, fragte ich.

»Ja, genau. Zadaa. Herrliche Stadt in der Wüste mit einem unterirdischen Fluss.«

Spader und ich wechselten einen Blick. Wir waren selbst schon dort gewesen, in Loors Heimatterritorium.

Gunny erzählte weiter. »Und er hat mich mit der schönsten Frau bekannt gemacht, die ich je gesehen habe.«

»Osa«, murmelte ich.

»Ja, so hieß sie!« Gunny versank für kurze Zeit in seinen Erinnerungen an Zadaa und Osa. Sie war Loors Mutter gewesen und, wie Gunny gesagt hatte, eine beeindruckend schöne Frau. Nachdem Gunny wieder in die Gegenwart zurückgekehrt war, fuhr er fort: »Sie hat mir dann alles erklärt; was es bedeutet, ein Reisender zu sein, und dass wir diesen Saint Dane daran hindern müssen, Unheil zu stiften. Ich wollte wissen, warum ausgerechnet ich, aber die beiden sagten nur, das würde ich schon noch erfahren.«

»Kommt mir bekannt vor«, warf ich ein.

»So schnell konnte ich das alles gar nicht verarbeiten. Ich bin jetzt noch nicht sicher, ob ich es richtig begriffen habe. Der Gentleman hat dann noch ein paar Reisen mit mir unternommen, einfach so, um mir zu zeigen, was es noch alles gibt. Ich hätte nie gedacht, dass ich mal so was Tolles zu sehen kriege. Und nachher hat er mich wieder nach Hause gebracht. Ich habe ihn gefragt, wie es jetzt weitergehen solle, und er sagte, erst mal bräuchte ich nur zu warten und die Augen offen zu halten. Das war vor zwei Jahren. Nach einer Weile fing ich schon an zu glauben, ich hätte das alles nur geträumt. Ich konnte die Augen offen halten, so viel ich wollte, es gab nichts zu sehen. Bis heute.«

»Der Typ, der mit dir nach Zadaa gereist ist, wie hieß er?«, erkundigte ich mich.

»Nannte sich Tilton. Press Tilton. Nehme an, du kennst ihn.«

»Er war mein Onkel«, antwortete ich.

»Dein Onkel!«, rief Gunny und grinste breit. »Na, das erklärt so einiges. Er hat mir alles über dich erzählt. Sagte, irgendwann würdest du hier auftauchen. Wie er über dich geredet hat – so als wärst du wirklich das Gelbe vom Ei. Jetzt versteh ich!«

»Von was für einem Ei?«, fragte Spader mit einem verständnislosen Seitenblick zu mir.

»Moment mal.« Gunny stutzte. »Sagtest du gerade, er *war* dein Onkel?«

»Ja«, antwortete ich leise. »Onkel Press ist tot. Und, so Leid es mir tut, Osa auch.«

Gunnys Heiterkeit war mit einem Schlag verflogen. Er senkte den Kopf und schwieg eine Weile, um diese Neuigkeiten zu verarbeiten. »Das erfüllt mich mit Trauer«, sagte er schließlich. »Er war ein guter Mensch und dasselbe gilt für Osa. Dass sie nicht mehr am Leben sind, ist ein Verlust für die Menschheit.«

»Danke, aber es gibt noch etwas, das du wissen musst«, sagte ich.

»Ich bin mir gar nicht so sicher, ob ich es wissen will«, versetzte Gunny. Zum ersten Mal, seit wir uns begegnet waren, konnte man ihm sein Unbehagen deutlich ansehen.

»Diese Gangster in der U-Bahn vorhin waren dieselben, die Onkel Press umgebracht haben«, eröffnete ich ihm.

»Nein!«, stieß Gunny ungläubig hervor. »Heißt das, Press ist noch einmal hierher gekommen?«

»Nein. Wir waren an einem Flume in einem anderen Territorium. Saint Dane hat sich aus dem Staub gemacht, aber bevor wir die Verfolgung aufnehmen konnten, kamen uns aus dem Flume Kugeln entgegen.«

Ich spürte, wie sich Spader neben mir verkrampfte. Die Erinnerung setzte ihm zu.

»Onkel Press wurde von diesen Kugeln getötet«, fuhr ich fort. »Und ich bin sicher, Saint Dane hatte dabei die Hand im Spiel. Wer sonst könnte das Flume aktiviert haben, um diese Kugeln durchzuschicken?«

Gunny wandte sich ab. Sein Gesicht verfinsterte sich. Das musste er erst einmal verdauen. Es dauerte ein paar Sekunden, ehe er erneut das Wort ergriff.

»Das heißt dann wohl, es geht los«, sagte er leise.

»Was?«, fragte Spader. »Was geht los?«

Gunny wirkte angespannt. Man sah förmlich, wie es in ihm arbeitete und ihm Dinge durch den Kopf schossen, an die er offensichtlich nicht gerne dachte. »Wisst ihr, ich schnappe öfter mal was auf«, erklärte er zögernd. »Im Hotel krieg ich eben so dies und jenes mit. Vielleicht wurde ich deshalb zum Reisenden bestimmt.«

»Und was hast du aufgeschnappt?«, fragte ich.

»Diese Typen, die in der U-Bahn-Station rumgeballert haben, das sind ein paar höchst unerfreuliche Zeitgenossen. Ich hatte Gerüchte über einen bevorstehenden Überfall gehört und dass da jemand umgebracht werden sollte. Wisst ihr, so was in der Art kommt mir ständig zu Ohren. Meist sind es nur Gerüchte. Was mich diesmal stutzig machte, war der Ort, wo es passieren sollte: in dieser U-Bahn-Station, wo das Flumedings ist. Ich hoffte, es wäre nur Zufall, aber sicherheitshalber wollte ich mir die Sache doch lieber mal ansehen. Darum war ich heute da oben.«

»Und dann sind wir aufgetaucht«, ergänzte ich.

»Genau«, sagte Gunny. »Und ein Reisender ist gestorben. Ich fürchte, das kann nur eins bedeuten.«

»Ja«, sagte Spader zu Gunny. »Sieht aus, als hätte das Abwarten und Augenoffenhalten ein Ende.«

»Was immer Saint Dane auf Erste Erde vorhat«, warf ich ein, »es ist bereits im Gange.«

Der Wagen hielt und der Taxifahrer schob die Glasscheibe auf, die Vordersitze und Rückbank voneinander trennte. »Neunundfünfzigste, Ecke Park Avenue«, verkündete er.

Ich fragte mich, wie viel er von unserer Unterhaltung mitgehört haben mochte. Eigentlich egal, er würde sowieso nur Bahnhof verstehen.

»Wo sind wir hier?«, erkundigte sich Spader.

»Dies ist mein Zuhause«, erwiderte Gunny. »Das Manhattan Tower Hotel. Hier steigen sie alle früher oder später mal ab; Filmstars, Politiker, Industriebosse. Und Gangster.«

»Gangster?«, wiederholte ich verblüfft.

»Ja«, bestätigte Gunny. »Und nach dem, was ich heute gesehen und gehört habe, werde ich das Gefühl nicht los, dass wir alle ihretwegen hier zusammengekommen sind.«

»Willkommen zu Hause«, sagte ich zu mir selbst und stieg aus dem Auto.

## Neuntes Journal
(Fortsetzung)

# Erste Erde

Während Gunny den Taxifahrer bezahlte, starrten Spader und ich an der Fassade des Manhattan Tower Hotels empor. Echt ein superprotziger Nobelbau, mit dreißig Stockwerken bei weitem der höchste in der Gegend. Zwischen der stark befahrenen Park Avenue und dem Haupteingang lag ein gepflegter Garten mit Bäumen, Springbrunnen und allem Drum und Dran. Ein ganzes Gärtnerteam musste damit beschäftigt sein, ihn instand zu halten, denn selbst bei diesem frostigen Märzwetter grünte und blühte es schon überall. Das Gelände wirkte wie ein dichter, farbenprächtiger Dschungel mitten in der grauen Stadt.

Das Gebäude selbst hob sich durch seine Farbe von den übrigen ab. Alle anderen Häuser waren mehr oder weniger zementfarben, das Manhattan Tower Hotel dagegen hatte einen rosigen Farbton. Ich meine nicht schreiend knallneonpink, eher dezent. Die Farbe wirkte warm und einladend. Ich konnte mich nicht erinnern, ob es dieses Hotel auf Zweite Erde noch gab. Na ja, wie ich schon sagte, ich bin nicht gerade ein Experte für die Geschichte New Yorks.

»Lasst uns mal was ausprobieren«, sagte Gunny, nachdem das Taxi weitergefahren war. Er zog den langen Wollmantel aus. Darunter kam seine Bell-Captain-Uniform zum Vorschein.

»Hobey!«, rief Spader. »Das sieht ja klasse aus!«

Gunny hatte eine erstaunliche Wandlung durchgemacht. Mit dem dunklen Wollmantel hatte er ganz gewöhnlich ausgesehen, doch darunter trug er ein wahrhaft spektakuläres Outfit. Die Jacke war tief dunkelrot mit einer Reihe glänzender Messingknöpfe, die bis zum Kragen reichte. Der Kragen selbst stand senkrecht hoch und war mit einer Doppelreihe Goldlitze eingefasst. An den Ärmelaufschlägen prangten jeweils vier goldene Streifen. Auf der Brust war links ein schickes Logo mit den Buchstaben *MTH* aufgenäht – Manhattan Tower Hotel. Rechts pinnte ein Namensschild, auf dem stand: *Vincent Van Dyke, Bell Captain.* An den schwarzen Hosenbeinen verlief außen jeweils ein goldener Streifen, und die Schuhe, die darunter hervorschauten, sahen aus, als wären sie buchstäblich zu Tode poliert worden. Die ganze Aufmachung wirkte irgendwie militärisch wie eine Paradeuniform.

Gunny stand stolz und aufrecht da, während wir die Uniform bestaunten. Der Bursche war groß, locker über einsneunzig, aber in dieser Uniform wirkte er wie zwei Meter zehn. Ich schätze, er war sich dessen bewusst. Wie er so mit einem leichten Lächeln dastand, sah er schon ziemlich cool aus.

»Sag ehrlich, Gunny, du hast uns die ganze Zeit verschaukelt«, sagte Spader. »Du bist in Wirklichkeit ein Prinz, hab ich Recht?«

Gunny lachte. »Schön wär's«, erwiderte er. »Komm her, Pendragon.« Er hielt mir seinen Wollmantel hin. »Ich kann euch Jungs doch nicht in diesem Marsmännchenaufzug mit in mein Hotel nehmen«, fügte er hinzu.

Der Mantel war mir ungefähr zwölf Nummern zu groß. Die Ärmel waren so lang, dass sie mir bis über die Fingerspitzen reichten, und der Saum schleifte auf dem Boden.

»Jetzt seh ich aus wie ein Marsmännchen, das seinem Vater den Mantel geklaut hat«, beklagte ich mich.

Gunny nahm mir den Mantel wieder ab und legte ihn Spader um. Schon besser, wenigstens reichte der Saum nur gerade eben bis zum Boden.

»Wird schon gehen«, urteilte Gunny. Dann wandte er sich mit einem Zwinkern zu mir um. »Und dass du wie ein Außerirdischer aussiehst, Kleiner, das wollen wir mal riskieren.«

»Was kann denn ich dafür, dass ich erst vierzehn bin!«, protestierte ich, obwohl ich eigentlich wusste, er wollte mich nur aufziehen. Allmählich gefiel mir dieser Gunny Van Dyke.

Als wir gerade ins Hotel gehen wollten, fuhr ein paar Meter weiter eine große Limousine rechts ran. Ich dachte mir nichts dabei, doch Gunny erstarrte.

»Rührt euch nicht von der Stelle«, befahl er.

Fahrer- und Beifahrertür der Limousine öffneten sich gleichzeitig und vier Typen in Schlips und Kragen sprangen heraus. Das Ganze ging so schnell, dass es fast komisch wirkte. Die übertrieben hastigen Bewegungen der Männer erinnerten mich an Zirkusclowns. Wie viele Schlipsträger wohl noch in dem Wagen steckten? Einer der Typen riss die Tür zum Rücksitz auf, während die anderen rundum Aufstellung bezogen und in Geheimagentenmanier die Umgebung sondierten. Gleich darauf kam ein weiterer Typ aus der Limousine zum Vorschein.

Auf den ersten Blick wurde mir klar: Dies war der Big Boss.

Er trug ebenfalls einen Anzug, aber das war auch das Einzige, was er mit den anderen gemeinsam hatte. Seine ganze Erscheinung war schlichtweg gigantisch. Wirklich alles an diesem Typen war riesenhaft; seine Hände, sein Kopf, seine Füße, sein Körper. Nicht dass er fett gewesen wäre, er war einfach nur riesig. Zu dem hellgrauen Anzug trug er eine dunkelblaue Krawatte mit einer Nadel, an der ein großer Stein prangte. Garantiert ein Diamant. Der Hut war von der gleichen Farbe wie der Anzug, das Band dunkelblau. Aus der Brusttasche des Jacketts ragte ein perfekt gefaltetes Taschentuch, das farblich exakt zur Krawatte passte. An den Fingern trug der Mann mehrere ziemlich kostbar aussehende Ringe.

Dieser Typ wirkte wie jemand, der es gewohnt war, dass alles nach seinen Wünschen lief. Er richtete sich auf, rückte seinen maßgeschneiderten Anzug zurecht und ging auf das Hotel zu. Die Übrigen formierten sich wie ein Schutzschild um ihn herum. Im Gehen hielten sie ständig nach allen Seiten Ausschau.

Kein Zweifel, das waren Bodyguards.

»Wer ist der Typ?«, fragte ich. »Ein ausländischer Präsident?«

»Schön wär's«, antwortete Gunny flüsternd. »Ausländische Präsidenten sind in der Regel keine Killer.«

Oha. Das klang gar nicht gut.

Ehe ich noch weitere Fragen stellen konnte, hatte der Typ Gunny bemerkt. Er grinste breit und rief mit dröhnender Stimme: »Gunny, mein Freund!« Dann änderte er seinen Kurs und steuerte geradewegs auf uns zu, woraufhin sich natürlich sämtliche Bodyguards neu formieren mussten. Es sah aus, als ob ein großes Frachtschiff plötzlich ein Wendemanöver vollführt hätte und all die kleinen Schlepper sich beeilen müssten mitzuhalten.

Gunny gab sich große Mühe, eine beiläufige Miene aufzusetzen. Spader und ich standen stocksteif und gaben keinen Mucks von uns.

»Na, Gunny, haben Sie den Empfang neuerdings auf die Straße verlegt?«, fragte der Typ mit einem breiten Grinsen.

»Nein, Sir, Mr Rose«, antwortete Gunny höflich. »Ich

habe nur gerade eine kleine Pause gemacht. Wollte mal frische Luft schnappen.«

»Recht so«, dröhnte der Hüne. Er griff in die Tasche und drückte Gunny einen Dollarschein in die Hand. »Überarbeiten Sie sich nur nicht, verstanden?« Er schlug Gunny freundschaftlich auf die Schulter.

»Nur für Sie, Mr Rose«, erwiderte Gunny.

Der Typ lachte übertrieben laut. Umso besser, sagte ich mir; wenn er tatsächlich ein Killer war, konnte er für meinen Geschmack gar nicht gut genug gelaunt sein. Anscheinend hatte er was für Gunny übrig. Auch das war günstig. Aber dann fiel sein Blick auf mich und er hörte auf zu lachen.

Oha. Und jetzt? Ich musste unwillkürlich an King Kong denken, wie er auf die panisch flüchtende Menge runterblickte und sich überlegte, wen er als Nächstes verspeisen sollte.

»Na, sieh mal an – Buck Rogers!«, rief der Typ. »Ich dachte, Halloween ist vorbei.«

Mir fiel nichts Besseres ein, als so zu tun, als hielte ich seine Bemerkung für einen unheimlich gelungenen Witz. Krampfhaft bemühte ich mich zu lachen. Offenbar war das die richtige Entscheidung, denn der Typ lachte mit. Dann drückte er mir mit einer energischen Geste etwas in die Hand.

»Nicht böse gemeint, Freundchen, war nur ein Scherz«, sagte er. »Du siehst wirklich fesch aus.« Damit machte er kehrt und steuerte wieder auf das Hotel zu, gefolgt von seinen Jungs. Ich warf einen Blick auf das, was er mir in die Hand gedrückt hatte, und stellte fest, dass es ein Dollarschein war.

»Allmählich kriegen die Außerirdischenwitze 'nen Bart«, bemerkte ich.

»Wer ist dieser Typ?«, erkundigte sich Spader bei Gunny.

»Maximilian Rose. Ein Geschäftsmann, der hier im Hotel immer das Penthouse bewohnt. Der hat mehr Geschäfte am Laufen, als Heinz Grillsoßen herstellt.«

»Und ...?«, fragte ich.

Nachdem Gunny sich mit einem raschen Blick vergewissert hatte, dass uns niemand zuhörte, fuhr er flüsternd fort: »Und er ist der krummste Hund der Stadt.«

Ich warf Spader einen Blick zu. Der zuckte die Schultern. »Wer ist Heinz und warum verbiegt jemand Hunde?«

Gunny überhörte den Einwurf. »Will sagen, bei dem sind die redlichen Geschäfte nur Fassade. Sein Geld macht er auf andere Weise. Er ist ein ganz übler Kerl, das könnt ihr mir glauben.«

»Diese Gangster in der U-Bahn, arbeiten die für Rose?«, fragte ich.

»Nein, die gehören zu 'ner anderen Gang im Süden der Stadt.«

»Gibt es eigentlich auch noch irgendwen hier in der Stadt, der *kein* Gangster ist?«, wollte Spader wissen.

»Mindestens drei Leute, soweit ich weiß«, versetzte Gunny. »Dich, mich und Pendragon.«

»Na großartig«, bemerkte Spader sarkastisch. »Das nenn ich doch mal einen Tum-Tigger.«

»Einen Tum-was?«, fragte Gunny.

»Können wir jetzt vielleicht endlich reingehen?«, drängte ich. Die Missverständnisse zwischen den beiden waren auf Dauer ungefähr so originell wie die Außerirdischenwitze.

Gleich darauf ließen wir uns von einem Portier, der eine ähnliche Uniform wie Gunny trug, die schwere Glastür aufhalten und betraten die Lobby des Manhattan Tower Hotels. Von innen wirkte der Schuppen sogar noch eindrucksvoller als von außen. Ich kam mir vor wie in einem riesigen, stinkvornehmen Herrenhaus. Die Lobby reichte drei Stockwerke hoch, und darüber wölbte sich eine Glaskuppel, deren Muster eine herrliche grüne Waldlandschaft darstellte. Die Sonne schien durch das bunte Glas und warf wie ein Kaleidoskop farbige Lichtflecken in den Raum.

Wir gingen über dicke Orientteppiche. Über uns hingen gewaltige Kronleuchter, die aussahen, als stammten sie aus einem europäischen Schloss. Es gab mehrere Sitzgruppen, wo Hotelgäste auf Sofas und Sesseln mit roten Lederbezügen saßen und plauderten oder Zeitung lasen. Alle redeten im Flüsterton wie in der Kirche oder in einer Bücherei. Es war auf den ersten Blick klar, dass man ziemlich Knete haben musste, wenn man hier wohnen wollte. Kein Vergleich zu dem Billighotel, in dem ich mal mit meinen Eltern übernachtet hatte, als wir die Niagarafälle besichtigten. Das war so eine richtig schäbige Absteige gewesen und gerochen hatte es wie im Pumakäfig. Hier hätte man vom Fußboden essen können, auch wenn man dafür garantiert schräge Blicke geerntet hätte. Die Leute wirkten wie aus einem altmodischen Schaufenster entstiegen, die Männer mit Anzug und Hut, die Frauen in Kleidern.

Nur zwei Personen in der ganzen Halle wirkten absolut deplatziert: ich und Spader. Ich kam mir ziemlich bescheuert vor in meinem leuchtend blauen Anzug mit passenden Schuhen. Spader sah mit Gunnys riesigem Mantel auch nicht viel besser aus.

»Ich fürchte, das hier ist nicht ganz unsere Liga«, flüsterte ich Gunny zu.

»Unsinn«, entgegnete Gunny. »Ihr passt ganz prima hierher.«

Ja, sicher. Vielleicht als Gaukler, die den Leutchen hier was vorjonglierten.

»Kommt mit«, befahl Gunny und ging voraus.

Wir hielten uns dicht hinter ihm und hofften, dass

uns niemand bemerkte. Gunny schritt durch die Lobby, als ob ihm der Laden gehörte. Er hatte einen langsamen, geschmeidigen Gang, als ob er mit jedem Schritt sagte: »Dies ist mein Haus und ich bin stolz darauf.« Einige Leute nickten ihm im Vorbeigehen lächelnd zu. Gunny kannte sie alle mit Namen und hatte für jeden ein paar persönliche Worte parat.

»Auf Wiedersehen, Mr Galvao, bis nächsten Monat. Guten Tag, Mrs Tavey. Wie ich sehe, haben Sie unseren Schönheitssalon besucht. Sie sehen wirklich ganz entzückend aus. Mr Prevett, Ihr Gepäck wurde wunschgemäß vorausgeschickt.« Der Bursche war echt gut. Kannte die Namen sämtlicher Gäste. Kein Wunder, dass er Bell Captain geworden war.

Wir durchquerten die Lobby und erreichten eine Reihe Aufzüge mit glänzenden Messingtüren. Gunny drückte auf einen Knopf.

»Wohin gehen wir?«, fragte Spader.

Gunny blickte sich unauffällig um, ob auch niemand zuhörte. »Oben in der sechsten Etage wird gerade renoviert«, erklärte er leise. »Niemand wird etwas merken, wenn wir dort ein paar Außerirdische einquartieren.«

Das hörte sich ziemlich cool an. Wir würden im nobelsten Hotel New Yorks wohnen und eine ganze Etage für uns haben. Nicht übel. Die Aufzugtür öffnete sich geräuschlos und Gunny bedeutete uns einzusteigen.

Im Aufzug stand schon ein Typ, ein kleiner Bursche, nicht viel größer als ich, der eine Brille mit Drahtgestell trug. Er hatte die gleiche Uniform wie Gunny an, nur dass er bloß zwei goldene Streifen an den Ärmeln hatte und auf dem Kopf eine runde, flache Kappe trug.

»Nach oben!«, verkündete er dienstbeflissen.

»Zur sechsten Etage bitte, Dewey«, sagte Gunny.

»Sehr wohl, Sir, Mr Van Dyke«, quiekte der Kleine. »Sechste Etage.«

Offenbar war er der Liftboy. Er schloss die Tür, betätigte einen Hebel und sofort setzte sich der Aufzug in Bewegung … und zwar abwärts. »Ach je, Verzeihung«, sagte der Junge, betätigte den Hebel erneut und der Aufzug kam mit einem Ruck zum Stehen. Der Bursche kämpfte mit der Technik, dass der Aufzug nur so bebte. Endlich fand er den richtigen Gang und wir schwebten nach oben. Puh! Der Liftboy warf uns einen zerknirschten Blick zu. Ich verstand sein Problem nicht ganz. Hoch, runter, anhalten, weiterfahren – mehr Möglichkeiten gab es doch gar nicht. Mir drängte sich der Verdacht auf, dass der Bursche nicht allzu helle war.

»Dies ist Dewey Todd«, stellte Gunny ihn vor. »Sein Vater hat dieses Hotel gebaut.«

Das erklärte einiges.

Dewey blickte finster zu Gunny hoch. »Ich hab dich doch gebeten, das nicht rumzuerzählen, Gunny. Ich will keine Sonderbehandlung. Ich will es in der Hotelbranche aus eigener Kraft zu was bringen.«

»Na, mit dem Aufzug klappt es doch mittlerweile schon ganz gut«, warf Spader ein und unterdrückte ein Grinsen. »Das ist immerhin ein Anfang.«

Dewey lächelte stolz. Die Spitze war ihm entgangen.

»Sechste Etage«, verkündete er und schob die Tür auf. Bevor wir ausstiegen, vergewisserten wir uns, dass der Aufzug auch wirklich angehalten hatte und die Luft rein war.

»Viel Spaß auf dem Maskenball«, sagte Dewey. »Die Zirkuskostüme sind großartig!«

»Wir sind Außerirdische«, korrigierte ich ihn.

»Oh, Verzeihung.« Er schloss die Aufzugtüren und wir waren allein.

»Er ist wirklich ein feiner Bursche«, sagte Gunny schmunzelnd. »Nur manchmal ein bisschen zerstreut.«

»Wer ist das nicht«, bemerkte ich.

Dass in der sechsten Etage renoviert wurde, war nicht zu übersehen. Die Wände auf dem Flur waren kahl und die Böden zum Schutz vor Farbklecksen abgedeckt. Während Gunny uns den Flur entlangführte, erzählte er: »Diese Etage wurde als erste fertig gestellt, als das Hotel neu war. Darum wird sie jetzt auch als erste modernisiert.«

Modernisiert – welch Witz! Wenn diese Etage fertig wäre, würde sie aussehen wie aus dem Jahr 1937. Nicht gerade das, was ich mir unter modern vorstellte. Am Ende des Flures bogen wir nach links in einen weiteren langen Flur ein. Vor der Tür mit der Nummer 615 blieb Gunny stehen und schloss auf.

»Willkommen zu Hause, Gentlemen«, sagte er.

Das Zimmer war riesig. Das heißt, es waren mehrere Zimmer. Ich glaube, so was nennt man eine Suite. Man brauchte nicht viel Fantasie, um sich vorzustellen, dass das Ganze wirklich schick aussehen würde, wenn die Arbeiten erst einmal abgeschlossen waren. Jetzt, während der Renovierung, wurde das Zimmer allerdings als Abstellraum für Sessel und Sofas benutzt.

»Bist du sicher, dass das hier okay ist, Gunny?«, erkundigte ich mich.

»Voll und ganz«, erwiderte er im Brustton der Überzeugung. »Es verstößt gegen ungefähr achtzehn verschiedene Hotelregeln, aber ich bin schon lange genug hier und habe meine Beziehungen. Solange ihr nicht gerade den Zimmerservice ruft, kann nichts passieren.«

An einer Wand standen lauter Sofas verkehrt herum aufgestapelt, fast bis zur Decke hoch. Wir brauchten nur zwei davon runterzuholen und schon hatten wir eine bequeme Schlafgelegenheit. Es gab auch große, weich gepolsterte Sessel und übereinander gestapelte Tische. Nur eins fehlte.

»Wo ist der Fernseher?«, fragte ich.

Gunny sah mich verständnislos an. »Der was?«

Huch, das Fernsehen war ja noch gar nicht erfunden. »Ach, nichts«, sagte ich und kam mir ziemlich bescheuert vor. »Wie steht es mit einem Radio?«

»Hier müsste irgendwo eins sein«, antwortete Gunny. »Habt ihr Hunger?«

»Und wie«, erwiderte ich.

»Ich könnte gebratenen Fisch und ein paar Sniggers vertragen«, verkündete Spader.

Gunny blickte ihn ebenso verständnislos an wie mich, als ich nach dem Fernseher gefragt hatte. »Ich werde sehen, was ich auftreiben kann«, versprach er. »Ihr zwei macht es euch inzwischen bequem. Ich bringe euch auch was zum Anziehen mit. Braucht ihr sonst noch was?«

»Was zu schreiben«, sagte ich. »Wir müssen unsere Journale auf den neuesten Stand bringen.«

»Gut«, sagte Gunny. »Bin bald wieder da.«

Damit ließ er Spader und mich allein. Ich durchquerte den Raum, öffnete die prächtige Balkontür und trat nach draußen. Es war kurz vor Sonnenuntergang. Aus dieser Höhe hatte ich einen guten Ausblick nach Süden und Westen, wo die Sonne sich gerade dem Horizont näherte.

»Bist du hier in der Stadt aufgewachsen?«, ertönte Spaders Stimme dicht hinter mir. Ich hatte ihn gar nicht kommen gehört.

»Nein, um die fünfzig Kilometer von hier«, antwortete ich. »Und mehr als ein halbes Jahrhundert in der Zukunft. Ist das nicht völlig abgedreht?«

Es war wirklich verrückt: Ich war hier zu Hause und doch wieder nicht. Mir kam der Gedanke, ich könnte vielleicht nach meinen Großeltern suchen. Die waren im Jahr 1937 ja schon auf der Welt. Aber dann fiel mir wieder ein, dass meine Familie verschwunden war. Ob das wohl auch für sämtliche Vorfahren galt? Ich musste aufhören darüber nachzudenken. Von solchen Grübeleien bekam ich Heimweh.

»Das ist ein echter Scary-Do«, bemerkte Spader, während er auf die Stadt hinausblickte. »Ich hab noch nie so viel Getümmel gesehen.«

»Daran gewöhnst du dich«, versicherte ich ihm.

»Wahrscheinlich«, räumte er ein. »Aber ich denke gerade an Saint Dane. In so einer großen Stadt gibt es eine Menge Natty-Do, wo dieses Monster mitmischen könnte. Wie sollen wir ihn finden?«

Gute Frage. Dass Saint Dane in New York sein Unwesen trieb, war eine beängstigende Vorstellung. »Etwas in mir sagt, dass er es auf eine Begegnung mit uns anlegen wird«, erwiderte ich. »Und jetzt geh ich duschen.«

Das Badezimmer war fast so groß wie der Wohnraum. Offenbar befanden wir uns in einer Suite für stinkvornehme Gäste. Der ganze Raum war weiß gekachelt. Die riesige Badewanne stand auf Füßen. Aus dem gewaltigen silbernen Duschkopf spritzte das Wasser so reichlich, dass man damit ein Pferd hätte waschen können. Ich hängte die Dusche in die Halterung ein, drehte das heiße Wasser weit auf und stellte mich darunter, sodass der Strahl mir den Kopf massierte.

Während ich dastand und versuchte mich hirntot zu stellen, schoss mir ein merkwürdiger Gedanke durch den Kopf: Ich ging nicht mehr zur Schule.

Ich weiß, ganz schön verrückt, plötzlich an so was zu denken. Vielleicht lag es daran, dass ich hier gewissermaßen zu Hause war. Ein Teil von mir fand das grandios. Klar war Schule total wichtig, aber besonders toll hatte ich sie auch wieder nicht gefunden. Andererseits, Schule *war* nun mal wichtig. Schließlich musste man was lernen. Was einem die Eltern nicht beibrachten, das lernte man in der Schule. Da stand ich nun also unter der Dusche und machte mir auf einmal echte Sorgen um meine Ausbildung. Alle meine Freunde würden mich abhängen. Sie lernten lauter Sachen, von denen ich keine Ahnung hatte.

Obwohl, wenn ich daran dachte, wo ich an diesem Tag schon überall gewesen war … hmmm. Vielleicht bekam ich auf diese Weise ja doch eine Art Ausbildung, sogar eine ziemlich intensive. Ich ging nicht mehr zur Stony Brook Junior High, sondern war Vollzeitstudent an der Reisenden-Uni. Möglicherweise war das genau die Ausbildung, die ich später brauchen würde. Nachdem ich diese Gedanken gründlich in meinem Kopf hin- und hergewälzt hatte, kam ich zu einem unumstößlichen Schluss: Diese ganze Grübelei vermieste mir das Duschen.

Ich blieb noch zehn Minuten lang so stehen, dann schnappte ich mir eins der flauschigen weißen Handtücher, die bereitlagen, trocknete mich ab und ging wieder zu Spader ins Wohnzimmer.

Wenige Minuten später saß ich in einem weichen Sessel, die Füße hochgelegt, während Spader seinerseits seine Gedanken abduschte. Ich war so hundemüde, dass mir schon die Augen zufielen. Zum ersten Mal, seit wir hier angekommen waren, konnte ich mal so richtig entspannen – ein herrliches Gefühl.

Da klopfte es heftig an der Tür.

Auf der Stelle riss ich die Augen auf, kein Gedanke mehr an Müdigkeit. So viel zum Thema Entspannen.

Spader steckte den Kopf durch die Badezimmertür und warf mir einen fragenden Blick zu, der besagte: »Und jetzt?«

Ich hatte keine Ahnung. Wir waren aufgeflogen. Es sah aus, als wäre unser Aufenthalt in diesem Hotel nicht von Dauer.

## Neuntes Journal
(Fortsetzung)

# Erste Erde

Verzwickte Situation. Wie in aller Welt sollten wir erklären, wer wir waren und warum wir uns in einer Etage des Hotels rumtrieben, die für Gäste gesperrt war? Noch dazu im Bademantel. Ich wollte Gunny nicht in Schwierigkeiten bringen, aber ich wollte mich auch nicht einbuchten lassen.

Während ich zur Tür schlich, versuchte ich verzweifelt mir eine Ausrede auszudenken, die uns aus der Patsche helfen könnte. Mir fiel keine ein. Ich spähte durch den Türspion um festzustellen, mit wem wir es zu tun bekämen, und sah ...

»Zimmerservice!«, verkündete Gunny mit breitem Grinsen.

Uff! Erleichterung war gar kein Ausdruck. Ich öffnete die Tür und Gunny schob einen großen Wagen voller silberner Warmhaltehauben herein.

»Geht es euch besser?«, fragte er.

»Jetzt ja«, antwortete ich. »Wir müssen ein geheimes Klopfzeichen oder so was vereinbaren, damit wir immer wissen, dass du es bist.«

»Geheimes Klopfzeichen, das gefällt mir«, sagte Gunny mit funkelnden Augen. »Wie die G-Men.«

»Wie wer?«, fragte Spader, der gerade mit einem Handtuch um die Hüfte aus dem Bad kam.

»Können wir jetzt vielleicht essen?«, unterbrach ich.

»Alles zu seiner Zeit, Gentlemen«, versetzte Gunny. »Erst haben wir noch was zu erledigen.«

Der Wagen war mit einem Tischtuch abgedeckt, das bis zum Boden reichte. Gunny griff darunter und förderte zwei in braunes Papier gewickelte Pakete zutage. »Probiert das mal an«, sagte er und warf jedem von uns ein Paket zu. Als wir sie aufrissen, kamen Erste-Erde-Klamotten zum Vorschein – offenbar aus einem der Shops in diesem Hotel. Jeder von uns bekam eine Wollhose und ein Jackett. Meine Hose war hellgrau, das Jackett etwas dunkler. Spaders Paket enthielt eine hellbraune Hose und ein gleichfarbiges Jackett. Dazu gab es jeweils ein weißes Hemd.

»Wozu ist das hier?«, fragte Spader und hielt lange weiße Boxershorts hoch.

Gunny lachte. »Trägt man da, wo du herkommst, etwa keine Unterwäsche?«

»Doch, klar«, antwortete Spader. »Aber in der hier geh ich doch unter. Da könnte man ein Segel draus machen.«

Ich zog meine an und sie reichte mir bis zu den Knien. Aber wisst ihr was? Ich scherte mich nicht darum. Es war ein gutes Gefühl, endlich mal wieder richtige Baumwollunterwäsche anzuhaben, selbst wenn ich darin aussah wie mein eigener Großvater. Außerdem gehörten zu unserem Outfit noch weiße T-Shirts, schwarze Socken und dunkle Lederschuhe. Und Hosenträger. Das fand ich irgendwie cool. Ich hatte noch nie Hosenträger gehabt. Und alles passte perfekt. Gunny hatte ein gutes Augenmaß. Nachdem wir uns angezogen hatten, musterte Gunny uns mit einem Lächeln.

»Damit werdet ihr hier gar nicht mehr auffallen«, stellte er zufrieden fest.

»Können wir jetzt essen?«, fragte ich.

»Geduld, Kleiner, Geduld.« Gunny griff wieder in den Wagen und förderte einen Stapel weißes Papier und eine kleine Schreibmaschine zutage. »Damit könnt ihr eure Journale tippen«, erklärte er. »Das geht schneller als von Hand.«

»Was ist das für ein Ding?«, erkundigte sich Spader.

»Erklär ich dir später«, erwiderte ich. Bisher hatte ich zwar nur am Computer getippt, aber ich sagte mir, dass ich es wohl auch auf die altmodische Art hinkriegen würde. »Können wir jetzt endlich essen?«, bettelte ich, denn bei dem Duft des Essens lief mir schon das Wasser im Mund zusammen.

»Eins noch«, entgegnete Gunny. »Ich habe mir was einfallen lassen, wie ihr zwei hier ein und aus gehen könnt, ohne dass es jemandem auffällt.« Er griff zum dritten Mal in den Wagen und holte zwei Uniformen hervor, die aussahen wie die von Dewey, dem Liftboy. »Ihr werdet als Pagen hier im Hotel arbeiten.«

»Was ist ein Page?«, wollte Spader wissen.

Gunny erklärte es ihm. »Ihr begrüßt Gäste, tragt ihnen das Gepäck und erledigt Botengänge in der näheren Umgebung. Das ist leichte Arbeit und ihr werdet einen tollen Chef haben.«

»Wen denn?«, fragte Spader.

»Mich.«

»Das ist ja alles schön und gut, aber können wir jetzt *bitte* essen?«, drängte ich verzweifelt.

»Nehmen Sie Platz, Gentlemen«, sagte Gunny. »Es folgt der kulinarische Höhepunkt des Tages.«

Während wir uns setzten, schob Gunny den Wagen vor uns in Position. »Ich wusste nicht recht, was ich bestellen sollte«, begann er, um uns auf die Folter zu spannen. »Aber nach reiflicher Überlegung glaube ich das perfekte Menü zusammengestellt zu haben.« Mit einer feierlichen Geste hob Gunny zwei der silbernen Hauben ab.

Bei dem Anblick wäre ich vor lauter Wonne am liebsten in Tränen ausgebrochen.

Seit meinem Aufbruch von zu Hause hatte ich mich von allerlei recht eigenartigem Zeug ernährt. Gar nicht übel eigentlich, nur eben völlig anders als alles, was ich gewöhnt war. Auf Denduron hatte es viel Gemüse gegeben und hin und wieder ein Kaninchen. In Cloral hatte ich tonnenweise Fisch gegessen und dazu das komische Obst und Gemüse von den Unterwasserplantagen. Auf Zadaa hatte Loor für uns herrlich knuspriges Brot und würziges Gemüse zubereitet. Lauter gutes Essen, aber nicht zu vergleichen mit dem, was jetzt vor uns stand.

Auf den beiden Tellern lagen jeweils ein großer, saftiger Cheeseburger und ein Haufen Pommes frites … ein himmlischer Anblick! Außerdem zauberte Gunny einen Sektkühler hervor, in dem zwischen Eiswürfeln mehrere Colaflaschen steckten.

»Na, was sagt ihr dazu?«, fragte er.

»Ich sage, dass du ein Genie bist«, versetzte ich prompt.

Spader schien nicht wirklich begeistert. »Was ist das für Zeugs?«, erkundigte er sich skeptisch.

»Cheeseburger, Pommes frites, Cola – Speisen der Götter, mein Freund«, erwiderte ich. Dann griff ich nach meinem Burger, schnupperte genüsslich daran, schloss die Augen und versenkte meine Zähne in dieser Köstlichkeit. Endlich zu Hause!

Spader beäugte interessiert die Pommes frites auf seinem Teller. »Was genau ist eine Pommes, bevor sie gefrittet wird?«, erkundigte er sich.

»Ein weißes Gemüse, das man in Streifen schneidet und in Fett brät«, antwortete ich. »Und jetzt sei still, ich muss mich konzentrieren.«

Von da an sprach keiner mehr ein Wort, bis die Mahlzeit beendet war. Spader machte sich nur zögernd über sein Essen her, schien es dann aber doch nicht allzu widerlich zu finden. Ich schüttete ihm und mir Ketschup über die Pommes und salzte sie kräftig. Mann, die waren wirklich erstklassig. Die ganze Zeit stand Gunny bei uns am Tisch und strahlte wie ein stolzer Küchenchef, der sich freute, dass man seine Künste zu würdigen wusste.

Als wir zum Nachtisch kamen, hob Gunny zwei weitere Silberhauben ab und zum Vorschein kam ... Bananensplit. Jawohl! Sogar an die Milch zum Runterspülen hatte er gedacht. Dieses Dinner entschädigte mich wirklich gründlich für den langen, harten Tag, der hinter uns lag. Ich hätte endlos weiteressen mögen, aber mein Magen stand kurz vor der bedingungslosen Kapitulation. Ich war proppenvoll und wunschlos glücklich.

»Glaubt bloß nicht, dass es solchen Service jetzt jeden Tag gibt«, ermahnte uns Gunny. »Das war nur zur Begrüßung. In Zukunft esst ihr mit dem übrigen Personal in der Küche.«

»Gunny, du kannst dir gar nicht vorstellen, wie göttlich das war.«

»Doch, doch, das kann ich schon«, erwiderte er schmunzelnd.

»Aber es war noch göttlicher, als du es dir vorstellst«, versetzte ich. »Morgen habe ich Geburtstag und das hier war das tollste Geschenk aller Zeiten.«

»Dann herzlichen Glückwunsch, Kleiner.« Gunny strahlte mich an.

»Herzlichen Glückwunsch, Kumpel«, schloss sich Spader an. »Ich wünschte, darauf könnten wir mit Sniggers anstoßen.«

»Ich stoße lieber hiermit an«, entgegnete ich und nahm mir eine Colaflasche.

Gunny schob den jetzt leeren Wagen an die Tür, ehe er sich zu uns auf eins der Sofas setzte. So gern ich mich auch mit einem kräftigen Rülpser zurückgelehnt und an nichts Böses mehr gedacht hätte, es ging nicht. Schließlich waren wir nicht ohne Grund hier und unsere Mission bestand nicht in der Vernichtung von Cheeseburgern.

»Das ist alles so neu für mich«, begann Gunny. Ich meine, Saint Dane das Handwerk zu legen. Wie fangen wir das an?«

Schlagartig war die Partystimmung verflogen.

»Sämtlichen Territorien steht in nächster Zeit ein Wendepunkt bevor«, erklärte ich und unterdrückte einen Rülpser. »Wir müssen rausfinden, worin der Wendepunkt hier auf Erste Erde besteht, und auf welche Weise Saint Dane versucht, daraus eine Wendung zum Schlechten zu machen.«

»Das dürfte ein Snappy-Do sein, Pendragon«, mischte sich Spader ein. »Schließlich stammst du aus diesem Territorium. Ich meine, aus der *Zukunft* dieses Territoriums. Überleg doch mal, was 1937 Wichtiges passiert ist, woran Saint Dane versuchen könnte herumzupfuschen.«

Damit hatte er mich auf dem falschen Fuß erwischt, denn Geschichte war noch nie meine Stärke gewesen. Ich fand es immer sterbenslangweilig, Ortsnamen und Jahreszahlen zu büffeln und Reden von Typen auswendig zu lernen, die mir völlig schnuppe waren. Doch selbst ich mit meiner nobelpreisverdächtigen Geschichtsignoranz brauchte nicht allzu lange, bis mir etwas einfiel. Die Frage war aber auch idiotensicher.

»Na, Kumpel, du weißt schon was, stimmt's?«, fragte Spader mit einem verschwörerischen Grinsen.

Allerdings. So sehr ich mir auch wünschte, es nicht zu wissen. Je länger ich darüber nachdachte, umso mehr sträubten sich mir die Nackenhaare. Wenn es das wirklich war ... Mein Herz begann zu rasen und meine Hände schwitzten.

»Was ist es?«, wollte Gunny wissen.

»Ich erinnere mich nicht an die genauen Daten«, fing ich an, »aber jedenfalls steht ein wirklich großes Ereignis bevor.«

»Nun erzähl schon, Kumpel!«, drängte Spader.

»Der Krieg, den du miterlebt hast, Gunny – der Große Krieg, nicht wahr? –, dieser Krieg ist als der Erste Weltkrieg in die Geschichte eingegangen«, sagte ich.

Gunny riss entgeistert die Augen auf. »Soll das heißen, dass es noch einen Zweiten Weltkrieg geben wird?«

Ich nickte.

Gunny senkte den Blick und schüttelte bekümmert den Kopf. »Dabei hieß es, das sei der größte und letzte aller Kriege gewesen.«

»Das war ein Irrtum«, sagte ich.

»Wann ist er ausgebrochen?«, fragte Spader. »Und wer war daran beteiligt?«

Plötzlich wünschte ich mir, ich hätte in Mr Varadys Kurs über Weltgeschichte etwas weniger geschlafen.

»So genau kenne ich mich damit nicht aus«, sagte ich. »Jedenfalls gab es in Deutschland einen Typen, der Hitler hieß und versuchte ganz Europa in seine Gewalt zu bringen. Und Japan wollte die Herrschaft über Asien an sich reißen.«

»Das macht dann aber schon *zwei* Kriege«, wandte Spader ein.

»Ich schätze, darum nennt man das Ganze einen *Welt*krieg«, schoss ich zurück. »Russland war auch daran beteiligt und die Vereinigten Staaten und England und China und Frankreich und … o *Mann!* Das ist vielleicht ein Kaliber! Da sind Millionen Menschen umgekommen. *Millionen.* Dieser Krieg hat die komplette Weltgeschichte verändert!«

»Dann sollten wir vielleicht nach Deutschland gehen

und uns mal mit diesem Hitler unterhalten«, schlug Spader vor.

Ich lachte ihn aus. »Begreif doch«, sagte ich, »wir können nicht einfach nach Berlin reisen, bei Adolf Hitler an die Tür klopfen und sagen: ›Entschuldigen Sie, Herr Hitler, Sie kennen uns zwar nicht, aber seien Sie doch so nett und überlegen Sie sich die Sache mit dem Holocaust noch mal, okay?‹«

»Warum denn nicht?«, fragte Spader unschuldig.

»Glaub mir, so geht das nicht. Wir reden hier von Staatsoberhäuptern gewaltiger Nationen, die über Millionen von Menschen herrschen. Das ist so weit über unserer Liga, dass es schon nicht mehr komisch ist.«

»Und wann passiert das alles?«, erkundigte er sich.

Ich stand auf und begann auf und ab zu gehen in der Hoffnung, damit meine Synapsen ein bisschen in Schwung zu bringen.

»Ich hab die genauen Daten nicht im Kopf, aber jedenfalls ist der Krieg nicht aus heiterem Himmel ausgebrochen – das Ganze kam Jahre vorher ins Rollen. 1937 war garantiert schon was im Gange. Bis daraus ein ausgewachsener Krieg wurde, war es dann, soweit ich weiß, schon fast 1940. Jungs, ich wette, Saint Dane lässt es sich nicht entgehen, bei so was mitzumischen. Leider ist diese Sache ganz und gar nicht unsere Kragenweite.«

Gunny hatte ruhig zugehört. Für ihn musste es ziemlich schwer zu verdauen sein, dass die Welt schon wieder im Begriff war, aus den Angeln gehoben zu werden. Schließlich sagte er: »Da wär ich mir nicht so sicher.«

»Bist du verrückt?«, fuhr ich ihn an.

»Denk mal nach«, versetzte Gunny ungerührt. »Wir wissen, dass der Krieg bevorsteht, und wir wissen, dass

Saint Dane hier ist, um Unheil zu stiften. Das passt doch alles irgendwie zusammen. Vielleicht ist es ja unsere Aufgabe, diesen Krieg zu verhindern.«

»Das ist unmöglich!«, schrie ich. »So was Gewaltiges können wir unter keinen Umständen zu dritt verhindern.«

»Vielleicht hast du Recht«, meinte Gunny nachdenklich. »Aber vielleicht betrachten wir das Ganze auch einfach nur aus einem falschen Blickwinkel.«

»Es geht hier um einen *Weltkrieg,* Gunny«, erklärte ich geduldig. »Mit Flugzeugen. Bomben. Soldaten. Millionen von Soldaten. Und wer sind wir? Zwei Jungs mit zu großen Unterhosen und ein großer Bursche im schicken Anzug. Ich will ja den Teufel nicht an die Wand malen, aber mir scheint, diesmal hat Saint Dane möglicherweise die besseren Karten.«

Gunny nickte bedächtig. »Ich verstehe, was du meinst. Auch wenn wir Himmel und Hölle in Bewegung setzen, so etwas können wir nicht aufhalten, wenn es einmal in Gang gekommen ist. Aber worauf ich hinauswill: Was, wenn das alles ursprünglich durch eine Kleinigkeit ausgelöst wurde?«

»Kannst du das vielleicht näher erklären, Kumpel?«, bat Spader.

»Ich meine, man weiß doch nie im Voraus, welche Folgen ein Ereignis letztendlich hat. Manchmal zieht irgendeine Kleinigkeit, die für sich genommen völlig nichtig erscheint, etwas Größeres nach sich, das wiederum Auslöser für etwas anderes ist, und immer so weiter, bis man letztendlich einen riesigen Krieg am Hals hat.«

»Aber …«

»Sag nicht gleich *aber*, Kleiner«, fiel Gunny mir ins Wort. »Denk erst mal drüber nach.«

»Okay«, sagte ich und bemühte mich krampfhaft,

nicht zu hyperventilieren. »Du meinst also, dass vielleicht gerade ein kleines Ereignis bevorsteht, von dem eine Kettenreaktion ausgeht, die letztendlich zum Ausbruch des Zweiten Weltkriegs führen wird, und dass wir eine Chance haben könnten, das Ganze zu verhindern?«, fragte ich.

»Möglicherweise.«

»Spinn weiter!«, rief ich.

»Mag sein, dass das Spinnerei ist«, entgegnete Gunny. »Aber ich weiß, dass wir nicht ohne Grund hier sind. Ich weiß auch, dass Saint Dane sich hier irgendwo rumtreibt. Und nach allem, was ich von dem Burschen gehört habe, glaub ich kaum, dass er nur Urlaub in New York machen will.«

»Gunny hat Recht, Kumpel«, schaltete sich Spader ein. »Was, wenn Saint Dane hergekommen ist, um dafür zu sorgen, dass etwas geschieht, das den großen Krieg auslöst? Oder was, wenn er es darauf anlegt, dass der Krieg noch verheerender wird, als er letztendlich tatsächlich war? Hobey, wenn wir rauskriegen könnten, was das ist, könnten wir es verhindern.«

Ich hätte gern daran geglaubt, dass das möglich wäre. Ehrlich. Aber es kam mir einfach hoffnungslos unrealistisch vor. Die Vorstellung, wir könnten etwas tun, um den verheerendsten Krieg der Menschheitsgeschichte zu verhindern, war völlig utopisch.

»Wenn du Recht hättest«, setzte ich an, »– und ich sage nicht, *dass* du Recht hast –, dann müsste es was mit den Gangstern zu tun haben, die Saint Dane zum Flume geschickt hat, um Onkel Press umzubringen.«

»Das ist doch mal eine Idee!«, rief Gunny begeistert. »Wenn wir rausfinden, was diese beiden Schurken mit der Sache zu tun haben, die sich da in Europa zusammenbraut, dann bringt uns das bestimmt geradewegs auf Saint Danes Spur.«

Wir drei sahen uns an. Ob das der richtige Ansatz war? Bestand unsere Mission darin, herauszufinden, wie Saint Dane mithilfe von ein paar New Yorker Gangstern den Zweiten Weltkrieg auszulösen versuchte?

»Klingt ziemlich abgedreht«, sagte ich. »Aber eins steht fest: Was auch immer Saint Dane hier im Schilde führt, diese Gangster spielen definitiv eine Rolle dabei. Was das Ganze mit dem Krieg zu tun hat, ist eine andere Frage. Jedenfalls müssen wir an diesem Punkt ansetzen.«

»Okay«, stimmte Spader zu. »Also nehmen wir uns die Gangster vor.«

Gunny stand auf und strich sich den Anzug glatt. »Da kann ich mich nützlich machen, denn ich habe allerlei gute Beziehungen, auch zu weniger guten Menschen. Ich kann mich ein bisschen umhören, vielleicht finde ich einen Anhaltspunkt.«

Ich war überzeugt, dass wir auf der richtigen Spur waren, auch wenn ich keine Ahnung hatte, wo sie uns hinführen würde. Aber das konnte wohl kein Mensch wissen.

»Ruht euch jetzt ein bisschen aus«, sagte Gunny. »Ich hole euch morgen früh zur Arbeit ab. Macht euch zeitig bereit.«

Damit ging er zur Tür, wo er den Wagen abgestellt hatte. »Ach, noch was: Vor der Arbeit gehen wir eben schnell zum Friseur in der Lobby. Wenn ihr hier arbeitet, könnt ihr schließlich nicht rumlaufen wie die Ladys.«

So ungern ich es zugab, Gunny hatte Recht. Mein Haar war mittlerweile ziemlich lang und zottelig geworden und Spaders schwarze Mähne reichte ihm fast bis auf die Schultern. Für das Jahr 1937 war das definitiv *nicht* der passende Aufzug.

»Was ist ein Friseur?«, fragte Spader.

»Nacht, Gentlemen«, sagte Gunny. »Schlaft gut.« In der Tür drehte er sich noch einmal zu uns um. »Wie wär's hiermit?« Er klopfte erst zweimal an die Tür, dann einmal und schließlich dreimal.

»Das perfekte Geheimzeichen«, erwiderte ich.

»Ich wollte schon immer ein G-Man werden«, bemerkte Gunny grinsend, bevor er die Tür hinter sich schloss. Spader und ich waren allein.

»Was ist ein G-Man?«, wollte Spader erneut wissen.

»Nicht so wichtig«, wehrte ich ab.

»Dann erzähl mir mehr über diesen Zweiten Weltkrieg. Ist das wirklich so ein riesiger Natty-Do, wie du gesagt hast?«

»Schlimmer«, antwortete ich düster. »Ich kann gar nicht beschreiben, wie schlimm. Wenn wir eine Möglichkeit fänden, ihn zu verhindern, wäre das wirklich mehr als unglaublich.«

Spader stand auf und grinste mich an. »Also dann, ich verspüre einen plötzlichen Drang zu pinkeln. Nicht dass ich etwa Schiss hätte, glaub das ja nicht! Ich hab lediglich … Todesangst.« Er ging ins Bad und überließ mich meiner Grübelei.

Das Ausmaß dessen, womit wir es hier zu tun hatten, überstieg mein Fassungsvermögen bei weitem. Sollte es möglich sein, dass wir hier in New York den Anfang einer Kettenreaktion fanden, von der es abhing, ob der Zweite Weltkrieg stattfand? Das Grauen dieses Krieges trug exakt Saint Danes Handschrift. Folglich würde Saint Dane natürlich nach Kräften zu verhindern versuchen, dass wir herausbekamen, was der Auslöser war. Wir standen vor einer echten Herausforderung. Mal wieder.

Da klopfte es dreimal an der Tür.

Bestimmt wollte Gunny uns noch was mitteilen. Auf

dem Weg zur Tür hoffte ich insgeheim, es gehe ums Frühstück. Voll gestopft, wie ich war, fand ich den Gedanken an Eier mit Speck doch schon wieder ganz verlockend.

»Nicht zu fassen, wie schnell du das Klopfzeichen vergessen hast!«, rief ich. »Du würdest einen lausigen G-Man abgeben.«

Als ich die Tür öffnete, bekam ich einen derart heftigen Stoß versetzt, dass ich ins Zimmer zurücktaumelte und unsanft auf dem Allerwertesten landete. Im ersten Moment war ich völlig verwirrt – warum tat Gunny so etwas? Sobald ich meinen Verstand wieder halbwegs beisammen hatte und aufblickte, wurde mir einiges klar.

Es war nicht Gunny.

Es waren die beiden Gangster aus dem U-Bahn-Tunnel. Der Fiesling hielt mir einen schwarzen Revolver vor die Nase.

»Kein G-Man weit und breit diesmal, der dich rettet«, knurrte er.

## Neuntes Journal
(Fortsetzung)

# Erste Erde

Da saß ich nun auf dem Hintern, und vor mir standen zwei Kerle, die erst vor wenigen Stunden versucht hatten mich umzubringen. Diesmal hatten sie sich nicht mal die Mühe gemacht, sich mit Tüchern zu maskieren. Zwei ganz schön finstere Gestalten waren das. Der Fiesling sah aus wie, na ja, eben wie ein echter Fiesling. Aus seinem feisten Gesicht starrten bedrohliche, dunkle Augen. Er war einer von diesen Typen, die sich stündlich rasieren müssten, um nicht auszusehen wie Fred Feuerstein.

Der andere Typ, der Ängstliche, hatte ein hageres Gesicht mit einer hervorstechenden Raubvogelnase. Er wirkte jetzt etwas weniger ängstlich als vorhin, bestimmt weil er hier kein Publikum hatte. Allerdings schien ihm immer noch nicht recht wohl in seiner Haut zu sein, und als ich ihm in die Augen blickte, glaubte ich einen Funken Mitgefühl zu erkennen. Leider nicht so viel, dass er sich seinem Partner, der Bulldogge, in den Weg gestellt hätte. Der Fiesling hielt seine Pistole auf mich gerichtet. Es war ein altmodischer Revolver mit langem Lauf. Nicht gerade eine Hightechwaffe, aber zweifellos sehr wirksam.

»Wie habt ihr uns gefunden?«, fragte ich, während ich auf dem Boden kriechend vor den beiden zurückwich.

»Wir haben unsere Augen überall«, versetzte der Fiesling großspurig. »So weit kannst du gar nicht weglaufen, dass wir dich nicht finden.«

»Warum seid ihr hinter uns her?«, fragte ich weiter.

»Ich persönlich hab gar nichts gegen euch«, erwiderte der Fiesling. »Aber bei meinem Auftraggeber sieht das etwas anders aus.«

Sein Auftraggeber – wer war das? Saint Dane? Ich musste versuchen die Jungs in ein Gespräch zu verwickeln. Vielleicht konnte ich mich dann mit meiner hypnotischen Überzeugungskraft aus der Affäre ziehen. Das Problem war nur, dass ich vor lauter Angst keinen klaren Gedanken fassen konnte, geschweige denn mich ausreichend konzentrieren, um Geisteskräfte einzusetzen, mit denen ich ohnehin nicht richtig umzugehen verstand.

»Das muss eine Verwechslung sein, ihr habt den Falschen erwischt«, behauptete ich verzweifelt, obwohl mir klar war, dass sie leider genau den Richtigen erwischt hatten.

Der Gangster beugte sich zu mir herunter und hielt mir die Revolvermündung direkt vor die Nase. »Winn Farrow macht keine Fehler.«

Wer in aller Welt war Winn Farrow?

Und vor allem: Warum setzte er Killer auf uns an? In diesem Moment nahm ich aus dem Augenwinkel eine Bewegung wahr. Es war Spader, der aus dem Bad gekommen war und sich nun hinter den Gangstern befand. Ich zwang mich, mir nichts anmerken zu lassen, damit die Gangster ihn nicht entdeckten.

»Ich … ich kenne keinen Winn Farrow«, stammelte ich.

Spader schlich vorsichtig hinter die aufgestapelten Sofas.

»Ich bin nicht hergekommen, um mit dir zu diskutieren, Jungchen – ich sag dir einfach nur, was Sache ist. Steck deine Nase nicht in Dinge, die dich nichts angehen«, sagte der Fiesling. »Wenn jemand Winn Farrow in die Quere kommt, dann hat er schlechte Überlebenschancen, wenn du verstehst, was ich meine.«

Hinter den Gangstern begann das oberste Sofa zu wackeln. Spader hatte offenbar vor, es auf die beiden zu stürzen. Ich musste all meine Willenskraft aufbieten, um die Blicke der Gangster auf mich zu ziehen.

»Okay, ich hab's kapiert. Dürfte ich trotzdem eine Frage stellen?«

»Was denn für eine?«

»Kann ich meinen Ring wiederhaben?«

Damit hatten die Gangster nicht gerechnet. Die zwei starrten mich an, als wäre ich übergeschnappt. Sie zogen hier die Mega-Einschüchterungsnummer ab und ich hatte anscheinend nichts Wichtigeres im Kopf als meinen Ring. Das verwirrte sie. Sehr gut. Es war die perfekte Gelegenheit für Spader, seinen Plan umzusetzen. Leider kam unerwartet etwas dazwischen.

Auf einmal sagte der fiese Gangster mit einem boshaften Funkeln in den Augen: »Zum Teufel mit unseren Anweisungen, ich bring das Ganze jetzt und hier zu Ende.«

Oha. Er spannte den Hahn seines Revolvers. Ich hoffte inständig, Spader möge sich beeilen.

Was er auch tat.

Ein gewaltiger Stoß und das Sofa kippte. Erst nietete es den ängstlichen Typen um und im weiteren Fall streckte es Mr Fiesling nieder. Die Gangster wussten gar nicht, wie ihnen geschah. Ich konnte mich gerade noch rechtzeitig zur Seite rollen, ehe die beiden Ganoven mitsamt Sofa zu Boden stürzten. Ich sprang auf und hechtete über den ganzen Haufen hinweg zu Spader.

»Du hast dir aber wirklich Zeit gelassen!«, schrie ich ihn an.

»Das Ding war schwer!«

»Komm, weg hier!« Ich stürmte nach draußen, Spader dicht hinter mir. Die Gangster würden in Sekundenschnelle wieder auf die Beine kommen und bis dahin wollte ich dringend außer Reichweite sein. Wir rannten den Flur entlang, bogen nach rechts ab und hetzten zu den Aufzügen. Ich drückte den Knopf und stellte fest, dass die Anzeige auf 1 stand. Gar nicht gut. Beim zweiten Aufzug stand sie auf 30. Noch schlechter. Wir waren in der sechsten Etage, also meilenweit entfernt.

»Komm schon, komm schon«, drängte ich die Aufzüge, während ich wütend auf den Knopf einschlug … nicht dass es etwas gebracht hätte.

»Wer ist Winn Farrow?«, fragte Spader. »Ist das Saint Dane?«

»Keine Ahnung, kann schon sein«, antwortete ich atemlos. »Aber diese Typen sollten uns eigentlich nur einen Denkzettel verpassen und haben stattdessen beschlossen uns umzubringen.«

»Auf solche Leute ist eben kein Verlass«, stellte Spader fest.

»Hey!«

Schon bogen die Gangster links von uns um die Ecke. Wir mussten zusehen, dass wir wegkamen. Mit Höchstgeschwindigkeit rannten Spader und ich den Flur entlang in der Hoffnung, einen Durchgang zum Treppenhaus zu finden – oder wenigstens nicht in einer Sackgasse zu landen. Zum Glück war der Korridor ziemlich lang und unser Vorsprung so groß, dass die Gangster nicht auf uns schießen konnten.

Am Ende des Ganges stießen wir auf eine Tür, die wahrscheinlich zum Treppenhaus führte. Leider war sie mit Möbeln und Malerutensilien verstellt. Die Gangster würden uns einholen, ehe wir uns durch das Gerümpel gekämpft hätten.

»Hier lang«, entschied Spader und deutete nach rechts.

Wir sprinteten den nächsten Gang entlang. Er verlief parallel zu dem Flur, an dem unser Zimmer lag, aber auf der entgegengesetzten Seite des Gebäudes. Auch dieser Gang war ziemlich lang, und wir befanden uns immer noch außer Schussweite der Gangster, doch wir konnten nicht ewig im Kreis herumlaufen. Wir mussten einen Fluchtweg finden.

Auf halber Höhe des Ganges entdeckte ich rechts ein Schild: Ausgang. Blindlings stürmte ich durch die Tür und hoffte inständig eine Treppe vorzufinden. Fehlanzeige. Es war nur ein Personaldurchgang. Wir rannten jetzt parallel zu dem Flur mit den Aufzügen.

»Vielleicht geht es hier wieder zu den Aufzügen«, keuchte ich. »Wenn wir Glück haben, kommt diesmal schneller einer.«

»Hobey-Ho«, japste Spader.

Am anderen Ende des Durchgangs angekommen spähte ich vorsichtig aus der Tür. Keine bösen Jungs in Sicht. So weit, so gut. Wir rannten nach rechts den Flur entlang; denselben, auf dem unser Zimmer lag. Wir waren jetzt einmal im Kreis gelaufen.

Aber ganz geheuer war mir die Sache nicht. Was, wenn einer der Gangster umgekehrt war und gleich um die nächste Ecke kam? Wir liefen an unserem Zimmer vorbei und waren nur noch ein paar Meter von dem Gang mit den Aufzügen entfernt, als wir Schritte in unsere Richtung kommen hörten. Hilfe! Offenbar war tatsächlich zumindest ein Gangster auf die Idee gekommen, kehrtzumachen. In wenigen Sekunden würde er uns erreichen!

Wir waren erledigt. Starr vor Entsetzen blieb ich stehen.

Nicht so Spader. Er packte mich am Hemd und zerrte mich in das nächstbeste Zimmer. Keine Sekunde zu früh: Aus den Augenwinkeln sah ich bereits den Gangster um die Ecke biegen.

Wir stellten uns von innen hinter die Tür und beteten, dass unser Verfolger uns hier nicht suchen würde. Gleich darauf hörten wir ihn draußen vorbeirennen. Spader und ich warteten noch ein paar Sekunden, dann spähte ich vorsichtig nach draußen und sah den Gangster mit Volldampf weiterlaufen. Hervorragend.

Jetzt hieß es, keine Zeit verlieren. Wir schlüpften hinaus und spurteten erneut in Richtung Fahrstuhl. Als wir um die Ecke bogen, sahen wir einen leeren Flur vor uns. Und gerade in diesem Moment öffnete sich die Aufzugtür! Wir legten einen verzweifelten Sprint ein.

»Nach unten?«, ertönte eine Stimme aus dem Aufzug.

Wir waren zu weit entfernt, er sah uns von drinnen nicht. Während wir weiterrannten, schloss sich die Tür langsam wieder. Jetzt hatten wir nichts mehr zu verlieren! Auf die Gefahr hin, dass die Gangster uns hörten, schrie ich: »Dewey!«

Zu spät, der Aufzug war zu. Wir hatten ihn verpasst. In der nächsten Sekunde erschien am anderen Ende des Ganges der fiese Gangster. Offenbar hatte mein Schrei ihn auf den Plan gerufen. Jetzt war der Schlamassel perfekt.

In diesem Moment ging die Fahrstuhltür wieder auf! Dewey musste mich wohl doch gehört haben.

»Was macht ihr denn hier?«, wollte er wissen.

Spader und ich zwängten uns in die Kabine, noch ehe die Tür ganz geöffnet war. »Zumachen! Mach die Tür zu!«, schrie ich.

Dewey starrte uns nur verständnislos an. Spader und ich fingen an, die Tür zuzuschieben. »Hey! Das ist *mein* Job!«, beschwerte sich Dewey.

Wir ignorierten ihn einfach und hatten die Tür schon

beinahe geschlossen, als der fiese Gangster uns erreichte. Er steckte die Finger in den Spalt und versuchte die Tür wieder aufzuzerren.

»Nach unten, Dewey!«, schrie ich. »Nicht hoch« – ich deutete mit einer Kopfbewegung nach oben – »sondern *runter!*« Ich blickte nach unten.

»Aber da will noch jemand einsteigen!«, protestierte Dewey. Im selben Moment sah er den Revolver des Gangsterfieslings. Dewey begriff. Mit einem Satz war er an der Tür und half mit sie zu schließen.

»Bring uns hier weg!«, fuhr ich ihn an.

Dewey packte den Hebel und erstaunlicherweise setzten wir uns tatsächlich abwärts in Bewegung. Offenbar reagierte der Bursche unter Druck besser, als ich es ihm zugetraut hätte. Allerdings stand ihm das Entsetzen ins Gesicht geschrieben.

»Wer war das?«, schrie er. »Der hatte ja eine Pistole!«

»Wo ist Gunny?«, fragte Spader, ohne ihn einer Antwort zu würdigen.

»Ich habe ihn gerade noch in der Lobby gesehen, war auf dem Weg nach draußen. Was geht hier vor?«

»Nichts, was Gunny nicht in Ordnung bringen könnte«, entgegnete ich. »Vergiss, was du gesehen hast.«

»Aber ich muss es meinem Vater berichten«, widersprach Dewey.

»Bloß nicht!«, brüllte ich ihn an. Dewey drückte sich entgeistert gegen die Kabinenwand; er schien regelrecht Angst vor mir zu haben. Ich riss mich zusammen und sagte mit gespielter Ruhe: »Das war doch nur ein Scherz. Ein Streich, verstehst du?«

»Aber der Typ hatte eine Waffe«, jammerte Dewey.

»Eine Waffe?« Ich tat, als müsste ich lachen. »Aber das war doch keine echte Pistole. Das war … das war … eine Attrappe. Für den Maskenball. Weißt du nicht mehr, die Anzüge, die wir vorhin anhatten? Das waren doch auch Kostüme. Hast du etwa gedacht, die Pistole wäre echt?«

Ich lachte noch einmal und warf Spader einen verstohlenen Blick zu. Spader begriff und tat ebenfalls, als fände er das Ganze ungemein komisch.

»Klar war das eine Spielzeugpistole«, bestätigte er.

Dewey wusste offenbar nicht recht, ob er uns glauben sollte. Andererseits gefiel ihm diese Erklärung wohl besser als die Vorstellung, dass im Hotel seines Vaters Leute mit Pistolen herumrannten. Sehr gut. Wenn Dewey die Polizei rief, würden sie uns Fragen stellen, und ich weiß nicht recht, ob unsere Antworten ihnen gefallen hätten. Nein, so war es besser. Doch jetzt mussten wir unbedingt Gunny auftreiben und ihm berichten, was los war. Endlich hielt der Aufzug im Erdgeschoss und Dewey öffnete die Tür.

»Danke, Dewey«, sagte ich. »Wenn es das nächste Mal einen Maskenball gibt, sagen wir dir vorher Bescheid.«

»Klasse, vielen Dank!«

Dewey war wirklich sehr einfach gestrickt.

Spader und ich stürmten aus dem Aufzug, durchquerten die Lobby und rannten durch den Haupteingang hinaus, um nach Gunny zu suchen. Inzwischen war es dunkel geworden und der Garten leuchtete wie ein Weihnachtsbaum. Überall zwischen den Pflanzen waren Lampen angebracht.

»Da!«, rief Spader und zeigte in Richtung Straße.

Gunny stand auf dem Gehweg und unterhielt sich mit jemandem. Wir rannten die Vortreppe hinunter, durch den Garten und auf die Straße hinaus. Gunny bemerkte uns. Er schüttelte dem Mann die Hand, und der Typ ging davon, gerade als wir angestürmt kamen. Wir waren völlig aufgelöst und außer Atem.

»Was ist los?«, fragte Gunny verärgert. »Ich sagte doch, ihr sollt euch nicht aus eurem Versteck rühren.«

»Wir hatten Besuch«, erklärte ich.

»Die Typen, die uns vorhin beim Flume aufgelauert haben«, japste Spader. »Sie haben uns gefunden.«

Gunnys Miene gefiel mir überhaupt nicht. Sie drückte eine Mischung aus ungläubigem Erstaunen und Angst aus. Gar keine gute Mischung.

»Wer ist Winn Farrow?«, fragte ich.

Im ersten Moment dachte ich, Gunny würde ohnmächtig umkippen. Er schwankte tatsächlich ein bisschen. Wer auch immer Winn Farrow sein mochte, offenbar ging selbst einem Kerl wie Gunny die Muffe, wenn er nur seinen Namen hörte. Das wurde ja immer besser!

»Ich kann mir nicht vorstellen, dass er seine Leute hierher geschickt hat«, erwiderte Gunny schließlich und blickte nachdenklich auf uns herab. »So weit würde er nicht gehen.«

»Warum? Wer ist der Typ?«, bohrte ich.

Gunny wollte gerade antworten, als ein Schrei ertönte.

Es war ein grauenhafter, gequälter Schrei, der von weit weg kam. Das heißt, eigentlich kam er von weit *oben*. Als wir drei herumfuhren und an der Hotelfassade emporstarrten, wurden meine Knie weich.

Jemand war aus dem Fenster gesprungen!

Das ganze Gebäude war mit Scheinwerfern angestrahlt, sodass man die dunkle Gestalt genau erkennen konnte – genauer, als mir lieb war. Der Sturz dauerte nur wenige Sekunden, aber diese Sekunden werde ich nie vergessen. Es war entsetzlich. Die Gestalt schrie die ganze Zeit, bis sie unten aufschlug. Zu unserem Glück verdeckten die hohen Bäume vor dem Hotel die Sicht auf das Ende. Wir standen wie angewurzelt, bis Gunny sich einen Ruck gab und losrannte. Spader und ich folgten ihm. Ich wollte eigentlich gar nicht, aber mir war klar, dass ich mir die Sache ansehen musste. Bestimmt hatte es etwas mit den Gangstern und diesem Winn Farrow zu tun.

Das Opfer war auf einem Autodach gelandet, das von dem Aufprall völlig verbeult war. So einen Sturz überlebte garantiert niemand. Ich konnte mich nicht überwinden genau hinzusehen. Spader ging es ebenso. Wir blieben in ein paar Schritten Entfernung stehen, während Gunny es auf sich nahm, das Opfer näher zu betrachten.

Während wir auf ihn warteten, bemerkte Spader etwas und stupste mich an. Ich sah mich um und erkannte, dass jemand auf den Stufen vor dem Hotel stand. Es war einer der Gangster. Der Ängstliche. Er warf einen Blick in unsere Richtung, als ob er uns etwas sagen wollte, doch dann überlegte er es sich anders und rannte davon. Wo wohl der andere steckte?

Gunny trat wieder zu uns und sagte leise: »Das ist er. Der Typ aus der U-Bahn. Er ist tot.«

Womit meine Frage beantwortet war. Spader und ich sahen uns ungläubig an.

»Ich schätze, der wird in Zukunft nicht mehr versuchen uns umzubringen«, sagte Spader tonlos.

Es war einfach unfassbar. Als wir den Sturz mit angesehen hatten, war ich überzeugt gewesen, es handelte sich um Selbstmord. Aber jetzt, da ich wusste, dass es Mr Fieser Gangster war, ergab das alles keinen Sinn mehr. Warum sollte er aus dem Fenster springen? Er hatte andere Dinge im Kopf; zum Beispiel uns zu verfolgen und abzuknallen.

Ich starrte zu Gunny hoch, der ziemlich grün im Gesicht aussah.

»Du musst uns verraten, was du denkst, Gunny«, verlangte ich.

Gunny blickte sich nach der Leiche um, vor der sich

inzwischen mehrere Leute aus dem Hotel versammelt hatten.

»Ich fürchte, wir haben hier ziemlich bald einen Krieg direkt vor der Haustür«, erwiderte Gunny. »Vielleicht nicht so verheerend wie der Krieg, der sich in Europa anbahnt, aber immer noch übel genug.«

Ich hörte von irgendwoher eine Polizeisirene; ein klagendes Heulen, das sich aus weiter Ferne näherte.

Kein Zweifel: Die Show hatte begonnen.

Ich beende das Journal an dieser Stelle, Mark und Courtney. Ich wünschte, ich hätte meinen Ring hier und könnte euch meine Aufzeichnungen schicken. Hoffentlich taucht er bald wieder auf. Aber bis dahin werde ich diese Seiten sicher aufbewahren und weiterschreiben. Allmählich komme ich sogar mit der Schreibmaschine klar.

Ich hoffe, dass es euch gut geht, wenn ihr das hier lest, und dass euer Leben nicht so chaotisch verläuft wie meins.

Heute ist der 11. März. Mein Geburtstag. Bin ich jetzt eigentlich fünfzehn geworden, auch wenn ich mich im Jahr 1937 befinde?

(Ende des neunten Journals)

## Zehntes Journal

# Erste Erde

Ich treffe gerade die letzten Vorbereitungen für eine Reise in ein anderes Territorium.

Seit ich mein voriges Journal beendet habe, sind fast zwei Monate vergangen, und ich kann euch gar nicht sagen, welche Sorgen ich mir mache. Ich will hier nicht weg. Jedenfalls nicht ausgerechnet jetzt.

Aber ich glaube, wir haben den Wendepunkt gefunden.

Gunny hatte Recht. Ich denke, wenn wir dafür sorgen können, dass diese Angelegenheit anders ausgeht, besteht tatsächlich eine reelle Chance, den Zweiten Weltkrieg zu verhindern. Unglaublich, nicht wahr? Die Vorstellung, Millionen von Menschenleben zu retten – zu schön, um wahr zu sein. Gunny hatte Recht: Der Wendepunkt ist an und für sich gar keine so große Sache. Wir haben es hier nicht mit einem Bürgerkrieg zu tun wie auf Denduron oder mit der Vergiftung eines ganzen Territoriums wie in Cloral. Hier dreht sich alles um ein einziges Ereignis. Ein großes, spektakuläres, aber im Prinzip simples Ereignis.

Allerdings dürfte es schwer werden, dieses Ereignis zu verhindern. Und gefährlich. Aber das ist wohl nichts Neues, wie?

Seit ich euch beiden zuletzt schrieb, haben wir es mit ein paar wirklich finsteren Gestalten zu tun bekommen. Es wird immer schwieriger, überhaupt noch durchzublicken, wer auf welcher Seite steht. Wenn wir tatsächlich versuchen wollen dieses Ereignis zu verhindern, haben wir genau diese finsteren Gestalten gegen uns, und ich kann nicht dafür garantieren, dass wir sie besiegen werden.

Eben deshalb bin ich im Begriff, mich in ein anderes Territorium zu flumen. Wir brauchen Informationen, an die wir von hier aus nicht herankommen. Andererseits gehe ich ungern von hier weg, weil ich Angst habe, etwas zu verpassen. Ich schreibe euch dies am Abend des 5. Mai, Freunde. Morgen ist der Tag, an dem es richtig zur Sache geht, so viel wissen wir schon mal mit Sicherheit. Wir müssen unter allen Umständen rechtzeitig zurück sein, und das könnte verdammt knapp werden. Ich verlasse mich darauf, dass die Flumes uns Reisende immer dort absetzen, wo wir gebraucht werden, und zwar *zum richtigen Zeitpunkt.* Die Vorstellung, wir könnten zu spät wiederkommen, ist ziemlich schrecklich.

Allerdings denke ich, wir müssen das Risiko eingehen, denn wir sind auf diese Informationen dringendst angewiesen.

Das letzte Mal habe ich am 11. März an euch geschrieben, an meinem Geburtstag. Inzwischen sind Spader und ich seit fast zwei Monaten hier. In dieser Zeit ist so viel passiert, dass ich es kaum noch alles zusammenkriege.

Als Mr Fieser Gangster seinen Kopfsprung vom Manhattan Tower Hotel hinlegte, war das ein echter Schock für mich. Einen Menschen in den Tod stürzen zu sehen ist wohl so ungefähr das Grauenhafteste und Entsetzlichste, was es gibt. Aber so schlimm es auch war, es stellte uns zugleich vor ein Rätsel. Wie kam es zu dem Sturz? *Warum* war er gestürzt? Er war auf der Jagd nach uns kreuz und quer durch die sechste Etage gerannt. Ich konnte mir nicht vorstellen, dass er irgendwo falsch abgebogen war und plötzlich feststellte: »Huch, diese Tür führt … in die Luft! Und ab die Post!« Ausgeschlossen.

Ebenso wenig glaubte ich, dass er absichtlich gesprungen war. Ich kenne mich ja mit Selbstmord nun wirklich nicht aus, aber dieser Typ hatte was anderes im Kopf, nämlich Spader und mich umzubringen. Warum sollte er plötzlich mitten in der Verfolgungsjagd innehalten und sich sagen: »Nicht zu fassen, dass diese Burschen mir entwischt sind. Was bin ich doch für ein miserabler Gangster; ich glaube, ich sollte einfach Schluss machen.« Auch das ergab keinen Sinn.

Die einzig denkbare Erklärung war, dass er ermordet wurde.

Womit wir vor der nächsten großen Frage stehen: Von wem? Von seinem Partner Mr Ängstlicher Gangster schon mal nicht, denn der hatte das Hotel Sekunden nach dem Sturz durch den Haupteingang verlassen. Folglich musste jemand anders dahinter stecken. Es gab also noch jemanden in diesem Hotel, der die Finger mit im Spiel hatte, und ich hatte auch schon eine Ahnung, wer das sein könnte.

Euch ist schon klar, was jetzt kommt: Saint Dane.

Er musste sich hier irgendwo rumtreiben, und zwar in der Gestalt eines anderen. Nur, warum sollte Saint Dane jemanden umbringen, der gerade versuchte *uns* umzubringen? Letztendlich standen wir mit haufenweise offenen Fragen da und herzlich wenigen Antworten. Der Einzige, der etwas Licht in das Dunkel bringen konnte, war Gunny. Er musste uns endlich erzählen, was er über diese Gangster wusste.

Nach Mr Fieslings Sturz schickte Gunny Spader und mich wieder nach oben in unser Zimmer. Er musste die Polizei verständigen und berichten, was er gesehen hatte. Natürlich wollte er Spader und mich aus der ganzen Sache heraushalten. Am Ende hätten sie uns noch Fragen gestellt wie »Und wo wohnst du, Junge?« oder »Sag uns doch mal, wie deine Eltern heißen, damit wir sie benachrichtigen können«. Da hätten wir ziemlich in der Tinte gesessen. Also verkrümelten Spader und ich uns unauffällig, um in unserem Zimmer auf Gunny zu warten.

Kaum dass wir die Tür hinter uns zugemacht hatten, war es um unsere Ruhe allerdings schon wieder geschehen. Spader war völlig aus dem Häuschen.

»Er ist hier. Ich rieche es«, sagte er, während er hektisch im Zimmer auf und ab ging.

»Wer?«

»Saint Dane. Er ist hier im Hotel.«

»Das können wir doch gar nicht wissen.«

»Komm schon, Kumpel!«, rief Spader. »Du weißt so gut wie ich, dass der Kerl hier seine schmierigen Finger im Spiel hat. Er hat diese Revolverhelden zum Flume geschickt, um Press umzubringen, und anschließend hat er sie auf uns angesetzt. Woher sonst sollen diese Typen denn gewusst haben, wo wir stecken?«

»Und warum ist dann jetzt einer von denen tot?«

»Immer schön eins nach dem anderen, so weit bin ich noch nicht. Aber das krieg ich auch noch raus.«

Spaders Hass auf Saint Dane brodelte mal wieder auf höchster Flamme. Das war nicht gut, denn gerade jetzt mussten wir einen kühlen Kopf bewahren und durften uns nicht von Gefühlen hinreißen lassen.

»Bitte denk dran, Spader, dass du diese Sache ganz cool angehen musst, ja?«, mahnte ich vorsichtig.

»Klar doch, bin cool wie ein Karpfen«, beteuerte er. »Keine Sorge, Pendragon. Schließlich hab ich es dir versprochen. Ich werd dich nicht hängen lassen.«

»Das glaube ich dir«, erwiderte ich und hoffte *inständigst*, dass ich mich nicht irrte.

In diesem Moment kam Gunny herein. Ich fand, er wirkte eine Spur älter als noch vorhin. Gunny war so ein Typ, dem jegliche Turbulenzen gegen den Strich gingen. Und Gangster, die aus dem Fenster seines Hotels grausam zu Tode stürzten, passten definitiv nicht in seine heile Welt.

»Ich habe in diesem Hotel ja schon einiges miterlebt«, sagte er mit zittriger Stimme, »aber das schlägt dem Fass den Boden aus.«

»Abwarten«, versetzte ich. »Die Sache hat gerade erst angefangen.«

Spader fragte: »Was hat es mit diesem Gerede über einen Natty-Do hier vor Ort auf sich?«

»Einen *was?*« Gunny war Spaders Ausdrucksweise mal wieder ein Rätsel.

»Du hast doch gesagt, wir hätten hier bald einen Krieg direkt vor der Haustür«, warf ich rasch ein. »Wie hast du das gemeint?«

Gunny ließ sich in einen der Sessel sinken und stieß einen erschöpften Seufzer aus. Spader und ich setzten uns ihm gegenüber auf die Couch, mit der Spader vorhin die Gangster ausgeknockt hatte.

»Habt ihr schon mal von der Prohibition gehört?«, fragte Gunny.

»Klar«, erwiderte ich. »Damals wurde doch Alkohol per Gesetz verboten, stimmt's?«

»Stimmt genau«, bestätigte Gunny. »Kein Wein, kein Bier, kein Whiskey, kein gar nix. Von 1920 bis 1933, dann haben sie es aufgegeben. Sämtlicher Alkohol gesetzlich verboten, nichts dergleichen zu bekommen – es sei denn, man wusste, wie man drankam. Und das wusste eigentlich so ziemlich jeder.«

»Schwarzbrennerei, wie?«, fragte ich.

»Schwarze Brennerei? Leute, ich komm nicht mehr mit«, warf Spader ein.

»Viele Leute haben sich während der Prohibition eine goldene Nase verdient«, fuhr Gunny fort. »Manche mit der Herstellung von Alkohol, Schwarzbrennerei eben. Andere als Betreiber von illegalen Clubs und wieder andere, indem sie den Alkohol kreuz und quer durchs Land geschmuggelt haben, und zwar direkt unter den Augen der Polizei. Das alles war hochgradig illegal. Eine Menge Gangster haben dabei ein Vermögen gemacht und eine Menge sind hinter Gitter gekommen. Und nicht zu vergessen, eine ganze Menge sind auch zwei Meter unter der Erde gelandet.«

»Und was hat das jetzt mit uns zu tun?«, fragte ich.

»Es gab da eine Gang«, erklärte Gunny weiter, »die hier an der Upper East Side zu Hause war. Die Jungs mischten überall mit – Schwarzbrennerei, Alkoholschmuggel, sie unterhielten sogar ein paar illegale Clubs. Hat den zwei Bossen einen Batzen Geld eingebracht. Einer der beiden war ein Gentleman namens Maximilian Rose.«

»Dieser große Typ mit dem schicken Anzug, den wir draußen vor dem Hotel getroffen haben?«, fragte ich.

»Eben der«, bestätigte Gunny.

»Und wer war der andere Boss?«, erkundigte sich Spader.

»Ein gewisser Winn Farrow.«

Spader und ich wechselten einen raschen Blick. »Das ist der Boss von den beiden, die hinter uns her waren!«, rief ich. »Farrow und Rose sind also Partner?«

»Sie *waren* Partner«, korrigierte Gunny. »Die Zeiten sind längst vorbei. Rose war wohl der Clevere von beiden. Ihm war klar, dass die Prohibition nicht ewig dauern würde, und so fing er an, sein Geld in andere Branchen zu investieren, teils legal, teils illegal. Er hatte bei allen möglichen kriminellen Machenschaften die Finger im Spiel. Schmuggel, Glücksspiel, sogar Kunstraub.

Als die Prohibition aufgehoben wurde, tat das seinem Erfolg keinen Abbruch. Er scheffelte weiter emsig Geld.«

»Und Farrow?«, fragte Spader.

»Der war genauso ein krummer Hund, aber nicht halb so schlau. Und Rose hatte Stil. Farrow dagegen war … sagen wir, er war ein wenig ungehobelt.«

»Im Klartext: ein dämlicher Gauner«, warf ich ein.

»Kann man so sagen«, stimmte Gunny mir zu. »Er konnte sein Geld nicht beisammenhalten, und als die Prohibitionszeit zu Ende ging, besaß er nichts. Rose hatte keine Verwendung mehr für ihn, also gingen die beiden von da an getrennte Wege. Das soll Farrow nicht so sehr gefallen haben. Man könnte auch sagen, die zwei sind seither verfeindet.«

»Und was treibt Farrow jetzt?«, erkundigte ich mich.

»Er leitet eine eigene Gang, die ihr Hauptquartier in einem alten Schlachthaus im südlichen Manhattan hat. Ziemlich üble Truppe. Die schlitzen dir den Hals auf, nur um an deine Brieftasche zu kommen. Viel mehr können sie auch nicht.«

»Das heißt, während Max Rose es sich in einem schicken Uptown-Penthouse gut gehen lässt, hängt sein ehemaliger Partner Winn Farrow in einer miesen Downtown-Gegend rum und muss zusehen, wie er über die Runden kommt«, fasste ich zusammen.

»Darauf läuft es hinaus«, pflichtete Gunny mir bei. »Und genau das beunruhigt mich. Wenn Winn Farrow seine Leute hier raufschickt, um Ärger zu machen, und die stürzen dann ganz plötzlich aus den Fenstern, dann stecken wir demnächst vielleicht mitten in einem Bandenkrieg. Bei solchen Auseinandersetzungen gibt es Tote. Den ersten haben wir vielleicht vorhin gesehen.«

»Und was noch schlimmer ist, irgendwo in dieser Rechnung muss Saint Dane auftauchen«, ergänzte ich.

»Lasst uns einen Schritt weiterdenken, Kumpel«, meldete sich Spader zu Wort. »Was haben die zwei Gangs mit diesem Tum-Tigger zu tun, den ihr den Zweiten Weltkrieg nennt?«

»Eins steht schon mal fest«, bemerkte ich. »Was auch immer Saint Dane hier auf Erste Erde im Schilde führt, mir scheint, wir stecken gerade mittendrin.«

»Und was machen wir jetzt?«, fragte Spader. »Einfach rumsitzen und warten, bis wieder jemand mit einer Pistole hinter uns her ist?«

»Ich weiß was«, sagte Gunny. »Ihr zwei habt ja jetzt einen Job. Wenn die Leute euch erst mal ein bisschen kennen, könnt ihr euch hier völlig frei bewegen. Vielleicht kommt ihr sogar näher an Max Rose und seine Jungs ran. Er bewohnt da oben ein ganzes Penthouse, in dem ständig Leute ein und aus gehen. An einem Ort wie diesem könnt ihr eine ganze Menge in Erfahrung bringen, wenn ihr einfach nur euren Job macht.«

»Das ist doch mal ein Plan«, sagte ich. »Morgen geht's an die Arbeit.«

Und so begannen wir unsere Laufbahn als Pagen im Manhattan Tower Hotel. Unser Ziel war es, so viel wie möglich über Max Rose und seine Gangsterkumpane herauszufinden. Wir arbeiteten sozusagen *undercover.* Klingt ganz einfach, nicht wahr?

Aber klar doch.

Früh am nächsten Morgen zogen Spader und ich unsere schicken Uniformen an und meldeten uns in der Hotellobby bei Gunny zum Dienst. Unsere erste Amtshandlung war, uns einen anständigen Haarschnitt verpassen zu lassen. Gunny brachte uns in den hoteleigenen Friseursalon, wo Spader und ich uns nebeneinander auf großen ledergepolsterten Drehsesseln niederließen. Als ich sah, mit welchem Werkzeug die Friseure anrückten, begriff ich schlagartig den Ernst der Lage.

Sie gingen nicht mit der Schere, sondern gleich mit dem Elektrorasierer zu Werke. Hilfe! Gunny sah schmunzelnd zu, wie Spader und ich geschoren wurden. Nachher sahen wir zwar nicht gerade wie die Marines aus, aber was von unserem Haar noch übrig war, lohnte definitiv das Kämmen nicht.

Anschließend bekamen wir noch eine schmierige Masse in die Haare, die nach Zitrone roch. Damit klebten die Haare wie angeklatscht am Kopf. 1937 mochte das ja die passende Frisur sein, aber für mich fühlte es sich schrecklich an – als ob meine Haare völlig verfettet wären. Insgeheim beschloss ich: häufiges Haarewaschen angesagt.

Nachdem wir adrett und präsentabel hergerichtet waren, gingen wir an die Arbeit. Gunny hatte Recht gehabt: Das war alles gar nicht so schwer. Wir mussten neu eintreffende Gäste empfangen und ihnen das Gepäck aufs Zimmer bringen. Wenn jemand abreiste, trugen wir die Koffer in die Lobby hinunter. Eigentlich eine ziemliche Idiotenarbeit. Hauptsache, man war immer höflich und ließ nichts fallen.

Wir aßen in der großen, betriebsamen Küche mit den anderen Pagen und gehörten schon bald ganz selbstverständlich dazu. Das war wichtig, denn nur so konnten wir uns im Hotel ungehindert bewegen. Niemand stellte uns Fragen. Problematisch war nur der Rückweg in unser Zimmer. Damit Dewey sich nicht irgendwann fragte, warum wir immer in der sechsten Etage ausstiegen, benutzten wir stattdessen nach Dienstschluss die Treppe. Was für eine Schinderei!

Ich könnte euch noch eine ganze Menge von meinem Leben als Hotelpage erzählen, Freunde, aber darum geht es hier nicht, sondern darum, dass wir nach der Verbindung zwischen den Gangstern und Saint Dane suchten. Dazu mussten wir Maximilian Rose beobachten. Leichter gesagt als getan: Der Kerl war ständig von diesen gorillaartigen Bodyguards umgeben, die auf keinen Fall merken durften, dass wir versuchten ihren Boss auszuspionieren. Womöglich hätten sie uns auf die Straße gezerrt und abgemurkst – oder was immer die Gangster in dieser Zeit mit unliebsamen Leuten anzustellen pflegten. Also war höchste Vorsicht geboten. Zum Glück waren wir zu dritt und konnten uns abwechseln, sodass es weniger auffiel.

Rose bewohnte das Penthouse in der dreißigsten Etage des Hotels. Er ging selten aus, denn da er viele Feinde hatte, verließ er sein sicheres Quartier nur ungern. Dafür empfing er massenhaft Besucher. Wahrscheinlich wickelte er seine Geschäfte ab, indem er die Leute zu sich kommen ließ. Dewey erzählte mir von allerlei schrägen Gestalten, die er schon zur dreißigsten Etage hochgefahren hatte. Dieser Gangsterboss führte wirklich ein merkwürdiges Leben, geradezu unheimlich.

Da Rose so selten ausging, bekamen wir ihn kaum zu Gesicht. Wir mussten uns darauf beschränken, seine Gäste im Auge zu behalten und darüber zu spekulieren, was er wohl im Schilde führte. Nur dass ich leider kein Detektiv bin, und diese Typen hängten sich auch nicht gerade ein Schild um, auf dem »Freund von Saint Dane« oder so was stand. Sie sahen alle wie ziemlich normale Leute aus. Okay, sagen wir lieber, sie sahen wie ziemlich normale *Gangster* aus; ihr wisst schon, was ich meine.

Bis auf einen. Er hieß Zell. Ich wusste das, weil er jedes Mal, wenn er kam, von der Lobby aus im Penthouse anrufen und sich ankündigen musste. Mr Zell unterschied sich deutlich von Roses übrigen Besuchern. Sein Haar war blond und glänzend und mit Pomade streng nach hinten frisiert, und er trug immer graue Anzüge, die maßgeschneidert und richtig teuer aussahen. Sein scharfer Blick schweifte ständig durch den Raum. Dabei wirkte er nicht ängstlich, im Gegenteil, er strotzte nur so vor Selbstvertrauen. Ich denke, er schaute sich so viel um, weil er immer ganz genau wissen wollte, was vor sich ging und wer ihn vielleicht beobachtete. Wachsam ist wohl das Wort, mit dem er sich am treffendsten beschreiben ließe. Ich musste mich sehr anstrengen, um Mr Zells Wachsamkeit zu entgehen.

Aber es gab noch etwas, worin sich Mr Zell von den anderen unterschied.

Er sprach mit Akzent. Mit deutschem Akzent.

Unter normalen Umständen hätte ich mir darüber keine Gedanken gemacht, aber die Umstände, mit denen wir es hier zu tun hatten, waren nun einmal alles andere als normal. In wenigen Jahren würden die Vereinigten Staaten in einen Krieg verwickelt sein, und zwar in einen Krieg gegen Deutschland. Noch waren Mr Zells Landsleute nicht unsere Feinde, aber das würde sich ändern. Und da wir davon ausgingen, dass der Zweite Weltkrieg für das Territorium Erste Erde den bewussten Wendepunkt darstellte, machte mich ein Deutscher, der mit Mr Rose zu tun hatte, logischerweise besonders stutzig.

Ich wurde den Verdacht nicht los, dass sich hinter dieser aalglatten, geschniegelten Fassade mit dem deutschen Akzent … Saint Dane verbarg. Zugegeben, ich sah mittlerweile in *jedem* einen potenziellen Saint Dane, aber dieser Typ stand auf meiner Liste ganz oben. Ich war schier besessen von dem Drang, herauszufinden, was er zusammen mit Max Rose ausheckte.

Eines Tages bekam ich meine Chance. Es war ein ruhiger Nachmittag, und ich trieb mich in der Lobby herum und gab mir alle Mühe, beschäftigt auszusehen, als Mr Zell hereinkam. Ich tat so, als polierte ich gerade einen Tisch in der Nähe des Telefons, von dem aus er immer im Penthouse anrief. Allmählich entdeckte ich mein detektivisches Talent!

Bobby Pendragon, Undercoverreisender.

»Das Penthouse, bitte«, sprach Zell in den Telefonhörer. Er wartete, dann sagte er: »Guten Morgen, hier spricht Ludwig Zell. Ja, ich werde heute zum Lunch bleiben. Vielen Dank.« Damit legte er auf und ging zum Aufzug.

Treffer! Er blieb zum Lunch. Das hieß, sie würden das Essen aufs Zimmer kommen lassen, und der Zimmerservice gehörte zum Aufgabenbereich der Pagen. Das war meine Chance! Ich durchquerte hastig die Lobby, wobei ich mir alle Mühe gab, nicht hastig zu wirken, und lief zur Rezeption, wo Gunny gerade Zeitung las.

»Zell ist hier«, teilte ich ihm flüsternd mit. »Und sie werden das Essen aufs Zimmer bestellen.«

Wortlos ließ Gunny die Zeitung fallen und marschierte in Richtung Küche los. Offenbar dachte er dasselbe wie ich: Normalerweise würde einer der dienstälteren Pagen Mr Rose das Essen hochbringen. Es war ein begehrter Job, denn der Gangsterboss knauserte nicht mit Trinkgeld. Mir ging es nicht ums Trinkgeld, ich brauchte lediglich einen Vorwand, mich im selben Zimmer wie Max Rose und Ludwig Zell aufzuhalten. Als wir in die Küche kamen, nahm der Oberkellner gerade die Bestellung am Telefon entgegen. Nachdem er aufgehängt hatte, wies Gunny ihn an, mir den Auftrag zu geben. Der Oberkellner musterte mich unwillig und fragte: »Warum soll ausgerechnet *der* eine Sonderbehandlung kriegen?« Doch er musste es schlucken. Gunny war der Boss.

Und schon hatte ich den Job.

Während das Essen zubereitet wurde, nahm Gunny

mich beiseite. »Sei vorsichtig«, ermahnte er mich. »Lass dir auf keinen Fall anmerken, dass du lauschst, sonst gehst du am Ende noch über die Balkonbrüstung wie neulich dieser Gangster aus der U-Bahn.«

»Mach dir keine Sorgen«, erwiderte ich. Weiß der Geier, warum ich das sagte. *Ich* machte mir schließlich massenhaft Sorgen – warum sollte es Gunny anders gehen?

»Das sind üble Kerle, Pendragon«, warnte er mich.

»Schon gut. Weiß ich doch«, versicherte ich ihm. Mit seinen Ermahnungen machte er mich nur noch nervöser, als ich ohnehin schon war.

Zehn Minuten später war die Bestellung fertig. Das Essen stand auf einem großen Servierwagen, über den ein blütenweißes Tischtuch gebreitet war. Wenigstens zwei Dutzend Teller, mit Warmhaltehauben aus glänzendem Stahl abgedeckt. Ich fragte mich, wie viele Leute wohl zum Essen da waren; die Menge hätte ausgereicht, die gesamte Football-Mannschaft der Pittsburgh Steelers zu verpflegen. Gunny zwinkerte mir aufmunternd zu und ich schob den Wagen zum Aufzug.

»Nach oben!«, verkündete Dewey, während er die Aufzugtür öffnete.

Ich schob den Wagen hinein und sagte: »Zur Dreißigsten, bitte.«

Dewey machte große Augen und schob die Tür zu. »Bringst du das zu Mr Rose?«, fragte er ehrfürchtig. »Wenn du da reingehst, vergiss nur ja eins nicht: Schau niemandem in die Augen.«

»Warum denn nicht?«, erkundigte ich mich.

»Ich habe mal den Fehler gemacht, einem von diesen Ganoven ins Gesicht zu sehen«, berichtete Dewey. »Der Kerl hat mich gepackt und in den Wäscheschacht gesteckt. Kopfüber! Es war grässlich.«

Ich hatte Mühe, mir das Lachen zu verbeißen – das wäre zu unhöflich gewesen. Aber die Vorstellung, wie jemand diesen einfältigen kleinen Burschen durch die Wäscheklappe steckte, war schon reichlich komisch. »Wie tief bist du gefallen?«, fragte ich.

»Gar nicht«, erwiderte Dewey. »Ich hab mich mit Armen und Beinen gegen die Seitenwände gestemmt und bin in dem Schacht stecken geblieben, bis der Kerl weg war. Dann bin ich wieder rausgeklettert. Aber ich hätte mir den Hals brechen können!«

»Jedenfalls danke für den Tipp«, meinte ich. »Ich werd mich in Acht nehmen.« So komisch die Vorstellung auch sein mochte, Deweys Warnung war nicht in den Wind zu schlagen. Max Rose und seine Kumpane waren keine angenehmen Zeitgenossen. Wenn die jemanden in den Wäscheschacht stopften, nur weil er einem von ihnen ins Gesicht gesehen hatte, wollte ich lieber nicht wissen, was sie mit mir anstellen würden, wenn sie mich als Spion entlarvten. Ich verbannte diesen Gedanken energisch aus meinem Kopf, denn wenn ich zu gründlich darüber nachgedacht hätte, wäre ich am Ende noch in letzter Sekunde abgesprungen. Wofür es im Übrigen schon zu spät war, denn gleich darauf erreichten wir die dreißigste Etage. Jeden Moment würde sich der Vorhang heben.

Dewey öffnete die Tür. »Viel Glück.«

Ich lächelte matt und schob den Wagen aus dem Aufzug. Kaum war ich draußen, als Dewey auch schon die Tür heftig zuschob. Er wollte wohl nicht noch einmal Wäschesack spielen.

Im nächsten Augenblick wurde ich von zwei Typen empfangen, die aussahen, als ob sie nicht bis drei zählen könnten. Sie starrten auf mich herunter, als wäre ich Ungeziefer. Der eine scheuchte mich mit einer Handbewegung von meinem Wagen weg. Ich trat ein paar

Schritte zurück und fragte mich, was das wohl sollte. Wie sich herausstellte, folgte ein Sicherheitscheck. Während einer der beiden den Wagen überprüfte, filzte der andere mich, wahrscheinlich um sicherzustellen, dass ich keine Pistole oder so was bei mir hatte. Der Typ klopfte mich derart gründlich ab, dass ich mir wie eine Melone vorkam, die auf ihre Reife überprüft wurde. Aber ich ließ das Ganze ohne Protest über mich ergehen, schließlich wollte ich nicht im Wäscheschacht landen. Nach dieser ziemlich ruppigen Begrüßung traten die beiden Kerle beiseite und winkten mich durch.

Mir lag schon eine Bemerkung über diese unsanfte Behandlung auf der Zunge, doch ich dachte an Deweys Warnung, hielt den Blick gesenkt und biss die Zähne zusammen. Schließlich hatte ich eine Mission zu erfüllen.

Bobby Pendragon, Undercoverreisender.

Die Tür zum Penthouse lag am Ende des Ganges. Ich schob den Wagen den Flur entlang und wollte gerade an die Tür klopfen, als ich bemerkte, dass es einen Klingelknopf gab. Richtig edel. Sobald ich ihn kräftig gedrückt hatte, hörte ich drinnen einen melodischen Gong. Eine Sekunde später wurde die Tür geöffnet und ich stand einem weiteren wüst aussehenden Kerl von Angesicht zu Angesicht gegenüber.

»Zimmerservice«, verkündete ich heiter. Da ich einen Servierwagen voller Essen schob, hätte ich mir diese Erklärung auch sparen können, aber der Typ sah nicht gerade wie ein kleiner Einstein aus und ich wollte es nicht darauf ankommen lassen. Er winkte mich hinein und ich schob den Wagen durch die Tür, wobei ich den Blick immer schön gesenkt hielt.

»Warte hier«, knurrte der Mann und ließ mich stehen. Endlich wagte ich aufzublicken und sah zum ersten Mal die Penthouse-Suite. Mann, das haute mich echt um! Ich kam mir vor wie im Salon eines europäischen Herrenhauses. Nicht dass ich jemals in einem europäischen Herrenhaus gewesen wäre, aber ich war einmal im Metropolitan Museum of Art, wo sie historische Räume im Stil der jeweiligen Epoche nachgebaut haben. Übrigens habe ich nie begriffen, warum es Herrenhaus heißt – schließlich wohnten da auch Damen.

Die Möbel sahen edel und irgendwie zerbrechlich aus. An der Decke prangte ein aufwändiges Gemälde: ein paar feiste Babys mit Flügeln, die durch die Wolken schwebten und Trompete bliesen. Nicht gerade mein Kunstgeschmack, aber manche Leute fanden so was wohl elegant. Der Raum, in dem ich stand, war eine Eingangshalle, von der drei Gänge in verschiedene Richtungen zu den übrigen Räumen des Penthouse führten. Während ich so dastand und die ganze Pracht bestaunte, ging mir ein Gedanke durch den Kopf: Als Gangster musste man ganz schön Kohle scheffeln.

Dann hörte ich irgendwo eine barsche Stimme dröhnen: »… das sage ich dir!«

Es war Maximilian Rose. Und er klang wütend. Das war gar nicht gut.

»Wenn er sagt, er braucht zwei Wochen, gib ihm eine«, blaffte Rose. »Wenn er sagt, er braucht eine Woche, gib ihm drei Tage. Und wenn es ihm nicht passt, dann schick ich ihm jemanden vorbei, der ihm dabei behilflich ist, seine Meinung zu ändern, verstanden?« Dann wurde ein Telefonhörer krachend auf die Gabel geschmettert.

Eine Sekunde später öffnete sich eine Tür und Max Rose trat heraus. Ich gab mir alle Mühe, ihn nicht anzustarren, so schwer es mir auch fiel. Er war wie eine gewaltige Gewitterwolke – groß, laut und bedrohlich. Obwohl es schon Nachmittag war, trug er einen Pyjama, einen Bademantel und Schlappen. Es war ein schicker Bademantel, rot und glänzend wie Seide. Ich warf einen raschen Blick in das Zimmer, aus dem Rose kam. Es war ein Arbeitszimmer mit einem Schreibtisch voller Papiere. Dieser Typ machte im Schlafanzug Geschäfte. So ließ es sich leben.

Als er aus der Tür trat, fiel sein Blick gleich als Erstes auf mich. Ehe ich michs versah, hatten wir Blickkontakt. Schluck! Schöne Grüße an die Wäscherei.

»Hi, Buck Rogers!«, rief Rose strahlend. Sein Zorn war wie weggeblasen. Puh! »Na, das hättest du nicht gedacht, dass ich mich noch an dich erinnere, wie?«

Allerdings nicht. Er hatte mich nur einmal für ein paar Sekunden gesehen und das war schon etliche Wochen her. Insgeheim registrierte ich: Dieser Bursche war wachsam und hatte ein gutes Gedächtnis. Vorsicht geboten.

»Guten Tag, Mr Rose«, grüßte ich höflich. »Darf ich Ihnen das Essen gleich servieren?«

»Ich verhungere«, erwiderte er. »Komm mit.«

Ich schob den Servierwagen durch die Eingangshalle in ein noch prunkvolleres Zimmer. Es war ein riesiges, unglaublich protziges Wohnzimmer. Große, weich gepolsterte Sofas, kunstvoll geschnitzte Tische und massenhaft riesige Ölgemälde mit schweren Goldrahmen. Aber das Umwerfendste war die Aussicht. Eine ganze Wand bestand vom Boden bis zur Decke nur aus Fenstern, sodass man von diesem Zimmer aus ganz Manhattan überblicken konnte. Ziemlich cool.

Und wieder konnte ich mich des Gedankens nicht erwehren, dass Gangster zu sein offenbar ein ziemlich einträglicher Job war.

»Trag das Essen hier auf, Buck«, befahl Rose und deutete auf einen großen Tisch aus dunklem Holz.

Buck – klar, das war ich. »Für wie viele Personen soll ich decken, Mr Rose?«

»Für wie viele …?« Er starrte mich an, als ob ich ihn gerade gefragt hätte, wie viele Arme er habe. »Wir sind zu zweit, was dachtest du denn?«

Erst jetzt bemerkte ich Ludwig Zell, der in einem Sessel neben der Tür saß. Der Typ musterte mich mit einem so eisigen Blick, dass mich schauderte. War er Saint Dane? Falls ja, ließ er sich jedenfalls nichts anmerken.

»Jawohl, Sir, Mr Rose«, sagte ich. Wohlweislich verkniff ich mir die Bemerkung, dass hier mehr Essen serviert wurde als in der Kantine der Stony Brook Junior High School für alle Schüler zusammen. Allerdings wurden in Stony Brook auch keine Steaks, Hummer und Salate mit Gemüse, das in Blütenform geschnitzt war, serviert. Ich hielt den Mund und deckte den Tisch.

»Ich dachte mir, Ludwig«, sagte Rose zu dem Deutschen, »dieses Essen sollte etwas Besonderes sein, schließlich haben wir Grund zum Feiern, wie?«

Der Angesprochene stand auf und trat neben Rose. »Zu aufmerksam von Ihnen, Mr Rose. Dies ist der Anfang einer langen Beziehung, die für uns beide reiche Früchte tragen wird. Und für unsere Landsleute.«

Auf so etwas hatte ich nicht zu hoffen gewagt – die beiden sprachen doch tatsächlich hier in meinem Beisein über Geschäftliches! Ich hätte das Tischdecken am liebsten endlos hingezogen, um möglichst viel mithören zu können, aber andererseits durfte es natürlich auf keinen Fall so aussehen, als ob ich absichtlich trödelte. Verzwickte Situation.

»Ich muss allerdings sagen, Ludwig, ich habe mich für Sie schon ziemlich weit aus dem Fenster gehängt«, fuhr Rose fort. »Ich habe bereits angefangen zu liefern, ohne auch nur einen Dollar von Ihren Leuten gesehen zu haben.«

»Dessen bin ich mir bewusst, mein Freund«, erwiderte Zell, »und wir wissen Ihr Vertrauen wirklich zu schätzen. Nun, nachdem wir uns über die Art der Vergütung geeinigt haben, werden Sie nicht mehr lange auf Treu und Glauben arbeiten müssen.«

»Schön, aber *wie* lange noch?«, bohrte Rose nach.

»Die erste Zahlung wird wie versprochen am 6. Mai eintreffen«, antwortete Zell. »Sie haben mein Wort darauf und das meiner Partei.«

Ich konnte es nicht fassen, was ich hier alles zu hören bekam. Max Rose arbeitete also in irgendeiner Form für diesen Zell. Aber von was für einer Partei war da die Rede?

»Hey, Marsmensch!«, blaffte Rose. »Bist du endlich fertig?«

»Ja, Sir, Mr Rose«, parierte ich und stand stramm.

Max Rose kam auf mich zu und griff im Gehen in die Tasche seines Bademantels. Oha. Hatte ich zu viel gehört? Hatte er eine Pistole in der Tasche? Würde er mir gleich eine Ladung Blei verpassen?

Nein. Er zog ein paar Dollarscheine hervor und stopfte sie mir in die Hand. Mein Trinkgeld.

»Jetzt zisch ab«, befahl er.

»Vielen Dank, Sir. Wünsche guten Appetit, Sir«, erwiderte ich und machte mich eilends aus dem Staub. Ich hatte bereits mehr Informationen bekommen, als ich mir je hätte träumen lassen. Während Rose und Zell sich zu ihrem aberwitzig opulenten Mahl niederließen, schloss ich die Tür hinter mir und lief geradewegs zum Ausgang. Ich konnte es nicht erwarten, Spader und Gunny zu berichten, was ich gehört hatte.

Ich war schon halb durch die Eingangshalle, als mein Blick auf die Tür zu Max Roses Arbeitszimmer fiel. Ich blieb stehen.

Die Tür stand offen und das Arbeitszimmer war leer.

Schlagartig wurde mir klar, was für eine einmalige

Gelegenheit sich mir hier bot. Auf diesem Schreibtisch lagen womöglich weitere Informationen über das, was Rose und Zell im Schilde führten. Ich brauchte nur hineinzuschlüpfen, mich rasch umzusehen und wieder zu verschwinden. Allerdings riskierte ich dabei natürlich, dass mich jemand ertappte. In dem Fall würde ich das Penthouse möglicherweise nicht durch die Eingangstür, sondern durch eins der Fenster verlassen. Nächster Halt: Pflasterstein. Ich musste mich entscheiden, und zwar schnell. Jede Sekunde zählte.

Ich tat es. Nachdem ich mich noch einmal hastig umgesehen hatte, um mich zu vergewissern, dass keiner von Roses Gorillas in der Nähe war, huschte ich blitzschnell in das Arbeitszimmer. Es war schierer Wahnsinn, aber ich konnte nicht anders.

Sobald ich drin war, schloss ich die Tür hinter mir. Wenn jemand zufällig vorbeikäme, sollte er möglichst nicht sehen, wie ein Hotelpage, dem der Angstschweiß auf der Stirn stand, in Max Roses persönlichen Unterlagen kramte. Das wäre gar nicht gut. Als Nächstes richtete ich meine Aufmerksamkeit auf den Schreibtisch. In aller Eile – ich wollte schließlich möglichst schnell wieder verschwinden – umrundete ich den Schreibtisch und blickte auf den Papierwust nieder.

Ich hatte keine Ahnung, wonach ich suchen sollte. Da lagen einfach haufenweise geschäftliche Unterlagen, Verträge und Listen mit Zahlen, die nach Buchhaltung aussahen. Ernüchtert starrte ich auf das Chaos. Saint Danes Plan für Erste Erde lag womöglich hier direkt vor mir, ohne dass ich es merkte.

Gerade wollte ich es aufgeben und mich aus dem Staub machen, als mir etwas ins Auge sprang. Es stach aus den restlichen Papieren hervor, als wäre ein rotes Warnlicht daran. Zunächst einmal ähnelte es in nichts den übrigen Blättern. Es war eine einzelne Seite mit einem fetten Logo im Briefkopf. Das allein wäre schon auffällig genug gewesen, aber da war noch etwas: das Zeichen selbst. Ich hatte dieses Symbol schon mal gesehen, schon oft. Im Kino, im Fernsehen und in Büchern. Aber es hier und jetzt zu sehen ließ meinen Magen einen Salto schlagen. Ich wusste, wofür dieses Zeichen stand. Und ich war hier nicht in einem Film.

Auf dem Papier prangte ein Hakenkreuz, das Symbol der Nazis. Es war von einem Kranz umgeben, auf dem ein zorniger Adler mit ausgebreiteten Flügeln saß. Auch wenn ich wie gesagt kein Experte für die Geschichte des Zweiten Weltkriegs bin, stand für mich außer Frage, dass dies ein Brief von der NSDAP in Deutschland sein musste. Die große Frage war nur: Was hatte so ein Brief auf dem Schreibtisch von Max Rose zu suchen? Ich riss mich nach Kräften zusammen und las den Brief. Er war kurz und präzise.

*9. April 1937*
*Sehr geehrter Mr Rose,*

*hiermit bestätigen wir, dass die erste der ausstehenden Zahlungen für Ihre bereits erbrachten Leistungen am 6. Mai dieses Jahres mit dem LZ 129 in den USA eintreffen und Ihnen unverzüglich zur Verfügung stehen wird. Art und Umfang der Zahlung entsprechen unseren früheren Vereinbarungen. Ich gehe davon aus, dass diese Regelung in Ihrem Sinne ist, und hoffe auf eine lange, fruchtbare Partnerschaft.*

*Hochachtungsvoll*
*Ludwig Zell*

Jetzt wusste ich, von welcher Partei Ludwig Zell vorhin gesprochen hatte: von den Nationalsozialisten. Ich konnte meinen Blick nicht von dem Papier losreißen. Es war tatsächlich ein Brief von den Nazis an Max Rose; ein Beweis dafür, dass er mit ihnen Geschäfte machte. Leider wurde nicht erwähnt, um was für Geschäfte es sich handelte. Da stand nur was von einer Zahlung am 6. Mai, die mit dem LZ 129 eintreffen sollte … was auch immer das nun wieder sein mochte.

LZ – Ludwig Zell? Gab es etwa 129 Ludwig Zells? Wie auch immer, dieser Brief bewies, dass mein Verdacht gegen Zell begründet war. Er war nicht nur irgendein Deutscher, er war ein Nazi und arbeitete für die Partei, die in ein paar Jahren ganz Europa ins Chaos stürzen würde.

Aber das Wichtigste war, dass ich endlich handfeste Beweise für die Verbindung zwischen den Nazis in Deutschland und unseren Gangstern hier in New York gefunden hatte. Auf einmal erschienen mir Gunnys wilde Theorien gar nicht mehr so weit hergeholt. Bisher hatten wir lediglich vermutet, dass es bei dem Wendepunkt auf Erste Erde um den Zweiten Weltkrieg ging. Dieses Papier bestätigte unseren Verdacht. Wir wussten bereits, dass eine Verbindung zwischen Saint Dane und den Gangstern bestand. Nun hatten wir das Bindeglied zwischen den Gangstern und den Nazis gefunden. Allmählich fügte sich eins zum anderen und ein Muster wurde erkennbar.

Da ich den Brief unmöglich mitgehen lassen konnte, prägte ich ihn mir gut ein. Keine große Schwierigkeit, denn er war so kurz, dass ich mir die wichtigen Punkte leicht merken konnte: LZ 129, 6. Mai, Zahlung von den Nazis an Max Rose. Gespeichert.

Jetzt musste ich hier schleunigst die Fliege machen. Ich schlich wieder zur Tür, lauschte, ob sich draußen jemand herumtrieb, und als ich nichts hörte, drehte ich vorsichtig den Türknauf. Was dann geschah, war so unvorstellbar, dass mein Verstand es zuerst gar nicht erfassen wollte.

Die Tür war abgeschlossen. Ich drehte fester, aber das änderte nichts an der Tatsache, dass sie abgeschlossen war. Mein Herz begann zu rasen. Vielleicht klemmte bloß das Schloss. Ich rüttelte, zog und drückte an dem Türknauf herum, aber da konnte ich rütteln, ziehen und drücken, wie ich wollte – es tat sich nichts. Die Tür war abgeschlossen. Punkt. Und ich stand auf der falschen Seite. Ich suchte nach einem Riegel oder dergleichen ... nichts. Nur ein altmodisches Schlüsselloch. Was mir wenig half, da ich keinen altmodischen Schlüssel besaß.

Ich hätte schreien mögen. Wie konnte ich bloß so dämlich sein die Tür zuzuziehen, ohne mir vorher das Schloss anzusehen? Selbst schuld. Ich hatte im Angesicht des sicheren Sieges noch mit letzter Kraft eine Niederlage errungen. Es war nur eine Frage der Zeit, bis man mich entdecken würde, und dann wäre alle Hoffnung dahin, das Rätsel um den 6. Mai und LZ 129 zu lösen.

Bobby Pendragon, *toter* Undercoverreisender.

## Zehntes Journal
(Fortsetzung)

# Erste Erde

Die Katastrophe war perfekt. Ich saß im privaten Büro eines kaltblütigen Ganoven fest, der mich dafür garantiert zum Nachtisch verspeisen würde. Die Suite wimmelte nur so von unerfreulichen Typen, die auf Max Roses Gehaltsliste standen. Jeden Augenblick konnte einer von denen hier reinspazieren. Ich musste mir schleunigst etwas einfallen lassen.

Fieberhaft suchte ich nach einem Ausweg. Da! Hinter dem Schreibtisch gab es eine zweite Tür. Warum bemerkte ich die jetzt erst? Ich rannte hin und drehte am Türknauf. Abgeschlossen.

Ahhhh! Was hatte dieser Typ nur für einen Sicherheitsfimmel? Man hätte glatt meinen können, er hätte was zu verbergen. Ich brauchte einen Plan B. Und zwar dringend. Onkel Press hatte immer einen Plan B in petto gehabt. Ich wünschte von Herzen, er wäre jetzt bei mir und könnte mir auf die Sprünge helfen, denn mir fiel absolut nichts ein.

Da entdeckte ich das Telefon. Natürlich! Max Rose hatte in diesem Arbeitszimmer doch erst vor ein paar Minuten wütend den Telefonhörer auf die Gabel geschmettert. Wie hatte ich das nur vergessen können? Ich konnte Gunny zu Hilfe rufen. Ich wusste zwar nicht recht, wie er mich hier rauspauken sollte, aber im Augenblick war er meine einzige Hoffnung. Also schnappte ich mir das alte (okay, für 1937 neue) schwarze Telefon, riss den Hörer von der Gabel und wählte mit zitternder Hand. Es war so ein Ding mit Wählscheibe. Ich steckte den Finger in das Loch mit der 9. Die Nummer der Rezeption war 99. Ich brauchte nur zweimal die 9 zu wählen, dann würde Gunny herkommen und mich retten – hoffentlich. Als ich die Wählscheibe losließ, schnarrte sie so laut, dass ich zusammenfuhr; es klang, als ob man Holz zersägte, aber ich konnte jetzt nicht aufhören. Gerade als ich die zweite 9 wählen wollte, hörte ich noch etwas. Es war ein ganz leises Geräusch, doch es hätte ebenso gut eine Atomexplosion sein können, für mich würden die Folgen nicht weniger verheerend sein.

Jemand öffnete die Tür hinter dem Schreibtisch.

Zum Verstecken blieb mir keine Zeit und weglaufen konnte ich nicht. Ich war erledigt. Immerhin besaß ich trotz meiner Todesangst noch genügend Geistesgegenwart, nicht die zweite 9 zu wählen. Sie sollten nicht wissen, dass ich Gunny anrufen wollte. Was hätte ich davon, wenn er auch noch umgebracht würde? Also ließ ich den Hörer langsam wieder auf die Gabel sinken und wartete darauf, dass mir jemand eine Revolvermündung in den Rücken rammte.

»Mir scheint, du hast hier nichts zu suchen«, ertönte eine Stimme hinter mir.

Ach, tatsächlich? Gut erkannt.

Doch der Klang der Stimme gab mir einen Funken Hoffnung. Erstens war es die Stimme einer Frau und zweitens klang sie nicht wütend. Vielleicht konnte ich mich doch noch irgendwie herausreden. Schließlich besaß ich als Reisender hypnotische Überzeugungskraft. Ohne mich umzudrehen sagte ich: »Ich habe Mr Rose gerade das Essen serviert. Das Hotel wollte eigentlich ein kleines Extra dazugeben, aber jemand hat vergessen, den Champagner auf den Wagen zu stellen. Sollte ein Geschenk des Hauses sein. Darum wollte ich von hier aus unten in der Küche anrufen, dass jemand den Champagner hochbringen soll. Und dabei ist die Tür hinter mir zugefallen.«

Ziemlich abenteuerliche Geschichte, aber auf die Schnelle fiel mir nichts Besseres ein. Ob sie es schlucken würde? Oder würde sie gleich einen von Roses Gorillas rufen, damit er mich aus dem Fenster warf? Die folgenden Sekunden kamen mir wie eine Ewigkeit vor.

Schließlich sagte die Frauenstimme: »Hier, nimm das.«

Oha. Eine Kugel?

»Nun sieh mich schon an«, sagte sie lachend. »Ich beiße nicht.«

Langsam drehte ich mich um und vergewisserte mich, mit wem ich es zu tun hatte.

Wow! In der Tür stand eine bildschöne Frau, die aussah wie ein Filmstar aus vergangenen Zeiten. Sie trug ein langes, elfenbeinfarbenes Nachthemd aus einem geschmeidigen Stoff, der wie Seide aussah. Aber das war kein bisschen peinlich oder so, denn sie hatte darüber noch einen seidigen Morgenrock an. Ihr dunkles Haar war makellos frisiert, außerdem war sie perfekt geschminkt. So sah niemand aus, der gerade aus dem Bett gefallen war. Sie hätte auf der Stelle als Fotomodell posieren können. Schätzungsweise war sie in den Zwanzigern; schwer zu sagen, weil sie so toll geschminkt war. Ihrem Lächeln nach zu urteilen wusste sie ganz genau, was für eine Angst ich ausstand.

Nachdem ich den ersten Schock einigermaßen überwunden hatte, sah ich etwas, das mein Herz vor Freude hüpfen ließ. Die Frau hielt mir einen altmodischen Messingschlüssel an einem Ring hin.

»Ich weiß auch nicht, warum er darauf besteht, dass sämtliche Türen auf diese Art schließen«, sagte sie mit sanfter Stimme. »Vielleicht um Leute zu ertappen, die in

Zimmer gehen, wo sie nichts zu suchen haben.« Das sagte sie lächelnd, als ob es ihr Spaß machte, mich ein bisschen zu quälen. Schön für sie, denn es gelang ihr ohne Zweifel. Ich griff nach dem Schlüssel.

»Danke«, sagte ich. »Es war wirklich ein Fehler, hier reinzukommen. Das hätte ich nicht tun dürfen.«

Ich ging zur Tür und schloss sie auf. Zu meiner Erleichterung stellte ich fest, dass draußen in der Eingangshalle keine finsteren Gestalten lauerten. Allmählich schöpfte ich wieder Hoffnung, hier doch noch lebend hinauszukommen. Hastig gab ich der Frau den Schlüssel zurück und sagte: »Das Ganze ist mir wirklich sehr peinlich.«

»Mach dir darum mal keine Sorgen«, erwiderte sie. »Ich sag es nicht weiter.« Dazu legte sie mit einer koketten Verschwörergeste den Zeigefinger an die Lippen. Jetzt würde alles gut werden, bestimmt. Ich lächelte sie dankbar an, dann wandte ich mich wieder nach der Tür in Richtung Freiheit um.

»He!«, rief sie mir nach. Ich erstarrte. Dabei schien der sichere Abgang doch schon zum Greifen nahe. Was war schief gelaufen? Völlig verdattert drehte ich mich noch einmal zu der Frau um.

»Was ist mit dem Champagner? Rufst du jetzt doch nicht an?«

Au Backe! Ich hatte meine Masche nicht durchgezogen. Was war ich doch für ein jämmerlicher Schauspieler! Ob mir das jetzt wohl das Genick gebrochen hatte? Schon wieder musste ich mir schnellstens etwas einfallen lassen. »Ähm … ich glaube, ich habe hier drin wirklich nichts zu suchen«, stammelte ich. »Ich gehe lieber runter und hole den Champagner selbst.«

»Gute Idee«, versetzte sie. »Du bist doch ein kluger Junge.« Damit verschwand sie durch die Tür hinter dem Schreibtisch.

*Ding dong!*, ging die Türklingel. In wenigen Sekunden würde einer von Roses Leuten auftauchen um zu öffnen und ich war immer noch hier drin! Hastig schlüpfte ich aus dem Arbeitszimmer und raste durch die Eingangshalle zur Tür.

»Hey, bist du immer noch da?«, blaffte jemand. Es war der Typ, der mich vorhin reingelassen hatte.

»Ich wollte gerade gehen«, beteuerte ich hastig. Der Ganove stieß mich beiseite und riss die Tür auf. Draußen stand Gunny mit einer Flasche Champagner in einem Sektkühler voller Eis.

»Für Mr Rose«, verkündete er. »Mit den besten Grüßen von der Hoteldirektion.«

Mit einem Blick über die Schulter stellte ich fest, dass die Filmstar-Lady im Flur stand und die Szene beobachtete. Perfekt. Ohne es zu wissen hatte Gunny in meinem Bluff mitgespielt. Ich war gerettet.

Der Gangster nahm den Champagner entgegen, schubste mich hinaus und schloss die Tür hinter uns beiden. Gunny und ich wechselten nur einen raschen Blick, dann hasteten wir wortlos an den Wachposten auf dem Flur vorbei und riefen den Aufzug. Wenige Sekunden später kam er und wir fuhren schweigend hinunter in die Lobby. Dewey starrte mich während der ganzen Fahrt an; offenbar brannte er darauf, zu erfahren, was ich erlebt hatte. Doch in Gunnys Gegenwart wagte er natürlich nicht mich danach zu fragen, und ich hätte den Teufel getan, ihm ein Sterbenswort zu erzählen. Als wir im Erdgeschoss ankamen, stiegen Gunny und ich aus und gingen ein Stück durch die Halle, bis Dewey außer Hörweite war.

Schließlich flüsterte Gunny mir zu: »Du warst entschieden zu lange da drin, Kleiner. Ich habe mir allmählich Sorgen gemacht, da musste ich mir einen Vorwand ausdenken, dort oben nach dem Rechten zu sehen.«

»Du kamst wie gerufen«, entgegnete ich. »Und ich sage dir, es war die Sache wirklich wert. Wart's nur ab, bis ich dir alles erzähle.« Damit trennten wir uns und gingen für den Rest des Tages unserer Arbeit nach, als wäre nichts gewesen.

Am Abend versammelten Spader, Gunny und ich uns in unserem Zimmer, und ich erzählte den beiden genau, was sich in Max Roses Penthouse abgespielt hatte.

»Diese Nazis sind also ziemlich üble Gesellen, wie?«, erkundigte sich Spader.

»Allerdings«, antwortete ich trocken.

»So schlimm wie die Gangster, die sich hier rumtreiben?«, wollte er wissen.

»Schlimmer«, entgegnete ich. »Diese Typen sind nicht bloß kriminell, die Nazis sind sozusagen darauf aus, sich das gesamte Territorium unter den Nagel zu reißen und dabei Millionen Menschen umzubringen.«

»Das heißt, sie sind Saint-Dane-mäßig schlimm«, folgerte Spader.

»Ganz genau, Saint-Dane-mäßig schlimm«, bestätigte ich.

»Und was brüten die jetzt zusammen aus?«, fragte Spader verzweifelt.

»Das ist immer noch die große Frage, wie?«, warf Gunny ein.

Was führte Saint Dane hier im Schilde? Seit er am Flume die beiden Killer auf uns gehetzt hatte, gab es keine direkten Hinweise mehr auf seine Machenschaften.

»Die Nazis werden Max Rose am 6. Mai für seine Dienste bezahlen«, berichtete ich, während ich im Zimmer auf und ab ging. »Ich nehme an, wenn wir rauskriegen, was Max Rose für die Nazis tut, wissen wir auch, was Saint Dane plant.«

»Und was hat es mit Ludwig Zell hundertneunundzwanzig auf sich?«, fragte Spader. »Klingt nach einem Code.«

»Wir wissen noch nicht mal, ob es wirklich Ludwig Zell hundertneunundzwanzig ist«, wandte ich ein. »Da stand nur LZ 129.«

Ich warf einen Blick zu Gunny, doch der zuckte nur die Schultern. LZ 129 war vielleicht der Schlüssel zum Ganzen, vielleicht war es aber auch etwas völlig Belangloses.

»Ich werde mich umhören«, versprach Gunny.

Am Ende unserer kleinen Versammlung beschlossen wir, Max Rose und seine Spießgesellen in Zukunft noch schärfer im Auge zu behalten. Außerdem wollten wir ab sofort täglich sämtliche Zeitungen lesen, die wir ergattern konnten, und darauf achten, ob irgendwo von LZ 129 oder von Ludwig Zell die Rede war. Man konnte ja nie wissen. Zum ersten Mal seit meiner Ankunft auf Erste Erde hatte ich das Gefühl, dass wir auf dem besten Weg waren, herauszukriegen, was Saint Dane im Schilde führte, um dieses Territorium ins Verderben zu stürzen.

Womit ich gewaltig auf dem Holzweg war.

Was *wirklich* nach der Besprechung geschah, war gar nichts. Ich meine, absolut gar nichts. Die Spur verlief im Sand, um nicht zu sagen in einer ausgewachsenen Wüste. Max Rose setzte keinen Fuß vor die Tür des Penthouse, Ludwig Zell ließ sich nicht mehr im Hotel blicken und selbst Winn Farrow und seine Killer verhielten sich ruhig. Wir durchforsteten alle Zeitungen der Bundesstaaten New York, New Jersey und Connecticut, ohne auch nur den kleinsten Hinweis auf Ludwig Zell oder LZ 129 zu finden. Ihr dürft nicht vergessen, dass damals an Internet noch nicht zu denken war. Wir konnten nicht einfach »Ludwig Zell, Nazi-Verbrecher, heimtückischer Plan« in eine Suchmaschine eingeben und uns mal eben anzeigen lassen, was es mit dem Burschen und seinen Machenschaften auf sich hatte.

Es war wirklich zum Die-Wände-Hochgehen.

Gunny lief sogar auf mehrere Ämter, um nach Unterlagen über Max Roses Geschäfte zu suchen. Gute Idee, die Sache hatte nur einen Haken. Wir befanden uns im Jahr 1937. Damals war es nicht gerade üblich, dass ein Afroamerikaner auf der Suche nach Informationen einfach so in irgendein Amt spazierte. Die Bürgerrechtsbewegung kam erst später richtig in Gang. Von der Gleichstellung Farbiger, für die Leute wie Jackie Robinson, Martin Luther King jr., Colin Powell, Clarence Thomas vom Obersten Gerichtshof und Nelson Mandela ins Feld zogen, war damals noch keine Rede. Selbst schwarze Filmstars wie heute Will Smith und Eddie Murphy gab es noch kaum.

Folglich rannte Gunny mehr oder weniger gegen Betonwände.

Die Situation wäre wirklich zum Heulen gewesen, hätten Spader und ich nicht zwischendurch auch ein bisschen Spaß gehabt. In seinem Heimatterritorium Cloral hatte er dafür gesorgt, dass ich eine schöne Zeit verlebte, und jetzt versuchte ich mich hier, auf Erste Erde, zu revanchieren.

Ich ging öfter mit ihm ins Kino. Spader hatte noch nie einen Film gesehen, und es war lustig, seine Reaktionen zu beobachten. Anfangs war er völlig entgeistert wie auf Veelox, als die Hologramme auftauchten, aber nach einer Weile fuhr er richtig drauf ab. Der Eintritt kostete nur fünfundzwanzig Cent. Könnt ihr euch das vorstellen? Wir gingen in etliche Filme von den Marx Brothers, mein Lieblingsstreifen war *Skandal in der Oper.* Außerdem sahen wir uns ein paar Western mit einem Typen namens Tom Mix an und sogar *King Kong* in der Originalversion. Es machte richtig Spaß, diese Filme, die ich nur aus dem Fernsehen kannte, mal auf der Leinwand zu sehen.

Und natürlich besichtigten wir ganz New York. Wir waren auf dem Empire State Building, was besonders cool war, weil wir kurz vorher gesehen hatten, wie King Kong daran hochkletterte. Ich zeigte Spader die Freiheitsstatue und die Grand Central Station. Wir fuhren sogar mit der U-Bahn nach Coney Island, amüsierten uns im Vergnügungspark und aßen Hotdogs.

Ich glaube, am besten gefiel mir der Tag, an dem wir hoch in die Bronx fuhren. Nein, nicht zum Flume. Wir sahen uns ein Spiel der Yankees an. Ich konnte es nicht fassen, Lou Gehrig und Joe DiMaggio spielen zu sehen! Ist *das* nicht megacool? Spader verstand die Spielregeln nicht und ich hatte ziemliche Mühe, sie ihm halbwegs zu erklären. Aber das tat der Sache keinen Abbruch – ich schwebte im siebten Himmel.

Apropos Himmel, wir spielten auch häufig zusammen Basketball.

Eigentlich habe ich ja in Sachen Sport gegen Spader keine Chance, muss ich gestehen. Er ist etwas älter als ich und größer; allein deshalb ist er schon im Vorteil (jedenfalls sag ich mir immer, dass es daran liegen muss). Aber Basketball ist nun mal mein Spiel.

Ohne angeben zu wollen – ich zog ihn gnadenlos ab. Wir brachten in einer Nebenstraße hinter dem Hotel einen Korb an und rannten in jeder freien Minute dorthin. Gunny trieb einen alten Ball aus brüchigem Leder für uns auf. Der Korb bestand nur noch aus einem verbogenen, rostigen Metallring ohne Netz, aber das störte uns nicht. Ich trommelte noch ein paar von den Pagen zusammen und wir spielten zwei gegen zwei. Selbst Dewey überredeten wir zum Mitspielen, aber der arme Kerl war noch schlechter als Spader.

So ein Spiel war wie ein Miniurlaub von den Problemen, mit denen wir uns als Reisende rumzuschlagen hatten. Ich versetzte mich im Geiste zurück in eine Zeit und an einen Ort, wo alles noch viel einfacher gewesen war und ich keine größere Sorge hatte als die, ob Courtney mich wohl auch so gern mochte wie ich sie. (Ja, Courtney, ich gestehe, darüber habe ich oft gegrübelt.)

Aber so herrlich unsere Streifzüge und Abenteuer auf Erste Erde auch waren, immer hing die Sorge wie ein Damoklesschwert über unseren Köpfen. Je mehr Zeit verstrich, ohne dass wir Näheres über Max Rose und die Nazis herausfanden, desto höher stieg meine Anspannung. Der 6. Mai rückte immer näher. Allmählich sah es aus, als ob bis dahin überhaupt nichts mehr passieren würde.

Wieder ein Irrtum. Am 3. Mai wurde die Sache erneut interessant.

Der Tag fing eigentlich ganz normal an bis auf die Tatsache, dass das Hotel einen berühmten Gast erwartete. Es war eine gewisse Nancy Olsen, allgemein bekannt als Jinx. Sie war Pilotin bei der Küstenwache. Damals gab es in diesem Job noch nicht viele Frauen und Jinx war eine echte Attraktion. Sie machte gerade eine Reklametour durch das Land. Ich schätze, das Ganze sollte dazu dienen, Frauen für den Militärdienst zu gewinnen. Auf ihrer Tour kam Jinx Olsen auch für ein paar Wochen nach New York, wo sie mehrere öffentliche Auftritte hatte. Während dieser Zeit wohnte sie im Manhattan Tower Hotel. Ihr zu Ehren war sogar eine große Party im Ballsaal auf der neunundzwanzigsten Etage des Hotels geplant. Es sollte ein Riesending werden mit Livemusik, Stars und Politikern – volles Programm. Spader und ich waren schon zum Kellnern eingeteilt, denn bei über zweihundert Gästen musste das komplette Personal ran.

Als Jinx Olsen im Hotel eintraf, war mir auf den ersten Blick klar, warum die Küstenwache sie als Aushängeschild auserkoren hatte. Sie war groß, sah gut aus und strotzte vor Selbstbewusstsein. Die meisten Frauen, die ich bisher auf Erste Erde gesehen hatte, trugen Kleider – nicht so Jinx. Sie hatte eine Khakihose und eine abgetragene braune Lederjacke an. Trotzdem sah sie nicht aus wie ein Kerl. Absolut nicht. Sie hatte umwerfende grüne Augen und ein strahlendes Lächeln, mit dem sie buchstäblich den ganzen Raum erhellte. Das erste Wort, das mir durch den Kopf schoss, als sie mit ihrem Seesack über der Schulter durch die Lobby schritt, war *Abenteuerin.*

Der Hotelmanager, ein rundlicher Typ namens Mr Caplesmith, nahm Jinx Olsen persönlich in Empfang. »Herzlich willkommen, Miss Olsen«, begrüßte er sie. »Es ist uns eine große Ehre, Sie hier bei uns zu Gast zu haben.«

Jinx stutzte, starrte ihm geradewegs in die Augen und fragte: »Warum?«

Da stammelte Mr Caplesmith verwirrt: »Nun, weil Sie doch so ein berühmter … ähm … so eine berühmte Pilotin sind.« Er hatte keine Ahnung, worauf Jinx Olsen mit ihrer Frage hinauswollte, und sie schien genau zu wissen, dass sie ihn aus dem Konzept gebracht hatte.

»Machen wir uns doch nichts vor«, versetzte sie. »Sie sind froh mich hier zu haben, weil die Riesenparty morgen Abend Ihnen eine hübsche Stange Geld aus der Staatskasse einbringt, stimmt's?«

Mr Caplesmith geriet gewaltig in Verlegenheit, war jedoch klug genug, Jinx nichts vorzulügen. »Nun, das könnte man wohl so sagen«, gestand er verdattert.

Jinx grinste und boxte ihm freundschaftlich gegen

die Schulter. »Na also. Wir wissen doch alle, was hier gespielt wird. Wo ist mein Zimmer?«

Mr Caplesmith musste sich zusammenreißen, um sich nicht vor Schmerz die Schulter zu halten. Er sah sich um und entdeckte mich.

»Page!«, rief er.

Ich kam sofort angerannt und stand stramm. Auf so etwas legte Mr Caplesmith Wert.

»Begleite Miss Olsen bitte nach oben zu Zimmer 1515.« Er übergab mir den Zimmerschlüssel.

Ich wollte Jinx das Gepäck abnehmen, aber sie ließ mich nicht. »Damit komm ich schon selbst klar, Jungchen«, sagte sie lächelnd. »Zeig mir nur, wo's langgeht.«

»Jawohl, Ma'am«, parierte ich und steuerte auf den Aufzug zu. Jinx folgte mir. Als ich einen raschen Blick zurückwarf, sah ich, wie sich Mr Caplesmith die lädierte Schulter massierte. Ich konnte mir nur mühsam das Lachen verbeißen. Jinx Olsen war die coolste Erscheinung, der ich bisher in diesem Hotel begegnet war; abgesehen von Gunny versteht sich.

»Sie haben wirklich einen aufregenden Job«, bemerkte ich. »Bei der Küstenwache Leute retten und so …«

»Ja, klar, echt aufregend«, erwiderte sie. Das klang nicht sehr überzeugend.

»Etwa nicht?«, erkundigte ich mich.

»Theoretisch schon, wenn ich wenigstens hin und wieder bei einem richtigen Einsatz mitmachen dürfte. Aber als Frau hat man es da nicht so leicht.« Wir hatten den Aufzug erreicht und Dewey fuhr uns nach oben. Diesmal erwischte er sogar auf Anhieb die richtige Richtung. Er musste geübt haben.

»Aber das ist doch unfair«, meinte ich. »Wenn Sie was draufhaben, muss man Sie doch auch Einsätze fliegen lassen.«

»Wenn du wüsstest, wie oft ich denen das schon erklärt hab«, versetzte Jinx. »Doch die scheuchen mich lieber auf diese PR-Touren, wo ich garantiert keinen Kratzer abbekomme. Zum Teufel, ich fliege besser als die meisten Jungs in meiner Staffel, aber bloß weil ich eine Frau bin, kriege ich einfach keine Chance.«

»Kennen Sie Amelia Earhart?«, mischte sich Dewey ein.

»Hab sie sogar schon persönlich getroffen«, antwortete Jinx. »Also *das* Mädel ist mal eine Fliegerin!«

»Amelia Earhart?«, fragte ich. »Ist das nicht die Pilotin, die bei ihrem Versuch, die Welt zu umrunden, verschollen ist?«

Dewey und Jinx starrten mich an, als käme ich vom Pluto.

»Da musst du was durcheinander gebracht haben«, entgegnete Jinx. »Sie startet erst Ende dieses Monats zu ihrer Erdumrundung.«

Auweia, Erste Erde! Ich redete hier von etwas, das noch gar nicht passiert war. Aber geirrt hatte ich mich nicht, denn ich entsann mich, einmal einen Fernsehbericht über Amelia Earhart gesehen zu haben. Sie war tatsächlich nie zurückgekehrt. Ich brachte es nicht übers Herz, das den beiden zu sagen, wobei sie mir ohnehin nicht geglaubt hätten, wenn ich ihnen erzählte, was in der Zukunft geschehen würde. Zum Glück hatten wir gerade die fünfzehnte Etage erreicht.

»Wir sind da«, verkündete ich und stieg aus dem Aufzug, froh, das Gespräch über Amelia Earhart beenden zu können. Ich öffnete Jinx die Tür zu Zimmer 1515 und sagte, wenn sie noch einen Wunsch habe, müsse sie nur Gunny, den Bell Captain, anrufen und er werde jemanden schicken. Sie bedankte sich und gab mir fünfundzwanzig Cent Trinkgeld, nicht gerade ein Vermögen, aber es reichte für den nächsten Marx-Brothers-Film.

Ehe ich ging, sagte ich noch zu ihr: »Wissen Sie was?

Sie mögen es jetzt schwer haben, aber schon bald wird es viel mehr Pilotinnen geben. Die Leute werden begreifen, dass Frauen genauso gut sind wie Männer. Alles wird anders werden, ganz bestimmt.«

Das brachte Jinx zum Lächeln. Ich wette, sie gab sich nur die ganze Zeit so schroff, um in ihrem Machojob nicht unterzugehen. Doch in diesem kurzen Moment konnte ich einen Blick hinter die raue Fassade werfen.

»Wie heißt du, Jungchen?«, fragte sie.

»Bobby Pendragon.«

»Ich bin Jinx. Das hast du schön gesagt, Bobby. Danke. Ich werde es nicht vergessen.« Sie zwinkerte und schüttelte mir die Hand.

Ich mochte Jinx Olsen. Ihr selbstbewusstes, burschikoses Auftreten erinnerte mich an Spader. Ich hoffte, sie würde irgendwann die Chance bekommen, sich zu beweisen.

Die Party zu ihren Ehren stieg am nächsten Abend. Es war wirklich eine piekfeine Veranstaltung. Der Ballsaal in der neunundzwanzigsten Etage war ganz in Rot, Weiß und Blau dekoriert und unter der Decke schwebten mindestens tausend bunte Luftballons. Die Herren erschienen im Frack, die Damen in vornehmen langen Kleidern. Ich sah ein paar Schauspieler aus alten Filmen, wusste aber ihre Namen nicht. Einen Typen erkannte ich allerdings sofort: Lou Gehrig. Der war auch ohne sein Yankee-Trikot unverwechselbar.

Ein großes Orchester spielte zum Tanz auf. Die Musiker trugen weiße Jacketts und sahen aus wie aus einem Abbott-und-Costello-Film entstiegen. Ich erkannte sogar ein paar der Musikstücke. Ich sag's ja immer: Wer etwas über klassische Musik lernen will, soll sich alte Bugs-Bunny-Streifen ansehen, wer was über alte Swing-Musik lernen will, Abbott-und-Costello-Filme. Wer hat behauptet, dass Fernsehen nicht bildet?

Auf einer Seite des Raumes war eine lange Tafel für die Ehrengäste aufgebaut. In der Mitte saß Jinx. Sie trug ein Kleid, in dem sie sich offensichtlich total unwohl fühlte. Der Anblick tat mir in der Seele weh. Dies war der Preis dafür, dass sie Pilotin sein durfte: Sie musste als Goodwill-Botschafterin herhalten und der Welt ein strahlendes Gesicht zeigen. Sie selbst hasste diesen Zirkus, jede Wette.

Der übrige Raum stand voller Tische, an denen gegessen und getrunken wurde. Außer Spader und mir war noch eine wahre Armee von Kellnern für die Party zusammengetrommelt worden, alle mit kurzen weißen Jacken, schwarzen Hosen und weißen Handschuhen. Jeder von uns bekam einen Tisch zugewiesen, und dann mussten wir immer hin und her laufen, das Essen aus der Küche holen und servieren. Im Grunde eine ziemlich simple Arbeit, man musste nur aufpassen, dass man nichts verschüttete.

Ihr fragt euch vielleicht, Freunde, warum ich euch das alles so ausführlich erzähle. Nicht etwa weil es so eine meganoble Party war – eigentlich war die ganze Veranstaltung elend langweilig. Bis auf einen bestimmten Tisch. Er stand ganz in der Nähe der langen Tafel für die Ehrengäste. Und wer saß da aufgereiht wie auf dem Präsentierteller? Max Rose und seine Leute. Ich konnte es nicht fassen. Da veranstaltete die US-Regierung eine piekfeine Party und in vorderster Reihe saß für alle gut sichtbar ein berüchtigter Gangster. Man hatte ihn wohl eingeladen, weil er der wichtigste Gast des Hotels war. Als bester Kunde genießt man natürlich einige Privilegien ... selbst wenn man ein Verbrecher ist.

Gunny deichselte es so, dass Spader und ich den Tisch von Max Rose zugewiesen bekamen. Wir scharwenzelten um den Gangsterboss und seine Gäste herum und lasen ihnen jeden Wunsch von den Augen ab.

Doch vor allem lasen wir ihnen jedes Wort ihrer Unterhaltung von den Lippen ab in der Hoffnung, einen Hinweis darauf aufzuschnappen, was es mit LZ 129 auf sich hatte oder was am 6. Mai passieren würde.

»Buck Rogers!«, rief Rose, sobald er mich sah. »Mein Lieblingsastronaut. Haben sie dich jetzt auch schon zum Kellnern abkommandiert?«

»Jawohl, Sir, Mr Rose«, erwiderte ich. »Für Sie nur das Beste.«

Er lachte. Ich glaube, es gefiel ihm, wenn man ein bisschen keck war. Vor allem wenn man ihm dabei schmeichelte. »Nur immer her mit dem Wein, Buck«, befahl er. »Es soll dein Schaden nicht sein.«

»Sehr wohl, Sir!«, sagte ich. Sehr gut. Mir war jede Gelegenheit recht, in seine Nähe zu kommen. Der Tisch war voll besetzt mit Ganoven, die ich in den letzten Wochen im Hotel hatte ein und aus gehen sehen. Leider war Ludwig Zell nicht anwesend. Allerdings war neben Rose noch ein Stuhl frei, und ich betete, der Platz möge für den Deutschen reserviert sein. Gerade als ich eine Champagnerflasche geöffnet hatte und Rose einschenkte, erschien endlich der Gast, für den der freie Stuhl bestimmt war. Es war nicht Zell.

»Entschuldige, dass ich so spät komme, Maxie«, ertönte eine Frauenstimme. »Ich habe eine Ewigkeit gebraucht, um das richtige Kleid zu finden.«

Ich blickte auf und hätte um ein Haar die Champagnerflasche fallen gelassen. Es war die Frau, die mich in Max Roses Arbeitszimmer ertappt hatte. Auch heute sah sie wieder wie ein Filmstar aus.

Sie zwinkerte mir zu. Mir blieb das Herz stehen vor Angst, sie könnte auf unsere Begegnung im Arbeitszimmer anspielen. Wenn Rose davon erführe, würde das meinen sicheren Tod bedeuten! Sie hob ihr Champagnerglas und hielt es mir zum Einschenken hin.

»So ein gut aussehender junger Kellner«, bemerkte sie. »Haben wir uns nicht schon einmal gesehen?«

Machte sie Witze? Erinnerte sie sich tatsächlich nicht an mich oder wollte sie mich nur aufziehen?

»Ich glaube nicht, Ma'am«, log ich.

»Nein, Sie haben wohl Recht«, entgegnete sie. »So einen gut aussehenden jungen Mann wie Sie hätte ich doch nicht einfach wieder vergessen.« Sie lächelte und zwinkerte mir noch einmal zu. Offenbar wusste sie *genau*, wer ich war. Sie machte sich nur mal wieder einen Spaß daraus, mich zu piesacken. Mir brach schon der Schweiß aus. Hastig zog ich mich zurück. Das versprach ja ein interessanter Abend zu werden.

Nach dem Dinner folgten eine Menge Reden von Politikern, die sich darüber ausließen, welch wichtige Rolle die Frauen in Zukunft im Militär und bei der Küstenwache spielen würden, bla, bla, bla. Als Letzte sprach Jinx selbst. Leider muss ich gestehen, dass ihre Rede auch nicht gerade ein Reißer war. Sie gab sich alle Mühe, überzeugt und engagiert zu klingen, aber ich fand, man konnte ihr trotzdem deutlich anmerken, wie sehr ihr das Ganze zuwider war.

Anschließend gab es wieder Tanzmusik und da erlebte ich die nächste Überraschung. Der Bandleader trat ans Mikrofon und verkündete mit Samtstimme: »Ladys und Gentlemen, begrüßen Sie nun am Mikrofon die Attraktion des Abends, die bezaubernde Sängerin Esther Amaden.«

Ich sah mich nach der Dame um – und wer stand auf? Max Roses Freundin! Wow! Die Frau sah nicht nur aus wie ein Star, sie war auch einer. Ihr Auftritt war wirklich toll. Nicht dass ich ein besonderer Fan von dieser Musikrichtung wäre, aber Esther Amaden hatte eine herrliche Stimme und sah im Rampenlicht einfach umwerfend aus. Sie sang ein paar Stücke, die mir vage bekannt vorkamen. Die Partygäste schienen sämtliche Songs zu kennen, denn bei jedem neuen Stück brach gleich zu Anfang großer Applaus aus.

Insgesamt war es ein glorreicher Abend ... und zugleich eine totale Pleite. Als in den frühen Morgenstunden allmählich ein Ende abzusehen war, hatte ich von niemandem an Roses Tisch auch nur ein einziges verwertbares Informationsbröckchen aufgeschnappt. Im Hinblick auf unsere Mission war das Ganze reine Zeitverschwendung gewesen.

Dachte ich jedenfalls, bis die Situation völlig unverhofft eine dramatische Wendung nahm.

Auf der Party waren wie gesagt massenhaft Kellner im Einsatz. Ich kannte die Hotelpagen, aber von den neuen Kellnern, die eigens für diesen Abend engagiert worden waren, kannte ich keinen einzigen. Brauchte ich ja auch nicht, schließlich interessierte ich mich lediglich für Max Rose und seinen Tisch. Doch als ich da so stand und Esther Amadens Gesang lauschte, sah ich auf einmal etwas, das mit einem Schlag meine gesamte Aufmerksamkeit fesselte.

Ich stand bei der Tür zur Küche und beobachtete die Bühne. Die Band war mit sattem bläulichem Licht angestrahlt. Eine Spiegelkugel an der Decke drehte sich und ließ kleine weiße Lichtflecken wie Glühwürmchen durch den Raum tanzen. Sie hüpften über die Band, die Leute auf der Tanzfläche und die Tische. Esther stand mitten im Lichtkegel eines weißen Spots und sah wunderschön aus.

Keine Ahnung, warum ich mich gerade jetzt umsah, aber es war genau der richtige Moment. Mein Blick fiel auf einen der neuen Kellner und mit einem Schlag schaltete ich innerlich auf Alarmstufe zehn. Ich glaube, er fiel mir auf, weil er sich so langsam an der Wand entlangschob. Wenn die Kellner an diesem Abend etwas nicht taten, dann war es langsam gehen; dafür herrschte viel zu viel Hektik. Aber dieser Typ schlich förmlich dahin.

Er trug ein großes Serviertablett mit einer silbernen Haube darauf. Das wäre an sich nichts Ungewöhnliches gewesen ... jedenfalls zwei Stunden früher nicht. Aber inzwischen war das Essen längst vorbei. Was wollte er jetzt noch mit einem Serviertablett? Noch interessanter wurde das Ganze, als er auf den Tisch von Max Rose zusteuerte. Ich trat ein paar Schritte vor, um besser sehen zu können, und plötzlich klappte mir die Kinnlade herunter.

Ich kannte den Kerl! Es war Mr Ängstlicher Gangster, der Typ aus der U-Bahn.

Die Musik war laut. Die Party war noch in vollem Gange und die Leute tanzten wie von Sinnen.

Niemand sah, wie sich dieser Typ immer dichter an Max Rose heranpirschte. Im nächsten Moment griff er unter die Abdeckhaube auf seinem Tablett und zog eine Pistole hervor. Winn Farrows Männer mochten sich eine lange Zeit still verhalten haben, aber heute Abend waren sie wieder in Aktion. Heute Abend hatten sie es auf Max Rose abgesehen.

Und ich war der Einzige, der davon wusste.

## Zehntes Journal
(Fortsetzung)

# Erste Erde

Der Attentäter pirschte sich weiter an Max Rose heran.

Mir ratterten ungefähr eine Million Gedanken wie Schnellfeuer durch den Kopf. Max Rose war ein Verbrecher, ein Killer. In der Branche muss man damit rechnen, früher oder später ein unschönes Ende zu nehmen. Berufsbedingt. Im Grunde hatte mich das nicht zu interessieren. Andererseits … Rose und seine Gang unterhielten irgendwelche Verbindungen zu den Nazis. Wenn er starb, wäre unsere einzige Hoffnung, herauszukriegen, was sie im Schilde führten – und was Saint Dane im Schilde führte –, ebenfalls gestorben. Die Zukunft von Erste Erde hing von dem ab, was Max Rose wusste … und das wiederum *hatte* mich zu interessieren. Auch berufsbedingt.

Nach etwa zwei Sekunden intensiven Nachdenkens war mir klar, dass ich Max Rose retten musste. Aber wie? Wenn ich ihm eine Warnung zurief, würde Mr Ängstlicher Gangster sofort das Feuer eröffnen. Das wäre vermutlich ein Eigentor. Nein, ich musste handeln.

Wie auf Kommando kam in diesem Moment Spader aus der Küche. Ich packte ihn am Arm und riss ihn herum, sodass er in die Richtung sah, wo sich der Gangster anschlich. »Der da hat es auf Max Rose abgesehen. Wir müssen ihn aufhalten«, sagte ich und versuchte, nicht ganz so aufgelöst zu klingen, wie ich tatsächlich war.

Spader stellte keine Fragen und erhob keine Einwände. Sobald er die Situation erfasst hatte und begriff, dass ich die Sache verhindern wollte, schaltete er ohne zu zögern auf *Action*.

»Ich knöpf mir den Burschen vor, du kümmerst dich um Rose«, entschied er kurzerhand. Eine halbe Sekunde später drängelte er sich bereits durch die Menge in Richtung Gangster.

Auch ich hatte keine Zeit zu verlieren. Ich rannte los, auf Max Roses Tisch zu. Der kürzeste Weg führte mitten über die überfüllte Tanzfläche. Ich versuchte mich zwischen den swingenden Tänzern durchzuschlängeln, aber auf diese Art kam ich kaum von der Stelle. Mit Höflichkeit würde ich mein Ziel unter keinen Umständen rechtzeitig erreichen. Ich sagte mir, dass es ohnehin nur noch eine Frage von Sekunden war, bis all diesen Leuten der Abend verdorben wäre. Wozu sollte ich mir da noch Gedanken machen? Ich duckte mich und stürmte los wie ein Fullback. Dabei rempelte ich eine ganze Menge argloser Leute an, auch einige Ladys, wie ich zu meiner Schande gestehen muss. Doch darauf kam es jetzt nicht an. Ich musste es in die Endzone schaffen und durfte dabei vor nichts und niemandem Halt machen.

Wenige Sekunden später prallte der letzte Tänzer, der mich noch von Roses Tisch trennte, vor meinem Ansturm zurück, sodass ich freie Bahn hatte. Max Rose saß auf der anderen Seite des großen runden Tisches, lachte und paffte eine fette Zigarre. Mit einem raschen Blick nach links stellte ich fest, dass der Gangster mit der Pistole schon gefährlich nahe war. Spader kämpfte sich immer noch durch die Menge, aber er würde ihn nicht mehr rechtzeitig erreichen. Der Attentäter hatte nur noch ein paar Schritte bis zu seinem Stelldichein mit Max.

Ich wandte mich wieder Max Rose zu und registrierte zwischen ihm und mir eine Menge Geschirr, Gläser und sogar einen Tafelaufsatz mit Blumendekoration. Ich musste eine Entscheidung treffen, jetzt sofort. Mein Blut kochte ohnehin schon von dem Irrsinnslauf über die Tanzfläche, sodass mir der Entschluss wahrhaftig nicht mehr allzu schwer fiel. Ich legte noch einen Zahn zu, stürmte vorwärts und hechtete über die Tischplatte. Das alles ging so schnell, dass die Gorillas, die mit am Tisch saßen, keine Zeit hatten einzugreifen. Ich schlitterte über die Holzplatte, wobei ich Tischtuch, Geschirr und alles mitnahm.

Max Rose sah mich auf sich zustürzen und riss entgeistert die Augen auf. Der Bodyguard, der neben ihm saß, zog seine Pistole – zu spät, denn kaum hatte er die Waffe unter der Jacke hervorgezogen, als Max Rose auch schon unter einer Lawine aus Geschirr, Blumen und dem Undercoverreisenden Bobby Pendragon begraben wurde.

Rose hatte sich bereits halb von seinem Stuhl erhoben, was ihm möglicherweise das Leben rettete, denn dadurch geriet er leichter aus dem Gleichgewicht. Die Wucht meines Ansturms riss ihn rücklings um. Wenn er fest auf seinem Stuhl gesessen hätte, wäre ich wahrscheinlich einfach von ihm abgeprallt, und er hätte immer noch als Zielscheibe dagesessen. So aber gingen wir beide zu Boden, wobei er flach auf den Rücken kippte. Als ich mitten auf ihm landete, grunzte er lautstark. Ich habe euch ja erzählt, was für ein gigantischer Kerl er war, und ich schwöre, es fühlte sich an, als wäre ich auf einem Trampolin gelandet. Fehlte nur noch der Paukenschlag: *Boing!*

Im selben Moment hörte ich einen Schuss und zuckte zusammen, weil ich dachte, der Leibwächter hätte auf mich gefeuert. Doch er war es nicht gewesen, denn seine Pistole war bei unserem Sturz scheppernd neben mir auf dem Boden gelandet. Offenbar hatte ich sie ihm bei meinem Hechtsprung über den Tisch aus der Hand gerissen. Ich packte sie rasch, damit der Bodyguard sie nicht aufheben und auf mich richten konnte.

Woher war der Schuss dann gekommen? Als ich aufblickte, sah ich nicht weit entfernt Mr Ängstlicher Gangster stehen, den rauchenden Colt noch erhoben. Sein verdatterter Gesichtsausdruck war schon fast komisch. Er musste Max Rose direkt vor der Mündung gehabt haben, nur dass dann plötzlich ich vorbeigeflogen kam und sein Ziel umriss. Der Schuss ging los – und ging daneben. Zum Glück wurde auch in der Menge hinter uns niemand getroffen.

In der nächsten Sekunde war Spader mit einem Satz bei dem Attentäter und schlug ihm die Waffe aus der Hand. Der Typ stand völlig unter Schock. Er hatte den Erfolg zum Greifen nah vor sich gehabt und jetzt war der ganze schöne Plan vor seinen Augen den Bach hinuntergegangen.

»Erschieß ihn«, befahl Rose.

Es dauerte eine Sekunde, ehe ich begriff, mit wem er redete: mit mir! Ich saß auf ihm, die Waffe seines Bodyguards in der Hand. Max Rose wollte, dass ich den Typen abknallte, der ihn hatte umbringen wollen. Ich hatte noch nie eine Pistole abgefeuert, geschweige denn auf einen Menschen.

»Los doch, Buck, erschieß ihn!«, brüllte Rose.

Ich war völlig durcheinander. Wie betäubt richtete ich die Waffe auf den Ängstlichen, um den Befehl auszuführen. Der Typ sah mich an und unsere Blicke trafen sich.

In seinen Augen sah ich etwas, das ich noch nie gesehen hatte und nie wieder sehen will. Sein Leben lag in meiner Hand. Er wusste es. Es lag an mir, ob er leben oder sterben würde. Diese Macht wollte ich nicht haben, unter keinen Umständen. Mir lief ein Schauder über den Rücken. Dieser Gangster war mein Feind. Damals in der U-Bahn hatte er versucht uns umzubringen. Schlimmer noch: Er war einer der beiden Killer, die Onkel Press auf dem Gewissen hatten. Niemand verdiente meine Rache mehr als dieser Kerl.

Aber trotz allem konnte ich ihn nicht töten. Dazu war ich einfach nicht fähig.

Ich ließ die Waffe fallen.

Augenblicklich rannte der Gangster los. Man hätte meinen sollen, irgendjemand von den vielen Leuten, die herumstanden, würde ihn aufhalten, doch all diese feinen Pinkel in Frack oder Abendkleid waren starr vor Entsetzen. Bis jemand auch nur die Geistesgegenwart aufbrachte, »Haltet ihn!« zu schreien, hatte der Killer sich bereits durch einen Personalausgang aus dem Staub gemacht.

Um mich herum sah ich lauter entgeisterte Gesichter. Die Band hatte aufgehört zu spielen und die Menge scharte sich langsam um uns um zu sehen, was passiert war. Es war gespenstisch. Niemand sprach ein Wort, alle starrten nur. Mir wurde bewusst, dass ich immer noch auf Max Roses Bauch saß. Als ich zu ihm hinabsah, blickte er mit rasiermesserscharfen Augen zu mir auf.

»Ich sagte, knall ihn ab«, war das Einzige, was er von sich gab.

Ich brachte vor Verblüffung kein Wort heraus.

»Hast du mich verstanden, Buck? Ich sagte, knall ihn ab!«

In diesem Moment stand alles auf dem Spiel, nicht nur mein eigenes Leben, sondern auch die Zukunft unserer Mission auf Erste Erde. Ich hatte das Gefühl, dass sich hier und jetzt das Match entscheiden würde. Das durfte ich einfach nicht vermasseln.

»Ja, und?«, erwiderte ich so dreist, wie ich nur konnte.

Es war ein mutiger Spielzug. Max Rose starrte mir geradewegs ins Gehirn, doch ich hielt seinem Blick stand. Mein Adrenalinspiegel war immer noch so hoch, dass es mir gar nicht in den Sinn gekommen wäre, klein beizugeben.

»Ich habe Ihnen gerade das Leben gerettet, sind Sie etwa noch nicht zufrieden?«, fragte ich. »Ich höre kein Dankeschön.«

Schweigen. Ich spürte die glühenden Blicke von Roses Bodyguards, die nur auf einen Befehl von ihrem Boss warteten.

Nach ein paar quälend langen Sekunden verzog Max Rose das Gesicht zu ... einem Grinsen. »Danke, Buck«, sagte er. »Dürfte ich dich jetzt wohl bitten, von meinem Bauch aufzustehen?«

Dann brach ziemliche Hektik aus. Die Leute hatten zum Teil einfach nur Angst und überschlugen sich förmlich in ihrer Hast, den Aufzug zu erreichen, zum anderen Teil drängten sie sich um uns, weil sie wissen wollten, was los war. Die Band fing wieder an zu spielen. Ich schätze, sie wollten die Leute beruhigen. Haben sie das nicht auch beim Untergang der Titanic so gemacht? Ich wurde im Gedränge hin und her geschubst und wollte nur noch hinaus, aber ich kam nicht vom Fleck. Es schien mir, als ob ich jeden Moment zermalmt würde.

Schließlich packte mich jemand am Arm. Als ich aufblickte, erkannte ich zu meiner Erleichterung Gunny.

»Höchste Zeit, hier zu verschwinden«, sagte er.

Meinen Arm mit einer, Spaders mit der anderen Hand gepackt, bahnte er uns dreien einen Weg durch die Menge. Wenig später hatten wir das Getümmel hinter uns gelassen und standen in der Küche, aber Gunny gönnte uns keine Verschnaufpause. Er wollte uns so schnell wie möglich aus dem Weg haben, ehe uns jemand ansprechen konnte. Wieder einmal musste die Polizei gerufen werden und die würde viele Fragen stellen. Je weniger man über uns wusste, desto besser. Also war es das Geschickteste, uns hier hinauszuschleusen, bevor sich der Aufruhr legte.

Ein paar Minuten später, nach einer schnellen Fahrt mit dem Personalaufzug, erreichten wir wohlbehalten unsere Suite im sechsten Stock, als ob nichts geschehen wäre.

»Setzt nur ja keinen Fuß vor die Tür«, befahl Gunny. »Und morgen erscheint ihr nicht zur Arbeit. Ich will, dass erst ein bisschen Gras über die Sache wächst.«

»Alles klar«, erwiderte ich.

»Verstanden, Kumpel«, schloss sich Spader an.

Gunny lächelte nervös. »Du hattest Recht, Pendragon: Da kommt tatsächlich einiges auf uns zu.«

»So was erledigen wir doch mit links, Gunny, mein Freund«, bemerkte Spader beinahe so flapsig wie eh und je.

Dann ließ Gunny uns allein. Allmählich schlug mein Herz wieder in normalem Tempo. Spader und ich sahen uns an. Eine Weile lang wussten wir beide nichts zu sagen. Schließlich brachen wir gleichzeitig in Gelächter aus.

»Hobey, Pendragon!«, rief Spader. »Welch ein Auftritt!«

»Du warst großartig!«, meinte ich. »Einfach hinter diesem Typen herzurennen, ohne auch nur eine Sekunde zu zögern!«

»War auch besser so«, erwiderte Spader. »Wenn ich erst lange drüber nachgedacht hätte, wäre ich wohl doch lieber in die andere Richtung losgerannt. Das *war* aber auch ein Natty-Do!«

»Das kannst du laut sagen«, bestätigte ich.

Wir ließen uns in unsere Sessel plumpsen und waren stolz auf uns. So blieben wir noch eine Weile lang sitzen und kosteten unseren Sieg aus.

Lange würde das Hochgefühl nicht anhalten.

Spader atmete noch einmal tief ein, stieß die Luft aus und sagte: »Die Sache ist wieder ins Rollen gekommen, stimmt's?«

Mir war klar, wie er das meinte. »Ja«, erwiderte ich. »Schluss mit dem Basketball.«

In dieser Nacht schlief ich in dem Bewusstsein ein, dass sich nach Wochen tatenlosen Herumsitzens und Auf-der-Stelle-Tretens nun endlich der Vorhang hob. Das Unheimliche daran war, dass wir immer noch keine Ahnung hatten, was uns bevorstand.

Wie sehr ich Onkel Press vermisste!

Am nächsten Morgen wurden wir von einem Klopfen an der Tür geweckt. Ich dachte, es sei Gunny, aber als ich durch den Türspion spähte, sah ich zu meiner Überraschung Dewey draußen stehen.

»Ich weiß, dass du da drin bist, Pendragon«, sagte er. »Ich weiß alles, was in diesem Hotel vor sich geht.«

Aufgeflogen. Mir blieb nichts anderes übrig als zu öffnen. Spader trat hinter mich. »Was willst du, Dewey?«, fragte er.

»Habt ihr beide euch wirklich eingebildet, ich wüsste nicht, dass ihr hier wohnt?«, fragte Dewey zurück. »Für wie blöd haltet ihr mich eigentlich?«

Spader und ich wechselten einen Blick. Diese Frage beantworteten wir lieber nicht.

»Hier, seht mal«, fuhr Dewey fort und hielt uns eine Zeitung hin. Die Schlagzeile lautete: MORD IM NO-

BELHOTEL UM HAARESBREITE VERHINDERT! Der Artikel handelte von der Schießerei am vergangenen Abend. Dazu war ein Foto abgedruckt, auf dem Max Rose flach auf dem Rücken lag, mit mir auf seinem Bauch. Ich hätte mir nicht träumen lassen, dass jemand davon einen Schnappschuss gemacht hatte. Zum Glück war mein Gesicht nicht zu erkennen. Laut diesem Artikel waren Spader und ich zwei mysteriöse Kellner, die unmittelbar nach der Schießerei ebenso spurlos verschwunden waren wie der verhinderte Attentäter.

»Ja, aufregende Geschichte«, sagte ich. »Wer diese beiden heldenhaften Kellner wohl sein mögen?«

Dewey warf mir einen entrüsteten Blick zu. »Damit wäre meine Frage wohl beantwortet. Du musst mich wirklich für einen Vollidioten halten.«

Da riss ihm jemand von hinten die Zeitung aus der Hand.

»Morgen, Jungs«, sagte Jinx Olsen lächelnd. »Ganz schön heiße Party gestern Abend!« Dann wandte sie sich Dewey zu und tätschelte ihm die Wange. »Danke, Dewey. Bist ’n Schatz.« Dewey errötete in jeder denkbaren Schattierung. Jinx drängte sich an uns vorbei ins Zimmer.

Etwas unschlüssig, wie ich mich verhalten sollte, machte ich erst einmal Dewey die Tür vor der Nase zu.

»Hey!«, protestierte er … zu spät.

Jinx sah sich ungeniert in der Suite um. »Nette Absteige«, bemerkte sie. »Bestimmt nicht leicht, sich so was von einem Pagengehalt zu leisten.«

»Wir sind ja auch zu zweit«, warf Spader ein.

»Aaah!« Jinx lächelte sarkastisch. »Das macht dann *zwei* Pagengehälter. Das ist natürlich ganz was anderes.«

»Was können wir für Sie tun, Miss Olsen?«, erkundigte ich mich.

»Jinx«, korrigierte sie. »Entschuldigt erst mal, dass ich

hier so reinplatze. Ich wollte euch nur sagen, wie großartig ich das finde, was ihr letzte Nacht getan habt. Es war für mich das Highlight des Abends, was sage ich, das Highlight des Jahres.«

Ich wusste nicht recht, was ich darauf antworten sollte. Sollten wir zugeben, dass wir es gewesen waren? Sie kannte mich und hatte das Ganze offenbar beobachtet, also war lügen wohl zwecklos.

»Es wäre uns ganz lieb, wenn Sie niemandem verraten würden, dass wir es waren«, sagte ich.

»Auch noch bescheiden«, strahlte Jinx. »Ihr Jungs seid nicht von dieser Welt.«

»Woher wissen Sie das?«, erkundigte sich Spader verwirrt.

»Ich sag euch was«, fuhr Jinx fort. »Ich möchte etwas für euch beide tun. Wenn ihr die verdienten Lorbeeren schon nicht einheimsen wollt, dann sollt ihr wenigstens von *mir* eine Belohnung bekommen.«

»Das ist wirklich nicht nötig«, erwiderte ich.

»Ich weiß«, versetzte Jinx, die schon wieder auf dem Weg zur Tür war. »Ich möchte es aber. Zieht euch an, wir machen einen Ausflug. Zieht euch *warm* an.« Damit verschwand sie so stürmisch aus dem Apartment, wie sie hereingekommen war. Spader und ich standen ziemlich verblüfft da.

»Sie will mit uns einen Ausflug machen«, sagte Spader schließlich.

»Aber Gunny hat doch gesagt, wir sollen uns hier versteckt halten, bis etwas Gras über die Sache gewachsen ist.«

Spader begann seine Hose anzuziehen. »Pendragon, eine schöne junge Frau hat uns gerade zu einem Abenteuer eingeladen. Du kannst ja hier bleiben, wenn du willst, aber ich für meinen Teil wüsste schon gern, was für einen Ausflug sie mit uns vorhat.«

So kannte ich Spader. Wenn es ihn einmal gepackt hatte, war es absolut zwecklos, ihm sein Vorhaben wieder ausreden zu wollen. Er war eben auf Abenteuer aus, so irrwitzig sie auch sein mochten. Ich hatte die Wahl, entweder allein zurückzubleiben oder mitzukommen und dafür zu sorgen, dass er nicht in Schwierigkeiten geriet. Ehrlich gesagt mochte ich Jinx und war selbst neugierig, was sie plante. Es dauerte geschlagene drei Sekunden, bis ich nach meinen Klamotten griff und ebenfalls anfing mich anzuziehen.

Was immer sie sich für uns ausgedacht hatte, ich wollte es mir unter keinen Umständen entgehen lassen.

## Zehntes Journal
(Fortsetzung)

# Erste Erde

Fünf Minuten später stiegen wir mit der Pilotin in ein Taxi. Ich hatte meine Vernunft immerhin noch nicht vollends über Bord geworfen und wenigstens Gunny Bescheid gegeben, dass wir mit Jinx einen Ausflug unternahmen. Ihm passte es zwar nicht, dass wir das Hotel verließen, aber dann fand er doch, es wäre vielleicht gar nicht schlecht, wenn wir für eine Weile von der Bildfläche verschwänden. Seit dem vergangenen Abend suchten Scharen von Reportern nach den beiden mysteriösen Kellnern, die dem berüchtigten Max Rose das Leben gerettet hatten. Wahrscheinlich war es am geschicktesten, wenn wir uns von dem Rummel fern hielten.

Unterwegs verriet Jinx uns nicht, wohin es gehen sollte. Sie sagte, es solle eine Überraschung sein und es werde uns garantiert gefallen. Ich muss gestehen, dass ich kurz daran dachte, Saint Dane könnte sie beauftragt haben oder schlimmer noch, sie selbst könnte Saint Dane *sein.* Andererseits brachte einfach nichts an ihr meine Alarmleuchten zum Blinken, und ich war mir eigentlich ziemlich sicher, dass sie niemand anders war als Jinx Olsen, die Meisterpilotin der Küstenwache.

Wir fuhren mit dem Taxi zur West Side von Manhattan. Als wir am Ufer des Hudson River ankamen, wurde uns klar, was Jinx Olsen vorhatte. Der Begriff *Ausflug* war wörtlich gemeint. Am Ende eines Landungsstegs vertäut schaukelte Jinx Olsens Flugzeug auf den Wellen. Ihr Flug*boot*, um genau zu sein.

Es war ein ziemlich urig aussehendes Gefährt, nicht zu vergleichen mit den schnittigen Flugzeugen auf Zweite Erde. Wie die silberne Maschine da sachte auf dem Wasser trieb, sah sie aus, als wäre sie viel lieber in der Luft anstatt Boot zu spielen. Das Flugzeug war ein Doppeldecker, das heißt, es hatte zwei Paar Tragflächen übereinander. Dazwischen befand sich ein einzelner großer Motor. Allerdings war der Propeller nicht vorn angebracht, sondern zeigte nach hinten. Eigenartig. Vor den Tragflächen gab es zwei Cockpits hintereinander – offene Cockpits! Wenn man mit dieser Maschine flog, bekam man die Geschwindigkeit richtig im Gesicht zu spüren … und vermutlich auch im Magen. Auf dem silbernen Rumpf prangte, genau unterhalb des vorderen Cockpits, das Emblem der US-Küstenwache mit den gekreuzten Ankern.

»Das ist mein Baby«, verkündete Jinx. »Die V-157 Schreck/Viking. Keine Schönheit, aber in der Luft ist sie ein Ass.«

Sie sprang ins Cockpit und begann die Checkliste durchzugehen. Ich starrte das Flugzeug wie hypnotisiert an.

Spader zog mich ein Stück beiseite, damit Jinx uns nicht hören konnte. »Dieses Schnellboot sieht aber ziemlich eigenartig aus.«

»Das ist kein Schnellboot«, erwiderte ich. »Das ist ein Flugzeug.«

»Ein was?«

»Ein Flugzeug. Genau genommen ein Flugboot. Damit heben wir vom Wasser ab und fliegen hoch in die Luft.«

Zum ersten Mal, seit ich Spader kannte, klappte ihm buchstäblich die Kinnlade herunter. Ehrlich, sein Mund stand sperrangelweit offen. Ich hätte genauso gut sagen können, wir würden gleich den Hudson bis auf den Grund leer trinken, so fremd war ihm die Vorstellung, zu fliegen.

»Wir fliegen? Am Himmel? Wie ein Vogel? Mit diesem Ding da?«, fragte er entgeistert.

»Genau«, bestätigte ich.

»Das ist doch abartig!«, rief er aus.

»Nicht abartiger als sich eine durchsichtige Kugel auf den Kopf zu stülpen und unter Wasser zu atmen, wie es in Cloral jedes Kind tut.«

»Aber das ist doch einfach«, wandte Spader ein. »Fliegen ist … das ist … unmöglich.«

»Wollen wir wetten?«, meinte ich.

Jinx reichte jedem von uns einen braunen Beutel aus Segeltuch mit Riemen, der wie ein altmodischer Rucksack aussah. Ich wusste, was das war, aber ich hatte meine Bedenken, es Spader zu erklären.

»Schließlich können wir nicht ohne Fallschirm starten«, bemerkte Jinx, während sie ihren umschnallte. »Reine Vorsichtsmaßnahme, auf einem Boot legt man ja auch eine Schwimmweste an.« Dann führte sie uns vor, wie man den Fallschirm umschnallte. Onkel Press war ein paarmal mit mir Fallschirm springen gegangen, sodass ich mich damit schon auskannte. Dies war zwar ein viel älterer Fallschirm, aber im Prinzip funktionierte er nicht anders. Ich schnallte das Gurtzeug genau so fest, wie Jinx es uns zeigte. Spader folgte unserem Beispiel. Er verkniff sich die Frage, was das sollte, bis wir mit dem Umschnallen fertig waren und Jinx einen Sicherheitscheck machte.

»Alles in Ordnung«, verkündete sie.

»Wozu soll das gut sein?«, wollte Spader schließlich wissen. Ich warf Jinx einen Blick zu, denn ich war nicht scharf darauf, Spaders Frage zu beantworten.

»Das ist ein Fallschirm, was denn sonst?«, erwiderte Jinx, als könnte sie sich nicht vorstellen, dass er das nicht wusste. »Wenn du runterfällst, ziehst du an diesem Metallring hier. Aber versuch lieber, nicht runterzufallen.«

Sie zwinkerte und wandte sich wieder dem Flugzeug zu.

Spader sah mich an, als ob ihm schlecht wäre. »Wenn ich runterfalle, ziehe ich an diesem Ring?«, wiederholte er. »Und was passiert dann? Wachsen mir dann vielleicht Flügel, damit ich allein weiterfliegen kann?«

Ich musste lachen. »So ungefähr. Mach dir keine Gedanken. Du wirst den Fallschirm sowieso nicht brauchen.«

Dann schob ich ihn zum Flugzeug und wir stiegen ein. Jinx saß im vorderen Cockpit am Steuer, Spader und ich quetschten uns in das hintere. Es war ziemlich eng, vor allem wegen der dicken Fallschirme, aber das störte mich nicht. Jinx gab uns beiden lederne Fliegerkappen und Schutzbrillen. Nur gut, dass sie uns vorher gesagt hatte, wir sollten uns warm anziehen. Wenn wir mit offenem Cockpit flogen, würde es sicher frostig werden.

»Anschnallen!«, kommandierte Jinx. Spader und ich entdeckten am Sitz speckige Ledergurte und legten sie an. Gute Idee, denn ihr wisst ja, die Cockpits waren völlig offen. Und wir waren wirklich nicht scharf darauf, die Fallschirme auszuprobieren.

»Fertig?«, rief sie zu uns nach hinten.

»Hobey-Ho, los geht's!«, rief ich zurück.

Spader grummelte nur. Ich glaube, er war jetzt schon luftkrank.

Jinx drehte die Maschine auf und der riesige Propeller hinter unseren Köpfen setzte sich röhrend in Bewegung. Mann, war das ein Getöse. Ich rede hier nicht von simpler Lautstärke. Ich rede von markerschütternder, Zähne-zum-Klappern-bringender, magenumdrehender und trommelfellzerfetzender Lautstärke. Wenigstens hielten die Lederkappen den allerschlimmsten Krach ein bisschen ab. Ich wünschte, ich hätte meinen Discman dabeigehabt.

Die Kraft des Motors brachte das ganze Flugzeug zum Beben. Ich war schon oft geflogen, meist in großen Linienjets, aber Onkel Press hatte mich auch ein paarmal auf Flüge mit kleineren Maschinen mitgenommen. Ihr wisst ja, er war Pilot. Nach all den Flug- und Fallschirmstunden fühlte ich mich in der Luft eigentlich ganz wohl, doch dieses Flugzeug war schon eine ziemlich windschiefe Konstruktion. Im Jahr 1937 mochte es auf dem neusten Stand der Technik sein, aber nach meinen Maßstäben war es gerade mal ein paar Entwicklungsstufen von der Geburtsstunde der Luftfahrt entfernt. Trotzdem, ich vertraute Jinx. Immerhin war sie das nationale Aushängeschild der Küstenwache. Sie würde schon wissen, was sie tat. Jedenfalls versuchte ich krampfhaft, mir das einzureden.

Spader war ein Fall für sich. Der arme Kerl stand Todesängste aus. Dieses Unternehmen war mit nichts, was er kannte, auch nur im Entferntesten vergleichbar. Er saß stocksteif neben mir, und ich meinte fast zu spüren, wie sein Herz raste. Doch ob ihr es glaubt oder nicht, ich wusste, dass er dabei sein wollte. So groß seine Angst auch sein mochte, im Grunde war er für jedes Abenteuer zu haben.

Ich war noch nie mit einem Flugboot geflogen. Der Start erwies sich als eine recht holperige Angelegenheit. Zwar war der Hudson ruhig, aber ganz ohne Wellen war so ein Fluss nun einmal nie. Als Jinx das Flugzeug in den Wind drehte und Gas gab, wurden wir fast eine halbe Minute lang gründlich durchgerüttelt, auf und ab und hin und her und gegeneinander geschleudert, während das Flugzeug immer schneller über die Wellen hüpfte. Dann, als ich gerade dachte, mein Gehirn müsse mir jeden Moment aus dem Schädel schwappen, riss Jinx das Steuerhorn zurück und wir stiegen in die Luft. Sobald wir von der Wasseroberfläche abgehoben hatten, glitten wir sanft dahin, geradewegs in den Himmel empor.

Was dann folgte, war eine Stunde, an die ich mich bis ans Ende meines Lebens erinnern werde.

Jinx unternahm mit uns einen Stadtrundflug über New York. Wir flogen den Hudson hoch und über die kürzlich erst erbaute George Washington Bridge. Wir umrundeten die Nordspitze von Manhattan und sahen das Yankee-Stadion aus der Vogelperspektive. Wir folgten dem East River flussabwärts und beobachteten die Schiffe, die langsam vom Ozean in den Long Island Sound einfuhren. Wir flogen über die Brooklyn Bridge hinweg über das New Yorker Hafenbecken hinaus, wo wir die Freiheitsstatue aus nächster Nähe sehen konnten … auf Augenhöhe. Jinx umrundete die Statue viermal, ehe sie wieder Manhattan ansteuerte. Anschließend flogen wir in nördlicher Richtung über die Insel, bis wir das Empire State Building erreichten, das ebenfalls viermal umrundet wurde.

Irgendwo zwischen der Brooklyn Bridge und der Freiheitsstatue begann Spader endlich sich zu entspannen. Bis dahin hatte er sich so krampfhaft an die Seitenwand des Cockpits geklammert, dass ich schon dachte, er würde das Metall verbiegen. Aber allmählich wurde er lockerer und schließlich genoss er den Rundflug ebenso sehr wie ich.

»Ein großartiges Flugzeug!«, schrie ich über das Motorendröhnen hinweg Jinx zu.

»Ja, nicht wahr?«, brüllte sie zurück. »Wir sind zusammen schon kreuz und quer übers Land geflogen.«

»Ist es nicht ziemlich schwierig, überall Wasser zum Landen und Starten zu finden?«, erkundigte ich mich.

»Brauch ich nicht!«, entgegnete sie. »Mein Schätzchen hat auch ein Fahrgestell. Ich kann überallhin fliegen, wohin der Wind mich trägt – oder die Küstenwache mich schickt.«

Der Flug endete mit einer perfekten Landung – beziehungsweise Wasserung – auf dem Hudson, wo Jinx formvollendet wieder am Pier anlegte. Sie schaltete den Motor ab und bescherte uns damit einen weiteren fantastischen Hochgenuss: Stille. Als das Flugzeug wieder sicher vertäut war, standen wir drei nebeneinander auf dem Pier.

Ich sagte: »Jinx, ich weiß wirklich nicht, was ich sagen soll – außer danke.«

»Ich schließe mich an«, fügte Spader hinzu. »Ich hätte nie gedacht, dass Menschen fliegen können.«

»Du machst wohl Witze!«, versetzte Jinx verblüfft. »Wo lebst du denn, hinterm Mond?«

»Nein«, erwiderte Spader. »Die meiste Zeit unter Wasser. Wieso, was hat denn das damit zu tun?«

Ich fand, dass es höchste Zeit war, die Unterhaltung in eine unverfänglichere Richtung zu lenken. »Das werden wir nie vergessen, Jinx«, beteuerte ich.

Jinx betrachtete ihr Flugzeug und ich glaubte einen Anflug von Traurigkeit in ihrem Blick zu erkennen. »Ich fliege leidenschaftlich gern«, sagte sie. »Kaum zu glauben, dass damit jetzt Schluss sein soll.«

»Wie meinst du das?«, fragte ich.

»Ich habe heute Morgen die Nachricht bekommen. Nach dieser Tour ist es aus mit dem Fliegen.«

»Was? Aber warum denn?«

»Schätze, die hohen Herren haben Angst, mir könnte was zustoßen«, versetzte sie beinahe zornig. »Dabei habe ich diesen ganzen PR-Kram doch nur mitgemacht, damit sie mich fliegen lassen. Aber jetzt bin ich so berühmt, dass sie Sorge haben, wenn mir was passiert, wäre das alles zunichte. Das Blöde ist, wahrscheinlich haben sie sogar Recht. Wenn ich abstürzen würde, dürfte bestimmt in den nächsten dreißig Jahren keine Frau mehr in ein Cockpit steigen. Da dachte ich nun, ich würde den Frauen den Weg zum Pilotenberuf ebnen, und was hab ich erreicht? Nur dass ich selbst nicht mehr fliegen darf.«

Darauf wussten weder Spader noch ich etwas zu sagen. Jinx setzte wieder ihr strahlendes PR-Lächeln auf. »Aber bis sie mich aus dem Cockpit zerren, werde ich jede Gelegenheit nutzen, abzuheben. Von daher danke euch beiden, dass ihr mir einen Vorwand für diesen kleinen Rundflug geliefert habt.«

Wir stiegen zu dritt in ein Taxi und fuhren zurück zum Hotel. Jinx war wieder ganz die Alte und erzählte uns Geschichten darüber, wie sie fliegen gelernt hatte und wie sie einmal in einer Weidelandschaft in Maine bruchgelandet war und einer Elchherde ausweichen musste. Ich mochte sie wirklich und es tat mir Leid, dass man ihr das, was ihr so viel bedeutete, verboten hatte. Es blieb nur zu hoffen, dass sie eine andere Möglichkeit finden würde, wieder ins Cockpit zu kommen.

Als wir aus dem Taxi stiegen, bedankten Spader und ich uns noch einmal bei Jinx und trennten uns draußen vor dem Hotel von ihr. Da wir beide keine Lust hatten, den Reportern in die Arme zu laufen, stahlen wir uns durch einen Seiteneingang hinein. Wir hatten schon die Küche und den Speisesaal durchquert und wollten gerade über die Personaltreppe zu unserem Zimmer hochgehen, als uns plötzlich jemand von hinten am Kragen packte. Es war einer von Max Roses Bodyguards.

»Euch zwei hab ich schon überall gesucht«, knurrte er. »Mr Rose will mit euch reden.«

Oha. War das jetzt gut oder schlecht? Würden wir eine Chance bekommen, mehr über Max Rose und seine heimtückische Verschwörung mit den Nazis zu erfahren? Oder wurmte es ihn, dass ich seinen Befehl nicht ausgeführt und den Gangster erschossen hatte, und er würde uns jetzt beide dafür büßen lassen? Nicht dass das in diesem Moment wirklich eine Rolle gespielt hätte: Ob wir wollten oder nicht, wir hatten eine Audienz bei Max Rose.

## Zehntes Journal
(Fortsetzung)

# Erste Erde

Max Roses Bodyguard hielt uns beide fest gepackt und schleifte uns wie zwei Katzenjunge am Schlafittchen zum Aufzug. Ich weiß ja nicht, wie es Spader erging – ich zumindest berührte mit den Zehenspitzen kaum den Boden. Dewey fuhr uns wortlos hoch zum Penthouse, ohne einen von uns anzusehen. Bestimmt dachte er an die Wäscheklappe. Im dreißigsten Stock angekommen zerrte der Gangster uns weiter in Richtung Penthouse. Schließlich hielt ich es nicht mehr aus und riss mich los.

»Jetzt reicht es mir aber!«, rief ich. »Ist ja gut, wir hauen schon nicht ab.«

Der Gangster durchbohrte mich mit glühenden Blicken. Er war kein Typ, der sich gern etwas sagen ließ, schon gar nicht von einem dahergelaufenen Hotelpagen. Eine Sekunde lang dachte ich, er würde mir den Schädel einschlagen, aber er hielt sich zurück. Ich wette, er beherrschte sich nur, weil Max Rose uns lebend und in einem Stück sehen wollte. Das war gut. Allmählich kam ich zu der Überzeugung, dass die Gangster uns nicht abmurksen würden – jedenfalls nicht heute.

Der Gauner brachte uns geradewegs in das Zimmer der Penthouse-Suite, wo ich für Mr Rose und Mr Zell den Tisch gedeckt hatte. Max Rose erwartete uns. Er stand hinter der Bar. Wie beim letzten Mal trug er einen seidigen Bademantel, diesmal allerdings in Dunkelviolett. Der Leibwächter blieb mit verschränkten Armen in der Tür stehen. Wenn wir flüchten wollten, mussten wir erst mal durch ihn durchrennen, was im Klartext hieß: Jeder Fluchtversuch war zwecklos.

»Da bist du ja, Buck!«, begrüßte mich Rose mit einem herzlichen Lächeln. »Und dein Kumpel ist auch gleich mitgekommen. Wie heißt du? Flash Gordon?«

»Vo Spader«, antwortete Spader.

»Vo?«, wiederholte Max überrascht. »Was ist das denn für ein Name?«

»Was ist Rose denn für ein Name?«, konterte Spader. »Ist das nicht eigentlich eine Blume?«

Ich zuckte innerlich zusammen. Sich derart über einen Gangster lustig zu machen kam mir alles andere als klug vor. Max Rose starrte Spader einen Moment lang an, dann grinste er. »Du hast Mumm, genau wie dein Kumpel«, sagte er. »Das gefällt mir, Flash.«

Spader blickte mich von der Seite an, als wollte er fragen: »Wer ist Flash?«, aber ich ignorierte ihn.

Rose mixte sich einen Drink. Er goss eine bernsteinfarbene Flüssigkeit in ein Kristallglas und gab einen Schuss Sodawasser dazu, das auf Knopfdruck aus einer Flasche gespritzt kam. Ich kannte solche Dinger aus alten Slapstick-Komödien. Allerdings wurden sie da immer nur für Wasserschlachten benutzt.

Die Tür auf der anderen Seite des Raumes öffnete sich und herein trat Esther Amaden. Besser gesagt, sie trat *auf*. Sie schlich mit der Eleganz einer Katze ins Zimmer. Über ihrem langen Nachthemd trug sie einen glänzenden violetten Morgenrock. Zogen sich diese Leute eigentlich nie richtig an?

»Ihr kennt meine Geschäftspartnerin, Miss Amaden, nicht wahr?«

»Meine Freunde nennen mich Harlow«, sagte sie, während sie sich auf einer Couch drapierte. »Und da ihr

Maxie das Leben gerettet habt, würde ich euch als Freunde bezeichnen.«

»Eben darum wollte ich mit euch sprechen, Jungs«, sagte Rose und ließ seinen massigen Körper in einen Sessel sinken. »Harlow hat Recht. Ich denke, ihr habt mehr Mumm als die meisten von den Hornochsen, die für mich arbeiten.« Er wies zur Tür. Der riesige Leibwächter senkte beschämt den Blick.

»Ich habe euch also herbestellt, um mich richtig bei euch zu bedanken«, fuhr Rose fort. »Und um euch zu belohnen.« Sehr gut. Max Rose fand, dass er uns etwas schuldete. Das mussten wir geschickt nutzen.

»Wir wollen keine Belohnung«, sagte ich. »Wir haben nur getan, was wir tun mussten.«

»Braver kleiner Außerirdischer. Trotzdem finde ich, ihr habt euch was verdient.«

»Ihr solltet ihn nicht vor den Kopf stoßen«, mischte sich Harlow ein. »Er ist nicht immer so großzügig.«

»Sagt, was ihr haben wollt, Jungs«, befahl Rose, nachdem er noch einen Schluck von seinem Drink hinuntergekippt hatte. »Natürlich in vernünftigem Rahmen. Was wollt ihr? Geld? Mit eurem Hoteljob hier verdient ihr euch doch bestimmt keine goldene Nase. Oder ein Auto? Ich kann euch jeden Schlitten besorgen, den ihr haben wollt. Na, was hättet ihr gern, meine kleinen Marsmännchen?«

Das war unsere Chance. Es ging nicht um Geld oder Autos oder sonst irgendeine Belohnung. Es ging darum, dass Max Rose meinte, uns etwas zu schulden. Wenn wir mehr über ihn und seine Verbindung zu den Nazis und Saint Dane herausfinden wollten, war dies die beste Gelegenheit. Ich musste mir auf der Stelle etwas einfallen lassen.

»Was meinst du, Pendragon?«, fragte Spader. Sein Gesichtsausdruck verriet mir, dass er das Gleiche dachte wie ich. Auch er hatte die Gelegenheit erkannt. Die Frage war nur: Wie nutzten wir sie am besten?

Da hatte ich eine Idee. Die Sache war riskant, aber innerhalb einer Nanosekunde fiel mir nichts Besseres ein. Also redete mein Mund drauflos, noch ehe mein Hirn ganz mitkam.

»Ich kann Ihnen sagen, was wir gern hätten«, erklärte ich möglichst selbstbewusst. »Wir wollen mit von der Partie sein.«

Max Rose prustete seinen Drink durchs halbe Zimmer. Ich schwöre es, er spuckte wirklich den ganzen Schluck, den er gerade im Mund hatte, durch die Gegend. Das meiste landete auf dem Teppich.

»Ihr wollt *was?*«, rief er.

»Ja«, warf Spader ein, wobei er ziemlich ängstlich klang. »Was genau wollen wir eigentlich?«

Ich hatte uns da reingeritten. Jetzt musste ich die Sache schleunigst so deichseln, dass mein Plan aufging, sonst würden Spader und ich hier nicht mehr lebend hinauskommen. Max Rose stand auf und trat an die Bar, um sich einen neuen Drink zu mixen.

»Wissen Sie, wir schnappen so hier und da was auf«, sagte ich und bemühte mich kühn, aber nicht unverschämt zu klingen. »Das lässt sich in einem Job wie unserem gar nicht vermeiden.«

»Ach, tatsächlich? Und was schnappt ihr da so auf?«, fragte Rose. Er klang gereizt. Ich musste weiterreden, um uns hier rauszupauken ... oder noch tiefer reinzureiten, je nachdem. Auf jeden Fall musste ich *schnell* weiterreden.

»Wir haben gehört, dass Sie irgendwann in den nächsten Tagen eine größere Zahlung erwarten.«

Max Rose durchbohrte mich mit einem Blick, der nicht mehr nur gereizt, sondern richtig zornig war. Ich durfte es nicht übertreiben.

»Das soll nicht etwa heißen, wir wollten was von dem Geld haben«, versicherte ich ihm hastig. »So was steht uns gar nicht zu. Wir wären nur gern bei Ihrer Operation dabei. Verstehen Sie, vielleicht können wir uns da irgendwie nützlich machen.«

Max Rose goss sich seinen Drink ein und gab wieder Sodawasser aus der Spritzflasche dazu. Ich sah, dass er über meine Worte nachdachte. Die Frage war nur, *was* er darüber dachte. Von der Antwort hing Spaders und mein Leben ab.

»Was wisst ihr von der Zahlung, die ich erwarte?«, fragte Rose.

Ich zuckte die Schultern. Wenn ich jetzt meine Nummer vom dreisten Bürschchen nicht durchzog, würde er mir das Fell über die Ohren ziehen. »Nicht viel«, sagte ich. »Nur dass eben eine große Zahlung ansteht von jemandem, mit dem Sie Geschäfte gemacht haben, und dass bei diesen Geschäften vielleicht noch mehr zu holen ist. Noch eine ganze Menge mehr.«

Er durfte nicht merken, dass wir über Ludwig Zell und seine Verbindung zu den Nazis Bescheid wussten. Damit würden wir in gefährliche Nähe zu der Kategorie der Zu-viel-Wissenden rücken. Rose blickte mich an. Ich hatte das Gefühl, dass er gerade in diesem Moment entschied, ob er das Gespräch fortsetzen oder seine Pistole ziehen und mich abknallen sollte. Ich hoffte stark, er möge redselig aufgelegt sein.

»Das ist alles, was ihr wisst?«, fragte er.

»Das ist alles«, bestätigte ich. »Außerdem sind Sie schließlich der cleverste Typ mit den besten Verbindungen, den wir je kennen gelernt haben. Es wäre uns eine Ehre, für Sie zu arbeiten.« Ich dachte mir, ein bisschen Schleimen könnte nicht schaden.

»Verstehe«, sagte Max Rose. »Ihr wollt also einen Job.«

»Genau«, erwiderte ich siegesgewiss.

»Und warum sollte ich euch zweien vertrauen?«, fragte er. »Ihr seid nichts als ein paar rotznasige Bengel.«

»Mit Verlaub, Kumpel«, schaltete sich Spader ein, »wir sind ein paar rotznasige Bengel, die Ihnen das Leben gerettet haben.«

Max warf einen Blick zu Harlow. Harlow zog eine Augenbraue hoch. »Die zwei haben mehr auf dem Kasten als all die Spatzenhirne, die du bislang auf der Gehaltsliste stehen hast«, sagte sie. »Vielleicht solltest du ihnen einen kleinen Auftrag geben, so als Bewährungsprobe.«

Rose blickte sie mit einem verschlagenen Funkeln in den Augen an. »Hast du da was Bestimmtes im Sinn?«, fragte er sie.

Harlow stand auf, schlich zu uns herüber und umrundete uns. Dabei musterte sie uns von allen Seiten wie eine Katze, die mit einer Maus spielt. Wobei Katzen allerdings bekanntlich die Angewohnheit haben, die Maus anschließend zu verspeisen.

»Wie wäre es, wenn du die Jungs zu Farrow schickst?«, sagte sie in heimtückischem Tonfall.

»Wozu?«, fragte Rose.

»Sie sollen ihm eine Nachricht überbringen«, lautete die Antwort. »Lass sie Farrow ausrichten, er soll sich raushalten. Du würdest ihm die Sache mit dem Killer noch mal durchgehen lassen, aber nur unter der Bedingung, dass er sich in den nächsten Tagen nicht muckst. Lass ihn wissen, falls er sich nicht ruhig verhält, kriegt er es mit dir zu tun, und zwar gründlich. Wenn er auf die Warnung hört, hast du Ruhe vor ihm, bis deine Zahlung eingetroffen ist.«

»Und wenn er nicht draufhört?«, fragte Rose.

»Dann weißt du, dass Zahltag ist«, erwiderte Harlow. »Für *seine* offene Rechnung.«

Wow! Aussehen hin und Talent her, Harlow konnte

ganz schön kaltblütig sein. Sie spielte wohl gern riskante Spiele. Ich leider gar nicht. Deshalb hatte ich auch durchaus nicht das Bedürfnis, diesem Winn Farrow unter die Augen zu treten. Nach dem zu urteilen, was über ihn geredet wurde, war er völlig durchgeknallt und noch gefährlicher als Max Rose.

»Ich verstehe nicht ganz«, sagte ich und bemühte mich nach Kräften, nicht feige zu klingen. »Ich dachte, wir hätten uns gestern Abend schon bewährt?«

»Schon möglich«, erwiderte Rose. »Aber du hast einen Rückzieher gemacht, Buck. Du hast nicht auf den Typen geschossen, als ich es dir befohlen habe. Von den Leuten, die für mich arbeiten, muss ich wissen, dass sie alles durchziehen, was ich ihnen befehle, und zwar prompt; egal wie unschön es ist.«

Während Rose sprach, trat Harlow hinter ihn und spielte mit seinem Haar.

»Ich habe Feinde«, fuhr er fort. »Kaum zu glauben, wo ich doch so ein liebenswürdiger Typ bin, aber es ist eine Tatsache. Dieser Killer von gestern Abend – ich kenne den Burschen. Er arbeitet für einen meiner Konkurrenten.«

»Das wissen wir«, sagte ich. »Für Winn Farrow. Ihren ehemaligen Partner.«

Rose blickte zu Harlow auf. »Ich sage doch, das sind clevere Jungs«, bemerkte sie.

»Genau, Winn Farrow«, bestätigte Rose. »An sich hab ich gar nichts gegen den Typen. Er macht seine Geschäfte, ich mache meine. Aber in letzter Zeit ist er etwas – ich weiß nicht, wie ich es sagen soll –, etwas eifersüchtig geworden. Du hast Recht. Ich erwarte eine größere Zahlung. Und ich will nicht, dass Farrow mir da irgendwie reinpfuscht, und darum sollt ihr Folgendes für mich tun: Geht zu meinem alten Freund und sagt ihm, er soll sich raushalten. Das ist alles. Sagt ihm einfach, er soll sich raushalten. Sagt ihm, dass ich stinkwütend auf ihn bin und dass es mein gutes Recht wäre, ihm das, was er da versucht hat, heimzuzahlen. Doppelt und dreifach. Aber um der guten alten Zeiten willen werde ich es auf sich beruhen lassen. Wenn er sich allerdings nicht aus meinen Geschäften raushält, dann werde ich ihm eine Lektion erteilen, die er sich noch nicht mal in seinen kühnsten Albträumen vorstellen kann.«

»Das ist alles?«, fragte Spader. »Wir sollen nichts weiter tun als diese Nachricht zu überbringen?«

»Das ist alles«, bestätigte Rose. »Wenn ihr das für mich erledigt, sind wir im Geschäft.«

»Er wird uns umbringen«, war alles, was ich herausbrachte.

Rose lachte. »Ich schätze, es gibt ziemlich genau zwei Möglichkeiten. Entweder kommt ihr beiden in einem Stück zurück – dann weiß ich, dass Farrow mir keine Scherereien machen wird – oder ihr kommt in vielen kleinen Stückchen zurück, dann heißt das Krieg.« Daraufhin breitete sich auf seinem Gesicht ein Grinsen aus, für das es nur eine Beschreibung gibt: boshaft. »Nun, wie dringend ist es euch beiden noch damit, bei mir mitmischen zu wollen?«

Schluck! Die Antwort darauf stand fest. Wir mussten Roses Angebot annehmen, doch das bedeutete, dass wir Winn Farrow und seinen schießwütigen Jungs gegenübertreten mussten. Den Typen, die versucht hatten Max Rose umzubringen. Den Typen, die versucht hatten uns umzubringen. Den Typen, die Saint Dane am Flume dazu benutzt hatte, Onkel Press umzubringen. So selbstmörderisch diese Mission auch war, wir mussten sie durchziehen.

Wenigstens kamen wir der Wahrheit allmählich näher, denn ich war felsenfest überzeugt: Wenn wir Winn

Farrow und seine Gang ausfindig machten, würden wir auch auf Saint Dane stoßen. Ich hoffte nur, wir würden lange genug am Leben bleiben, um etwas gegen ihn unternehmen zu können.

## Zehntes Journal
(Fortsetzung)

# Erste Erde

»Ihr habt *was* vor?«, schrie Gunny entgeistert.

»Wir überbringen Winn Farrow eine Botschaft von Max Rose«, sagte ich.

Spader fügte hinzu: »Und wenn wir dann bei Rose einen Stein im Brett haben, kriegen wir vielleicht endlich raus, was für einen Natty-Do er mit den Nazis ausheckt. Das trifft sich doch hervorragend.«

»Das trifft sich *überhaupt nicht* hervorragend«, widersprach Gunny, der nervös in unserem Hotelzimmer auf und ab lief. »Erstens überbringt ihr da nicht einfach irgendeine Botschaft, sondern eine Drohung. Und Winn Farrow kann Drohungen auf den Tod nicht ausstehen.«

»Aber wir sind doch nur die Boten«, warf ich ein.

»Umso schlimmer, Kleiner«, versetzte Gunny. »Er hat versucht Max Rose umzubringen. Glaubst du etwa, so einer schreckt vor zwei kleinen Handlangern zurück? Nein, Jungs, das könnt ihr wirklich nicht machen. Kommt gar nicht infrage.«

»Ich versteh dich ja, Gunny, aber der 6. Mai rückt immer näher«, wandte ich ein. »Uns läuft die Zeit weg.«

»Wir müssen es tun«, bekräftigte Spader. »Das ist nun mal unsere Aufgabe als Reisende.«

Gunny hielt im Auf-und-ab-Gehen inne und musterte uns beide. Ob es ihm gefiel oder nicht, Spader hatte Recht. Dazu waren wir schließlich hergekommen. Wir konnten jetzt nicht einfach kneifen und uns ins nächste

Mauseloch verkriechen, auch wenn ich das am liebsten getan hätte.

»Dann komme ich mit«, verkündete Gunny.

»Das geht nicht«, widersprach ich. »Wenn uns was zustößt, bist du der Einzige, der Bescheid weiß.«

»Er hat Recht, Kumpel«, stimmte Spader zu. »Notfalls musst du die Sache ohne uns durchziehen.«

Das war das Letzte, was Gunny hören wollte.

»Das beruhigt mich jetzt nicht wirklich«, meinte er leise.

Mich auch nicht, aber es war nun einmal so. »Dazu wird es nicht kommen«, versicherte ich mit gespielter Zuversicht. »Wir gehen hin, überbringen Farrow die Botschaft und ziehen wieder ab.«

»Und was ist, wenn ihr dabei Saint Dane über den Weg lauft?«, fragte Gunny.

»Das will ich doch schwer hoffen«, versetzte Spader mit Überzeugung.

Die Art, wie Spader das sagte, gefiel mir nicht. Jedes Mal wenn von Saint Dane die Rede war, legte sich ein dunkler Schatten auf das sonst so sonnige Gemüt meines Freundes. Um diese Sache heil zu überstehen, mussten wir unseren Verstand beisammenhalten und durften kein unnötiges Risiko eingehen. Wenn Spader die Beherrschung verlor und anfing Saint Dane zu verfolgen – tja, dann würde Gunny im Endeffekt wohl wirklich allein dastehen. Das durfte ich nicht zulassen, vor allem weil ich nicht in die Schlagzeilen kommen wollte unter der Überschrift GRAUSAMER MORD AN ZWEI HOTELPAGEN.

»Ich streite mich nicht mehr mit euch«, sagte Gunny schließlich müde. »Ihr Jungs habt mit dieser Reisenden-Geschichte mehr Erfahrung als ich. Aber ich kenne Winn Farrow und weiß, wozu er fähig ist. Und ich garantiere euch, der Mann ist nicht ganz richtig im Kopf.«

»Das wissen wir«, erwiderte ich. »Wir passen schon auf uns auf.«

Ich hoffte inständig, dass es mit Aufpassen getan war.

Zwanzig Minuten später saßen wir in einem Taxi Richtung Downtown, um dem berüchtigten Winn Farrow einen Besuch abzustatten.

Ich muss gestehen, allmählich kamen mir doch Bedenken. Was, wenn Winn Farrow wirklich so ein gemeingefährlicher Psychopath war, wie alle behaupteten? Womöglich würde er das Feuer eröffnen, bevor wir auch nur zur Tür herein wären. Je länger ich darüber nachdachte, desto mehr drängte sich mir die Befürchtung auf, dass wir uns etwas übernommen hatten.

Spader musste meine Anspannung bemerkt haben, denn er knuffte mich freundschaftlich in die Rippen.

»Das wird schon, Kumpel«, sagte er seltsam heiter. »Wir können gar nicht verlieren, wir sind schließlich die Guten.«

Ich wünschte, er möge Recht haben.

»Und außerdem passiert dir nichts, solange ich dabei bin«, setzte er hinzu.

»Wie meinst du das?«, wollte ich wissen.

Spader zögerte, als ob er nach den richtigen Worten suchte. Schließlich antwortete er in einem ernsthaften Ton, den ich noch nicht oft von ihm gehört hatte. Ich hatte gesehen, wie er vor Zorn auf Saint Dane völlig außer sich geraten war, und hatte auch miterlebt, wie der Tod seines Vaters und das Verschwinden seiner Mutter ihn aus der Bahn geworfen hatten. Doch das hier war etwas anderes. Diese nachdenkliche, ernsthafte Seite an Spader war mir neu.

»Ich weiß vielleicht nicht viel darüber, was es mit uns Reisenden auf sich hat«, erklärte er. »Aber nach allem, was ich bisher erlebt habe, ist mir eins klar: Du bist die Schlüsselfigur in dieser ganzen Angelegenheit, Pendragon.«

Das überraschte mich. »Wir arbeiten alle zusammen«, wehrte ich ab.

»Schon, doch du bist derjenige, der uns zusammenhält. Ich glaube, dass jeder von uns eine Aufgabe zu erfüllen hat; aber ich bin sicher, dass du in diesem vertrackten Puzzle das entscheidende Teil bist, Kumpel. Wenn dir was zustößt, fürchte ich, geht die ganze Sache den Bach runter, und das werde ich nicht zulassen.«

Darauf wusste ich nichts zu erwidern. Ich hatte mich mittlerweile mehr oder weniger damit abgefunden, ein Reisender zu sein, aber dass ich nun auch noch so eine Art Anführer sein sollte, war zu viel. Mir fiel es schon schwer genug, zu begreifen, warum ich überhaupt zum Reisenden ausersehen war. Ich wollte auf keinen Fall eine Sonderstellung haben. Bei der Vorstellung wurde mir geradezu übel.

»Danke, Spader«, antwortete ich. »Ich werde auch auf *dich* aufpassen.«

»Weiß ich doch, Kumpel«, erwiderte er.

Ich wollte dieses Gespräch schnellstens beenden – es machte mich nur noch nervöser, als ich schon war. Ohnehin blieb uns keine Zeit mehr zum Reden, denn das Taxi kam gerade mit quietschenden Reifen zum Stehen. Ich warf einen Blick aus dem Fenster und stellte fest, dass wir noch zwei Straßen von der Adresse entfernt waren, die wir dem Taxifahrer genannt hatten.

»Wir sind noch nicht da«, sagte ich zu ihm. »Wir müssen noch zwei Blocks weiter westlich.«

Der Fahrer drehte sich um und sagte: »Mag sein, dass *ihr* noch zwei Blocks weitermüsst, *ich* ganz bestimmt nicht. Da traut sich kein Taxifahrer mehr hin. Wenn die uns kommen sehen, denken sie, es ist Weihnachten. Ich bin schon zu oft ausgeraubt worden, mich kriegen keine zehn Pferde mehr in diese Gegend. Ob es euch passt oder nicht, hier ist Endstation.«

Mir war klar, dass es aussichtslos gewesen wäre, ihn umstimmen zu wollen. Also stiegen wir aus. Kaum dass wir bezahlt hatten, trat der Taxifahrer aufs Gas und machte mit quietschenden Reifen kehrt. Dem Tempo nach zu urteilen war ihm alles andere als wohl dabei, auch nur in die Nähe von Winn Farrows Revier zu kommen. Wir sahen ihm noch eine Sekunde lang nach, wie er sich fluchtartig davonmachte und dabei mit Vollgas eine rote Ampel überfuhr.

Sehr ermutigend.

»Vielleicht sollten wir das Ganze noch mal überdenken«, sagte Spader.

»Ich bin diese ewige Denkerei leid«, versetzte ich. »Komm, los geht's.«

Wir gingen in westlicher Richtung die Straße entlang. Wie ihr euch denken könnt, waren wir in einer richtig üblen Gegend gelandet. Gunny hatte uns erzählt, dass in diesem Teil Manhattans ehemalige Schlachthäuser standen – große, inzwischen baufällige Ziegelgebäude, in denen früher das Vieh geschlachtet, zerlegt und ausgenommen und schließlich versandfertig gemacht worden war. Man musste nicht zimperlich sein, um dieses Gewerbe grausig zu finden. Zum Glück für uns wurde hier heutzutage nicht mehr geschlachtet, sondern hauptsächlich Fleisch verarbeitet und weiterverschickt. Die meisten Leute mieden diese Gegend, was man wohl niemandem verdenken kann – es war wirklich nicht gerade der geeignete Ort für ein Sonntagspicknick. Ich schätze, darum hatten sich hier unten so viele Kriminelle angesiedelt. In diese Gegend kam nicht einmal mehr die Polizei.

Aber nun gingen Spader und ich die Straße entlang, als wären wir hier zu Hause. Ihr könnt mir glauben, wir fühlten uns ganz und gar nicht heimisch. Je weiter wir nach Westen kamen, umso stärker spürte ich die Blicke, die wir auf uns zogen. Hier kannte jeder jeden und ein Fremder war ungefähr so unauffällig wie eine leuchtende Glühbirne in einem stockdunklen Keller. Die Leute beobachteten uns aus Hauseingängen, Fenstern und vorbeifahrenden Autos. Manche pfiffen sogar hinter uns her; wohl um sich über uns lustig zu machen. Sie wussten genau, dass wir drauf und dran waren, uns eine Menge Ärger einzuhandeln.

»Ich komme mir vor, als ob wir gerade auf einer Party aufgetaucht wären, zu der wir nicht eingeladen sind«, bemerkte Spader nervös.

»Oder wie im Zoo bei der Raubtierfütterung – und wir sind die Schweinekoteletts.«

Unser Ziel war eine alte Fleischpackerei auf einem Pier, der über den Hudson River hinausragte. Max Rose hatte uns den Weg genau beschrieben. Dort lungerten Winn Farrow und seine Gang meist herum, wenn sie nicht gerade draußen ihr Unwesen trieben und jemandem den Hals aufschlitzten.

Nach äußerst unbehaglichen fünf Minuten Fußmarsch fanden wir uns vor einem großen Ziegelbau wieder, über dessen grünem, garagentorartigem Eingangstor WILD BOAR MEATS in verblassten weißen Buchstaben von einem halben Meter Höhe geschrieben stand; offenbar der Name der Fleischpackerei.

»Wir sind da«, sagte Spader. »Was jetzt, sollen wir anklopfen?«

Die Frage erübrigte sich, denn im selben Augenblick hörten wir hinter uns jemanden kommen. Als ich mich umdrehte, stellte ich fest, dass es mehr als ein Jemand war. Fünf Typen kamen auf uns zu, alle in schmuddeligen Klamotten und mit abgewetzten Mützen. Sie hatten die Ärmel hochgekrempelt, sodass man ihre gewaltigen Muskelpakete sah. Ich bemerkte dunkelbraune Flecken auf ihren Händen und Armen. Diese Typen mussten in einer Fleischpackerei arbeiten, was bedeutete, dass diese Flecken tatsächlich – igittigitt! – eingetrocknetes Blut waren.

Keiner von ihnen schien sonderlich erfreut über unseren Besuch. Aus ihren finsteren Mienen schloss ich, dass sie etwas gegen Fremde hatten. Wir würden wohl dafür zahlen müssen, dass wir in ihr Revier eingedrungen waren. Wenn ich mir ihre Hände so ansah, konnte ich nur hoffen, dass die Blutflecken wirklich von der Arbeit stammten und nicht davon, Trottel wie uns, die in diese Gegend spaziert kamen, zu Brei zu schlagen.

»Hallo, Jungs. Arbeitet ihr hier?«, fragte ich und bemühte mich so zu klingen, als würde ich mir nicht jeden Moment in die Hose machen.

Keine Antwort. Die Mienen wurden finsterer.

»Wir sind auf der Suche nach Winn Farrow«, meinte Spader.

Das war das Zauberwort. Allerdings ein böser Zauber, denn sobald die Typen den Namen Winn Farrow hörten, kreisten sie uns ein und machten jede Hoffnung auf Flucht zunichte.

»Wir müssen zu Farrow«, erklärte ich. »Wir haben eine Botschaft für ihn.«

Die Ganoven zogen den Kreis enger. Spader und ich stellten uns Rücken an Rücken. Wenn es zum Kampf käme, hätten wir gegen diese Brutalos keine Chance. Ich sah, wie sie die Fäuste ballten und die Muskeln spielen ließen. Jetzt, aus der Nähe, konnte ich die Kerle sogar riechen. Hatten diese Typen noch nie etwas von Deo gehört? Die Sache wurde wirklich mit jeder Sekunde unerfreulicher.

»Eine Botschaft von Max Rose«, fügte ich verzweifelt hinzu.

Die Gauner blieben stehen. Ihr bisher so entschlossener mordlüsterner Blick wurde zögerlich. Wir waren nur noch Sekunden davon entfernt, für weitere Blutflecken an ihren Händen zu sorgen, aber der Name Max Rose ließ die Typen erstarren. Besser noch, er schien ihnen Angst einzujagen. Bis zu diesem Moment wussten wir nur vom Hörensagen, was für ein skrupelloser Bursche Max Rose war. Der Anblick dieser Gangster, die bei seinem Namen eine grünliche Farbe annahmen, bestätigte die wildesten Gerüchte. Max Rose war eindeutig jemand, mit dem man sich besser nicht anlegte.

Plötzlich flog das Blechtor des Gebäudes auf und vier weitere Kerle kamen heraus. Sie sahen genauso unerfreulich aus wie die müffelnden Gesellen, die uns umstellt hatten, nur dass sie Gangsteranzüge trugen. Außerdem waren sie mit Schrotflinten bewaffnet. Schlagartig fühlte ich mich zu den Typen hingezogen, die nur mit den Fäusten arbeiteten. Einer der neu hinzugekommenen Gangster – ich nenne ihn mal Schrotflinte – machte eine Handbewegung in unsere Richtung. Sofort filzten uns die Müffelgangster nach Waffen. Natürlich vergebens.

»Wir sind nur gekommen, um Winn Farrow eine Botschaft von Max Rose zu überbringen«, sagte ich. »Wir wollen keinen Ärger.«

Schrotflinte wandte sich zu seinen Kumpanen um und lachte. Die Müffelgangster stimmten ein. »Ihr wollt keinen Ärger?«, wieherte Schrotflinte. »Ja, meine Fresse, das woll'n wir doch wohl alle nich', dass ihr am Ende noch Ärger kriegt!«

Die Ganoven lachten noch lauter. Na prächtig. Nicht genug damit, dass wir in Lebensgefahr schwebten, jetzt mussten wir uns auch noch verspotten lassen.

Dann blaffte Schrotflinte: »Da rein!« Dabei winkte er mit seiner Flinte in Richtung Garagentor. Spader und ich gingen hinein. Die Jungs mit den Schrotflinten folgten uns auf dem Fuß, wohingegen die Müffelgangster draußen blieben. Ich würde sie nicht vermissen.

Drinnen erwartete uns die komplette Schlachthausausstattung. Zum Glück war sie nicht mehr in Betrieb. Die große, offene Halle reichte drei oder vier Stockwerke hoch. An der Decke verliefen auf beiden Seiten Schienen, von denen gruselig aussehende Metallhaken herabhingen. Wahrscheinlich hatte man dort früher das geschlachtete Vieh aufgehängt, wenn es an den Igittigitt-Teil der Arbeit ging. In den Boden waren Zementwannen eingelassen, die wohl das meiste Igittigitt aufgefangen hatten. Am Ende der Schienen standen lange Reihen hölzerner Tische, wo das Aufschlitzen und Zerteilen vonstatten ging. Igittigitt. Überhaupt war alles hier igittigitt, man kann es einfach nicht anders beschreiben. Nicht dass ich was gegen Hamburger hätte, aber so genau wollte ich eigentlich nie wissen, woher sie kommen.

»Wo sind wir hier?«, fragte Spader.

»Das willst du gar nicht wissen«, erwiderte ich.

»Klappe halten!«, brüllte Schrotflinte. Sie führten uns durch die große Halle zur Rückwand des Gebäudes, wo eine große Metalltür offen stand. »Da rein«, befahl Schrotflinte.

Allmählich wurde ich nervös. Okay, eigentlich war ich vorher schon mehr als nervös gewesen, aber jetzt näherte ich mich der Grenze zur echten Panik. Mich beschlich der böse Verdacht, dass diese Typen uns in ein stilles Hinterzimmer brachten, um uns unbemerkt abknallen zu können.

»Max Rose hat uns hergeschickt«, sagte ich noch einmal. »Wir wollen zu Winn Farrow …«

Schrotflinte schnitt mir das Wort ab, indem er mir den Gewehrlauf in die Eingeweide rammte und mich in den angrenzenden Raum stieß. Spader stürzte sich auf ihn und packte das Gewehr, aber die anderen Ganoven ergriffen ihn und schleuderten ihn hinter mir her durch die Tür.

Wir fanden uns in einem Raum wieder, der fast so groß wie der vorige war und in dem hoch aufgestapelt Holzkisten mit weiß der Geier was drinstanden. Außerdem sah ich Hunderte von Metallhaken gleichmäßig an Wänden und Decke verteilt. Eine Metalltreppe führte hoch zu einer Galerie, die über unseren Köpfen ringsum an den Wänden verlief. Ich schätze, hier drin wurden früher auf mehreren Etagen Rinderhälften gelagert. Der Raum hatte nur zwei Türen: die, durch die wir hereingekommen waren, und eine weitere oben an der Galerie. Fenster gab es keine.

»Fesselt ihnen die Hände«, befahl Schrotflinte. Sofort holte einer der Ganoven ein Seil und begann uns die Hände zusammenzubinden.

»Wenn Max Rose erfährt, dass ihr uns nicht zu Winn Farrow lasst, gibt es Ärger«, behauptete ich und gab mir Mühe, nicht allzu jämmerlich und verzweifelt zu klingen.

»Tatsächlich?«, versetzte Schrotflinte völlig unbeeindruckt. »Und wie sollte er davon erfahren?«

»Das kriegt er schon raus«, war alles, was mir einfiel. Klasse pariert. Bluffen war einfach nicht meine Stärke. Der Gangster hatte uns jetzt fertig gefesselt, sodass Spader und ich an den Handgelenken zusammengebunden waren.

»Ich sag's zum letzten Mal …«, setzte ich an.

»Gut erkannt«, ertönte eine Stimme von der Tür her, durch die wir gerade gekommen waren. »Du tust überhaupt so einiges zum letzten Mal.«

Spader und ich fuhren herum. Der Mann, der gesprochen hatte, stand jetzt in der Tür. Mir war auf den ersten Blick klar, dass dies Winn Farrow höchstpersönlich sein musste.

Nicht weil er etwa so kühn und unerschrocken ausgesehen hätte, wie ich ihn mir vorgestellt hatte. Es lag mehr an der Art, wie die anderen Typen auf ihn reagierten. Sie wichen zurück, als hätten sie Angst, sie könnten ihm im Weg stehen.

Ehrlich gesagt sah Farrow gar nicht besonders Furcht einflößend aus. Er war reichlich kurz geraten; ich schätze, kaum über eins fünfzig. Im Ernst. Er sah eher wie ein fieser Gartenzwerg aus, nicht wie ein echter Gangster. Wohlweislich verkniff ich mir allerdings jeglichen Kommentar diesbezüglich. Farrow trug einen Anzug, der ursprünglich einmal richtig elegant gewesen sein mochte, inzwischen allerdings ziemlich schäbig wirkte. Der Stoff war ausgeblichen und an den Ellbogen durchgewetzt.

Dasselbe traf übrigens mehr oder weniger auf sämtliche Mitglieder der Gang zu. Obwohl sie Anzüge trugen, machten sie alle irgendwie einen verlotterten Eindruck. Im Unterschied zu Max Roses Leuten mit ihren piekfeinen maßgeschneiderten Anzügen sahen Farrows Gangster aus, als ob sie schon seit langem ständig in denselben Klamotten herumliefen. Das machte wohl den Unterschied zwischen einem erfolgreichen Uptown-Gangster und einem verhungerten Downtown-Schurken aus. Hier hatten wir es definitiv mit Gangstern zweiter Klasse zu tun.

Farrow trat ein, gefolgt von zwei weiteren Mitgliedern seiner Gang. Der Gangsterboss ging mit kurzen, schnellen Schritten – notgedrungen, denn seine Beine waren so kurz, dass er schnelle Schritte machen *musste,* um in vernünftigem Tempo voranzukommen. Das wirkte ziemlich komisch, ein bisschen wie eine Zeichentrickfigur. Trotzdem hütete ich mich zu lachen, denn das wäre Selbstmord gewesen.

Die Männer mit den Schrotflinten wichen zurück, als Farrow an ihnen vorbeiging. Er baute sich breitbeinig vor uns auf. Einen Moment lang rechnete ich fast damit, dass er gleich die Hände in die Hüften stemmen und ausrufen würde: »Hallo, ich bin Peter Pan!« Aber so elfenhaft auch seine Statur war – in seinen Augen lag ein irrsinniges Glitzern, und ich zweifelte keine Sekunde daran, dass er zu allem fähig war. Nein, das war kein Peter Pan. Nachdem er uns von oben bis unten gemustert hatte, spuckte er auf den Boden, knapp neben meinen Fuß.

»So, ihr seid also die zwei Burschen, die mir Kopfschmerzen bereitet haben«, knurrte er. »Ich sollte euch auf der Stelle umlegen.«

»Das würde Max Rose aber gar nicht gefallen«, versetzte ich in der Hoffnung, dass dieser Bluff uns noch einmal retten würde.

Leider ging der Schuss nach hinten los. Der Name Max Rose wirkte auf diesen Typen ungefähr wie ein rotes Tuch auf einen Stier. Seine Augen verdrehten sich nach hinten, sodass fast nur noch das Weiße zu sehen war. Total unheimlich. Seinen Leuten gefiel es anscheinend kein Stück besser als mir, denn sie wichen alle einen Schritt zurück, als rechneten sie damit, dass er jeden Augenblick explodieren würde oder so.

Im nächsten Moment rastete Farrows Blick wieder ein, aber meiner Meinung nach war der Gangster auf der Rasereiskala nur noch ein Grad höher gestiegen.

»Meint ihr etwa, ich scher mich drum, was diese Ratte denkt?«, fauchte er. »Max Rose ist ein Haufen Dreck!« Er wandte sich seinen Leuten zu. Wie auf Kommando riefen sie alle zustimmend: »Jawoll! Dreck! Ratte! Ha!«

Farrow hob die Hand und augenblicklich verstummten die anderen. Ich nehme an, sie machten das nicht zum ersten Mal. Es wirkte wie einstudiert. Dann trat Farrow dicht vor Spader und mich.

»Ihr sagt, er lässt mir was ausrichten?«

Ich warf einen Blick zu Spader – kein Kunststück: Dadurch dass man uns an den Handgelenken aneinander gefesselt hatte, waren wir nur etwa fünfzehn Zentimeter voneinander entfernt. Er nickte ermutigend. Ich musste jetzt gut aufpassen, was ich sagte; ein falsches Wort und dieser Giftzwerg würde in die Luft gehen. Das Problem war nur: Wie um alles in der Welt sollte ich die Botschaft, die ich für ihn hatte, rüberbringen, ohne dass er völlig ausflippte?

Es war ein Irrsinnskommando, kein Zweifel; aber wir steckten nun einmal mittendrin und hatten keine andere Wahl, als es durchzuziehen.

»Ja«, sagte ich ruhig. »Er lässt Sie wissen, er trägt es Ihnen nicht nach, dass Sie versucht haben ihn abzuknallen. Er ist sogar bereit den Vorfall zu vergessen.«

»Na, wenn das nicht ’n echter Gentleman ist«, versetzte Farrow grinsend.

So weit, so gut. »Aber …«, fuhr ich fort.

»Aber?«, echote Farrow.

»Ja, es gibt ein Aber. Er möchte, dass Sie sich raushalten. Das ist alles. Er bittet Sie nur darum – wohlgemerkt in aller Höflichkeit –, sich freundlicherweise aus seinen Angelegenheiten rauszuhalten.« Ich hoffte, mich mit dieser vorsichtigen Formulierung nicht völlig zum Affen zu machen.

»Ach? Ist das alles?«, fragte Farrow. »Und dürfte ich erfahren, was passiert, wenn ich mich *nicht* raushalte?«

Womit wir beim heiklen Teil waren.

»Ja, also …« Ich räusperte mich. »Er hat gesagt – ich zitiere: Wenn Sie sich in seine Angelegenheiten einmischen, dann wird er Ihnen eine Lektion erteilen, die Sie sich noch nicht mal in Ihren kühnsten Albträumen vorstellen können.«

Ich wand mich innerlich. Die Drohung war ausgesprochen. Jetzt hieß es abwarten, wie Farrow reagierte.

Zuerst überhaupt nicht. Er starrte mich nur weiter an, als versuchte er zu begreifen, was ich da gesagt hatte. Dann, nach etlichen Sekunden, brach Winn Farrow in Gelächter aus. Ehrlich, er lachte lauthals los. Alle seine Männer lachten mit, aber das hatte nichts zu bedeuten, denn die machten nur nach, was Farrow vormachte.

»Er wird mir eine Lektion erteilen?«, stieß der Gangsterboss prustend hervor. »Was bildet der sich denn ein? Was diese Ratte mir schon angetan hat, ist schlimmer als eine Kugel im Kopf.« Sein Gelächter schlug allmählich in Wut um. »Seinetwegen hocke ich doch überhaupt nur hier in diesem elenden Sumpf! Wir waren Partner, hatten die ganze Stadt in der Hand. Aber dann meinte er auf einmal, er wär was Besseres, und ließ mich hängen. Jetzt sitzt er da oben in seinem Palast, isst Steaks und trinkt Schampus, während ich hier unten rumhänge und nicht weiß, wie ich an was zu fressen kommen soll. Er will mir eine Lektion erteilen? Er könnte mich beim besten Willen nicht mehr schlimmer treffen, als er es schon getan hat.«

Dann trat er noch einen Schritt näher heran, sodass seine Nase fast die meine berührte. Ich konnte seinen säuerlichen Atem riechen. Der Typ hatte getrunken. Garantiert keinen teuren Whiskey mit einem Schuss Slapstick-Sodawasser.

»Aber ich verrate euch ein kleines Geheimnis«, zischte er. »Ich werde zurückschlagen und ihn an seiner empfindlichsten Stelle treffen.« Er wandte sich ab und gab einem der Gangster, die an der Tür standen, ein Zeichen.

Spader und ich wechselten erneut einen Blick. Was hatte *das* nun wieder zu bedeuten?

Der Typ kam zu Farrow und gab ihm etwas. Farrow wandte sich wieder zu uns um, jetzt mit einem breiten Grinsen. Er hielt etwas in der Hand, das wie eine Feuerwerksrakete an einem Stab aussah. Im Ernst, eine Rakete. Das Ding war rot und ungefähr dreißig Zentimeter lang. An einem Ende lief es spitz zu, am anderen war eine Art Flosse angebracht, aus der ein Stück Schnur hervorragte. Das musste die Zündschnur sein.

Farrow wedelte mit der Rakete vor meiner Nase herum. »Ich schieß nicht auf ihn«, sagte er neckisch. »Ich schieß auch nicht auf einen von den Trotteln, die für ihn arbeiten. Wisst ihr, was ich mache? Ich mach mit diesem kleinen Schätzchen dem allmächtigen Max Rose seine Geschäfte zunichte.«

»Was ist das?«, fragte Spader.

Farrow ließ die Rakete durch die Luft gleiten wie ein Kind, das mit einem Modellflugzeug spielt.

»Ach, nur ein kleines Spielzeug, das mir ein paar Freunde in Chinatown besorgt haben. Ich denke, es ist prima geeignet, aber ganz sicher bin ich mir noch nicht. Deshalb möchte ich, dass ihr zwei mir ein bisschen bei der Entscheidung helft.«

»Bei welcher Entscheidung?«, fragte ich. »Was haben Sie damit vor?«

»Das ist ganz einfach«, antwortete er in einem Ton, als ob er mit einem Kleinkind redete. »Wir spielen ein kleines Spiel. Es heißt: Wie viele von diesen kleinen Flitzern braucht man, um den alten Maxie Rose abzufackeln? Einen? Zwei? Vielleicht sogar drei? Das werden wir gleich rausfinden.«

Mir dämmerte allmählich, *wie* durchgeknallt Winn Farrow tatsächlich war.

Er gab seinen Leuten ein Zeichen. Sofort kam der

Typ, der Spader und mich gefesselt hatte, mit noch einem Seil an. Er band das eine Ende um unsere Handgelenke und warf das andere über einen Fleischerhaken, der über unseren Köpfen hing. Das sah übel aus. Gleich würden wir an diesem Haken baumeln wie zwei Rinderhälften.

»Ich habe eine bessere Idee«, sagte ich, während mein Kopf fieberhaft arbeitete. »Wie wäre es, wenn wir zu Max Rose zurückgehen und ihm sagen, dass er derjenige ist, der sich raushalten soll? Ja, genau! Wir sagen ihm, dass Sie einen fiesen Trick in petto haben, den Sie einsetzen werden, wenn er Sie nicht wieder in die Gang aufnimmt.«

»Ja«, stimmte Spader ein. »Sie könnten selbst da oben im Penthouse wohnen!«

Farrow starrte uns ausdruckslos an. Alles Unheimliche und alles Spielerische war aus seinem Blick verschwunden. »Ich will nur eins«, fauchte er. »Dass dieser Abschaum genauso leidet, wie ich gelitten habe. Er soll hier angekrochen kommen und mich anbetteln, dass ich *ihn* in *meine* Gang aufnehme. *Das* will ich. Und das werde ich erreichen.«

Er nickte dem anderen Gangster zu und dieser zog am Seil. Erst wurden Spader und mir die Arme über den Kopf hochgerissen, dann verloren wir den Boden unter den Füßen, bis wir schließlich in mindestens einem Meter Höhe baumelten. Farrow stellte sich vor uns und hielt uns die Rakete hin.

»Und jetzt wollen wir mal sehen, wie viele hiervon ich brauche, okay?« Damit wandte er sich um und ging mit seinen hastigen Trippelschritten davon. Jetzt konnte ich daran überhaupt nichts mehr Komisches finden.

»Was haben Sie vor?«, schrie ich ihm mit zittriger Stimme nach.

»Wenn ich euch das verraten würde, wär es doch

keine Überraschung mehr!«, rief er über die Schulter zurück.

Absolut durchgeknallt, klarer Fall. Er verschwand durch die Tür, gefolgt von den beiden Wachposten mit den Schrotflinten. Spader und ich hingen nun allein an dem Fleischerhaken.

»Und jetzt?«, wollte Spader wissen.

»Wir müssen uns irgendwie befreien«, antwortete ich, bereits vollauf damit beschäftigt, meine Hände aus den Fesseln zu winden.

Wir machten uns an den Seilen zu schaffen, aber es war eine schmerzhafte Angelegenheit. Durch unser Gewicht schnitten die rauen Stricke tief in die Handgelenke ein.

Spader warf einen raschen Blick zur Tür und fragte: »Hey, was machen die da draußen?«

Als ich mich umsah, blieb mir fast das Herz stehen. Jetzt begriff ich, was für ein Spiel Farrow plante. Die Gangster hatten sich ungefähr in der Mitte der großen Halle versammelt, durch die wir hereingekommen waren. Der schwarze Stock an Farrows Rakete war jetzt an der Innenseite einer Holzkiste befestigt. Die Kiste lag auf der Seite und die Rakete zeigte durch die Tür …

… auf uns.

»Was ist das für ein Ding?«, erkundigte sich Spader.

Ich antwortete nicht. Das würde er noch früh genug erfahren.

»Mach schneller!«, befahl ich. »Wir müssen hier raus!« Ich zerrte wild an den Seilen, musste aber zwischendurch immer wieder einen Blick durch die Tür werfen. Farrow zog eine Zigarre aus der Jacketttasche und stopfte sie sich in den Mund. Dann kramte er ein Streichholz hervor, riss es an der Kiste an und zündete sich damit genüsslich und in aller Seelenruhe die Zigarre an.

Das war die reinste Folter. Mit einem Blick auf die Seile stellte ich fest, dass sie sich nur ganz allmählich lösten. Wir würden es nicht rechtzeitig schaffen, uns zu befreien.

Nachdem Farrow seine Zigarre angezündet hatte, hielt er das brennende Streichholz an die Zündschnur der roten Rakete. Sofort sprühten die Funken wie bei einem Silvesterböller. In ein paar Sekunden würde die Rakete losgehen.

»Pendragon? Was ist das?«, wollte Spader wissen. »Was passiert jetzt?« Seine Stimme klang ängstlich.

»Kümmere dich um die Seile!«, befahl ich.

Wenige Sekunden später …

Zündung.

»Augen zu!«, schrie ich.

Spader drehte das Gesicht zur Wand. Ich dagegen konnte meinen Blick nicht von der Rakete losreißen.

Sie schoss aus ihrer provisorischen Abschussrampe, durchquerte das Schlachthaus und flog mitten durch die offene Tür in den Raum, in dem wir hingen. Volltreffer. Im letzten Moment wandte ich den Kopf ab und machte mich auf den Einschlag gefasst.

Aber die Rakete verfehlte uns und schlug stattdessen in den Kistenstapel ein. Einen Meter weiter nach rechts und wir wären abgefackelt worden. So blieben wir verschont, allerdings nicht für lange. Dieses Ding war kein gewöhnlicher Feuerwerkskörper, sondern ein echtes Kampfgeschoss. Die Rakete musste mit irgendetwas Brennbarem geladen sein, denn beim Einschlag explodierte sie, sodass die Holzkisten augenblicklich in Brand gerieten. Binnen Sekunden loderte der ganze Stapel.

Spader und ich starrten mit einer Mischung aus Ehrfurcht und Entsetzen auf das Feuer, das rasend schnell um sich griff. Ich konnte bereits die Hitze spüren.

»Damit wäre meine Frage beantwortet!«, brüllte Farrow gegen das Prasseln der Flammen an.

Spader und ich blickten uns um und sahen ihn in der Tür stehen.

»Eins von diesen Babys, mehr brauch ich gar nicht.« Wie ein stolzer Papa paffte er an seiner Zigarre. »Und jetzt, Jungs«, fuhr er fort, »wollen wir mal sehen, wie schnell dieser Schuppen niederbrennt. Danke fürs Mitspielen!«

Lachend machte er auf dem Absatz kehrt und spazierte gemächlich hinaus. Hinter ihm wurde die Tür zugeschmettert, und ich hörte, wie ein schweres Schloss einrastete. Mit einem raschen Blick auf das Feuer stellte ich fest, dass dieser Raum sich in Kürze in ein Inferno verwandeln würde. Spader und ich konnten nichts tun als hilflos dazuhängen. Seinem Ruf als skrupelloser, geisteskranker Schurke hatte Winn Farrow alle Ehre gemacht. Und Max Rose würde seine Antwort bekommen: Farrow hielt sich nicht raus. Spaders und mein Tod würde den Beweis dafür liefern.

In diesem Moment hörte ich eine Stimme.

In Anbetracht der Tatsache, dass wir vor Hitze schier geröstet wurden, sollte man es nicht für möglich halten, aber als ich diese Stimme hörte, überlief mich ein eisiger Schauder.

»Hallo, Pendragon«, sagte die Stimme gelassen. »Nun, wie gefällt es dir auf Erste Erde?«

Spader und ich fuhren herum. Die Stimme kam von oben. Auf der Galerie stand einer der Gangster, die vorhin mit Winn Farrow hereingekommmen waren. Jedenfalls sah er aus wie ein Gangster. Seine Stimme verriet mir etwas anderes. Dieser Typ stammte aus einer anderen Zeit und einem anderen Territorium – und jetzt ließ er seine Tarnung fallen.

»Ihr habt ganz schön lange gebraucht, um mich zu

finden«, meinte er mit einem zynischen Grinsen. »Ich dachte schon, ihr hättet das Interesse verloren.«

Saint Dane war vorbeigekommen um zuzusehen, wie wir gegrillt wurden.

## Zehntes Journal
(Fortsetzung)

# Erste Erde

Das Feuer breitete sich rasch aus. Nachdem die Flammen den Kistenstapel erfasst hatten, krochen sie über den Boden auf uns zu, wobei sie schwarz verkohltes Holz zurückließen.

»Grüß dich, Spader«, sagte Saint Dane. »Na, bereust du es schon, dich mit dem jungen Pendragon verbündet zu haben?«

Ich sah den blanken Hass in Spaders Augen. »Hör nicht auf ihn«, sagte ich leise. »Wir müssen uns befreien.«

Spader nickte. Doch während wir verzweifelt die Stricke bearbeiteten, bearbeitete Saint Dane uns.

»Wie primitiv doch dein Heimatterritorium ist, Pendragon«, fuhr er fort. »Die Leute hier sind so leicht zu beeinflussen, es ist wirklich erbärmlich. Hier dreht sich alles nur ums Geld. Geld scheffeln, Geld horten, sich mit Geld Macht erkaufen. Die Gier dieser Menschen wird ihr Untergang sein.«

Das Feuer hatte die Wand erreicht und fraß sich daran hoch.

»Winn Farrow und seine Bande elender Schurken haben einen wirklich spektakulären Plan ausgeheckt, um Max Rose vom Sockel zu stürzen«, sagte Saint Dane. »Farrow ist eine boshafte kleine Kröte, aber für diesen Plan bewundere ich ihn. Ich hätte mir selbst kein interessanteres Szenario ausdenken können.«

Schließlich hielt ich es nicht mehr aus und brüllte: »Was denn? Was haben sie vor?«

Saint Dane lachte. »Du hättest in Geschichte besser aufpassen sollen, Pendragon. Dann bräuchtest du jetzt nur eins und eins zusammenzuzählen. Mir scheint, du tust dich ein bisschen schwer im Leben ohne die Hilfe deines lieben verstorbenen Onkels.«

Ich schnappte den Köder nicht. Saint Dane versuchte uns zu manipulieren, und das würde ich nicht zulassen. Das Feuer züngelte nun nicht weit von uns an der Wand empor. Ich schätze, ich brauche nicht eigens zu betonen, dass ich Angst hatte.

»Ich lasse euch jetzt allein, Jungs«, sagte Saint Dane. »Ich muss bei den Vorbereitungen für den morgigen großen Tag helfen. Zu schade, dass ihr nicht dabei sein könnt. Es wird bestimmt eine Bombenstimmung herrschen.«

Saint Dane wandte sich zum Gehen. In der Tür blieb er stehen und sah ein letztes Mal auf uns herunter. »Ach, eins noch«, sagte er. »Wie ihr sicher schon erraten habt, war ich es, der die zwei Revolverhelden angestiftet hat, mit ihren primitiven Waffen durch das Flume nach Cloral zu schießen. Das sollte eine Warnung für euch sein. Ich hatte keine Ahnung, dass Press dumm genug sein würde, sich in die Schusslinie zu stellen. Wirklich ein Jammer, aber wie es aussieht, werdet ihr wohl bald wieder vereint sein. Grüßt ihn schön von mir, ja?«

Damit machte Saint Dane kehrt und verschwand durch die Tür an der Galerie.

Mein Verdacht hatte sich bestätigt. Saint Dane hatte die Gangster dazu benutzt, Onkel Press umzubringen. Der bloße Gedanke daran machte mich rasend, doch ich durfte mich nicht von meinen Gefühlen hinreißen lassen, sondern musste mich auf das Hier und Jetzt konzentrieren – sonst würden wir sterben.

Spader war ein Fall für sich. Der Ausdruck in seinen Augen war wirklich Furcht erregend. Saint Danes Worte hatten genau den wunden Punkt getroffen, den er so krampfhaft zu verdrängen versuchte. Spader stand vor lauter Wut und Hass kurz vor der Explosion.

»Reiß dich zusammen, Spader«, mahnte ich. »Wenn du jetzt ausrastest, hat er doch genau das erreicht, was er wollte.«

Meine Warnung war vergebens. Spader rastete aus. Er zerrte mit einer schier übermenschlichen Wut an den Seilen. Dabei riss er so wild an seinen und meinen Händen, dass ich mich abwenden musste, um keinen Schlag ins Gesicht abzubekommen. Als ich den Kopf wegdrehte, bemerkte ich, dass das Feuer inzwischen an der Wand hochgekrochen war und das Seil erreicht hatte. Das Seil brannte! Spader stieß einen markerschütternden Wutschrei aus und bäumte sich noch einmal so heftig auf, dass das Seil riss! Wir beide stürzten in einem Knäuel zu Boden.

Sowenig es mir gefiel, Spader ausrasten zu sehen – dass Saint Danes Stichelei nach hinten losgegangen war, bereitete mir doch eine gewisse Genugtuung. Spaders Zorn hatte dazu beigetragen, uns zu befreien, und das brennende Seil hatte ein Übriges getan. Aber noch waren wir nicht in Sicherheit.

»Spader!«, schrie ich und zerrte an seinen Händen, damit er mir zuhörte. »Du musst dich zusammenreißen, sonst kommen wir hier nicht lebend raus.«

»Er ist ein Teufel, Pendragon. Wir müssen ihn aufhalten.«

»Klar, aber dazu müssen wir erst mal hier rauskommen.« Ich bemühte mich energisch und überzeugend zu klingen. »Eins nach dem anderen, okay?«

Langsam sah ich die blinde Wut aus Spaders Blick verschwinden. Er hatte sich wieder im Griff. »Klar, schon gut, okay«, sagte er und richtete seine Aufmerksamkeit wieder darauf, unsere Haut zu retten.

Wir hingen zwar nicht mehr an dem Haken, waren aber immer noch an den Handgelenken zusammengebunden. Spader drehte und wand seine Arme in die eine Richtung, ich zerrte in die andere, und nach ein paar Sekunden gelang es mir, eine meiner Hände loszureißen. Danach war es ein Leichtes, die Fessel ganz zu lösen.

Jetzt waren wir frei; allerdings saßen wir inmitten eines Flammeninfernos in der Falle. Das Feuer bedeckte inzwischen die Wände und züngelte bis an die Decke hoch. Wenn wir nicht verbrannten, würde das einstürzende Dach uns unter sich begraben. Verzweifelt sah ich mich nach einem Ausweg um; doch die Lage schien hoffnungslos. Um uns herum war nichts als loderndes Feuer.

Da fiel mir etwas auf, was mich stutzig machte.

Ungefähr in der Mitte des Raumes hatte sich ein Wirbel aus Rauch gebildet, eine Art Minitornado. Die Säule stieg ein Stück weit senkrecht in die Höhe, doch dann wechselte sie die Richtung und zog zu der Tür an der Galerie. Ich beobachtete den Rauch und begriff, dass Saint Dane die Tür offenbar nicht richtig geschlossen hatte. Der Qualm zog nach draußen ab!

»Da!«, rief ich. »Er hat die Tür offen gelassen!«

Ohne auf Spader zu warten rannte ich zu der Metalltreppe, die auf die Galerie führte. Spader folgte mir dicht auf den Fersen. Das Feuer wütete nun schon minutenlang, sodass die Hitze inzwischen unerträglich war und die Metallstufen beinahe glühten. Durch meine Schuhsohlen hindurch spürte ich eine enorme Hitze und musste mich zusammenreißen, um nicht das Geländer anzufassen. Meine Hand wäre auf der Stelle verschmort. Da Hitze bekanntlich nach oben steigt, wurde die Temperatur mit jeder Treppenstufe unerträglicher. Auch der Qualm verdichtete sich. Wir mussten mitten durch die Rauchsäule hindurch, die zur Tür zog.

Endlich hatten wir die Galerie erreicht und ich stürzte auf die Tür zu. Jetzt konnte ich nur noch beten, dass sie tatsächlich offen war. Ich trat dagegen und die Tür sprang auf. Ja! Spader hatte mich bereits eingeholt. Wir schlüpften durch die Tür, wobei ich inständig hoffte, sie möge nach draußen führen.

Fehlanzeige. Wir fanden uns in einem langen, schmalen Gang wieder. Dichter Rauch erfüllte den engen, dunklen Raum, sodass unmöglich zu erkennen war, in welcher Richtung sich der Ausgang befand.

»Rechts oder links?«, schrie ich.

»Keine Ahnung, Kumpel. Lauf einfach los, aber schnell! Mir tränen schon die Augen.«

Ich wandte mich aufs Geratewohl nach rechts und machte augenblicklich eine Entdeckung, die sowohl gut als auch schlecht war. Das Gute war, dass man trotz des dunklen Qualms etwas sehen konnte. Durch die Ritzen zwischen den alten Holzdielen drang nämlich der Feuerschein aus dem Raum darunter. Wir würden also nicht blindlings gegen Wände rennen. Das Schlechte daran war, dass die Flammen das alte Holz jeden Moment erfassen konnten. Ein Grund mehr, schnellstens von hier zu verschwinden. Ich packte Spader an der Hand und rannte los. Ich betete innerlich, dass wir es bis zum Ende des Ganges schaffen würden, ehe der ganze Boden brannte.

Wir schafften es nicht. Als wir gerade einmal ein paar Schritte gerannt waren, hörte ich ein lautes *Krach*. In der nächsten Sekunde brach ohne weitere Vorwarnung der Boden unter uns weg. Spader und ich stürzten in einem Funkenregen durch Rauch und brennendes Holz in die Tiefe. An die nächsten Sekunden erinnere ich mich nur verschwommen. Ich versuche möglichst genau zu beschreiben, was geschah, aber es ging so schnell, dass ich es kaum richtig wahrnahm.

Als wir durch den Fußboden brachen, entglitt mir Spaders Hand. Überall war Feuer. Ich weiß noch, wie ich dachte, gleich lande ich mitten in diesem Inferno und werde gegrillt. Doch das Feuer wütete unten schon geraume Zeit, sodass der Boden auch hier bereits brüchig wurde. Als ich aufschlug, gaben die Bohlen wiederum nach und ich brach erneut durch. Dass ich mir bei alldem keine Knochenbrüche holte, grenzt schon an ein Wunder.

Das Nächste, woran ich mich erinnern kann, ist, dass ich mich unter Wasser wiederfand. Ich hatte ja schon geschrieben, dass das Schlachthaus auf einem Pier über dem Hudson stand. Meine Angst vor dem Verbrennen schlug augenblicklich in Angst vor dem Ertrinken um. Bei meinem Sturz hatte ich mir irgendwo den Kopf so heftig angeschlagen, dass ich völlig benommen war. Ich weiß noch, wie überall um mich herum brennende Trümmer ins Wasser fielen. Außerdem steckte ich mitten in einem Wald von Pfählen, die wohl den Pier trugen. Wohin ich mich auch wandte, überall versperrten mir entweder Pfähle oder die brennenden Trümmer aus der Feuersbrunst über mir den Weg. Ich schluckte Wasser und bekam keine Luft mehr. Außerdem war ich am Ende meiner Kräfte und kurz davor, ohnmächtig zu werden. Mein Kopf sank immer wieder unter, und ich hatte allmählich keine Kraft mehr, wieder aufzutauchen.

Und dann wurde die Lage *richtig* übel. Ich hörte über mir ein lautes kreischendes Geräusch. Das konnte nur eins bedeuten: Das Gebäude stürzte ein. Der Pier würde über unseren Köpfen zusammenbrechen. Ich hatte die Hoffnung, hier lebend herauszukommen, schon fast aufgegeben, als ich plötzlich spürte, wie mich jemand mit festem Griff am Arm packte.

»Halt die Luft an!«, befahl Spader.

Ich konnte gerade noch nach Luft schnappen, ehe Spader mich unter Wasser zog. Dann entspannte ich mich und überließ mich ihm völlig. Während er mich mit einer Hand festhielt, schwamm er mit einer unglaublichen Kraft vorwärts. Ich konnte es kaum fassen – aber schließlich war Spader ein halber Delfin. Wenn er nicht ernsthaft verletzt war, musste so eine Tauchstrecke der reinste Sonntagsspaziergang für ihn sein. Ich hoffte um seinet- und um meinetwillen inständig, er möge nicht ernsthaft verletzt sein.

Ich wusste zwar nicht, wie lange ich die Luft anhalten konnte, aber ich wusste, dass wir unter Wasser sicherer waren als an der Oberfläche, denn ich hörte von oben den Einsturzlärm. Wenn wir eine Überlebenschance haben wollten, mussten wir unter dem Pier wegkommen. Keine Ahnung, wie lange wir unter Wasser blieben. Eigentlich können es nur ein paar Sekunden gewesen sein, denn viel länger hätte ich es wohl kaum ausgehalten.

Als wir endlich wieder auftauchten, war das Erste, was ich sah, die Sonne. Das Nächste war Spaders lächelndes Gesicht. Er trat neben mir Wasser und sah so entspannt aus, als amüsierte er sich in einem Planschbecken.

»Da hast du wohl eine kleine Beule abgekriegt, wie, Kumpel?«

Ich fasste mir an die Stirn und ertastete einen gewaltigen Knubbel. »Hm, ich glaub, ich bin ein bisschen lädiert«, gestand ich.

»Kein Problem«, sagte Spader. »Leg dich auf den Rücken, ich schlepp dich ab.«

Ich widersprach nicht. Jetzt war nicht die Zeit für

Machogehabe. Bereitwillig ließ ich mich von Spader ans Ufer schleppen. Eine Minute später hatten wir einen kleinen hölzernen Pier erreicht. Spader hievte mich wie einen nassen Sack auf den Steg. Geschafft! Wir waren mit dem Leben davongekommen.

Da lagen wir zwei und versuchten erst einmal, wieder zu Atem zu kommen. Nachdem wir in den letzten zehn Minuten nur ekelhaften Qualm eingeatmet hatten, schmeckte die Luft hier richtig süß. Ich schloss die Augen und konzentrierte mich ganz darauf, meine Lunge zu reinigen. Ich war wirklich arg mitgenommen. Abgesehen von der Beule am Kopf hatte ich überall Schrammen und Verbrennungen. Meine Kleider hatten mich zwar etwas geschützt, aber dafür sahen sie jetzt eher nach Lumpen aus.

Spader sprach als Erster wieder. »Das ist der Horror, Kumpel, aber wirklich.«

Ich schlug die Augen auf und sah, dass er das brennende Schlachthaus anstarrte. Inzwischen war davon nur noch eine riesige, halb eingestürzte, lodernde Ruine übrig. Schwarzer Rauch stieg auf und zog in Schwaden über den Fluss. Ich fragte mich, warum die Feuerwehr noch nicht zur Stelle war. Wahrscheinlich traute sie sich nicht in diese finstere Gegend.

»Farrow hat gesagt, das hier sollte ein Test sein«, stieß Spader zwischen keuchenden Atemzügen hervor. »Wenn das hier nur ein Test war, wie sieht dann der Ernstfall aus?«

Das war die große Frage. Worauf hatten diese Gangster es abgesehen? Saint Dane hatte gesagt, wir müssten nur eins und eins zusammenzählen, aber für mich ergab das alles keinen Sinn.

Spader war genauso lädiert wie ich. Seine Kleider waren zerfetzt und angesengt, seine Arme voller Schrammen. »Bist du okay?«, erkundigte ich mich.

»Ich bin okay, sobald wir Saint Dane fertig gemacht haben«, erwiderte er zornig.

»Du vertraust mir doch, Spader?«, fragte ich.

»Aber sicher, Kumpel«, antwortete er ohne zu zögern.

»Dann denk bitte an eins, bevor du das nächste Mal ausrastest und Saint Dane nachjagst«, sagte ich. »Wir müssen ihn stoppen, aber wir müssen es geschickt anstellen.«

»Klar doch«, entgegnete Spader. »Unheimlich geschickt. Und jetzt sollten wir geschickterweise erst mal von hier verschwinden.«

Ich hatte den Eindruck, dass er mich nicht ganz ernst nahm, aber jetzt war keine Zeit für Diskussionen. Wir befanden uns noch mitten in der Gefahrenzone. So zerschlagen wir auch waren, wir mussten zusehen, dass wir hier wegkamen.

Der Fluss lag etwa zwei Meter tiefer als das Ufer. Am Ende des Steges war eine Holzleiter angebracht. Ich kletterte als Erster hoch und streckte vorsichtig den Kopf über die Kante, um die Lage zu peilen.

Prompt rutschte mir das Herz in die Hose.

Wir waren etwa fünfzig Meter von dem ehemaligen Schlachthaus entfernt. Zwischen mir und der brennenden Ruine befand sich nichts als offenes Gelände … und eine Gruppe Gangster. Die ganze Bande hatte sich da versammelt: Winn Farrow, seine heruntergekommenen Ganoven, die Muskelprotze, die uns empfangen hatten, und natürlich Saint Dane. Sie alle standen mit dem Rücken zu mir, keine dreißig Meter entfernt, und betrachteten ihr Werk. Wenn wir versuchten wegzurennen, würden sie uns mit Sicherheit bemerken.

Aber was noch schlimmer war: Nur wenige Meter rechts von uns hatten die Gangster ihre Autos geparkt. Sobald sie wegfahren wollten, würden sie uns entdecken. Wir saßen in der Falle, ohne Ausweg und ohne Versteckmöglichkeit. In wenigen Sekunden würden wir wieder da sein, wo wir angefangen hatten.

## Zehntes Journal
(Fortsetzung)

# Erste Erde

»Was siehst du, Kumpel?«, fragte Spader.

Ich drehte mich zu ihm um und legte den Finger an die Lippen – das hätte uns jetzt gerade noch gefehlt, dass einer der Gangster uns hörte. Wenn wir hier lebend wegkommen wollten, mussten wir verschwinden, ehe die Typen es leid wurden, das brennende Schlachthaus anzustarren. Sobald sie zu ihren Autos gingen, würden sie uns sehen. Uns blieb nichts anderes übrig als einen Sprint zu versuchen. Ich wagte zwar kaum zu hoffen, dass sie uns dabei nicht bemerken würden, aber wenigstens hätten wir eine klitzekleine Chance. Ich sah mich nach dem geeignetsten Fluchtweg um.

Etwa zwanzig Meter von uns entfernt, auf halber Strecke zur nächsten Straße, war ein schrottreifer Lastwagen mit der Aufschrift WILD BOAR MEATS geparkt. Ich dachte mir, wenn wir es bis dahin schafften, hätten wir eine reelle Chance, an den bösen Jungs vorbeizukommen und die Straße zu erreichen. Von dort aus konnten wir in der Stadt untertauchen. Entscheidend war das erste Stück bis zum Laster. Es würde nicht einfach sein, denn wir mussten über völlig offenes Gelände rennen. Wenn sich währenddessen einer der Typen zufällig umdrehte, dann gute Nacht.

Ich kletterte die Leiter wieder hinunter und unterbreitete Spader meinen Plan.

»In Ordnung«, sagte Spader. »Ich zuerst.«

Noch ehe ich Einspruch erheben konnte, hatte Spader schon die schmale Leiter erklommen. Er spähte über die Kante, warf einen Blick zurück, zwinkerte mir zu und war verschwunden. Ich stieg rasch die Leiter hoch um zu sehen, was weiter geschah.

Spader duckte sich tief und rannte, was er konnte. Ich hielt die Luft an. Er hatte keinerlei Deckung. Aber keiner von Farrows Schurken bemerkte ihn. Als er den Lastwagen erreichte, stieß er die Faust in die Luft – Sieg! Dann spähte er über die Motorhaube des Lastwagens zu den Gangstern hinüber, die ihm immer noch nichts ahnend den Rücken zukehrten. Spader gab mir ein Zeichen, nachzukommen. Schluck! Jetzt war ich dran. Ich kletterte hastig über die Kante und spurtete los.

Leider hatte ich weniger Glück als Spader. Kaum war ich ein paar Schritte gerannt, als sich einer der Gangster umdrehte und mich sah. So einfach war das. Idiotisch einfach.

»Hey!«, schrie der Typ. Sofort drehten sich auch die anderen um. Ich erreichte den Lastwagen und duckte mich neben Spader. Bevor ich in Deckung ging, sah ich noch, wie Winn Farrow einem seiner Männer die Schrotflinte aus der Hand riss.

»Ich schätze, das war kein so genialer Plan«, keuchte ich.

*Peng!* Farrow hatte das Gewehr abgefeuert. Die Scheibe über unseren Köpfen zersprang und Glassplitter prasselten auf uns herab. Die übrigen Gangster folgten dem Beispiel ihres Anführers und eröffneten ebenfalls das Feuer auf den Lastwagen. *Peng! Peng! Peng!* Eine Schrotsalve nach der anderen prasselte gegen das Blech. Bei jedem Treffer wackelte der ganze Laster. Wie lange würden wir hier noch sicher sein?

»Vielleicht hätten wir uns besser im Wasser unter

dem Pier versteckt und gewartet, bis sie weg sind«, bemerkte Spader.

»Und das fällt dir *jetzt* ein?«, schrie ich über das Getöse der Schrotflinten hinweg.

»'tschuldigung«, sagte er.

Da hörten wir eine Autohupe und das Quietschen von Reifen auf Asphalt. Die Gangster stellten das Feuer ein, sodass Spader und ich einen Blick riskieren konnten.

Ich hoffte, ein Polizeiauto käme uns zu Hilfe, aber stattdessen sah ich einen schwarzen Wagen, der in rasendem Tempo die Straße verließ, als wäre er außer Kontrolle geraten, und geradewegs auf die Gangster zusteuerte! Die Kerle stoben auseinander wie die Kegel beim »Alle neune« – gerade noch rechtzeitig, ehe das Auto sie erfasste. Doch das wild gewordene Gefährt hielt immer noch nicht an, sondern raste an den flüchtenden Gangstern vorbei direkt auf uns zu. Die Gangster formierten sich neu und zielten jetzt auf den Wagen. Unter den ersten Schrotsalven ging die Heckscheibe zu Bruch.

Aber das Wahnsinnsauto blieb auf seinem Kurs.

Wir hatten keine Ahnung, was wir tun sollten. Würde der verrückte Fahrer den Lastwagen rammen? Weglaufen konnten wir nicht, dann hätten die Gangster uns erneut unter Beschuss genommen. Uns blieb nichts anderes übrig, als zuzusehen und uns darauf gefasst zu machen, gleich in Sicherheit hechten zu müssen. Das Auto beschleunigte und hielt geradewegs auf unser Versteck zu. In letzter Sekunde riss der Fahrer das Steuer herum, sodass er den Lastwagen haarscharf verfehlte. Das Fahrzeug schleuderte seitlich, bis die Räder wieder griffen und das Auto erneut einen Satz nach vorn machte. Eine Sekunde später erschien es in halsbrecherischem Tempo auf unserer Seite des Lastwagens und verlangsamte. Wer war dieser Wahnsinnsfahrer?

»Steigt ein!«, brüllte Gunny uns vom Fahrersitz aus zu.

Spader und ich zögerten keine Sekunde. Wir rannten auf das Auto zu und warfen uns auf den Rücksitz. Gunny hielt nicht einmal an, sondern verlangsamte das Tempo nur kurzzeitig, damit wir hineinspringen konnten.

»Los!«, schrie ich, noch bevor die Tür wieder geschlossen war.

Gunny trat das Gaspedal durch, dass die Räder den Boden umpflügten und Spader und ich in den Sitz geschleudert wurden. Aber noch waren wir nicht in Sicherheit. Zwei weitere Schüsse ertönten und Schrot prasselte gegen die Autotüren.

»Duckt euch!«, befahl Gunny – völlig unnötigerweise, denn Spader und ich kauerten bereits im Fußraum, inmitten der Glassplitter der zerschossenen Heckscheibe. Drei weitere Schüsse wurden abgefeuert, von denen aber nur einer das Auto traf. Gleich darauf waren wir außer Schussweite. Gunny holperte über einen Bordstein, riss den Wagen schlitternd herum und wir ließen diesen unerfreulichen Ort mit Vollgas hinter uns. Ein paar Sekunden später riskierten Spader und ich einen Blick durch das Rückfenster.

Zwischen zersplittertem Glas hindurch sahen wir das brennende Schlachthaus in der Ferne verschwinden. Wir hatten es geschafft. Wir waren in Sicherheit – dank Gunny.

Spader und ich stießen gewaltige Freudenschreie aus. »Gunny, yeah!« – »Hobey-Ho!« – »Du hast uns gerettet!«

Gunny drehte sich zu uns um. Seine Augen waren schreckgeweitet. Er hatte zwar gerade völlig cool eine wahnwitzige Rettungsaktion durchgezogen, aber offenbar war er dabei selbst fast vor Angst gestorben. »So was will ich nie, nie wieder tun müssen«, sagte er mit zitternder Stimme. »Mein Herz springt mir gleich aus der Brust.«

»Du kannst den Fuß vom Gas nehmen«, sagte ich. »Wir haben es geschafft.«

Gunny verringerte das Tempo und fuhr mit normaler Geschwindigkeit weiter. Ich sah, dass seine Hände am Steuer zitterten. »Das kostet mich meinen Job«, stieß er atemlos hervor.

»Warum denn das, Kumpel?«, erkundigte sich Spader.

»Dieses Auto gehört dem Hotelmanager, Mr Caplesmith. Was wird der sagen, wenn er sieht, dass es kurz und klein geschossen ist?«

Ich muss zu meiner Schande gestehen, dass Spader und ich lauthals loslachten. Wir wollten das eigentlich gar nicht, aber es war einfach so … komisch. Was war schon ein zerschossenes Auto im Vergleich zu dem, was wir gerade durchgemacht hatten?

Gunny protestierte: »Ich finde das überhaupt nicht komisch.«

»Entschuldige, Gunny.« Ich riss mich zusammen. »Du hast Recht. Es ist nicht komisch.«

»Und danke, dass du da warst, Kumpel«, fügte Spader hinzu. »Wir sind dir was schuldig.«

»Ein neues Auto, das seid ihr mir schuldig!«, versetzte Gunny. Dann fing auch er an zu lachen. Allmählich fiel die Spannung von ihm ab. Er warf einen Blick in den Rückspiegel und zuckte zusammen, als er sah, in welcher Verfassung wir waren. »Geht es euch beiden gut? Ihr seht aus, als ob ihr euch mit dem Teufel persönlich geprügelt hättet.«

»Du hast es erfasst«, erwiderte Spader.

»Wir haben Saint Dane gefunden«, erklärte ich. »Besser gesagt, er hat uns gefunden.«

Gunny packte das Lenkrad fester. »Hat er was damit zu tun, dass das Schlachthaus abgebrannt ist?«

»Gewissermaßen«, antwortete ich. »Allerdings ist Winn Farrow derjenige, der das Streichholz angezündet hat.«

»Soll das heißen, er hat sein eigenes Hauptquartier niedergebrannt?«, fragte Gunny verblüfft.

»Er führt was im Schilde«, erwiderte ich. »Er hat so eine Art Feuerwerkskörper, die alles in Brand stecken, wenn sie explodieren. Und er will sie gegen Max Rose einsetzen.«

»Es geht um Rache«, fügte Spader hinzu.

Plötzlich fiel mir etwas ein. »Das Hotel!«, rief ich aus. »Das Manhattan Tower Hotel. Wenn er eine von diesen Raketen ins Penthouse schießen würde, wäre es aus mit Max Rose.«

»Genau! Das muss es sein«, rief Spader. »Bestimmt. Er will das Hotel abfackeln. Mit einem von diesen Feuerbiestern wäre das ein Kinderspiel.«

»Wir sollten das Gebäude evakuieren«, sagte ich aufgeregt. »Und die Polizei benachrichtigen. Die können dann Wachen aufstellen und …«

»Er hat nicht vor, das Hotel anzugreifen«, unterbrach Gunny mich.

Spader und ich verstummten. »Woher weißt du das?«, fragte ich.

»Ich habe inzwischen rausgefunden, was es mit LZ 129 auf sich hat«, antwortete Gunny trocken.

Spader und mir verschlug es die Sprache. Gunny hatte uns gerade so nebenbei mitgeteilt, dass er das entscheidende Puzzleteil gefunden hatte. In der Aufregung hatte ich schon gar nicht mehr daran gedacht: das mysteriöse LZ 129. Wir starrten ihn beide an. Gunny blickte stur geradeaus auf die Straße. Schließlich hielt ich es nicht mehr länger aus.

»Und? Verrätst du es uns?«, fragte ich.

»Was genau stand in diesem Brief, Pendragon?«, fragte Gunny zurück. »Du weißt schon, in dem mit dem Hakenkreuz.«

Ich rief mir in Erinnerung, was ich mir in Max Roses Arbeitszimmer eingeprägt hatte. »Ludwig Zell schrieb, dass Max Rose am 6. Mai eine Zahlung erhalten würde, und zwar mit dem LZ 129«, antwortete ich.

Gunny nickte. »Was auch immer Max Rose für die Nazis getan hat, er wird seine Zahlung morgen erhalten und sie kommt mit dem LZ 129. Wenn Winn Farrow Max Rose wirklich empfindlich treffen wollte, könnte er verhindern, dass Rose seine Zahlung bekommt.«

»Genau das hat Farrow gesagt«, rief Spader. »Er wollte Rose an seiner empfindlichsten Stelle treffen.«

»Und was ist nun dieses LZ 129?«, wollte ich ungeduldig wissen.

»Ich habe es heute in der Zeitung gelesen«, erwiderte Gunny ruhig. »Nicht zu fassen, dass ich nicht schon längst draufgekommen bin. LZ 129 steht für Zeppelinluftschiff 129.«

»Was ist denn ein Zeppelinluftschiff?«, erkundigte sich Spader.

Schlagartig begriff ich.

Mir wurde übel. Saint Dane hatte Recht gehabt, ich hätte in Geschichte besser aufpassen sollen. Die Lösung war die ganze Zeit so offensichtlich gewesen, doch ich hatte nicht eins und eins zusammengezählt. Es ging um ein herausragendes Ereignis in der amerikanischen Geschichte. Eins, über das es Filme, Bücher und Fernsehsendungen gab. Es handelte sich um eine Tragödie, die beinahe so berühmt geworden war wie der Untergang der *Titanic* und das Unglück der Raumfähre *Challenger*.

»Wovon redet er, Pendragon?«, wollte Spader wissen. »Verstehst du das?«

»Ja«, antwortete ich leise. »Ich glaube schon. Und es passt alles verdammt gut zusammen.«

Gunny nahm eine Zeitung vom Beifahrersitz. »Zeppelinluftschiff 129 ist vergangene Woche in Deutschland gestartet. Morgen früh wird es in Lakehurst, New Jersey, landen.«

Er warf die Zeitung hinter sich, direkt in meinen Schoß. Auf der Titelseite war ein großes Bild des riesigen silberfarbenen Rumpfes von LZ 129. Nur dass dieses Gefährt noch einen anderen, viel bekannteren Namen hatte. Er stand auf der silbernen Nase des Luftschiffes.

Die *Hindenburg*.

»Ich nehme an, die Zahlung für Max Rose wird an Bord dieses Luftschiffes direkt aus Deutschland hierher transportiert«, sagte Gunny. »Und ich denke, darauf hat Winn Farrow es abgesehen.«

Spader schnappte sich die Zeitung und starrte auf das Bild mit dem riesigen Luftschiff, auf dessen Heckflosse Hakenkreuze prangten.

»Das Ding da kann auch fliegen?«, erkundigte er sich. »Das sieht aber ganz anders aus als Jinx' Flugzeug.«

»Das ist ein riesiger Ballon«, erklärte Gunny. »Leichter als Luft. Solche Dinger fliegen schon seit ein paar Jahren über den Atlantik. Man sagt, es sei der Durchbruch in die Zukunft.«

»Das hier ist nicht der Durchbruch in die Zukunft«, sagte ich leise.

»Wie meinst du das, Pendragon?«, fragte Gunny. »Wir befinden uns hier in der Geschichte deines Territoriums. Hast du jemals von der *Hindenburg* gehört?«

Ich holte tief Luft und schluckte. »Ja, ich habe von ihr gehört«, antwortete ich. »Als die *Hindenburg* in New Jersey eintraf, explodierte sie. Der Ballon verbrannte und die Passagiergondel stürzte ab. Viele Menschen starben. Das Luftschiff wurde durch das Feuer völlig zerstört. Soweit ich weiß, wurde nie abschließend geklärt, wie es dazu gekommen ist.«

Wir drei saßen eine lange Zeit schweigend da. Schließlich sprach Spader aus, was wir alle dachten.

»Tja«, sagte er, »ich glaube, wir wissen, wie die *Hindenburg* in Brand geraten wird.«

»Ja«, erwiderte ich. »Was wir nicht wissen, ist, ob wir es verhindern können.«

## Zehntes Journal
## (Fortsetzung)

# Erste Erde

Die restliche Strecke zum Manhattan Tower Hotel legten wir schweigend zurück. Wir alle waren in Gedanken bei der Tragödie, die am nächsten Tag ihren Lauf nehmen würde. Winn Farrow würde die Zündschnur anstecken und damit eine der größten Katastrophen der jüngeren Geschichte auslösen. Er würde den Zeppelin Hindenburg in die Luft jagen.

Allzu viel wusste ich nicht über das Unglück. Den ungefähren Ablauf kannte jeder, weil es ein so berühmtes Ereignis war. Ich hatte Abbildungen von der brennenden *Hindenburg* gesehen sowie Ausschnitte aus Nachrichtensendungen von damals, Bilder, auf denen Menschen sich aus der Gondel stürzten in dem verzweifelten Versuch, sich zu retten. Es gab auch eine berühmte Tonaufzeichnung, in der ein Radiosprecher die Ankunft des Luftschiffes kommentierte und plötzlich völlig entgeistert das Grauen des brennenden Infernos schilderte.

Dieses berühmte historische Ereignis würde also morgen stattfinden. Die Frage war nur: Was sollten wir dagegen unternehmen?

Vor dem Hotel angekommen blieb Gunny am Steuer sitzen, während Spader und ich ausstiegen. »Ihr Jungs geht hoch in euer Zimmer«, befahl er. »Ich habe einen Freund, der diesen Wagen wieder wie neu herrichten kann. Ärger mit Caplesmith kann ich jetzt wirklich nicht brauchen, wir müssen uns um die großen Fische kümmern.« Damit trat er aufs Gas und ließ uns auf dem Gehweg stehen.

»Um was für große Fische müssen wir uns kümmern?«, fragte Spader.

»Das ist nur so eine Redensart«, erklärte ich.

»Schade«, bemerkte er. »Ich hab Hunger.«

Wir stahlen uns durch einen Seiteneingang ins Hotel. Auf dem Weg durch die Küche schnappten wir uns etwas Obst. Erst jetzt fiel mir auf, dass ich ebenfalls Hunger hatte. Die nächste Schwierigkeit war, wie wir in unser Zimmer gelangen sollten, ohne dass einer von Max Roses Gorillas uns entdeckte. Wir wollten ihnen nach Möglichkeit aus dem Weg gehen.

Kaum dass wir die Küche halb durchquert hatten, liefen wir auch schon demselben Gangster in die Arme, der uns bereits beim letzten Mal geschnappt hatte. Machte der denn nie Feierabend?

»Na, schau mal einer an«, sagte er. »Ihr zwei seht aus, als ob ihr geradewegs vom Schlachtfeld kommt – und ihr riecht auch so.«

»Lass uns in Ruhe, Blödmann«, versetzte ich so forsch, wie ich konnte. »Wir gehen uns jetzt erst mal umziehen und ...«

Der Typ packte Spader und mich am Arm und schleifte uns zum Aufzug. Ich schätze, ich war nicht forsch genug aufgetreten. Ehe wirs uns versahen, stieß er uns auch schon in das Wohnzimmer des Penthouse. So viel zu unserem Plan, Max Rose aus dem Weg zu gehen.

»Fasst ja nix an, ihr zwei«, befahl der Gorilla. »Das ist ja widerlich, wie verdreckt ihr seid.«

Damit ließ er uns allein, sodass wir Gelegenheit zu einer hastigen Lagebesprechung hatten.

»Wir müssen Max Rose alles erzählen«, sagte Spader sofort.

»Ja, klar«, konterte ich. »Wir erzählen ihm einfach, ich stamme aus der Zukunft und weiß deshalb, dass die *Hindenburg* morgen explodieren wird. Toller Plan.«

»Na ja, *ganz so* sagen wir das wohl besser nicht«, wandte Spader ein.

»Ach nein?«

»Aber wenn wir ihm sagen, dass Winn Farrow es auf das Luftschiff abgesehen hat, könnte Rose seine Leute hinschicken, damit sie es verhindern. Die würden uns die Arbeit abnehmen!«

Das war allerdings ein Argument. Vielleicht hatte Spader Recht. Wenn unsere Mission darin bestand, Farrow und Saint Dane daran zu hindern, die *Hindenburg* abzuschießen, konnten wir Unterstützung wirklich dringend brauchen, selbst die Unterstützung einer Verbrecherbande. Das sah nach einer richtig einfachen Lösung aus. Trotzdem, irgendwie behagte mir die Vorstellung nicht, Max Rose zu erzählen, was bevorstand.

»Vielleicht hast du Recht«, antwortete ich schließlich. »Aber lass uns noch warten, bevor wir es ihm sagen. Wir sollten erst mal gründlich darüber nachdenken.«

»Dazu haben wir keine Zeit, Pendragon«, widersprach Spader. »Je eher wir es ihm sagen, umso besser stehen die Chancen, dass er Saint Dane stoppen kann.«

»Du meinst Farrow«, korrigierte ich.

»Von mir aus. Hobey, Kumpel, wir *müssen* es ihm sagen!«

»Nein. Noch nicht. Sag nichts, okay?«

Ehe Spader antworten konnte, ging die Tür am anderen Ende des Raumes auf und Max Rose und Harlow traten ein. Beide trugen Seidenpyjamas. Welche Überraschung. Als Rose uns sah, verzog er das Gesicht zu einem breiten Grinsen.

»Buck! Flash! Ihr seid nicht tot!«, dröhnte er.

Gut erkannt.

Harlow trat schnuppernd auf uns zu und rümpfte die Nase. »Habt ihr mit Feuer gespielt, Jungs?«

»Wir nicht, aber Winn Farrow«, antwortete Spader prompt.

Ich warf ihm einen mahnenden Blick zu. Er sollte den Mund halten.

Rose und Harlow ließen sich auf die Couch fallen, um unseren Bericht anzuhören. »Ich würde euch ja auffordern Platz zu nehmen, Jungs, aber um ehrlich zu sein, ihr stinkt«, sagte Rose.

»Kein Problem«, erwiderte ich. »Wie wär's, wenn wir uns erst mal duschen und umziehen, bevor wir Ihnen erzählen, was passiert ist?«

»Seh ich wie ein geduldiger Mensch aus?«, versetzte Rose. »Erzählt es mir jetzt sofort.«

Spader sah mich an und erwartete offenbar, dass ich wie immer das Wort ergriff, doch jetzt, da ich vor Rose stand, wusste ich nicht, wie ich anfangen sollte. Totalabsturz im Gehirn sozusagen. Mir fiel absolut nichts ein.

Rose fügte hinzu: »Da ihr zwei nicht tot seid, nehme ich mal an, mein alter Freund Winn respektiert meine Forderung und wird sich raushalten, stimmt's?«

Ich musste mir schnellstens eine Geschichte einfallen lassen, die uns Zeit verschaffte, darüber nachzudenken, wie wir mit unserem Wissen am geschicktesten umgingen. Aber mir fiel immer noch nichts ein. Eine Sekunde später hatte es sich auch schon erübrigt.

»Winn Farrow will die *Hindenburg* abschießen«, platzte Spader heraus.

Ich schloss die Augen. Jetzt war es passiert. *Peng!* Spader hatte gerade etwas in Gang gesetzt, was jetzt unwiderruflich nicht mehr in unserer Hand lag.

Max Rose sprang überrascht auf. »Er will …?«

Er brachte den Satz nicht zu Ende. Hektisch begann

er im Zimmer auf und ab zu gehen. Ob ihr es glaubt oder nicht, er wirkte nicht nur überrascht, sondern richtig verstört. Das war das Letzte, womit ich gerechnet hätte. Max Rose war ein Typ, der nicht mit der Wimper zuckte, wenn er in die Revolvermündung seines Möchtegernmörders blickte. Aber jetzt, nachdem er gehört hatte, dass die *Hindenburg* womöglich in Flammen aufgehen würde, stand er haarscharf davor, die Fassung zu verlieren. Er stürzte an die Bar und goss sich einen Drink ein. Diesmal benutzte er nicht einmal den Slapstick-Wasserspritzer. Er brauchte was Starkes.

»Wie?«, wollte er wissen.

Ich schwieg. Jetzt war Spader an der Reihe.

»Er hat solche fiesen kleinen Raketen«, erklärte Spader. »Davon will er eine auf das Luftschiff abschießen, damit es in Brand gerät.«

»Meint ihr, das gelingt?«, erkundigte sich Rose.

»Sehen Sie uns an, Kumpel«, versetzte Spader. »Er hat eins von diesen Mistdingern in seinem Schlachthaus abgeschossen, während wir drin waren. Von dem Haus ist nichts mehr übrig.«

Rose kippte seinen Drink hinunter und wischte sich mit dem Ärmel seines teuren Bademantels über den Mund. Seine Hand zitterte. Harlow stand auf und ging mit geschmeidigen Schritten zu ihm hinüber.

»Mach dir keine Sorgen, Maxie«, sagte sie besänftigend. »Farrow hat gar nicht genug Grips, um so was durchzuziehen.«

Rose brach der Schweiß aus. »Ach nein?«, blaffte er sie an. »Und was, wenn das Glück auf seiner Seite ist? Weißt du, wie viel für mich in diesem Riesenballon drinsteckt?«

Ich nutzte die Gelegenheit, um zu fragen: »Was hat das Luftschiff denn an Bord?«

Rose hätte meine Frage wohl kaum beantwortet, wenn er nicht so aufgelöst gewesen wäre.

»Eine Zahlung«, schoss er zurück. »Ich habe für diese Deutschen eine Menge Arbeit geleistet. Ich habe ihnen Ausrüstung rübergeschickt und Werkzeuge und Schrottmetall und noch einiges mehr. Das Ganze hat mich Millionen gekostet. Ich habe mich für diese Nazi-Schleimer in Unkosten gestürzt. Hab bei einer Menge Leuten Schulden gemacht; bei der Sorte von Leuten, denen man lieber nichts schuldig bleibt. Wenn ich diese Zahlung nicht kriege …« Er sprach den Satz nicht zu Ende. Was auch immer dann geschähe, es würde unerfreulich werden. Max Rose hatte tatsächlich Angst, eindeutig.

»Warum stellen die Nazis Ihnen nicht einfach einen Scheck aus oder so?«, fragte ich.

»So einfach ist das nicht«, entgegnete Rose. »So eine Transaktion darf nicht nachvollziehbar sein. Durch niemanden. Wir mussten erfinderisch sein. In diesem Ballon ist Bargeld. Massenhaft. Außerdem schicken sie mir Wertpapiere und eine Ladung Diamanten. Lupenreine Diamanten. Ich erwarte sogar ein paar Gemälde von irgendwelchen berühmten Typen, die längst tot sind. Das sind Millionenwerte! Sie haben mir vorgeschlagen, mich auf diese Weise zu entlohnen, und ich habe mich einverstanden erklärt. Sie schicken das alles mit diesem Zeppelin, damit es keine Scherereien beim Zoll gibt. Ich *wusste* doch, dass an dem Plan was faul ist.«

Jetzt war mir klar, was Winn Farrow gemeint hatte, als er sagte, er wolle Max Rose an seiner empfindlichsten Stelle treffen. Wenn Farrow die *Hindenburg* zerstörte, wäre es das Ende von Max Roses geschäftlicher Karriere. Schlimmer noch – so verängstigt, wie der Gangsterboss aussah, wäre es vermutlich auch das Ende von Max Rose selbst.

»Es ist gut, Maxie«, säuselte Harlow beschwichtigend. »Dir wird schon was einfallen.«

Rose schenkte sich zur Beruhigung noch einen Drink ein. »Ihr Jungs habt eure Sache gut gemacht«, sagte er leise. »Das werde ich euch nicht vergessen. Jetzt verschwindet, ich brauche Zeit zum Nachdenken.«

Zeit zum Nachdenken – gute Idee, die könnte ich auch brauchen. Ich wünschte, ich hätte mehr Zeit zum Nachdenken gehabt, ehe Spader Max Rose alles eröffnete. Jetzt war eine Kettenreaktion in Gang gekommen, auf die wir keinen Einfluss mehr hatten; und das alles nur, weil ich nicht genug Zeit zum Nachdenken gehabt hatte.

Ich glaube, ich sollte mal einen Kurs im Schnelldenken belegen.

## Zehntes Journal
(Fortsetzung)

# Erste Erde

Spader und ich zogen uns hastig zurück und verließen Max Roses Penthouse auf dem schnellsten Weg. Anschließend gingen wir über die Treppe in die sechste Etage hinunter, um Dewey nicht zu begegnen. Wir wollten weder ihm noch sonst irgendwem erklären müssen, warum wir so ramponiert aussahen. Sobald wir in unserem Zimmer angekommen waren und die Tür hinter uns zugemacht hatten, stieß Spader einen Freudenschrei aus.

»Hobey, jawoll!«, brüllte er. »Rose schickt seine Gangster los, damit sie Farrows Plan durchkreuzen. Wir haben es geschafft! Die *Hindenburg* ist gerettet!«

Ich starrte Spader an. Allmählich kochte Zorn in mir hoch. »Ich habe dir doch gesagt, du sollst ihm nicht erzählen, was Farrow im Schilde führt.«

»Weiß ich ja, Kumpel, aber ich musste es ihm einfach sagen. Das war unsere Chance! Du hast ja den Mund nicht aufgemacht, also musste ich das übernehmen.«

»Und was, wenn es die falsche Entscheidung war?«, fragte ich mühsam beherrscht und innerlich brodelnd. »Hier geht es um mehr als um zwei verfeindete Gangster. Wir müssen an das gesamte Territorium denken.«

»Komm schon, Pendragon«, sagte Spader einschmeichelnd. »Du weißt selbst, dass es das Richtige war. Wir haben Saint Dane ein Schnippchen geschlagen. Wieder mal. Und gewonnen!«

»Mann o Mann, ich hoffe nur, dass du Recht behältst.«

Ich musste allein sein und nachdenken. Also zog ich mich ins Bad zurück, streifte die versengten Klamotten ab und stellte mich unter die warme Dusche, um das eingetrocknete Blut abzuwaschen. Die Schrammen und Prellungen waren recht harmlos und würden bald heilen, wir hatten beide mächtig Glück gehabt.

Während ich unter der Dusche stand, zermarterte ich mir das Hirn. Nicht nur wegen der *Hindenburg*, sondern auch wegen Spader. Er war von Rachedurst getrieben. Na schön, ich wollte Saint Dane genauso dringend das Handwerk legen, aber auch wenn Spader und ich auf derselben Seite standen, hatten wir doch sehr unterschiedliche Vorstellungen davon, wie diese Schlacht zu schlagen war. Ich hatte schon länger befürchtet, das könnte uns eines Tages zum Verhängnis werden. Dieser Tag war jetzt gekommen. Das Verhängnis war in vollem Gange.

Trotzdem durfte es hier nicht um mein angekratztes Ego gehen. Ich wollte es Spader nicht übel nehmen, dass er nicht auf mich gehört hatte. Wer bin ich denn? Ich bin auch nicht allwissend. Vielleicht hatte er das Richtige getan. Vielleicht war genau das unsere Aufgabe auf Erste Erde. Indem wir Farrows Pläne, die *Hindenburg* zu zerstören, aufgedeckt und Max Rose davon berichtet hatten, würden wir das Luftschiff womöglich retten.

Aber damit war ich bei dem Gedanken angekommen, der mich am meisten beunruhigte. So grauenhaft die Zerstörung der *Hindenburg* auch wäre, konnten wir nicht wissen, welche Rolle sie in Saint Danes Plan spielte. Saint Danes Ziel war, den Wendepunkt eines Territoriums auszumachen und dafür zu sorgen, dass die Wendung sich zum Schlechten vollzog. Die Frage war: Welche Bedeutung hatte die *Hindenburg* für den Wendepunkt auf Erste Erde? Sie war ein deutsches Luftschiff, aber hatte sie etwas mit dem bevorstehenden Krieg zu tun? Wäre der Krieg zu verhindern, indem man die *Hindenburg* rettete?

Es waren noch zu viele Fragen offen, um sich einzubilden, wir hätten unsere Mission auf Erste Erde schon erfüllt.

Als ich aus der Dusche kam, war Gunny da. Spader hatte ihm schon erzählt, dass Roses Gang jetzt bestimmt die *Hindenburg* retten würde. Gunny versuchte sich zu freuen, aber sein Blick verriet mir, dass er ebenso skeptisch war wie ich. Es war an der Zeit, die Fakten klar und deutlich auf den Tisch zu legen.

»Also eins weiß ich mit Sicherheit«, fing ich an. »Max Rose hat für die Nazis gearbeitet. Sie schulden ihm einen Batzen Geld. Er benötigt die Zahlung dringend und sie kommt mit der *Hindenburg*. Bargeld, Diamanten, Wertpapiere, Gemälde und was weiß ich noch alles. Das ganze Zeug kommt jetzt gerade über den Ozean angeschwebt. Winn Farrow, Roses Feind, weiß, wie wichtig die Zahlung für Rose ist, und darum will er die *Hindenburg* vom Himmel pusten.«

»Das ist aber eine ziemlich extreme Racheaktion«, warf Gunny ein.

»Farrow *ist* extrem«, versetzte Spader. »Aber jetzt weiß Max Rose, was er vorhat, und wird ihn daran hindern, das Luftschiff zu zerstören. Die *Hindenburg* ist gerettet! Eine Runde Sniggers!«

»Vielleicht«, schränkte ich ein.

»Rose macht das schon«, behauptete Spader zuversichtlich. »Du hast doch gesehen, was für eine Angst er hatte. Er wird alles tun, was in seiner Macht steht, um Farrow zu stoppen.«

»Aber hier geht es nicht bloß um eine Fehde zwischen zwei Gangstern«, wandte ich ein und gab mir alle Mühe, nicht zu frustiert zu klingen. »Hier geht es um den Wendepunkt auf Erste Erde. Wir haben immer noch nicht rausgekriegt, warum Saint Dane in dieser ganzen Geschichte überhaupt mitmischt.«

»Klar haben wir das«, widersprach Spader trotzig. »Es geht um den großen Kriegs-Natty-Do, der bevorsteht, nicht wahr? Um so was geht es bei Saint Dane doch immer.«

»Ja, aber was hat das mit der *Hindenburg* zu tun?«, fragte ich.

»Vielleicht eine ganze Menge«, versetzte Spader. »Gunny hat Recht: Ein kleines Ereignis löst das nächste aus und das wieder das nächste. Ich glaube, Saint Dane will dafür sorgen, dass der Krieg auch wirklich ausbricht, und aus irgendeinem Grund muss dafür dieser Zeppelin abgefackelt werden. Das heißt, wenn wir verhindern, dass jemand das Luftschiff abschießt, verhindern wir gleichzeitig auch den Krieg und Saint Dane hat verloren.«

»Vielleicht ist es wirklich so, wie Spader sagt«, warf Gunny ein. »Wenn wir den Krieg verhindern können, indem wir die *Hindenburg* retten, dann hätten wir Saint Dane tatsächlich gewissermaßen geschlagen.«

Spader grinste mich triumphierend an.

»Kann sein«, sagte ich. »Ich wünschte nur, wir wüssten es mit Sicherheit.«

»Komm schon, Pendragon, was soll da noch schief gehen?«, beharrte Spader. »Selbst wenn nicht gleich der ganze Krieg verhindert wird, retten wir mindestens die Menschen an Bord der *Hindenburg*. So oder so landen wir einen idiotensicheren Treffer.«

Spaders Argumente hatten tatsächlich etwas für sich, aber irgendwie war ich immer noch nicht hundertprozentig überzeugt. »Ich wünschte nur, wir wüssten genauer, was hier vor sich geht«, beklagte ich mich.

Wir schwiegen einen Moment lang. Schließlich sagte

Gunny leise: »Ich glaube, ich weiß, woher wir mehr Informationen kriegen können.«

»Echt? Woher denn?« Sofort klammerte ich mich an diese neue Hoffnung.

»Wir sind Reisende«, sagte er schlicht. »Wir können uns in die Zukunft dieses Territoriums flumen und dort herausfinden, wie sich die ganze Sache abgespielt hat.«

Meine Begeisterung verpuffte schlagartig. Natürlich wäre ich liebend gern nach Hause auf Zweite Erde gereist, aber ich wusste, dass es reine Zeitverschwendung wäre.

»Das bringt uns auch nichts«, entgegnete ich enttäuscht. »Klar könnten wir auf Zweite Erde ein bisschen über die *Hindenburg* und den Zweiten Weltkrieg forschen, aber was hilft uns das? Wir müssen rauskriegen, was passieren würde, wenn der Zeppelin *nicht* verunglückt.«

»Wer sagt denn, dass wir nach *Zweite* Erde reisen sollen?«, versetzte Gunny mit einem schelmischen Grinsen.

Im ersten Moment begriff ich nicht, was er meinte. Wenn wir einen Blick in die Zukunft von Erste Erde werfen wollten, dann mussten wir natürlich nach Zweite Erde reisen, das heißt, es sei denn …

»Meinst du das so, wie ich glaube, dass du es meinst?« Ich hatte Mühe, nicht völlig aus dem Häuschen zu geraten.

»Was meint er denn?«, erkundigte sich Spader.

Gunny antwortete: »Ich spreche natürlich von einer Reise nach *Dritte Erde*.«

»Es gibt eine Dritte Erde?«, fragte ich und riss mich zusammen, um nicht völlig übergeschnappt zu klingen. »Warst du schon mal dort? Welche Zeit ist da?«

»Ja, ich war dort«, antwortete er lächelnd. »Das Jahr ist 5010, glaube ich, oder so was um den Dreh.«

Ich musste mich setzen. Bei der Vorstellung, zu sehen, wie die Erde in drei*tausend* Jahren sein würde, wurde mir ganz schwindlig.

»Ich bin platt«, stieß ich hervor. »Aber im Ernst, warum würde uns eine Reise nach Dritte Erde mehr bringen als eine nach Zweite Erde?«

»Ich sagte ja, ich war schon dort«, antwortete Gunny. »Dein Onkel Press hat mit mir einen Ausflug dorthin unternommen, nachdem er mir eröffnet hatte, dass ich ein Reisender bin. Es war wie in einem Science-Fiction-Roman. Es gibt dort Bibliotheken, aber nicht solche, wie wir sie kennen. Nichts mit Büchern und Papier zum Anfassen. Sämtliche Informationen sind auf winzigen Fitzelchen gespeichert, nicht größer als Sandkörner. Die hatten da die gesamte Bibliothek von New York City auf einem von diesen Winzdingern. Stell dir das mal vor!«

Gunny sprach offenbar von einer Art Computer. Klar, bei mir zu Hause war ein Computer praktisch schon veraltet, sobald man ihn gekauft hatte, so rasant war der Fortschritt. Nicht auszudenken, wie weit die Entwicklung dann in dreitausend Jahren sein musste.

»So, wie ich es verstanden habe«, fuhr Gunny fort, »sind auf diesen Winzdingern sämtliche Informationen über alles gespeichert, was jemals geschehen ist. Ich schätze, wenn wir uns da hinflumen und mit Patrick reden ...«

»Patrick?«, fragte Spader.

»Das ist der Reisende von Dritte Erde. Netter Kerl. Und clever. Ich glaube, Patrick könnte da für uns ein bisschen nachforschen. Vielleicht verstehen wir dann besser, womit wir es hier zu tun haben.«

Dieser Bursche war einfach unschlagbar. Wie oft hatte Gunny uns jetzt schon aus der Patsche geholfen? Ich hatte das Zählen bereits aufgegeben.

»Fantastische Idee!«, rief ich. »Los, wir brechen sofort auf.«

Ich konnte gar nicht mehr stillsitzen. Ohne auch nur einen Gedanken daran zu verschwenden, wie lädiert und verpflastert ich war, fing ich sofort an, mich für die Reise anzuziehen. Aber im nächsten Moment fiel meine Begeisterung wie ein angestochener Luftballon in sich zusammen.

»Ohne mich«, verkündete Spader.

»Was soll das heißen? Wir bleiben alle zusammen!«, protestierte ich.

»Ich geh hier nicht weg«, beharrte Spader. »Hier steht zu viel auf dem Spiel, da können wir uns nicht mal eben wegflumen. Was, wenn wir zu spät zurückkommen?«

»Keine Sorge«, sagte ich. »Du weißt doch, die Zeit läuft in den Territorien nicht gleich ab. Wir könnten ein Jahr wegbleiben und trotzdem in einer Stunde wieder hier sein.«

»Das Risiko ist zu groß, Kumpel«, versetzte Spader entschlossen. »Das Luftschiff trifft morgen früh ein. Ich will hier sein, wenn es kommt, für den Fall, dass Max Rose es nicht schafft, Winn Farrow außer Gefecht zu setzen. Du hast Recht, wir dürfen uns nicht darauf verlassen, dass Rose uns die Arbeit abnimmt. Wenn er versagt, liegt es an uns, die *Hindenburg* zu retten.« Zu Gunny gewandt meinte er: »Wie weit ist es nach Lakehurst?«

»So um die hundertdreißig Kilometer«, antwortete Gunny. »Die Fahrt dauert an die vier Stunden. Mit dem Bus noch länger.«

»Seht ihr?«, trumpfte Spader auf. »Allein um da hinzufahren, brauchen wir schon eine ganze Weile. Ich will nicht riskieren zu spät zu kommen.«

»Aber Spader, ich hab doch gesagt, wir kommen rechtzeitig zurück«, erwiderte ich verzweifelt.

»Tut mir Leid, Kumpel«, versetzte er stur, »das Risiko kann ich nicht eingehen.«

Die Lage fing an, brenzlig zu werden. Wir waren ein Team. Ich musste Spader wieder auf Kurs bringen.

»Weißt du noch, was du im Taxi zu mir gesagt hast?«, erinnerte ich ihn. »Du sagtest, wir seien alle wichtig, aber ich sei derjenige, der uns zusammenhält. Und genau das tue ich jetzt. Ich halte uns zusammen. Nur gemeinsam haben wir eine Chance, Saint Dane zu schlagen. Du hast dein Leben aufs Spiel gesetzt, um mich zu retten, Spader. Ich brauche dich jetzt.«

Spader dachte einen Moment lang darüber nach. War ich endlich zu ihm durchgedrungen?

»Du hast Recht«, sagte er schließlich. »Das Ganze ist gar kein Problem. Ihr werdet locker rechtzeitig von Dritte Erde zurück sein. Dann stoße ich wieder zu euch und wir nehmen es gemeinsam mit Saint Dane und seinen Gangstern auf, als ob ihr nie weg gewesen wärt. Aber falls ihr doch nicht rechtzeitig zurückkehren solltet, muss jemand da sein, der dafür sorgt, dass das Luftschiff nicht abgeschossen wird. Und darum bleibe ich hier.«

Ich wusste nichts mehr zu sagen. Er hatte seine Entscheidung getroffen, und ehrlich gesagt war ich mir nicht einmal mehr ganz sicher, ob es die falsche war.

Dann stellte sich Spader vor mich hin und sagte: »Geh nach Dritte Erde. Versuch so viel wie möglich rauszufinden, das könnte uns eine große Hilfe sein. Aber lass mich hier bleiben, damit ich eingreifen kann, falls was schief läuft.«

Ich wusste, Gunny und ich würden rechtzeitig zurück sein, doch darum ging es nicht. Was mir Sorgen machte, war, dass Spader anfing eigene Wege zu gehen. Er war immer schon auf Action aus gewesen. Jetzt hatte er Saint Dane im Visier und wollte an ihm dranbleiben, selbst wenn es bedeutete, sich gegen meine Entscheidungen zu stellen.

»Tu, was du nicht lassen kannst«, sagte ich schließlich. »Wir treffen uns wieder hier und fahren alle drei nach Lakehurst. Zusammen.«

»Na also!« Damit verschwand Spader im Bad, um sich endlich zu säubern.

Ich konnte Gunny nicht in die Augen blicken. Mir kam es vor, als ob ich alles vermasselt hätte und das Team auseinander brach.

»Wenn er sich was in den Kopf gesetzt hat, ist es wohl unmöglich, ihn davon abzubringen«, sagte Gunny leise.

»Saint Dane ist stark und clever und viel mächtiger als wir alle«, erwiderte ich. »Wir müssen überlegt handeln und zusammenhalten, anders haben wir keine Chance gegen ihn.«

»Wir werden locker rechtzeitig wieder hier sein.«

»Ja, wahrscheinlich. Aber ich fürchte, Spader zieht jetzt einen Alleingang durch.«

Gunny schwieg. Er wusste, dass ich Recht hatte.

Ich wollte sofort aufbrechen, aber Gunny sagte, ich solle mich erst noch etwas ausruhen. Es war ein anstrengender Tag gewesen und ich war ziemlich lädiert. Die Vorstellung, ein bisschen zu schlafen, erschien mir auf einmal sehr verlockend. Er ließ mich allein und versprach, mich in ein paar Stunden abzuholen und mit mir zum Flume zu fahren.

Ich legte mich auf die Couch und schloss die Augen, doch ich konnte nicht einschlafen. Obwohl ich hundemüde war und dringend ein bisschen auftanken musste, arbeitete mein Gehirn fieberhaft an allen Fragen und Problemen zugleich, sodass ich keine Ruhe fand. Nach einer Weile stand ich wieder auf, setzte mich an die Schreibmaschine und tippte dieses Journal fertig.

Ich bin aufgeregt und habe zugleich Angst. Ich kann es noch gar nicht fassen, dass ich die Erde im Jahr 5010 erleben soll. Ist das nicht megacool? Ich wünschte nur, es wäre eine Spaß- und Entdeckungsreise, aber das ist es nicht. Die Art, wie sich die Dinge hier auf Erste Erde entwickeln, gefällt mir ganz und gar nicht.

Wenn ich aus meinen bisherigen Begegnungen mit Saint Dane eins gelernt habe, dann das: Immer wenn man meint, man hätte endlich den Durchblick, ändert er plötzlich die Spielregeln. So war es auf Denduron. So war es auf Cloral. Die Frage ist: Wird es hier auf Erste Erde wieder so sein?

Die Antwort darauf hoffe ich auf Dritte Erde zu finden.

Ich weiß, dass sich das total abgedreht anhören muss, aber wenn ich das nächste Mal an euch schreibe, Freunde, dann werde ich die Zukunft gesehen haben. Bleibt nur zu hoffen, dass es eine glückliche ist.

(Ende des zehnten Journals)

Elftes Journal

# Dritte Erde

Dies hier, Freunde, ist womöglich das wichtigste von allen meinen bisherigen Journalen.

Ich bin jetzt wieder auf Erste Erde. Den größten Teil dieses Journals habe ich auf Dritte Erde geschrieben, aber ich füge noch diesen Vorspann hinzu, damit ihr gleich wisst, wie kostbar diese Seiten einmal sein könnten. Ich weiß, ihr behandelt alle meine Journale, als wären sie wichtig, aber dieses hier könnte alle anderen toppen. Behandelt es, als wäre es aus purem Gold.

Gunny und ich sitzen in der U-Bahn zum Manhattan Tower Hotel. Wir sind von Dritte Erde zurück und uns läuft die Zeit davon. Wir müssen wieder zu Spader stoßen und es bis nach New Jersey schaffen, bevor die *Hindenburg* eintrifft. Aber vorher muss ich unbedingt noch aufschreiben, was ich auf Dritte Erde erfahren habe. Es ist nämlich genauso, wie ich befürchtet hatte: Saint Dane hat wieder mal die Spielregeln geändert. Das heißt, eigentlich hat er sie gar nicht wirklich geändert, sondern wir waren bisher einfach nicht clever genug, die Regeln zu erkennen. Aber jetzt wissen wir Bescheid, und ich kann euch gar nicht sagen, wie viel Angst mir das macht.

Grauenhaft ist kein Ausdruck für das, was wir auf Dritte Erde herausgefunden haben.

Ich hoffe, ihr lest dies, Mark und Courtney. Ich weiß, das habe ich schon früher geschrieben, aber jetzt meine ich es ernster als je zuvor. Denn wenn wir heute scheitern, wird die Geschichte völlig aus den Angeln gehoben und dann werdet ihr zwei wahrscheinlich nie geboren. Ich meine das völlig ernst. Ihr werdet nicht existieren. Und auch sonst wird fast nichts so sein, wie wir es kennen. Ich will euch keine Angst einjagen. Wenn ihr dies überhaupt lest, heißt das ja, dass wir gewonnen haben. Aber wenn ihr es nicht lest, dann wird das Journal, das ich jetzt schreibe, das einzige Zeugnis dafür sein, dass Mark Dimond und Courtney Chetwynde in Stony Brook, Connecticut, jemals existiert haben.

Das wäre tragisch, aber es wäre nur ein winziger Teil des Grauens, das bevorsteht, wenn wir Saint Dane nicht aufhalten.

Der größte Teil dieses Journals ist bereits geschrieben. Ich habe mich bemüht, jedes noch so winzige Detail zu notieren, denn schließlich ist das hier in vielerlei Hinsicht ein historisches Dokument.

Nachdem ich das zehnte Journal abgeschlossen hatte, habe ich es sicher in dem Schreibpult verstaut, wo ich auch schon das neunte aufbewahrte. Gunny hatte vorgeschlagen die Seiten binden zu lassen, aber dazu war vorerst keine Zeit.

Zuerst mussten wir unsere Reise in die Zukunft antreten.

Nachdem die Aufzeichnungen sicher untergebracht waren, schloss ich die Augen und versuchte doch noch ein wenig zu schlafen. Spader pennte bereits felsenfest. Umso besser, denn ich war es leid, mir ständig Sorgen darum zu machen, was er als Nächstes anstellen würde, und ihn zur Vorsicht zu ermahnen. Ich hoffte, ich würde in Zukunft auf ihn zählen können, aber im Augenblick wollte ich lieber nicht mit ihm reden.

Unser Plan stand fest. Gunny und ich würden uns nach Dritte Erde flumen und Spader würde hier warten für den Fall, dass wir nicht rechtzeitig zurückkämen. So nervös ich auch war, schließlich bin ich dann wohl doch noch kurz eingenickt. Das hatte ich auch dringend nötig. Allerdings kann ich nicht lange geschlafen haben, als Gunny mich auch schon wachrüttelte.

»Bereit für die Reise in die Zukunft?«, fragte er lächelnd.

»Startklar«, antwortete ich, mit einem Schlag hellwach.

Ich war völlig überdreht von der irren Vorstellung, dreitausend Jahre in die Zukunft zu springen, auch wenn ich mir gewünscht hätte, dass wir es aus weniger dramatischem Anlass täten. Gunny und ich fuhren mit der U-Bahn in die Bronx. Nach zweimal Umsteigen fanden wir uns in der vertrauten Station wieder, von der ich schon so oft aufgebrochen war. Es war allerdings nach wie vor eigenartig, sie in Betrieb zu erleben. Ich verband diesen Ort immer mit dem ersten Mal, als ich mit Onkel Press auf Zweite Erde herkam und die Station stillgelegt war. Musste das nicht schon eine Million Jahre her sein? Mir kam es jedenfalls so vor.

In Anwesenheit von so vielen Leuten war es gar nicht einfach, unbemerkt auf die Schienen hinabzusteigen, um zum Tor zu gelangen. Wir wollten ja nicht, dass jemand Alarm schlug und die Polizei rief, weil zwei Irre sich auf die U-Bahn-Schienen gestürzt hatten. Doch Gunny hatte schon Erfahrung damit, wie man es am geschicktesten anstellte. Wir gingen bis zum Ende des Bahnsteigs und warteten, bis die nächste Bahn einfuhr. Die Türen gingen auf, Leute stiegen ein und aus, die Türen gingen wieder zu und der Zug verließ die Station. Das war der günstigste Moment für unser Manöver, denn zu diesem Zeitpunkt war die Station ziemlich leer. Sobald die Bahn abgefahren war, sprangen wir runter auf die Gleise und rannten zum Tor.

Niemand hatte uns bemerkt, niemand schlug Alarm. Geschafft.

»Nach dir«, sagte Gunny und deutete auf die Mündung des Flumes. Wir hatten beschlossen einzeln zu reisen. Gunny war zu groß, als dass wir uns im Tandem hätten flumen können, und wir hatten beide wenig Lust, bei unserem Flug durch Zeit und Raum ständig mit den Köpfen aneinander zu stoßen. Außerdem reiste ich gern solo. Ich genoss es, Zeit zum Nachdenken zu haben.

»Muss ich irgendwas beachten?«, erkundigte ich mich. »Ich meine, gibt es am anderen Ende etwas, worauf ich mich gefasst machen sollte?«

»Du solltest dich auf eine ganze Menge gefasst machen«, entgegnete Gunny. »Aber nichts, worüber du dir Sorgen machen müsstest.«

Ich trat vor die Flumemündung. Offen gestanden hatte ich Gänsehaut. Das hier war keine gewöhnliche Flumereise – sofern man eine Flumereise überhaupt jemals als gewöhnlich bezeichnen kann. Nein, das hier kam mir eher vor, als ob ich in eine Zeitmaschine stiege. Nächster Halt: in dreitausend Jahren.

*»Dritte Erde!«,* rief ich.

Das Flume erwachte zum Leben. Aus der Ferne sah ich funkelndes Licht auf mich zukommen, begleitet von den vertrauten Klängen, die mich im nächsten Moment einsaugen und in die Zukunft meines eigenen Territoriums befördern würden. Ich war voller freudiger Erwartung, aufs Äußerste gespannt und zugleich auf das Schlimmste gefasst. Aber so ergeht es wohl im Grunde allen Reisenden ständig.

»Guten Flug!«, rief Gunny noch.

Gleich darauf fühlte ich eine prickelnde Energie, einen leichten Sog und dann wurde ich in das Flume hineingezogen.

Die Reise verlief ereignislos – jedenfalls so ereignislos, wie ein rasend schneller Flug durch einen Zeit- und Raumtunnel eben sein kann. Ich genoss es, für eine Weile mit meinen Gedanken allein zu sein, und versuchte mir vorzustellen, wie es auf der Erde im Jahr 5010 wohl zuging. So richtig Science-Fiction-mäßig hypermodern? Oder würde die Welt wieder von Affen bevölkert sein wie in *Planet der Affen?* Letzteres machte mir allerdings keine übermäßigen Sorgen – solch eine Kleinigkeit hätte Gunny wohl doch vorher erwähnt.

Ich weiß nicht, wie lange die Reise dauerte. Das heißt, wenn ich so darüber nachdenke, dauerte sie wohl um die dreitausend Jahre. Aber wenn man in einem Flume steckt, vergeht die Zeit im wahrsten Sinne des Wortes wie im Flug. Es kam mir tatsächlich nur wie ein paar Minuten vor. Ich spürte einen leichten Druck auf der Brust und Sekunden später stand ich wieder auf den Füßen, allerdings an einem ziemlich überraschenden Ort.

Ich befand mich wieder in der Mündung desselben Flumes, hinter demselben Tor und starrte dieselben Felswände an, die ich gerade erst hinter mir gelassen hatte.

Nanu? War mir etwa ein Fehler unterlaufen? Hatte ich versehentlich *Erste* statt *Dritte* Erde gesagt? Hatte ich irgendwo in der Flumewelt eine Hundertachtzig-Grad-Wendung gemacht? Während ich mich noch wunderte, näherten sich hinter mir die Klänge der Musik. Gunny würde jeden Moment eintreffen. Ich sprang zur Seite, gerade noch rechtzeitig, bevor er in einem funkelnden Lichtwirbel landete.

»Ähm … haben wir was falsch gemacht?«, fragte ich. »Wir sind wieder auf Erste Erde.«

»Nö, alles bestens«, erwiderte Gunny.

Er ging an den Rand der Höhle, wo ein Stapel Kleidung lag. Den hatte ich bei meiner Landung noch gar nicht bemerkt. Ich war vollauf damit beschäftigt gewesen, mich zu wundern. »Sieht nur aus wie Erste Erde«, fügte er hinzu, während er in dem Kleiderhaufen wühlte.

Das beruhigte mich ein bisschen. Wir würden keine völlig bizarre und fremde Welt betreten. Allerdings muss ich gestehen, dass ich zugleich etwas enttäuscht war. Irgendwie hätte es mich schon gereizt, eine völlig bizarre und fremde Welt zu betreten.

»Ich habe keine Ahnung, woher diese Sachen immer kommen«, bemerkte Gunny, der nach wie vor mit dem Kleiderhaufen beschäftigt war.

Ich ging zu ihm und nahm die Kleidung auch in Augenschein. »Onkel Press hat gesagt, darum kümmern sich die Akoluthen.«

»Akoluthen?«, wiederholte Gunny verdutzt. »Was sind denn Akoluthen?«

»Weiß ich auch nicht so genau. Ich hab noch nie einen gesehen. Aber Onkel Press hat mir mal erklärt, dass es Leute aus dem jeweiligen Territorium sind, die den Reisenden helfen. Was es sonst noch mit ihnen auf sich hat, keine Ahnung.«

Erfreut stellte ich fest, dass die Kleidung überhaupt keinen abgedreht-futuristischen Eindruck machte. Ich suchte mir eine ganz normal aussehende Khakihose und einen marineblauen Rollkragenpulli aus. Es gab sogar stinknormale Socken und Boxershorts! Das einzig Futuristische waren die Schuhe. Sie sahen überhaupt nicht wie Schuhe aus, sondern erinnerten eher an überdimensionale weiße Donuts. Allerdings nur so lange, bis man hineinstieg. Dann schmiegten sie sich augenblicklich um die Füße und saßen buchstäblich wie angegossen. Wie die Kopfmasken in Cloral passten sie sich dem jeweiligen Träger an. Cool.

Gunny hatte ein gewöhnliches weißes Hemd mit Knöpfen und eine schwarze Hose angezogen. Dazu wählte er ein Paar schwarze Donutschuhe aus. Weiße Schuhe waren nicht sein Stil. Zusammen mit einer schwarzen Jacke ergab das Ganze ein richtig schickes Outfit. Aus der Jackentasche zog Gunny eine kleine silbrige Karte im Scheckkartenformat hervor.

»Was ist das?«, erkundigte ich mich.

»So 'ne Art Telefon«, erklärte er.

»Telefon?«

»Mhm. Das brauchen wir, um uns mit Patrick in Verbindung zu setzen. Frag mich nicht, wie das Ding funktioniert, für mich ist es Zauberei.« Er drückte einen Knopf auf der Karte und eine rote Lampe blinkte zweimal auf. Dann blinkte sie grün und erlosch wieder. »Jetzt weiß er, dass wir hier sind«, verkündete Gunny. »Er kommt uns gleich abholen.«

»Cool. Ähm, können wir uns vielleicht ein bisschen umsehen?«

Gunny grinste. Ihm war klar, dass ich darauf brannte, zu erfahren, wie die Zukunft aussah. »Dazu sind wir schließlich hergekommen«, erwiderte er. »Auf geht's.« Er ging voran zu der Holztür, die das Tor zum Flume bildete.

Bevor er sie öffnete, fragte ich: »Gibt es hier Probleme mit Quigs?«

»Quigs? Du meinst diese Hundeviecher mit den gelben Augen? Nö. Wenn die merken, dass du keine Angst vor ihnen hast, lassen sie dich in Ruhe.«

Das war nicht, was ich hören wollte. Ich *hatte* Angst vor diesen Hundeviechern mit den gelben Augen. Ich hoffte, Gunnys mutige Ausstrahlung möge ausreichen, um meine Angstausstrahlung zu überdecken. Gunny öffnete die Tür und wir verließen das vertraute Terrain. Ich hatte damit gerechnet, in denselben U-Bahn-Tunnel zu gelangen wie auf Erste und Zweite Erde, aber stattdessen erwartete uns etwas völlig anderes.

Wir standen tatsächlich in einem U-Bahn-Tunnel, nur dass er absolut nicht so aussah, wie ich ihn kannte. Zunächst mal war es hell. An der Decke verliefen lange Röhren, die weißes Licht ausstrahlten. Auch die Wände waren weiß, glänzend und makellos sauber. Kein Vergleich mit den U-Bahn-Tunneln, an die ich gewöhnt war. Am Boden verliefen zwei silberne Gleise in etwa drei Meter Abstand voneinander. Anscheinend war die U-Bahn der Zukunft eine Monorailbahn wie in Disney World.

Der Tunnel erstreckte sich endlos nach beiden Richtungen. Vor uns konnte ich die Lichter der Station sehen. Es gab sie also noch. Ich fragte mich, ob sie inzwischen wieder benutzt wurde, nachdem sie auf Zweite Erde stillgelegt war.

Gleich darauf hörten wir ein lautes *Klack*. Als wir uns hastig umsahen, stellten wir fest, dass sich das Tor hinter uns geschlossen hatte. Hätte ich es nicht besser gewusst, ich hätte gesagt, es sei verschwunden, so nahtlos fügte es sich in die Wand ein. Man musste schon ganz genau hinsehen, um den Umriss zu erkennen. Irre! Von innen war es das altbekannte Holztor, die Außenseite jedoch war weiß und glänzend wie die übrige Tunnelwand. Es gab nur einen Hinweis darauf, dass sich an dieser Stelle überhaupt ein Tor befand: In die Wand war das vertraute Sternsymbol eingeritzt, das alle Flumetore kennzeichnet.

»Wir sollten zusehen, dass wir hier wegkommen«, sagte Gunny. »Ich habe keine Lust, vor eine Bahn zu geraten.«

Vor lauter Aufregung rannte ich so schnell, dass ich

Gunny abhängte. Nachdem ich hastig auf den Bahnsteig gesprungen war, half ich Gunny, der mich gleich darauf einholte, ebenfalls hoch. Dann drehte ich mich um und sah zum ersten Mal eine U-Bahn-Station auf Dritte Erde.

Der Anblick haute mich um.

Die Station war in Betrieb, klarer Fall. Sehr belebt war sie nicht. Nur eine Hand voll Leute gingen auf und ab, während sie auf ihre Bahn warteten. Sie sahen eigentlich ziemlich normal aus. Die Menschen schienen sich in dreitausend Jahren überhaupt nicht verändert zu haben.

Ganz im Gegensatz zu der U-Bahn-Station. Sobald ich mich ein paar Schritte von der Bahnsteigkante entfernte, bot sich mir ein überwältigender Anblick. Ich stand an einem Geländer und blickte auf ein riesiges unterirdisches Einkaufszentrum hinunter. Es reichte bestimmt fünfzig Stockwerke in die Tiefe! Stellt euch das größte Einkaufszentrum vor, das ihr je gesehen habt, und multipliziert es, sagen wir mal, mit vierzig, dann habt ihr eine ungefähre Vorstellung von dieser Anlage. Und das alles unter der Erde! Wir standen ganz oben und blickten auf endlose Etagen mit massenhaft Läden und Restaurants hinunter. In einem Bereich entdeckte ich sogar etwas, das nach Eingängen zu Privatwohnungen aussah.

Auf sämtlichen Etagen herrschte reger Betrieb. Manche Leute gingen zu Fuß, aber die meisten benutzten merkwürdige zweirädrige Roller, mit denen sie schnell und lautlos dahinglitten. Ganz unten entdeckte ich einen gigantischen Teich, quasi einen See unter Dach, wo Leute schwammen und Ball spielten. Das Gewässer war so groß, dass manche sogar mit Kajaks umherpaddelten.

Das Ganze war eine riesige unterirdische Stadt in der Bronx. Besser gesagt, *unter* der Bronx.

Gunny trat schweigend neben mich. Ich glaube, er wollte mir Zeit lassen, den ersten Schock zu verdauen.

Nach einer Weile sprach er mich an: »Na, was sagst du dazu?«

»Umwerfend ist wohl noch der passendste Ausdruck«, antwortete ich ehrfürchtig.

»Soweit ich es verstanden habe, wurde der Platz auf der Erdoberfläche mit der Zeit immer knapper«, erklärte Gunny. »Irgendwann haben die Menschen dann beschlossen, den einzigen noch nicht erschlossenen Raum auf der Erde zu besiedeln.«

»Das Erdinnere«, ergänzte ich.

»Genau«, bestätigte Gunny. »Patrick hat mir erzählt, dass dies hier gar nichts Besonderes ist. Solche unterirdischen Städte gibt es überall auf der Welt.

Ich sah zu, wie die Leute geschäftig umherliefen, als ob sie das Ganze völlig normal fänden. Ich schätze, für sie *war* es tatsächlich normal, aber ... wow! Außerdem sah ich Menschen jeglicher Hautfarbe. Offenbar wurde hier niemand wegen seiner Herkunft oder ethnischen Zugehörigkeit diskriminiert. Vielleicht hatten die Menschen endlich doch gelernt friedlich miteinander auszukommen.

»Es wird noch besser«, sagte Gunny.

Er führte mich zur Rolltreppe, die uns an die Oberfläche brachte. Unterwegs sah ich noch, wie eine U-Bahn in die Station einfuhr. Kein Rattern der Räder auf dem Metall, keine kreischenden Bremsen; die Bahn glitt mit einem leisen Summen in die Station. Wirklich cool. Und absolut Disney-mäßig.

Auf der Rolltreppe musste ich mich beherrschen, nicht schon wieder vorauszustürmen. Ich brannte darauf, endlich zu erfahren, wie Dritte Erde überirdisch aussah.

Während der Fahrt nach oben sagte Gunny: »Ich

schätze, irgendwann in ihrer Entwicklung ist die Menschheit endlich klug geworden. Statt weiterhin immer mehr und immer größer zu bauen, haben die Leute eingesehen, dass sie mit dem, was sie hatten, achtsam umgehen mussten, wenn sie noch länger etwas davon haben wollten.«

»Und was haben sie dann gemacht?«, fragte ich.

»Sieh selbst«, erwiderte Gunny.

Wir waren jetzt an der Oberfläche angekommen. Ich erwartete, die Bronx betriebsam wie eh und je vorzufinden. Tatsächlich waren wir in der Bronx, aber sie war völlig anders, als ich sie kannte.

Das Erste, was ich sah, war Gras. Massenhaft. Die Gegend sah aus wie ein Park! An einem riesigen See saßen Leute im Schatten grüner Bäume und angelten. Die Landschaft war auch nicht flach wie zu meiner Zeit, sondern es gab Hügel und Felsen und sogar eine Fußgängerbrücke über den Fluss, der den See speiste. Die Sonne strahlte vom wolkenlos blauen Himmel. Ich nahm sogar einen vertrauten Geruch wahr. Es roch nach …

»Kiefern«, sagte Gunny. »Der Geruch kommt von den Kiefern.«

Er musste meine Gedanken gelesen haben. Der grüne U-Bahn-Kiosk stand am Rand eines dichten Kiefernwäldchens. Kein Vergleich zu dem chemischen Abgasgeruch von Erste Erde.

Hier und dort standen vereinzelte, merkwürdig aussehende Gebäude, die wie unordentlich aufgetürmte Kistenstapel wirkten. Das mussten Apartmenthäuser sein, denn auf den Balkonen sah ich Leute, die plauderten, lasen, spielten oder sich sonst wie die Zeit vertrieben.

Es gab auch Straßen, aber sie waren nicht im Schachbrettmuster angelegt, wie ich es kannte, sondern verliefen in sanften Kurven, die sich der Landschaft anpassten. Auf diesen Straßen fuhren kleine Autos, offenbar mit Elektroantrieb, denn man hörte nichts als ein leises Summen. Viele Leute fuhren Rad, gingen zu Fuß oder flitzten auf diesen zweirädrigen Gefährten umher, die ich bereits unter der Erde gesehen hatte. Mir fiel auf, dass eine Menge kleine dunkelgrüne Schutzdächer herumstanden. Unter einem solchen waren wir gerade herausgekommen. Offenbar schützten diese Dächer die Eingänge zu dem unterirdischen Komplex.

»Als ich zum ersten Mal hier war, habe ich genauso dagestanden und alles angestarrt wie du jetzt«, sagte Gunny. »Und dann hatte ich so ein wunderbares, warmes Gefühl.«

»Warum?«, fragte ich.

»Weil mir klar wurde, dass wir endlich doch den richtigen Weg gefunden haben, auch wenn es ein paar tausend Jahre gedauert hat.«

»Es ist unglaublich«, sagte ich. »Warum hast du uns nicht davon erzählt?«

»Ich fand, dass wir auf Erste Erde Dringenderes zu tun hatten«, erwiderte Gunny. »Die Zukunft läuft uns nicht weg. Wir müssen uns auf die Gegenwart konzentrieren.«

Plötzlich rief hinter uns eine freundliche Stimme: »Mir scheint, wir haben Touristen in der Stadt!«

Als wir uns umdrehten, stand da ein kleines Auto, kaum größer als ein Golfcart, allerdings viel schnittiger gebaut. Das vordere Ende lief spitz zu und die Räder waren normal groß. Das Gefährt war silbern, hatte ein offenes Verdeck und vier Sitze in Fahrtrichtung.

Am Steuer saß ein Bursche in den Zwanzigern, der langes braunes Haar, strahlende Augen und ein ebenso strahlendes Lächeln hatte. Er war wie ein ganz normaler Typ von Zweite Erde gekleidet: Jeans und ein dunkelgrünes, kurzärmeliges Hemd.

»Tag, Patrick«, begrüßte Gunny ihn. »Danke, dass du so prompt erschienen bist.«

Patrick sprang aus dem Auto und umarmte Gunny herzlich. »Schön, dich zu sehen, Gunny. Wo steckt unser tollkühner Freund?«

Gunny deutete auf mich und sagte: »Dies hier ist sein Neffe, Bobby Pendragon.«

Patrick begrüßte mich mit einem festen Händedruck. »Pendragon! Press hat mir schon erzählt, dass du irgendwann hier auftauchen würdest. Ich freue mich, dich kennen zu lernen.«

»Ganz meinerseits«, sagte ich.

»Und? Wo steckt er?«, fragte Patrick noch einmal.

Gunny warf mir einen Blick zu. Diese Frage musste ich beantworten.

»Press ist tot«, erklärte ich leise. Ich wusste nicht, wie ich es sonst hätte sagen sollen.

In Patricks Gesicht zeichnete sich echte Betroffenheit ab. Wir drei schwiegen einen Moment lang im Gedenken an meinen Onkel.

»Das tut mir Leid, Bobby«, meinte Patrick schließlich. »Dein Onkel war wie ein Bruder für mich. Er wird mir fehlen.«

Ich nickte. Ganz gleich wohin Onkel Press kam und mit wie vielen Menschen er Kontakt hatte, überall gewann er Freunde. Mit einer Ausnahme: Saint Dane.

»Kurz bevor er starb, hat er mir noch gesagt, es hat so sein sollen«, sagte ich. »Es fällt mir schwer, das zu glauben.«

»Ich weiß«, erwiderte Patrick behutsam. »Aber Press war davon überzeugt. Und so wahr wir hier stehen, ich kann mich nicht erinnern, dass er sich jemals in etwas getäuscht hätte.«

Ich nickte.

»Wir brauchen deine Hilfe, Patrick.« Mit diesen Worten lenkte Gunny das Gespräch wieder auf unser eigentliches Anliegen. »Ich dachte, du könntest vielleicht mit uns in die Bücherei gehen.«

»Klar doch. Steigt ein.«

Da es mein erster Besuch auf Dritte Erde war, setzte Gunny sich auf den Rücksitz und überließ mir den Platz neben Patrick. Mein neuer Reisender-Freund trat aufs Gaspedal und wir flitzten los.

»Kennst du die New York Public Library in Manhattan?«, fragte er mich.

»Nur von außen«, antwortete ich. »Das ist das Gebäude mit den großen Steinlöwen am Portal, stimmt's? Gibt es die noch?«

»Ja. Aber … nun ja, es hat sich einiges verändert.«

»Was du nicht sagst«, versetzte ich.

Patrick lachte. »Ich bin auf Erste und Zweite Erde gewesen. Ich weiß, was du meinst«, versicherte er. »Aber es gibt noch viele Verbindungen zur Vergangenheit. Allgemein herrscht die Auffassung, dass man die Geschichte respektieren und in Ehren halten soll. Wart es nur ab, dann siehst du es selbst.«

Zu sagen, es hätte sich einiges verändert, war die größte Untertreibung aller Zeiten. New York City, wie ich es kannte, existierte nicht mehr.

Dies war einmal eine Stadt gewesen, in der jeder Quadratzentimeter asphaltiert oder bebaut war. Die Straßen waren rappelvoll gewesen mit Verkehr, Leuten, Lärm und Abgasen. Ich will ja nichts gegen New York sagen, aber ruhig ging es dort zu meiner Zeit wirklich nicht zu. Das New York von 5010 war völlig anders.

Wir fuhren in dem geräuschlosen Auto auf einer gewundenen Straße über Land. Entlang der fast leeren

Fahrbahn standen Bäume. Zu beiden Seiten erstreckte sich eine herrlich grüne Hügellandschaft. Hier und da sah ich eins dieser merkwürdigen Kistenstapelhäuser, in denen Menschen wohnten, aber davon abgesehen hätte man glauben können, man sei irgendwo in einer völlig abgelegenen Gegend. Es gab sogar ein paar Bauernhöfe mit üppigen Obstgärten. Als wir an einem vorbeifuhren, roch ich den unverkennbaren Duft von Apfelbäumen.

»Wo sind all die vielen Menschen geblieben?«, fragte ich.

»Ich erklär es dir in Kurzfassung«, erwiderte Patrick. »Mitte des einundzwanzigsten Jahrhunderts gingen uns die natürlichen Ressourcen aus. Die Luftverschmutzung war schlimmer denn je und die Überbevölkerung dramatisch. Die Regierungen mussten sich etwas einfallen lassen, sonst wäre es zur Katastrophe gekommen. Von da an verfolgten die Staaten dieser Welt nicht mehr jeder für sich nur die eigenen Interessen, sondern sie handelten gemeinsam zum Wohl der Weltbevölkerung.«

»Und dann gingen die Menschen unter die Erde?«, fragte ich.

»Das war einer der Lösungsansätze. Zuerst wurden Produktion und Energieerzeugung unter die Erde verlegt. Näher am Erdinneren gibt es Kraftwerke.«

»Unglaublich«, stieß ich hervor.

»Das Ganze dauerte mehr als tausend Jahre, aber bis zum Jahr 4000 waren Industrie und Handel komplett unter die Erde verlegt worden, von den Fabriken bis zu den Gap-Läden.«

»Es gibt bei euch immer noch Gap?«, erkundigte ich mich.

»Ich glaube, der Pulli, den du gerade anhast, ist von dort.«

Ich nahm meinen Pullover genauer in Augenschein. Er sah nicht wesentlich anders aus als die Pullis, die es auf Zweite Erde zu kaufen gab. Gute alte Gap-Klamotten. Einfach zum Wohlfühlen.

»Die einzigen Betriebe, die an der Oberfläche blieben, sind Bauernhöfe und ein paar Solaranlagen«, erklärte Patrick. »Die meisten großen Sonnenkraftwerke stehen draußen im Westen in unbewohnten Gegenden.«

»Klingt vernünftig«, bemerkte ich.

»Dann begannen auch die Menschen unter die Erde zu ziehen. Es gibt dicht unter der Erdoberfläche riesige Wohnkomplexe, die untereinander durch ein Schienennetz verbunden sind.«

»Kriegt man da keine Platzangst?«, erkundigte ich mich.

»Nicht so schlimm wie damals an der Oberfläche. Uns ging einfach der Platz aus. Das war auch der Grund für einen weiteren Schritt. Wir sind nicht nur in die Tiefe gegangen, sondern auch in die Höhe.«

»In die Höhe?«

»Weltraumkolonien. Es begann Ende des 21. Jahrhunderts mit der Raumstation Alpha. Wenig später folgten ein paar größere Raumplattformen in der Erdumlaufbahn. Diese dienten als Sprungbrett zu weiter entfernten Siedlungen. Die nächste entstand auf dem Mond. Bis zum Jahr 3000 gab es dort mehrere Kolonien mit jeweils tausend Bewohnern. Der Mars war als Nächstes dran, gefolgt von der Venus und zwei Monden des Jupiters. Nach der letzten Zählung leben hundertfünfundfünfzig Millionen Menschen außerhalb des Planeten. Damit – und aufgrund der Tatsache, dass die Menschen endlich angefangen haben vernünftige Familienplanung zu betreiben – ist es uns schließlich gelungen, das Bevölkerungswachstum zu stoppen.«

Eine solche Zukunft hätten sich zu meiner Zeit nur Science-Fiction-Autoren ausmalen können.

»Gibt es auch Unterwasserkolonien im Meer?«, wollte ich wissen.

»Durchaus«, bestätigte Patrick. »Allerdings nicht in nennenswertem Umfang. In den Unterwasserhabitaten leben nur ein paar Millionen Menschen.«

»*Nur* ein paar Millionen? Nicht nennenswert? Das ist ja umwerfend!«

»Ich sag dir, was umwerfend ist«, versetzte Patrick. »Sobald die Menschen sich von der Erdoberfläche zurückzogen, gewann die Natur wieder die Überhand. Die Luftverschmutzung ging zurück, Luft und Wasser wurden allmählich wieder sauberer. Die Wälder erholten sich, zuerst die Regenwälder in Südamerika. In vielerlei Hinsicht war es, als hätte die Erde in ihrer Entwicklung einen riesigen Schritt zurück getan.«

»Aber was ist aus all dem Zeug geworden? Ich meine, die meisten Häuser und Straßen sind verschwunden. Wo ist das Material geblieben?«

»Es wurde alles nach und nach abgetragen. Das Ganze war eine Art gigantisches Recyclingprojekt. Ein großer Teil des Materials von der Oberfläche wurde für den Bau der unterirdischen Städte wiederverwertet. Allerdings fielen auch Milliarden Tonnen Material an, das nicht mehr verwendet werden konnte, wie zum Beispiel Straßenbeläge. Ganz zu schweigen von dem Erdaushub vom Bau der unterirdischen Städte. Dieses Material wurde größtenteils zur Landschaftsgestaltung verwendet. Die Hügel, die du da siehst, wurden aus den abgerissenen Straßen und Häusern von New York aufgeschüttet. Dahinter stand der Gedanke, die Wunden, die die Menschheit der Erdoberfläche zugefügt hatte, zu heilen und unsere Ressourcen für die Zukunft zu bewahren.«

»Es leben aber doch immer noch Menschen an der Oberfläche?«, fragte ich.

»Ja, klar. Es gibt nach wie vor überall auf der Welt Städte. Ich schätze, das Verhältnis zwischen ober- und unterirdisch Wohnenden ist ungefähr halb und halb. Aber auch die Untergrundbewohner verbringen eine Menge Zeit an der Oberfläche. Die Menschen machen immer noch Urlaub am Meer oder gehen in den Bergen Skilaufen, daran hat sich gegenüber Zweite Erde nicht viel geändert. Wenn du willst, können wir uns mal ein Spiel der Yankees ansehen.«

»Es gibt noch ein Yankee-Stadion?«

»Selbstverständlich«, entgegnete Patrick lächelnd. »Es gibt Dinge, an denen man einfach nichts ändern sollte.«

»Das ist wirklich … perfekt«, war alles, was ich herausbrachte.

Patrick lachte. »Nein, nichts ist perfekt. Aber es ist besser als die Richtung, die die Menschheit früher eingeschlagen hatte.«

Den Rest des Weges zur Bibliothek legten wir schweigend zurück. Natürlich hatte ich noch eine Million Fragen, aber ich wollte nicht mehr so viel nachdenken und stattdessen lieber die Gegend auf mich wirken lassen. Gunny hatte Recht, es war ein gutes Gefühl. Es hatte einige Zeit gedauert, aber anscheinend hatte die Menschheit jetzt endlich den richtigen Weg gefunden.

Wir fuhren zügig in Richtung Manhattan. Je näher wir der Insel kamen, desto klarer wurde mir, was Patrick mit *Verbindungen zur Vergangenheit* gemeint hatte. Zwar war die Landschaft größtenteils in ihren Naturzustand zurückversetzt, aber dennoch waren auch oberirdisch noch viele Bauwerke erhalten geblieben, zum Beispiel die Brücken über die Flüsse, zwischen denen Manhattan lag.

Auch das Empire State Building stand noch, allerdings hatte es eine glänzende Hightech-Stahlfassade. Ich war mir nicht sicher, ob das Gebäude noch dasselbe war wie zu meiner Zeit, aber jedenfalls stand es da als gewaltiges Monument der Vergangenheit. Wirklich cool. Überhaupt war Manhattan etwas dichter bebaut als die Bronx. Es gab mehr Straßen und erheblich mehr von diesen Kistenstapel-Apartmenthäusern; insgesamt wirkte alles etwas städtischer. Dennoch machte es einen anheimelnden, lebensfreundlichen Eindruck.

Trotzdem hatte ich das Gefühl, dass etwas nicht stimmte.

Je mehr ich von dieser neugeborenen Welt sah, desto unbehaglicher wurde mir zumute. Ich konnte es nicht in Worte fassen, weil ich zu dem Zeitpunkt selbst noch nicht recht wusste, was es war, aber mich beschlich eine seltsame Unruhe. Ich sagte nichts, doch in meinem Hinterkopf rumorte es spürbar.

»Da wären wir«, verkündete Patrick und brachte das Fahrzeug vor der Bibliothek zum Stehen.

Erfreut stellte ich fest, dass die beiden steinernen Löwen, die ich von Zweite Erde kannte, immer noch den Eingang bewachten. Auch die breite Zementtreppe vor dem Portal war noch dieselbe. Das Gebäude selbst hingegen war ein gänzlich anderes. Ich kannte die Bibliothek als einen großen, imposanten Bau mit Rundbögen und Säulen, die an das alte Rom erinnerten. Offenbar gab es dieses Gebäude längst nicht mehr. An seiner Stelle stand ein kleiner, moderner Bau, nicht viel größer als die Stadtbücherei von Stony Brook.

»Das hier ist es?«, fragte ich überrascht. »Das ist aber ziemlich … klein.«

Lachend sagte Patrick: »Wir benutzen schon seit rund zweitausend Jahren keine herkömmlichen Bücher mehr. Die haben so wahnsinnig viel Platz weggenommen. Glaub mir, du wirst nicht enttäuscht sein.«

Damit stieg er aus dem Auto und eilte die Stufen empor. Gunny beugte sich zu mir herüber. »Ich hab dir doch erzählt, dass sie sämtliche Informationen auf diesen Winzdingern speichern. Das ist die reinste Zauberei.«

»Gunny«, sagte ich, »irgendwie ist mir bei der ganzen Geschichte nicht wohl.«

»Machst du dir Sorgen darüber, was wir hier erfahren werden?«

»Ja, aber auch über das, was wir bisher schon gesehen haben.«

Wir betrachteten die friedliche Gegend um uns herum. Auf dem Rasen auf der anderen Straßenseite spielten ein paar Kinder Kickball. Eine Gruppe Musiker gab auf den Stufen vor der Bibliothek ein klassisches Konzert. Alle wirkten denkbar fröhlich und gelassen, überhaupt nicht wie die gehetzten New Yorker, die ich von Erste und Zweite Erde her kannte.

Gunny ließ das alles eine Weile auf sich wirken, bevor er sagte: »Darum bin ich mit dir hergekommen. Du musstest das hier sehen. Es wirft eine Menge Fragen auf, nicht wahr?«

»Ja«, bestätigte ich. »Komm, lass uns nach ein paar Antworten suchen.«

## Elftes Journal
(Fortsetzung)

# Dritte Erde

Die Bibliothek glich nicht im Entferntesten denen, die ich kannte, denn … tja, es gab keine Bücher. Das heißt, genau genommen gab es schon ein Buch, aber nur ein einziges. Wie ein Museumsstück war es in der Eingangshalle in einer Vitrine ausgestellt. Wahrscheinlich zur Erinnerung an die Vergangenheit und daran, wie es in Büchereien früher zugegangen war. Während ich darauf zuging, fragte ich mich, welches Buch wohl für einen solchen Ehrenplatz ausgewählt worden war – ein Wörterbuch? Eine Bibel? Vielleicht die gesammelten Werke von Shakespeare oder einem anderen berühmten Dichter?

»*Grüne Eier und Schinken?*«, las Gunny verdattert. »Was für ein Doktor schreibt denn über grüne Eier und Schinken?«

»Dr. Seuss«, antwortete ich mit einem breiten Grinsen. »Das ist mein absolutes Lieblingsbuch.«

Patrick gesellte sich zu uns und erklärte: »Wir haben per Volksentscheid abgestimmt. Es war das Lieblingsbuch von so ziemlich *allen*. Überwältigender Wahlsieg. Ich persönlich wäre ja für *Horton hört ein Hu!* gewesen, aber das hier ist auch in Ordnung.«

Die Menschen auf Dritte Erde hatten offenbar ihren Sinn für Humor nicht verloren.

Patrick führte uns durch die große marmorgeflieste Eingangshalle, in der mehrere Leute auf bequemen Stühlen vor Computer-Flachbildschirmen saßen und lasen. Im Hinblick auf die Raumknappheit sicher eine gute Lösung. Trotzdem, ich las leidenschaftlich gern und konnte mir einfach nicht vorstellen, nie wieder ein Buch in der Hand zu halten und die Seiten umzublättern.

Nach der Eingangshalle führte Patrick uns einen endlosen Flur entlang, von dem zu beiden Seiten Türen abgingen. Manche standen offen und ich sah dahinter Leute. Als ich im Vorbeigehen einen Blick in einen der Räume warf, blieb ich wie angewurzelt stehen. Drinnen saßen drei Personen um eine silberne Plattform herum, die etwa dreißig Zentimeter erhöht war. Und wer stand mitten auf dieser Plattform und redete zu ihnen? Abraham Lincoln! Ehrlich, da stand tatsächlich niemand anderer als der gute alte Abe.

»… und dass die Regierung des Volkes durch das Volk und für das Volk nicht von der Erde verschwinden soll«, verkündete Lincoln gerade.

»D-das ist ja Abraham Lincoln!«, stammelte ich entgeistert.

»Jep, Ansprache von Gettysburg«, ergänzte Patrick. »Willst du ein bisschen zuhören?«

»Das ist doch bestimmt jemand, der sich als Lincoln verkleidet hat, stimmt's?«

In diesem Moment verschwand Abraham Lincoln. Zapp, einfach so. Er löste sich in Luft auf und die Plattform war leer. Ich warf Patrick einen fragenden Blick zu. Er legte mir den Arm um die Schultern und dirigierte mich weiter den Flur entlang.

»Denk dran, wie es für die Höhlenmenschen gewesen sein muss, als sie zum ersten Mal Feuer sahen«, schmunzelte er. »Die haben sich wahrscheinlich ungefähr so gefühlt wie du jetzt.«

»Das war aber kein Feuer und ich bin kein Höhlenmensch«, protestierte ich, immer noch völlig außer mir. »Was *war* das?«

»Ich zeig es dir«, versprach Patrick und führte uns durch eine der Türen, die von dem Flur abgingen. Der Raum, den wir betraten, ähnelte dem mit Lincolns Geist, nur dass er größer war. Um eine silberne Plattform von etwa zweieinhalb Meter Durchmesser standen sechs schlichte Stühle.

»Ich bin Lehrer«, erklärte Patrick. »Darum habe ich Zugang zu diesem Super-de-luxe-Raum.«

Ich warf Gunny einen Blick zu. »Hast du das schon mal gesehen?«

»Ja«, entgegnete Gunny lächelnd. »Wie ich schon sagte, es ist die reinste Zauberei.«

»Setzt euch«, forderte Patrick uns auf und schloss die Tür, damit wir ungestört waren. »Das Prinzip ist ganz einfach. Sämtliche vorhandenen Informationen wurden in den Datenbanken gespeichert. Das funktioniert im Grunde ganz ähnlich wie die Computer bei euch auf Zweite Erde, nur ungefähr mit der zwölfmilliardenfachen Rechenleistung.« Er nahm in der Mitte Platz, drückte auf eine leuchtende weiße Taste an seiner Armlehne und sagte laut und deutlich: »Computer. Neue Suche.«

Eine angenehme Frauenstimme antwortete: »Willkommen. Was kann ich für Sie tun?«

Wow. War ich hier bei *Star Trek* gelandet? Das Licht wurde automatisch heruntergedimmt und wir richteten unsere Aufmerksamkeit auf die runde Bühne vor uns.

Patrick drückte wieder die Taste an seiner Armlehne und sagte: »Computer. Lincoln, Abraham. Präsident der Vereinigten Staaten.« Augenblicklich erschien auf der Plattform vor uns das Bild Abraham Lincolns. Aber es war nicht einfach nur ein Bild, es sah aus, als stünde er da leibhaftig vor uns.

»O Mann!«, stieß ich hervor. »Das ist ein Hologramm.«

»Exakt«, bestätigte Patrick. Dann drückte er erneut auf die Taste und sagte: »Ansprache von Gettysburg.«

Sofort begann Lincoln zu sprechen. »Vor siebenundachtzig Jahren gründeten unsere Väter …«

»Beenden«, befahl Patrick, und Lincoln verschwand.

»*Mega*cool!«, rief ich. Das Ganze erinnerte mich an die Hologramme, die Aja Killian uns auf Veelox vorgeführt hatte.

»Das war leicht«, sagte Patrick. »Abraham Lincoln ist ein Haupteintrag.«

»Dann probieren wir es jetzt mal mit etwas weniger Geläufigem«, schlug Gunny vor. »Wir sind hergekommen, weil wir etwas über die *Hindenburg* erfahren wollen. Schon mal davon gehört?«

»Machst du Witze?«, versetzte Patrick verächtlich. »Ich dachte, jetzt kommt was richtig Schwieriges.« Er drückte die Taste und sagte: »*Hindenburg,* Zeppelin, frühes 20. Jahrhundert.«

Das silberne Luftschiff erschien und schwebte vor uns in der Luft – in Miniaturausgabe, versteht sich.

»Innenansicht«, kommandierte Patrick.

Die Gesamtansicht verschwand und wir bekamen eine Reihe verschiedener Querschnitte durch die Passagiergondel zu sehen. Ich kann euch gar nicht sagen, wie cool das war. Als ob man durch einen Riss in der Zeit zurückblicken könnte in eine andere Ära. Die *Hindenburg* war ein prächtiges Luftschiff. Ich schätze, das Design war von den Ozeankreuzern abgeschaut. Es gab vornehme Salons, einen Speisesaal und ein langes Promenadendeck, von dem aus man bequem und sicher durch die Glasscheiben auf die Welt hinunterblicken konnte.

»Das war ein Luxuskreuzer«, erklärte Patrick. »Wurde dazu eingesetzt, Passagiere auf besonders standesgemäße Weise durch Europa und über den Atlantik zu befördern.«

»Wir interessieren uns für das Unglück«, sagte Gunny leise.

»Das dachte ich mir«, entgegnete Patrick, drückte wieder auf die weiße Taste und sagte: »Computer. Absturz der *Hindenburg*.«

Das Luftschiff erschien erneut in der Gesamtansicht. Ich konnte sogar sehen, wie Leute hastig unten aus der Gondel kletterten und um ihr Leben rannten. Es war Grauen erregend und faszinierend zugleich.

Schließlich stand der ganze Ballon in Flammen. Als die Hülle verbrannte, wurde das Gerippe sichtbar. Dann brach die gesamte Konstruktion zu einem lodernden Metallhaufen zusammen. Das Bild gefror wie das Standbild in einem Film.

Anschließend ertönte die Computerstimme: »Zeppelin LZ 129. *Hindenburg*. Verunglückte nach einem Transatlantikflug im Jahre 1937. Gestartet in Frankfurt, Deutschland. Reiseziel: Lakehurst, New Jersey, USA. Datum des Unglücks: 6. Mai. Uhrzeit: 19.25 Uhr. Dauer des Unglücks: siebenunddreißig Sekunden. An Bord befindliche Passagiere und Besatzungsmitglieder: insgesamt siebenundneunzig. Tote: sechsunddreißig.«

»Sechsunddreißig Menschen sind ums Leben gekommen«, stieß ich fassungslos hervor, »und das Ganze hat nur siebenunddreißig Sekunden gedauert. Unglaublich.«

Oder auch gar nicht so unglaublich. Ich musste daran denken, wie schnell sich das Feuer in dem Schlachthaus ausgebreitet hatte, nachdem Winn Farrows Rakete explodiert war.

»Die *Hindenburg* ist um 19.25 Uhr eingetroffen?«, fragte Gunny. »Ich dachte, sie sollte frühmorgens landen?«

Patrick sagte: »Computer. Grund für die verspätete Ankunft.«

Der Computer erwiderte prompt: »Starker Wind. Stürme. Landung der *Hindenburg* bis zur Beruhigung der Wetterlage verzögert.«

»Das wird Spader freuen zu hören«, bemerkte Gunny. »Das heißt, uns bleiben zwölf Stunden mehr, als wir bisher dachten.«

Patrick wandte sich an Gunny: »Was genau wollt ihr herausfinden?«

»Die Unglücksursache«, erwiderte Gunny. Er warf mir einen Blick zu. Im Grunde kannten wir die Ursache, aber irgendwo mussten wir ja ansetzen.

Patrick drückte die Taste und sagte: »Computer. Ursache für das Unglück der *Hindenburg*.«

Die freundliche Stimme sagte: »Es gibt unterschiedliche Theorien. Erstens: Zeppelin mit entzündlichem Wasserstoffgas gefüllt. Möglicher Auslöser für den Brand: elektrostatische Entladungen aufgrund des vorangegangenen Gewitters. Zweitens: Entzündung des leicht entflammbaren Anstrichs der Ballonhülle, möglicherweise ebenfalls aufgrund elektrostatischer Entladungen. Drittens: Blitzeinschlag. Letzte Theorie: Sabotage.«

»Sabotage?«, wiederholte ich.

Patrick sagte: »Computer. Näheres über die Sabotagetheorie.«

Der Computer erwiderte: »Möglicherweise hatte ein Besatzungsmitglied einen Sprengsatz an Bord gebracht. Keinerlei Beweise vorhanden.«

»Welches Szenario ist das wahrscheinlichste?«, fragte Patrick den Computer.

Der Computer antwortete: »Ungewiss. Genaue Unglücksursache konnte nicht ermittelt werden.«

Daraufhin verschwand das Standbild von dem ausgebrannten Zeppelin.

»Wir haben es hier mit einem der ungelösten Rätsel

der Geschichte zu tun«, schloss Patrick. »Warum ist die *Hindenburg* ausgebrannt? Trotz all unserer technischen Errungenschaften wissen wir das bis heute nicht sicher.«

Gunny und ich wechselten einen Blick. *Wir* wussten es.

»In diesem Computer sind also sämtliche Informationen zu allen möglichen Leuten gespeichert?«, fragte ich. »Nicht nur zu berühmten Präsidenten?«

»Absolut jede Information, die überhaupt existiert, steht uns hier zur Verfügung.«

Ich überlegte kurz. Mir kam eine Idee. »Darf ich mal was ausprobieren?«, fragte ich.

Patrick stand auf und überließ mir seinen Platz. »Viel Spaß«, sagte er.

Als ich mich auf dem Stuhl niederließ, hatte ich das Gefühl, über ein ziemliches Machtinstrument zu verfügen. Ich drückte die Taste und sagte: »Computer. Rose, Maximilian.«

Der Computer antwortete: »Über achthunderttausend Einträge. Bitte näher spezifizieren.«

Patrick kicherte. »Der Computer durchsucht die komplette Datenbank. Du musst ihm schon genauere Hinweise liefern.«

Okay. Ich drückte die Taste und sagte: »Computer. Rose, Maximilian. Vereinigte Staaten. 1937. Manhattan Tower Hotel. Krimineller.«

Bingo. Vor uns auf der Plattform erschien niemand anders als Max Rose. Er trug sogar einen seiner seidenen Bademäntel.

»Freund von dir?«, fragte Patrick.

»So ähnlich«, erwiderte ich. Dann drückte ich erneut die Taste. »Computer. Rose, Maximilian. 6. Mai 1937.«

Der Computer meldete: »Maximilian Rose kam am 6. Mai 1937 bei einem Autounfall ums Leben.«

Hä? Ich warf Gunny einen raschen Blick zu. Gunny richtete sich kerzengerade auf. Allmählich wurde die Sache interessant. Ich fragte weiter: »Computer. Wo und wann?«

Der Computer erwiderte: »18.50 Uhr. Kreuzung zwischen Toms River Road und Route 527, Lakehurst, New Jersey, USA.«

»Er muss auf dem Weg zur Landung der *Hindenburg* gewesen sein«, mutmaßte Gunny.

Ich drückte die Taste. »Neue Suche.« Das Bild von Max Rose verschwand.

»Computer. Farrow, Winn. New York. 1937. Krimineller.«

Peng! Da stand er in voller Lebensgröße vor uns. Winn Farrow. Anscheinend hatte Patrick nicht zu viel versprochen, dieser Computer hatte wirklich was drauf.

»Computer. Farrow, Winn. 6. Mai 1937«, sagte ich.

Der Computer antwortete: »Bußgeldbescheid wegen überhöhter Geschwindigkeit. Verhängt durch die Staatspolizei von New Jersey. 16.25 Uhr.«

»Sonst keine Einträge über den 6. Mai?«, bohrte ich nach.

Der Computer erwiderte: »Er hatte die zulässige Höchstgeschwindigkeit um zwanzig Stundenkilometer überschritten.«

»Das kann doch nicht alles sein«, rief ich enttäuscht. »Ich probiere mal was anderes.« Wieder drückte ich die Taste und sagte: »Computer. Amaden, Esther. New York. 1937.«

Das Bild von Winn Farrow verschwand. Eine Sekunde lang blieb es still. Niemand erschien auf der Plattform.

Schließlich ertönte die Computerstimme: »Keine Einträge gefunden.«

Das war seltsam. Vielleicht brauchte er mehr Daten. »Computer. Suche erweitern um: Spitzname Harlow. Manhattan Tower Hotel. Sängerin. Befreundet mit Rose, Maximilian.«

Wieder dauerte es einen Moment, ehe der Computer meldete: »Keine Einträge gefunden.«

»Macht diese Maschine jemals Fehler?«, fragte Gunny.

Patrick antwortete: »Eigentlich nicht. Offenbar hat nie jemand namens Esther Amaden existiert, sonst müsste sie im Computer gespeichert sein.«

»Und wenn sie vielleicht ihren Namen geändert hat?«, fragte Gunny.

»Das müsste der Computer wissen. Garantiert. Wer war sie denn?«

O-oh. Mich beschlich ein böser Verdacht und in meiner Magengegend machte sich ein ungutes Gefühl breit.

»Computer«, sagte ich matt. »Van Dyke, Vincent. Spitzname Gunny. Manhattan Tower Hotel. New York. 1937.«

Nach einer kurzen Pause antwortete der Computer: »Keine Einträge vorhanden.«

Mir brach der Schweiß aus. Dann ging alles Schlag auf Schlag. »Computer. Tilton, Press. Stony Brook, Connecticut. Frühes 21. Jahrhundert. Onkel von Pendragon, Robert. Bruder von Pendragon, Kathleen.«

Pause, dann: »Keine Einträge vorhanden.«

Patrick sagte: »Wir sind Reisende, Pendragon. Über uns gibt es keine Einträge.«

Das Ganze wurde mit jeder Sekunde beängstigender. Ich erfuhr gerade etwas Neues darüber, was es hieß, ein Reisender zu sein. Für den Rest der Welt hatten wir nie existiert! Darum war auch mein Haus auf Zweite Erde verschwunden. Und meine Familie.

»Computer! Pendragon, Robert. Spitzname Bobby. Stony Brook, Connecticut.«

Wiederum eine Pause, dann: »Keine Einträge vorhanden.«

»Tu dir das nicht an, Bobby«, sagte Gunny sanft.

Ich war in der Tat kurz davor, durchzudrehen – aber aus einem anderen Grund, als Gunny dachte. In gewisser Weise war mir schon klar gewesen, dass es in etwa so sein musste. Ja, sicher war es schrecklich, zu erfahren, dass wir keine Geschichte hatten. Doch so beängstigend das auch war, mein Verstand rotierte nicht deswegen.

Ich konnte keine Sekunde länger sitzen bleiben. Mein Herz raste. Im nächsten Augenblick sprang ich auf, hämmerte auf die Taste ein und schrie: »Computer! Amaden, Esther. Spitzname Harlow. Freundin von Rose, Maximilian. New York. 1937.«

Der Computer schwieg sekundenlang, ehe er ungerührt meldete: »Keine Einträge vorhanden.«

»Oha!«, stieß Gunny hervor. Er hatte begriffen, worauf ich hinauswollte.

»Allerdings, oha!«, versetzte ich. »Über Reisende gibt es keine Einträge, weil Reisende nicht Teil der Geschichte sind. Und das gilt für *alle* Reisenden, nicht nur für die guten.«

»Du meinst …«

»Ja, ich meine. Esther Amaden ist Saint Dane. Er hat von Anfang an ein doppeltes Spiel gespielt.«

## Elftes Journal
(Fortsetzung)

# Dritte Erde

»Er hat uns zum Narren gehalten«, sagte ich. »Auf der einen Seite beeinflusst er Max Rose, auf der anderen Winn Farrow, und wir hängen dazwischen.«

»Du willst mir wirklich weismachen, dass diese bezaubernde Sängerin Saint Dane in Verkleidung ist? Das kann ich kaum glauben«, sagte Gunny.

»Aber es ist so«, versetzte ich. »Er kann jede beliebige Gestalt annehmen. Glaub mir, ich hab es selbst gesehen.«

Ich lief hektisch auf und ab und rief mir angestrengt alles, was sich seit meiner Ankunft auf Erste Erde ereignet hatte, noch einmal in Erinnerung. Auf einmal, nachdem klar war, dass Saint Dane an sämtlichen Hebeln saß, war das Ganze ein völlig anderes Spiel. Was führte er im Schilde?

Patrick schaltete sich ein: »Erklärt mir, was da vor sich geht, vielleicht kann ich euch helfen.«

»Wir sind eigentlich davon ausgegangen, dass der Wendepunkt auf Erste Erde etwas mit der *Hindenburg* zu tun hat«, erklärte ich. »Doch Saint Dane muss Größeres planen als den Absturz eines einzigen Zeppelins. Der Zweite Weltkrieg steht kurz bevor, und wir dachten, wenn wir dafür sorgen könnten, dass die *Hindenburg* nicht verunglückt, würde das vielleicht irgendwie den Kriegsausbruch verhindern. Aber sicher wissen wir das nicht. Das Heikle ist, dass Saint Dane auf beiden Seiten dieses Spiels mitmischt und wir nicht wissen, was er wirklich bezweckt. Will er, dass die *Hindenburg* zerstört wird, oder nicht?«

Gunny fügte hinzu: »Wir wissen, was passieren wird, nachdem das Luftschiff verunglückt. Was wir nicht wissen, ist, was passieren wird, wenn es *nicht* verunglückt.«

Wir alle schwiegen einen Moment lang. Genau das war das Problem. Wäre es gut oder schlecht, die Katastrophe der *Hindenburg* zu verhindern? Es gab keine Möglichkeit, das herauszufinden.

Dachten wir jedenfalls.

»Also, wenn es weiter nichts ist; ich könnte euch schon helfen, das rauszukriegen«, sagte Patrick beiläufig, als sei nichts dabei.

»Das könntest du? Wie denn?«, fragte ich ungläubig.

»Ich weiß, dass das für euch schwer zu begreifen ist«, begann er. »Aber die Kapazität unseres Datenverarbeitungssystems ist enorm. Was wir hier mit Abraham Lincoln und der *Hindenburg* gemacht haben, ist noch nicht mal die Spitze des Eisbergs.«

»Ja, das ist schon alles ziemlich cool«, unterbrach ich ihn. »Aber man kann nun mal nicht die Zukunft voraussehen.«

Patrick lächelte und erwiderte: »Tja, in gewisser Weise können wir das doch.«

Gunny und ich sahen einander verblüfft an. Wollte uns dieser Bursche auf den Arm nehmen? Kein noch so toller Supercomputer wäre dazu imstande.

»Seht es mal so«, begann Patrick. »Das ist wie eine mathematische Gleichung. Zwei plus zwei ergibt vier. Aber wenn man aus einer Zwei eine Drei macht, ergibt es nicht mehr vier. Dann ergibt es fünf.«

»Und so kannst du die Zukunft voraussagen?«, meinte ich. Mein Vertrauen in Patrick ging rapide den Bach hinunter.

»Lasst uns mein Beispiel mal weiter durchspielen«, erwiderte er. »Stellt euch eine richtig komplexe mathematische Gleichung mit tausenden oder sogar Millionen Zahlen vor. Das Prinzip bleibt dasselbe: Wenn man auch nur eine einzige Zahl ändert, nimmt das Ganze einen anderen Wert an, stimmt's?«

»Ja, ich schätze schon«, räumte ich ein. »Aber was hat das mit Zukunftsvoraussagen zu tun?«

»Okay«, fuhr Patrick fort. »Jetzt stellt euch sämtliche Ereignisse der Vergangenheit als Zahlen in einer Gleichung vor. Wenn man auch nur eins dieser Ereignisse verändern würde, dann würde sich das auf alle folgenden Ereignisse auswirken. Die gesamte Gleichung müsste neu durchgerechnet werden.«

»Aber Zahlen sind etwas Wirkliches«, wandte ich ein.

»Die Vergangenheit auch«, konterte Patrick. »Genauso wirklich wie eine Zahl. Ich kann nicht voraussagen, was morgen geschehen wird, aber ich kann durchaus voraussagen, wie Veränderungen in der Vergangenheit sich auf die Zukunft auswirken würden.«

»Das gibt's doch nicht!«, rief ich. »Wenn der Computer so eine Voraussage machen sollte, müsste er über absolut alle Informationen über alle Menschen, die es je gab, und alles, was sie je getan haben, verfügen.«

»Das sag ich doch die ganze Zeit!«, versetzte Patrick energisch. »Genau über diese Daten verfügen wir. Wir können Ereignisse aus der Vergangenheit hernehmen und einen Faktor darin verändern. Der Computer überprüft dann die Bezüge zu Milliarden anderer Faktoren und errechnet das wahrscheinlichste Szenario, das daraus folgt – wie bei einer mathematischen Gleichung. Man nennt es das Variablenverfahren.«

Das war mir zu hoch. Und wenn es *mir* schon zu hoch war, konnte ich mir denken, dass Gunny längst nicht mehr mitkam.

»Okay, nehmen wir ein einfaches Beispiel, das ich mal durchgespielt habe. 1969. Dritter Superbowl. Die New York Jets schlagen die Baltimore Colts mit sechzehn zu sieben. Ich habe sämtliche verfügbaren Informationen über das Spiel, die Spieler, die Wetterverhältnisse, die Trainer und alles zusammengetragen. Ich wusste sogar, was die Spieler zum Frühstück gegessen hatten. Dann habe ich eine Einzelheit verändert. Ich habe eingegeben, dass Joe Namath, der Star-Quarterback der Jets, im ersten Spielviertel wegen einer Verletzung ausschied. Das Endergebnis, das der Computer daraufhin voraussagte, unterschied sich erheblich von dem Sechzehn-zu-sieben-Sieg der Jets.«

»Was ist denn passiert?«, erkundigte ich mich. »Die Colts haben sie abgezogen, stimmt's?«

»Nicht ganz«, erwiderte Patrick. »Die Jets haben im Gegenteil das Spiel haushoch gewonnen. Ist das nicht der Hammer?«

»Den Ausgang eines Footballspiels vorauszusagen ist eine Sache«, wandte ich ein. »Den Lauf der Geschichte vorauszusagen ist ein etwas größeres Kaliber.«

»Glaub mir, Pendragon«, beharrte Patrick. »Denk an alles, was du bisher auf Dritte Erde gesehen hast. Wenn ich dir vor dreitausend Jahren von all dem erzählt hätte, hättest du dann geglaubt, dass es möglich wäre?«

»Na ja, vielleicht«, antwortete ich.

»Dann glaub auch das«, erwiderte er im Brustton der Überzeugung. »Ein großes Ereignis wie das Unglück der *Hindenburg* muss zwangsläufig Folgen haben. Ich kann nicht garantieren, dass ich in allen Einzelheiten vorhersagen kann, was passieren wird, wenn das Luftschiff nicht abstürzt, aber in groben Zügen schon.«

Ich wechselte einen Blick mit Gunny. Seine Vorstellungskraft wäre zwar schon mit Nintendo überfordert gewesen, ganz zu schweigen von dem, was Patrick uns da erzählte, aber ich musste einfach eine zweite Meinung hören.

»Was hältst du davon?«, erkundigte ich mich.

Gunny antwortete weise: »Für mich ist ohnehin so ziemlich alles hier unmöglich und trotzdem ist es real so wie du und ich. Ich denke, im Zweifel für Patrick. Wenn er sagt, er kann das, wer sind wir dann, dass wir es abstreiten?«

Das war in der Tat ein Argument. Und außerdem, wenn Patrick tatsächlich Recht hatte, könnte er uns zu den Antworten verhelfen, die wir so verzweifelt dringend brauchten.

»Okay«, entschied ich. »Dann zeig mal, was du draufhast.«

Patrick grinste breit. Die Herausforderung machte ihn ganz zappelig. Er rannte zu einem Schrank, aus dem er zwei Blöcke mit blauem Papier und zwei Stifte zutage förderte. »Ihr beide müsst jetzt alles aufschreiben, was euch im Zusammenhang mit dieser Angelegenheit einfällt. Namen, Daten, Ereignisse, Schauplätze … wirklich *alles.* Jedes noch so winzige Informationsbröckchen.«

»Ich dachte, das macht der Computer?«, wandte ich ein.

»Wir müssen ihm so viele Bezugsgrößen wie möglich liefern«, antwortete Patrick. »Je mehr Anhaltspunkte er hat, desto genauer wird das Ergebnis sein.«

Ich warf einen Blick auf den Schreibblock, den er mir in die Hand gedrückt hatte, und kicherte. »Ihr benutzt immer noch Stifte und Papier?«

»Normalerweise nicht«, erwiderte Patrick. »Aber es würde jetzt zu lange dauern, euch zu erklären, wie man das Computer-Interface bedient.«

Womit er wohl Recht hatte. Die nächste halbe Stunde brachten wir damit zu, alles aufzuschreiben, was uns zu dem Rätsel, vor dem wir standen, einfiel. Ich konzentrierte mich besonders auf Max Rose und Winn Farrow. Die beiden waren die Schlüsselfiguren. Die Beziehung zwischen ihnen hatte dazu geführt, dass die *Hindenburg* in Gefahr schwebte. Als wir fertig waren, legten wir Patrick seitenweise Daten vor.

»Und jetzt?«, fragte ich.

»Geht raus und entspannt euch ein bisschen. Ich werde eine Weile brauchen, um das alles einzugeben und die Rechenoperation in Gang zu setzen. Sobald ich erste Ergebnisse habe, rufe ich euch.«

Aha. Jetzt war er am Zug. Gunny und ich ließen Patrick allein und gingen zurück in die Eingangshalle, wo mir Essensgeruch in die Nase stieg. Bis zu diesem Moment hatte ich gar nicht bemerkt, dass ich völlig ausgehungert war. Ich hoffte stark, dass es hier eine Cafeteria gäbe und es sich nicht etwa nur um einen virtuellen Geruch handelte, den jemand verursacht hatte, indem er das Stichwort »Pizza« in einen Computer eingab.

Wir entdeckten eine kleine Theke, wo es Getränke und Plätzchen gab. Mir war alles gleich, ich war so ausgehungert, dass ich sogar Rosenkohl gegessen hätte, wenn nichts anderes zu haben gewesen wäre. Gunny erging es ähnlich. Wir nahmen uns jeweils ein paar Kekse und einen Saft.

»Ach herrje!«, rief Gunny plötzlich. »Ich hab nur Erste-Erde-Geld.«

Ich zuckte die Schultern und entgegnete: »Probier es halt damit.«

Gunny reichte dem Typen hinter der Theke einen Zwanzig-Dollar-Schein von Erste Erde. Der Mann warf einen skeptischen Blick darauf und sagte: »Ich weiß zwar nicht, was das sein soll, aber als Bibliotheksbenutzer brauchen Sie für das Essen nicht zu bezahlen.«

Wow! Gratisverpflegung. Das überraschte mich fast

so sehr wie der Anblick der unterirdischen Stadt. Hier auf Dritte Erde ließ es sich wirklich leben.

Gunny und ich setzten uns mit unserem Essen draußen auf die Treppe vor der Bibliothek. Anfangs redeten wir nicht viel, sondern waren vollauf damit beschäftigt, den Geschmack von Schokokeksen im 51. Jahrhundert zu genießen. Sie schmeckten genauso wie die im 21. Jahrhundert. Ein Glück, dass es Dinge gab, die die Zeit überdauerten.

Während wir aßen, hatte ich Zeit zum Nachdenken. Ich habe ja schon geschrieben, dass ich eine merkwürdige Unruhe empfand, aber nicht wusste warum. Erst jetzt, auf den Stufen vor der Bibliothek, wurde mir der Grund klar. Eigentlich lag er auf der Hand, ich hatte ihn nur die ganze Zeit nicht erfasst. Als wir da draußen in der herrlichen Umgebung saßen und die warmen Sonnenstrahlen genossen, begriff ich endlich. Es war total offensichtlich, und je gründlicher ich darüber nachdachte, desto logischer kam es mir vor.

Und was mir da klar wurde, gefiel mir gar nicht. Schlagartig verging mir der Appetit und ich ließ den letzten Keks liegen.

»Was drückt dich, Kleiner?«, fragte Gunny.

»Es spielt keine Rolle, was Patrick rausfindet«, erwiderte ich.

»Wie bitte?«, entgegnete Gunny. »Ich glaube, es spielt eine ganz erhebliche Rolle.«

»Tut es nicht. Ich weiß schon, was wir tun müssen.«

»Tatsächlich?«

»Du weißt es auch, Gunny«, fuhr ich fort. »Ich glaube, wir beide haben gehofft, Patrick würde uns etwas erzählen, das uns widerlegt, aber das wird er nicht.«

Gunny ließ seinen Keks sinken und betrachtete die Umgebung. Wo früher eine Stadt voller Verkehrslärm, Überbevölkerung und Abgasgestank gewesen war, erstreckte sich jetzt blühende Natur. Hier und dort sahen wir ein paar moderne Wohnblöcke, aber im Ganzen war es eine saubere grüne Landschaft voller Menschen, die einen herrlich sonnigen Tag genossen. In der Ferne konnte ich den unverschmutzten East River sehen. Die Luft roch frisch. Es gab keine Gewalt. Alles war perfekt. Nach dem, was Patrick uns erzählt hatte, ging es überall auf Dritte Erde so zu. Perfekt.

Ich blickte Gunny in die Augen. Er sah bedrückt aus. Wir dachten beide dasselbe.

»Sieht nicht nach einem Territorium aus, das Saint Dane ins Chaos gestürzt hat, wie?«, meinte Gunny.

Eben. Das Unglück der *Hindenburg* war eine entsetzliche Tragödie, so richtig typisch Saint Dane. Wir hofften sogar, den Zweiten Weltkrieg abwenden zu können, indem wir sie verhinderten. Aber die Wahrheit war, dass sich die Erde zu einem ganz wunderbaren Ort entwickelt hatte, obwohl die *Hindenburg* in Flammen aufgegangen war.

»Wir machen die Sache nicht besser, indem wir in die Geschichte eingreifen, wie?«, fragte Gunny.

»Nein.«

Die Erkenntnis traf uns wie ein Hammerschlag. Auf einmal stand unsere Mission völlig Kopf: Wenn wir wollten, dass die Erde sich zu diesem wunderbaren Territorium entwickelte, das wir hier vor uns sahen, dann mussten wir dafür sorgen, dass die Geschichte ihren vorgesehenen Lauf nahm.

Das konnte nur eins bedeuten: Winn Farrow musste sein Ziel erreichen. Die *Hindenburg* musste zerstört werden.

»Saint Dane *will,* dass wir in die Geschichte eingreifen«, sagte ich bestimmt. »Darum geht es die ganze Zeit. Das ist der Wendepunkt. Wenn wir den Lauf der Geschichte ändern, wird es diese Welt niemals geben.«

Unsere Aufgabe schien plötzlich überwältigende Dimensionen anzunehmen, und zu meiner Schande muss ich gestehen, dass ich ausflippte.

»Ich will nicht mehr!«, schrie ich und sprang auf.

»Was ist los?«, erkundigte Gunny sich mitfühlend.

»Was los ist? Ich will nicht mehr, das ist los! Es ist einfach nicht fair. Warum müssen ausgerechnet wir dafür verantwortlich sein, die Territorien zu retten?«

»Weil wir Reisende sind«, antwortete Gunny.

»Na toll! Ich will aber kein Reisender sein. Ich hab mich nicht darum beworben. Ich hab mich nicht freiwillig gemeldet. Wieso wurde ich auserwählt? Wieso wurdest *du* auserwählt? Fragst du dich das etwa nie?«

Gunny erwiderte leise: »Doch. Täglich.«

»Und damit kommst du einfach so klar?«

Gunny dachte eine Weile nach. »Um ehrlich zu sein … ich glaube, wenn ich die Wahl hätte, säße ich jetzt trotzdem hier mit dir. Aber für mich ist das was anderes. Ich habe eine lange Zeit gelebt, bevor ich von meiner eigentlichen Berufung wusste. Ich kann verstehen, dass es dir mehr zu schaffen macht.«

»Genau, du hast es erfasst!«, versetzte ich. »Ich bin fünfzehn Jahre alt. Mit vierzehn musste ich von zu Hause weg. Ich habe Dinge erlebt, die niemand in meinem Alter erleben sollte. Ich sollte Basketball spielen und über Klassenarbeiten brüten und mich über meine Pickel schwarz ärgern und mir Sorgen darüber machen, ob die Mädchen auf mich stehen – und nicht dazu beitragen müssen, dass sechsunddreißig Menschen bei einem entsetzlichen Unglück ums Leben kommen. Ich will diese Verantwortung nicht tragen!«

Mit einem Mal stand so ungeheuer viel auf dem Spiel, dass es mich zu Tode ängstigte. Ich wusste, ich besaß weder den Grips noch die Kraft, eine solche Verantwortung zu tragen. Jemand anders sollte diese Aufgabe übernehmen. Ich wollte, dass Onkel Press wieder da wäre. Oder Osa oder meinetwegen Loor. Ich wollte solche Entscheidungen nicht treffen müssen. Ich wollte nach Hause. Ich wollte Mum und Dad wiedersehen.

Ich wollte mein früheres Leben wiederhaben.

In diesem Augenblick war ich drauf und dran, mich postwendend auf den Rückweg zum Flume zu machen und ein für alle Mal auf Zweite Erde heimzureisen. Doch da hörte ich, wie jemand nach uns rief.

»Ich bin fertig.«

Es war Patrick. Er kam die letzten Stufen zu uns herunter. Ich hoffe, ich schaffe es, halbwegs zu beschreiben, wie er aussah. Erschüttert ist gar kein Ausdruck. Ich schwöre, es schien, als wäre sämtliche Farbe aus seinem Gesicht verschwunden. Das hört sich verrückt an, ich weiß, aber er sah aus, als wäre er um zehn Jahre gealtert, seit wir ihn zuletzt gesehen hatten. Er hatte seine aufrechte Haltung verloren und ging gebeugt wie unter einer gewaltigen Last.

»Kommt rein und seht euch an, was ich rausgefunden habe«, sagte er leise.

»Was denn?«, fragte Gunny, während er aufstand.

»Das müsst ihr euch selbst ansehen, sonst glaubt ihr mir sowieso nicht.«

»Ich nehme an, es ist nichts Erfreuliches«, vermutete ich.

Patrick rang sich ein mattes Lächeln ab. »Nein, nichts Erfreuliches – außer dass ihr Recht hattet. Ihr habt den Wendepunkt auf Erste Erde gefunden und es geht tatsächlich um die *Hindenburg*. Ihr habt mitten ins Schwarze getroffen. Was sich am 6. Mai 1937 abspielt, hat Auswirkungen auf Erste, Zweite und Dritte Erde.«

»Ist es so schlimm?«, erkundigte sich Gunny.

Patrick grinste nur zynisch. Dann machte er kehrt und stieg wieder die Stufen zur Bibliothek empor.

Gunny und ich standen wie betäubt da. Ich wollte dringender denn je wegrennen und mich nach Hause flumen. Eins stand fest: Was immer uns in der Bibliothek erwartete, es musste etwas Grauenhaftes sein. Ich stand buchstäblich am Scheideweg. Obwohl ich wusste, wie wichtig das hier war, musste ich mich ernsthaft zusammenreißen, nicht um mein Leben zu rennen.

»Willst du wissen, warum gerade wir diese Verantwortung tragen?«, fragte Gunny.

Ich blickte auf und begegnete einem Paar wissender Augen, die so viel mehr gesehen hatten als meine.

»Weil niemand anders da ist, der es tun könnte«, sagte er. Dann ging er langsam hinter Patrick her.

So blieb ich allein zurück und kämpfte mit den Tränen. Was Gunny da gesagt hatte, klang so einfach – und es war die Wahrheit.

Ich schloss die Augen, holte tief Luft und rannte den beiden nach.

## Elftes Journal
(Fortsetzung)

# Dritte Erde

»Ihr müsst zurückgehen und sicherstellen, dass die Hindenburg zerstört wird«, erklärte Patrick. Seine Stimme zitterte vor Angst, er hätte jedoch nicht deutlicher sein können.

»Wenn ihr das nicht tut, wird nichts mehr so sein, wie es war.«

»Und besser wohl auch nicht, schätze ich mal«, bemerkte Gunny.

»Ganz und gar nicht«, bestätigte Patrick.

»Wollen wir das wirklich sehen?«, fragte ich.

»Nein«, lautete Patricks Antwort. »Aber ihr müsst.«

Wir befanden uns wieder in dem Bibliothekszimmer von vorhin. Patrick wies auf die Stühle. Gunny nahm Platz, aber ich war zu nervös. Wenn ich so aufgedreht bin, kann ich kaum stillsitzen.

»Okay, also von vorn«, begann Patrick. »Ihr wisst noch, was ich über mathematische Gleichungen gesagt habe? Dass, wenn man eine Zahl ändert, das Ganze einen anderen Wert annimmt?«

»Ja«, antwortete ich zögernd.

»Also, das stimmt zwar, aber es kommt auch darauf an, welche Zahl man ändert«, erklärte Patrick. »Manche Änderungen machen für die gesamte Gleichung nur einen geringen Unterschied, andere haben erheblich größere Auswirkungen.«

»Und die *Hindenburg?*«, fragte Gunny. »Wie steht es da mit den Auswirkungen?«

Patrick musste sich setzen. Es war, als könnte er das Gewicht dessen, was er zu sagen hatte, kaum tragen.

»Saint Dane hat den Jackpot geknackt«, sagte er. »Er hat ein einzelnes Ereignis in der Geschichte gefunden, von dem die gesamte Zukunft abhängt. Wenn er sein Ziel erreicht, stürzen alle drei Territorien ins Chaos.«

Genau das hatte ich auf gar keinen Fall hören wollen. »Wie kann eine einzige Veränderung so weit reichende Folgen haben?«, wollte ich wissen.

»Das ist es, was ich euch zeigen muss«, erwiderte Patrick. Er drückte die weiße Taste an seiner Armlehne und rief: »Computer! *Hindenburg,* Alternativszenario. Erstes Element.«

Augenblicklich erschien vor uns das Bild von Max Rose.

»Es dreht sich alles um diesen Maximilian Rose«, erklärte Patrick. »Er fing 1935 an, mit den Nazis Geschäfte zu machen.«

»Das wissen wir«, unterbrach ich. »Er sagte, er lieferte ihnen Werkzeug und Schrottmetall.«

»Das war aber nicht das Einzige, was er ihnen lieferte«, erklärte Patrick. »Computer. Zweites Element.«

Vor uns erschien eine Gruppe Männer, die ich allesamt nicht kannte. Es waren lauter Weiße mit Kurzhaarfrisur und Anzug, dem Anschein nach ziemlich langweilige Typen.

»Wer ist das?«, fragte Gunny.

»Spione«, anwortete Patrick prompt.

»Spione?«, wiederholte ich. »Du meinst so was wie James Bond?«

»Industriespione«, erklärte Patrick. »Typen, die Unternehmensgeheimnisse verkaufen, Informationen über Neuentwicklungen und Herstellungsmethoden. Das hier sind alles Amerikaner, die für Max Rose gearbeitet haben. Manche wurden mit Geld bestochen, andere wurden von Roses Leuten eingeschüchtert. Jeder von ihnen hatte Zugang zu wertvollen Geheiminformationen, auf die die Nazis ganz scharf waren.«

»Und Max Rose hat den Nazis diese Informationen verkauft?«, mutmaßte Gunny.

»Genau. Das heißt, bis zum 6. Mai 1937. Computer. Drittes Element.«

Die Spione verschwanden und wurden durch das Bild eines Autowracks ersetzt. Da musste ein ziemlich übler Unfall passiert sein, denn der Wagen war nur noch ein Haufen Blech. Aus diesem Schrotthaufen war garantiert niemand mehr lebend herausgekommen.

»6. Mai, 18.50 Uhr«, kommentierte Patrick. »Kreuzung zwischen Toms River Road und Route 527 … Max Rose kommt bei einem Zusammenstoß mit einem Polizeifahrzeug ums Leben. Aber das allein hätte seine Spionagemachenschaften nicht zum Erliegen gebracht, denn er hatte Gefolgsleute, die genau da weitergemacht hätten, wo er aufgehört hatte. Bis auf eine Kleinigkeit. Viertes Element.«

Das Autowrack verschwand und wir sahen das vertraute Bild der brennenden *Hindenburg*.

»Als die *Hindenburg* verunglückte, verbrannte mit dem Luftschiff auch eine gewaltige Zahlung der Nazis an Max Rose«, erklärte Patrick. »Aufzeichnungen belegen, dass sich vier Millionen Dollar Bargeld, Wertpapiere, Edelsteine und Kunstgegenstände an Bord befanden. All das ging in siebenunddreißig Sekunden in Rauch auf.«

»Pech für Rose«, bemerkte Gunny.

»Mehr als nur Pech. Der Verlust dieser Zahlung bedeutete für Roses Organisation den Untergang«, sagte Patrick. »Schulden konnten nicht bezahlt werden. Verbindungen brachen ab. Manche der Spione tauchten wieder unter und man hörte nie mehr etwas von ihnen. Andere wurden festgenommen. Fazit: Der Absturz der *Hindenburg* hat Roses Spione arbeitslos gemacht.«

»Okay«, sagte ich. »Jetzt wissen wir, was passiert *ist*. Und was *wäre* laut deinem Computer passiert, wenn die *Hindenburg* nicht abgestürzt wäre?«

Patrick zögerte kurz, dann stand er auf und begann auf und ab zu gehen.

»Ich habe eine einzige Variable verändert«, sagte er schließlich. »Ich habe eingegeben, die *Hindenburg* sei unversehrt gelandet.« Patrick holte tief Luft, ehe er fortfuhr: »Der Computer brauchte zwanzig Minuten, um sämtliche Veränderungen zu berechnen. Pendragon, das ist ungefähr so, als würde ein Computer auf Zweite Erde Jahrtausende brauchen. So weit reichend waren die Auswirkungen. Jede Ressource, jede Datenbank, jedes gespeicherte Bit wurde mit einbezogen. Sämtliche anderen Zugänge in der Bibliothek sind wegen Systemüberlastung ausgefallen. So was habe ich noch nie erlebt.«

»Und? Zeig uns, was dabei rausgekommen ist«, forderte ich ihn auf.

Patrick setzte sich wieder auf seinen Stuhl, drückte die Taste und sagte matt: »Fünftes Element.«

Ein Mann erschien. Ein einzelner Mann mit grau meliertem Haar. Er war klein, trug eine Brille mit Drahtgestell und einen grauen Anzug. Der Anblick sagte mir überhaupt nichts.

»Das ist Dani Schmidt«, erläuterte Patrick nervös. »Ein Physiker, der für die Nazis gearbeitet hat. Er ist nicht in die Geschichte eingegangen, weil er keine Erfolge erzielte. Das Projekt, dem er die letzten Jahre seines Lebens widmete, wurde nie zu Ende geführt. Er wurde 1944 von den Nazis hingerichtet. Sein einziges Verbrechen bestand darin, dass er versagt hatte. Doch das war unter dem alten Szenario. Wenn die *Hindenburg* nicht zerstört worden wäre, hätte sein Leben eine andere Wendung genommen. Sechstes Element.«

Das Bild von Dani Schmidt verschwand, und stattdessen erschien ein großes graues Gerät, das aussah wie ein besonders dicker Torpedo.

»Nachdem die *Hindenburg* sicher gelandet war, nahmen Max Roses Leute die Zahlung in Empfang, die seine Spionagegeschäfte in Gang hielt. Es wurden immer mehr gestohlene Informationen an die Nazis geliefert, die sie wiederum an Dani Schmidt weitergaben. Es waren wissenschaftliche Daten, die sie nie bekommen hätten, wenn die *Hindenburg* zerstört worden wäre.«

»Und was ist das da?«, fragte ich und deutete auf den grauen Torpedo.

»Das war Dani Schmidts Projekt«, antwortete Patrick. »Mithilfe der gestohlenen Informationen aus den Vereinigten Staaten gelang es ihm, die letzten Puzzleteile zusammenzufügen.« Patrick holte tief Luft. »Siebtes Element.«

Das Bild des Torpedos wurde durch ein Bild ersetzt, das mir bestens bekannt war: eine Luftaufnahme von Washington D. C. Ich konnte das Kapitol erkennen, das Washington Monument und das Lincoln Memorial.

»24. Mai 1944«, sagte Patrick mit zittriger Stimme. »Die Deutschen waren auf dem Rückzug. Zwei Wochen später würden die Alliierten in Europa einmarschieren. Der Krieg würde nur noch ungefähr ein Jahr dauern, doch an diesem Punkt kam Dani Schmidts Projekt ins Spiel.«

Was dann folgte, verwandelte meine Knie in Pudding. Vor uns sahen wir – so lebensecht, als würden wir von einem Flugzeug aus zusehen –, wie Washington D. C. von einer Atombombe getroffen wurde. Die Stadt wurde vaporisiert. Die bekannte grauenhafte pilzförmige Wolke stieg über der in Schutt und Asche liegenden Hauptstadt wie ein düsterer Grabstein auf.

»Das geschah um 10 Uhr morgens«, sagte Patrick. »Und es war erst der Anfang. Achtes Element.«

Die Trümmer von Washington D. C. wurden durch ein Bild von Manhattan Island ersetzt.

Gunny hauchte: »O nein.«

*Wumm.* Auch New York wurde zu Schutt gebombt.

»Diese Bombe schlug um 10.15 Uhr nördlich von Manhattan ein. Neuntes Element.«

Der Atompilz über New York wurde durch eine Luftansicht von London abgelöst. *Wumm.* London war Geschichte.

»10.25 Uhr. Die Nazis setzten Langstreckenbomber mit den ersten Atombomben der Welt ein.«

»Aufhören!«, schrie ich.

»Beenden«, sagte Patrick leise, und das Bild des zerstörten London verschwand.

»Woher kann diese Maschine das wissen?«, fragte ich. »Das ist doch bloß geraten.«

»Nein, das ist es nicht«, widersprach Patrick. »Genau das haben die Nazis geplant. Nur dass es ihnen nicht gelang, eine entsprechende Bombe zu entwickeln, und der Plan so nie in die Tat umgesetzt werden konnte. Mithilfe der Informationen, die über Max Roses Spionagenetzwerk aus den USA geschleust wurden, konnte Dani Schmidt sein Werk vollenden. Hier geht es nicht um Ratespielchen, sondern um handfeste Fakten. Wenn die *Hindenburg* ihr Ziel wohlbehalten erreicht, werden die Deutschen als Erste die Atombombe entwickeln. Und sie werden sie einsetzen.«

»Wie geht es danach weiter?«, fragte Gunny leise. Der Schock stand ihm ins Gesicht geschrieben. »Ich will es nicht sehen, sag es mir einfach.«

»Der Nordosten der Vereinigten Staaten wird von

den beiden Einschlägen größtenteils verwüstet. Die Gegend ist auf Jahre hinaus verstrahlt. Pendragon, dein Zuhause, Stony Brook in Connecticut, wird nicht mehr existieren. Dafür sorgen die Erdstöße, die die Bombenexplosion in New York auslöst.«

Jetzt musste ich mich setzen. Aufgekratzt war ich nicht mehr, mir war nur noch schlecht.

»Im Endeffekt läuft es darauf hinaus, dass die Deutschen den Krieg gewinnen«, erzählte Patrick weiter. »Adolf Hitlers Weltmachtvisionen werden Wirklichkeit. Wie ihr euch vorstellen könnt, nimmt die gesamte Geschichte von da an einen völlig anderen Lauf. Ich will euch nur noch eins zeigen. Element sechsundfünfzig.«

Über der Plattform erschien eine weitere Luftansicht, diesmal von New York City. Ich erkannte die Stadt allerdings nur an einem Gebäudeteil, der mich an das Empire State Building erinnerte. Doch es war nicht das hohe, majestätische Gebäude, das ich kannte. Es bestand nur noch aus den obersten paar Stockwerken, die offenbar als Einzige die Bombenexplosion überstanden hatten. Der Rest musste darunter weggebrochen sein. Wir bekamen noch weitere Bilder der verwüsteten Stadt zu sehen. Menschen standen nach Lebensmitteln Schlange. Kinder schliefen im Freien, hungrig und frierend. Wo früher Straßen gewesen waren, hatten die Leute nun Zelte aufgeschlagen. Tausende und Abertausende von Menschen lebten wie die Ratten in den Trümmern.

»War das direkt nach dem Bombeneinschlag?«, fragte ich.

Patrick antwortete: »Dies ist eine Ansicht von New York City auf Dritte Erde, mehr als dreitausend Jahre später. Heute.«

Dann entdeckte ich etwas, das mir die Tränen in die Augen trieb. Entlang der ehemals verkehrsreichen Fifth

Avenue lag ein grünliches Gebilde, das als provisorische Unterkunft genutzt wurde. Es war bestimmt zehn Häuserblocks lang. In die Seiten waren Löcher geschlagen, durch die die Menschen hinein- und herauskrochen. Der Anblick war atemberaubend und entsetzlich zugleich, denn was da auf der Seite lag, umgestürzt und verwüstet inmitten der Trümmer ehemals stolzer Wolkenkratzer, war die Freiheitsstatue.

»Ich wiederhole es noch einmal«, sagte Patrick leise, aber bestimmt. »Saint Dane hat den Jackpot geknackt. Er hat den perfekten Zeitpunkt in der Geschichte gefunden, an dem er durch seine Einmischung gleich drei Territorien auf einen Schlag auslöschen kann. Kein Zweifel.«

Die Bilder verschwanden. Gut, denn ich hätte den Anblick keine Sekunde länger ertragen. Wir drei saßen schweigend da. Immerhin hatten wir gerade das Jüngste Gericht mit angesehen. Darauf weiß man wohl schwerlich etwas zu sagen.

»Ist jeder Irrtum ausgeschlossen?«, wollte Gunny wissen.

»Einzelne Details könnten vom Szenario abweichen«, antwortete Patrick. »Aber die Grundsituation wäre dieselbe. Wenn Max Rose weiterhin sein Spionagenetzwerk betreibt, werden die Deutschen als Erste die Atombombe entwickeln und sie auf England und die Vereinigten Staaten abwerfen.«

Ich hatte genug gehört. Wir waren bereits zu dem Schluss gekommen, dass es ein Fehler wäre, die *Hindenburg* zu retten, das konnte man allein schon daran erkennen, wie großartig Dritte Erde war. Aber jetzt, nachdem Patrick uns dieses Grauen vor Augen geführt hatte, waren auch meine letzten Zweifel wie von einem Orkan weggefegt. Ich wusste, was ich zu tun hatte.

Ich stand auf. »Wir sind im falschen Territorium.«

Gunny erhob sich ebenfalls. »Allerdings, das sind wir«, bekräftigte er energisch.

»Ich komme mit«, verkündete Patrick. »Ich will euch helfen.«

Gunny warf mir einen Blick zu. Ich fragte mich, ob es so gut wäre, Patrick dabeizuhaben.

»Ich glaube, das lassen wir besser, Patrick«, wandte Gunny ein. »Wenn wir zurück sind, müssen wir ein ziemliches Tempo vorlegen. Wir hätten keine Zeit, dir alles zu erklären, was du über Erste Erde wissen müsstest. Ich will dir ja nicht zu nahe treten, aber möglicherweise wärst du eher hinderlich als nützlich.«

Gunny hatte völlig Recht. Patrick hätte die einfachsten Dinge nicht gewusst; zum Beispiel wie man eine stark befahrene Straße überquerte. Wir konnten es uns nicht leisten, uns von irgendjemandem aufhalten zu lassen, auch nicht von einem Freund.

»Ich verstehe«, erwiderte Patrick mit enttäuschter Miene.

»Außerdem hast du deinen Beitrag schon geleistet«, fuhr Gunny fort. »Jetzt sind wir dran.« Dann wandte er sich mir zu. »Bist du bereit, Kleiner?«

Was sollte ich darauf antworten? Wie könnte irgendjemand für das, was jetzt vor uns lag, bereit sein? Trotzdem, mir war klar, warum Gunny mir diese Frage stellte. Erst vor wenigen Minuten war ich ausgerastet und hatte mein früheres Leben zurückhaben wollen. Natürlich war es wichtig, Saint Dane daran zu hindern, die Territorien zu vernichten und Halla in seine Gewalt zu bringen – das wusste ich, aber dennoch kam mir das alles wie ein Fantasymärchen vor. Ich war es leid, in einem Fantasymärchen zu leben. Doch nachdem ich gesehen hatte, was Saint Dane mit den drei Erd-Territorien vorhatte, war das Märchen plötzlich grauenhaft real geworden. Seine Pläne betrafen auch meine Heimat. Was sollte ich also auf eine derartig große Frage antworten?

»Voll und ganz.«

Gunny lächelte. Nächster Halt: Erste Erde.

Bevor wir uns zurückflumten, schrieb ich noch in der Bibliothek den größten Teil dieses Journals. Ich wollte damit nicht bis nach unserer Rückkehr warten, denn falls mir etwas zustoßen sollte … nun, sagen wir einfach, ich wollte sicherstellen, dass dieses Journal geschrieben wurde. Ich vertraute darauf, dass das Flume uns rechtzeitig zurückbringen würde.

Patrick fuhr uns mit dem Auto wieder hoch in die Bronx und begleitete uns bis zu der Überdachung, unter der der Eingang zur U-Bahn-Station lag.

»Wir werden uns wiedersehen«, sagte Gunny mit Bestimmtheit. »Und zwar hier auf Dritte Erde. Auf *dieser* Dritte Erde.«

Patrick nickte. Er schien nicht so zuversichtlich wie Gunny. Dann wandte er sich an mich. »Pendragon, dein Onkel hat mal zu mir gesagt, wenn ich je an mir selbst zweifeln würde oder an unserer Mission, dann sollte ich mein Vertrauen in dich setzen. Was meinst du, soll ich mein Vertrauen in dich setzen?«

Wow! *Das* hatte Onkel Press über mich gesagt? Patrick suchte nach einer Art Garantie dafür, dass alles gut würde. Ich wünschte, ich könnte sie ihm geben.

»Keine Ahnung, warum er das gesagt hat«, antwortete ich wahrheitsgemäß. »Aber eins weiß ich: Du kannst dein Vertrauen ruhig in uns setzen – weil sonst ohnehin niemand dafür infrage kommt.«

In dieser tiefernsten Stimmung nahmen wir drei Abschied voneinander.

Bevor wir in den U-Bahn-Schacht hinabstiegen, warf ich noch einen letzten Blick auf Dritte Erde. Ich hoffte inständig, all das nicht zum letzten Mal zu sehen. Dann eilten Gunny und ich über die Rolltreppe auf den Bahnsteig hinunter, von dort auf die Gleise und zurück zu dem Tor, hinter dem das Flume lag. Dort tauschten wir rasch unsere Dritte-Erde-Kleidung gegen die von Erste Erde aus, ohne ein Wort miteinander zu sprechen. Wir beide hatten nur eins im Sinn: so schnell wie möglich zurückzukehren.

»Erste Erde!«, rief ich in die Flumemündung hinein. Im nächsten Augenblick sagte ich Dritte Erde Lebewohl und raste zurück ins Jahr 1937.

Wenige Minuten später fanden wir uns inmitten der vertrauten Eindrücke von Erste Erde wieder; der Gerüche, des Lärms, der Menschenmengen und der Hektik. Nach der ruhigen, anheimelnden Atmosphäre auf Dritte Erde war das ein krasser Wechsel, aber ich muss gestehen, ich fand es nicht wirklich unangenehm. Ein bisschen kam es mir wie eine Heimkehr vor.

Nachdem Gunny und ich den Bahnsteig erreicht hatten, warteten wir auf die nächste Bahn in Richtung Süden und stiegen ein. In der Bronx gab es nicht viele unterirdische Bahnstationen und so fuhren wir nach kurzer Zeit in den verregneten Tag hinaus. So ideal Dritte Erde mir auch erschienen war, ich war dennoch froh, die Gebäude des altmodischen New York wieder zu sehen. Gunny und ich schwiegen immer noch. Wir wussten, was wir zu tun hatten.

Wir waren am frühen Morgen des 6. Mai 1937 eingetroffen, also noch rechtzeitig. Jetzt mussten wir zuerst ins Manhattan Tower Hotel zurückkehren, Spader ausfindig machen und ihm erzählen, was wir auf Dritte Erde herausgefunden hatten. Anschließend würden wir einen Plan schmieden, wie wir sicherstellen konnten, dass Winn Farrow die *Hindenburg* abschoss. Verrückte Vorstellung – wir würden bewusst dazu beitragen, dass es einem Verbrecher gelang, den Mord an sechsunddreißig Menschen auszuführen. Ich verdrängte den Gedanken schleunigst wieder, denn er war zu entsetzlich. Stattdessen sagte ich mir wieder und wieder, wir würden nur dafür sorgen, dass die Geschichte ihren vorherbestimmten Lauf nahm und Saint Dane nichts daran änderte. Das war unsere Mission, dazu waren wir hier auf Erste Erde.

Auf der Bahnfahrt beendete ich meinen Bericht. Wie ich euch schon ganz am Anfang erklärt habe, ist dies vielleicht das wichtigste Journal, das ich bisher geschrieben habe. Wenn wir scheitern und Saint Dane den Anschlag auf die *Hindenburg* vereitelt, wird sich die ganze Welt verändern, und dieses Dokument wird der einzige Beweis dafür sein, wie es hätte sein sollen.

Ein Letztes sollte ich noch erwähnen. Auch wenn es im Grunde nichts ändert, ist es dennoch wert, aufgeschrieben zu werden.

Die U-Bahn rumpelte auf die Brücke zu, die uns über den East River nach Manhattan tragen würde, doch ich sah nicht hin. Ich war vollauf mit Schreiben beschäftigt. Bis Gunny mich anstieß. Wortlos deutete er durchs Fenster hoch auf die Skyline von Manhattan. Zuerst war mir nicht klar, was er meinte, aber dann sah ich es … und hielt die Luft an.

Gerade kam es in Sicht, hoch über den höchsten Wolkenkratzern. Es schwebte dahin wie ein majestätischer Vogel, der in gelassenem Gleitflug die Landschaft unter sich absucht. Das Zeppelinluftschiff 129 – die *Hindenburg*. Sie war in Amerika eingetroffen. Mit offenem Mund betrachtete ich ehrfürchtig den gewaltigen Rumpf. So groß hatte ich mir den Zeppelin nicht vorgestellt. Auf dem Heckruder prangten unübersehbar zwei riesige schwarze Hakenkreuze auf rotweißem Grund, das Symbol der Nationalsozialisten. Der Anblick jagte mir einen Schauder über den Rücken.

Die Fahrgäste in der U-Bahn drängten sich an die Fenster, um einen Blick auf das imposante Luftschiff zu erhaschen. Sie winkten, als glaubten sie, die Besatzung und die Passagiere oben in der Gondel könnten sie sehen. Autos hupten, Menschen jubelten, manche Autofahrer hielten am Straßenrand an, um auszusteigen und zuzusehen. Es herrschte ausgelassene Feierstimmung. Die Menschen starrten ehrfürchtig zu dem Luftschiff empor. Für sie war es ein mächtiges Zukunftssymbol.

Gunny und ich wussten es besser. Die Zukunft dieses Zeppelins war eine kurze und sie musste es sein.

Da wir gleich aussteigen müssen, komme ich jetzt zum Ende dieses Journals. Es ist ein grauenhaftes Gefühl. Wenn wir scheitern, werde ich zum letzten Mal an euch beide geschrieben haben, Mark und Courtney. Irgendwie habe ich das Bedürfnis, mich von euch zu verabschieden. Aber so darf ich nicht denken. Ich muss mir klar machen, dass in wenigen Stunden der majestätische Zeppelin, den wir gerade über Manhattan schweben sahen, in Flammen aufgehen muss.

Das ist unsere Mission. Unsere Zukunft, *eure* Zukunft hängt davon ab.

(Ende des elften Journals)

## Zwölftes Journal

# Erste Erde

Wenn ich auf das vergangene Jahr mit all seinen unglaublichen Ereignissen zurückblicke, habe ich das Gefühl, zwei entscheidende persönliche Wendepunkte erlebt zu haben.

Der erste war der Moment, als ich zum allerersten Mal in ein Flume eingesaugt wurde. Damals begriff ich, dass die Gesetze des Universums ein bisschen anders aussehen, als ich bis dahin geglaubt hatte. Seitdem musste ich mich ständig abstrampeln, um in all den Gefahren, denen ich als Reisender ausgesetzt war, den Kopf über Wasser zu halten.

Der zweite Wendepunkt kam in der Bibliothek auf Dritte Erde. Bis dahin hatte ich keine rechte Vorstellung davon gehabt, was es bedeutete, wenn ein ganzes Territorium ins Chaos stürzte. Das war alles graue Theorie gewesen. Aber als ich in Bildern vor mir sah, was Saint Dane mit den Erd-Territorien anstellen wollte … Mann! Da fiel es mir schlagartig wie Schuppen von den Augen. Saint Dane musste gestoppt werden, sofort und ein für alle Mal. Ende, aus.

Bis zu diesem Zeitpunkt hatte ich es im Kopf gewusst. Jetzt fühlte ich es im Herzen.

Die Einzigen, die eine Chance haben, seinen Vernichtungsfeldzug zu beenden, sind die Reisenden. Es wäre schön, wenn wir ein Volk von unbesiegbaren Superhelden wären, deren Kräfte die der Sterblichen weit übersteigen, doch das sind wir nicht. Zwar könnte man sich kaum eine außergewöhnlichere Truppe vorstellen, aber das liegt nur daran, weil wir alle so normal sind. Es ist ein beängstigender Gedanke, dass die einzige Macht, die versucht Saint Dane an der Zerstörung Hallas zu hindern, eine Gruppe stinknormaler Menschen ist.

Und noch beängstigender ist es, zu wissen, dass ich einer von ihnen bin.

Als ich diese entsetzlichen Bilder von der Erde nach Saint Danes Sieg sah, veränderte sich etwas tief in mir. Es ist schwer in Worte zu fassen; ich habe das Gefühl, ich verstehe es selbst nicht richtig. Nennen wir es Wut. Oder Empörung. Oder Angst. Angst ist auf jeden Fall dabei. Aber nachdem ich in die Abgründe von Saint Danes Zukunftsvision geblickt habe, kann ich nicht mehr zurück. Ich stecke jetzt unwiderruflich mit drin. Ich weiß nicht, ob es richtig oder falsch oder irgendwas dazwischen ist, dass ich an dieser Aufgabe mitarbeite. Ich weiß nur, dass ich jetzt hier bin und daran nichts zu ändern ist. Es liegt bei mir und meinen Reisenden-Gefährten, Saint Dane aufzuhalten. Wir sind die Einsatztruppe. Ich akzeptiere das jetzt. Es gefällt mir nicht, aber ich akzeptiere es.

Ich schreibe euch das alles, damit ihr wisst, was ich so denke, aber auch um einiges von dem, was ich während der vergangenen paar Tage getan habe, zu erklären. Um es gleich vorwegzusagen: Ich habe es vermasselt. Gründlich. Und ich kann noch nicht einmal sagen, ob ich, wenn ich das Ganze ein zweites Mal durchleben müsste, nicht wieder genau denselben Fehler begehen würde. Das ist es, was mich momentan so verrückt macht. Saint Dane muss geschlagen werden. Ich trage einen Teil der Verantwortung dafür. Aber nach dieser Geschichte mit der *Hindenburg* weiß ich nicht mehr, ob ich der Aufgabe gewachsen bin.

Was wirklich am 6. Mai 1937 geschah, wird niemals in einer Zeitung oder einem Geschichtsbuch stehen. Es wird nur durch meine Journale und die der anderen Reisenden überliefert.

Was geschah, ist Folgendes.

Es war ein trüber, kalter Maitag. Der Himmel war grau verhangen, es war regnerisch und teilweise sogar gewittrig. Die *Hindenburg* hätte am frühen Morgen in New Jersey eintreffen sollen, aber das schlechte Wetter zwang sie, fast den ganzen Tag lang über der Gegend von New York zu kreisen. Die Geschichte nahm ihren vorgesehenen Lauf. Bis hierher jedenfalls.

Irgendwie herrschte eine unheilvolle Atmosphäre. Ich weiß nicht, ob es das Wetter war oder das, was bevorstand, jedenfalls lag Spannung in der Luft.

Gunny und ich beeilten uns, das Manhattan Tower Hotel zu erreichen.

Aber von dem Moment an, als wir unser Zimmer in der sechsten Etage betraten, lief alles aus dem Ruder. Spader war verschwunden. Er hatte uns eine Nachricht hinterlassen.

*Pendragon und Gunny,*

*ich schreibe dies am Morgen des 6. Mai. Als ihr zwei nicht rechtzeitig zurückkamt, war ich überzeugt, wir hätten verloren. Doch ich habe in diesem Radio-Sprech-Ding gehört, dass die Hindenburg verspätet landen wird. Es tut mir Leid, Kumpel, aber ich kann nicht länger auf euch warten. Ich fahre allein nach New Jersey. Ich habe rausgefunden, wie man mit dem Bus fährt, und genau das werde ich tun. Ich verspreche, dass ich alles unternehmen werde, was in meiner Macht steht, um dieses Luftschiff zu retten.*

*Hobey-Ho*

*Spader*

»Er ist auf dem Weg nach New Jersey«, rief ich. »Er *wusste* doch, dass wir zusammenbleiben sollten!« Zornig schleuderte ich den Zettel von mir.

»Es ist noch früh«, sagte Gunny beschwichtigend. »Wir haben den ganzen Tag Zeit, uns etwas einfallen zu lassen.«

»Ja, aber ist dir klar, was das hier heißt? Max Rose weiß von Winn Farrows Plan. Du erinnerst dich, Spader hat ihm davon erzählt. Dadurch wurde die Geschichte bereits verändert. Erster Schlag. Jetzt ist Spader auch noch auf eigene Faust losgezogen und versucht seinerseits Winn Farrow zu stoppen. Zweiter Schlag. Wir müssen jetzt Max Rose *und* Spader aufhalten.«

»Bis zum dritten Schlag kann noch eine ganze Menge passieren«, entgegnete Gunny ruhig. »Ich denke, als Erstes sollten wir mit Max Rose reden.«

»Warum?«, fragte ich.

»Er vertraut dir. Vielleicht erfahren wir von ihm, was er gegen Winn Farrow unternehmen will.«

Okay, das klang vernünftig. Wenigstens einer von uns konnte noch klar denken. Auch wenn es sich dabei nicht um mich handelte.

»Wir sehen zu, dass wir so viel wie möglich rauskriegen«, fuhr Gunny fort. »Dann nehmen wir Caplesmiths Wagen und fahren runter nach New Jersey. Vielleicht kommen wir sogar noch vor Spader an.«

Ich nickte. Der Plan klang gut.

»Bist du wieder okay?«, erkundigte sich Gunny.

»Klar, alles in Ordnung«, versicherte ich. Mein Puls kam allmählich wieder von dreihundert Schlägen pro Minute runter.

»Ein weiser Mensch hat mal gesagt, dass wir nur dann eine Chance haben, wenn wir überlegt handeln und zusammenhalten.«

Ich warf Gunny einen Blick zu und lächelte. »Das hab ich gesagt.«

»Ist das tatsächlich von dir, Kleiner?«, fragte Gunny mit gespielter Überraschung. »Ich dachte, ich hätte es irgendwo anders gehört.«

»Okay, hab's begriffen«, sagte ich. »Hiermit bin ich offiziell wieder runter von der Palme.«

Wir fuhren mit dem Aufzug hoch zur dreißigsten Etage, um mit Max Rose zu sprechen. Ich hatte keine Ahnung, was wir ihm sagen sollten, aber es war der nächstliegende Ansatzpunkt. Wie wir die Sache anpacken würden, mussten wir dann vor Ort entscheiden. Im Aufzug trafen wir auf einen reichlich verwirrten Dewey.

»Was ist hier los?«, wollte er wissen.

»Wie meinst du das?«, fragte Gunny zurück.

»Hier gehen schon den ganzen Tag alle möglichen Leute im Penthouse ein und aus«, erwiderte Dewey. »Zieht Max Rose aus?«

Gunny und ich wechselten einen Blick. Was auch immer Max Rose plante, um Winn Farrow aufzuhalten – offenbar hatte er bereits begonnen seine Pläne in die Tat umzusetzen. Als der Aufzug hielt, stiegen Gunny und ich rasch aus. Dewey schloss die Tür wie gewohnt so hastig, dass man hätte meinen können, er fürchtete sich vor bösen Geistern.

Sobald wir in den Flur traten, wussten wir, dass etwas nicht stimmte. Die beiden Gangster, die sonst immer Wache gestanden hatten, waren verschwunden. Keine Bodyguards weit und breit. Gunny und ich rannten zum Eingang des Penthouse. Vor der Tür blieben wir kurz stehen um Atem zu schöpfen, damit man uns unsere Aufregung nicht allzu deutlich ansah. Dann klingelten wir. Keine Reaktion. Wir klingelten noch einmal. Es öffnete immer noch niemand. Da bemerkte

Gunny, dass die Tür noch nicht mal geschlossen war. Er stupste mit dem Finger dagegen und sie öffnete sich mit einem leisen Quietschen.

»Hallo?«, rief Gunny. »Bell Captain!«

Keine Antwort. Wir wagten uns hinein. Alles sah aus wie immer, nur dass niemand da war.

»Hallo?«, rief Gunny noch einmal. Immer noch keine Reaktion.

»Riechst du das?«, fragte ich.

Gunny schnupperte. »Rauch«, stellte er fest.

Wir sahen uns hastig um. Gunny entdeckte es als Erster: Rauch quoll unter der Tür zu Max Roses Arbeitszimmer hervor. Wir rannten darauf zu und rissen die Tür auf. Rauchschwaden schlugen uns entgegen. Der Raum stand in Flammen.

»Ich hole den Schlauch«, rief Gunny und rannte zurück auf den Flur. Wenige Sekunden später zerrte er einen dicken Feuerwehrschlauch ins Penthouse. »Geh das Wasser aufdrehen«, wies er mich an.

»Mach bloß nicht die Tür zu!«, schrie ich. »Die geht von innen nicht auf.«

Ich rannte auf den Gang hinaus und am Schlauch entlang bis zum Wasserhahn. Rasch betätigte ich die Kurbel und gleich darauf war der schlaffe Schlauch prall gefüllt. Ich sprintete ins Penthouse zurück und kam gerade noch rechtzeitig um zuzusehen, wie Gunny das Feuer fachmännisch bekämpfte. Rauchwolken und Dampfschwaden drangen aus dem Zimmer, während er die Flammen bearbeitete. Sekunden später war alles vorbei.

»Okay, du kannst wieder abstellen«, verkündete er.

Ich rannte erneut auf den Gang hinaus und drehte das Wasser ab. Dann kehrte ich ins Arbeitszimmer zurück, um den Schaden zu begutachten. Welch eine Verwüstung! Das Zimmer sah aus wie das Innere eines

Barbecue-Grills. Der Geruch war auch nicht ohne. Zum Glück war der Schaden auf diesen einen Raum begrenzt. Wenn wir nur ein paar Minuten später gekommen wären, hätte sich das Feuer ausgebreitet.

»Das war Brandstiftung«, stellte Gunny fest. Er trat ein paar Mülleimer um, die voller Asche und Wasser waren. »Um Beweismaterial zu vernichten, schätze ich.«

Erst jetzt fiel mir auf, dass die Aktenschränke offen standen und leer waren. Ebenso die Schreibtischschubladen. Max Rose verwischte seine Spuren. Jeder Fetzen Papier in diesem Zimmer war zu Asche verkohlt. Es war nichts zurückgeblieben, das Roses Verbindung zu seinem Spionagenetzwerk belegt hätte – oder die zu den Nazis.

»Ich schätze, das heißt, sie sind alle ausgeflogen«, sagte ich.

»Anzunehmen«, stimmte Gunny mir zu. »Aber wir sollten uns trotzdem schnell umsehen.«

Nachdem wir dem gefluteten Brandschauplatz den Rücken gekehrt hatten, durchsuchten wir das Penthouse nach Lebenszeichen. Wir sahen in den Schlaf- und Wohnzimmern nach, in der Küche und im Esszimmer. Keine Menschenseele, und auch in diesen Räumen waren sämtliche Schubladen leer. Klarer Fall, Max Rose hatte sich aus dem Staub gemacht. Wir wussten auch, wohin er unterwegs war. Er hatte ein Date mit einem Zeppelin.

Die letzte Station unserer Suche war das große Wohnzimmer, in dem ich Rose und Ludwig Zell seinerzeit das Essen serviert hatte. Auch dort war niemand.

Gunny sagte: »Wir verschwenden hier nur unsere Zeit. Ich hole Caplesmiths Wagen, damit wir nach …«

Plötzlich hörten wir ein Geräusch, das mir die Haare zu Berge stehen ließ. Jemand klatschte langsam und gleichmäßig in die Hände. Das Penthouse war doch nicht ganz verlassen. Gunny und ich wechselten einen Blick, dann wandten wir uns langsam zur Tür um. Da stand, schön wie eh und je, Esther Amaden. Für ihre Freunde Harlow. Für ihre Feinde Saint Dane. Sie applaudierte spöttisch.

»Ich gratuliere, Jungs«, schnurrte ›sie‹. »Ich nehme an, ihr habt das Rätsel endlich gelöst.«

»Du solltest wenigstens den Mumm haben, dich zu erkennen zu geben«, versetzte ich trotzig.

Die schöne Frau schloss die Tür hinter sich. Gunny warf mir einen neugierigen Blick zu. Er konnte sich kaum vorstellen, dass diese umwerfende Filmstar-Schönheit in Wirklichkeit der dämonische Reisende sein sollte, der drauf und dran war, drei Territorien in Schutt und Asche zu legen. Aber ich wusste es besser. Ich hatte Saint Dane schon in den unmöglichsten Gestalten gesehen.

»Ganz wie du willst, Pendragon«, erwiderte ›sie‹ lächelnd.

Und dann vollzog Esther Amaden die Verwandlung, die mir inzwischen schon so vertraut war. Es sah aus, als ob ihr Körper sich verflüssigte, während sie die Maske der schönen Sängerin ablegte. Der Körper wuchs auf mehr als zwei Meter an. Der rosige Teint wich einer leichenhaften Blässe. Das kurze dunkle Haar wurde zu einer langen grauen Mähne. Der seidige Morgenrock färbte sich schwarz und nahm die Form eines Anzugs an, der, wie ich schon früher schrieb, ein wenig an fernöstliche Kleidung erinnerte. Der letzte Schritt war immer am schwersten mit anzusehen: die Augen. Harlows sanfte, verträumte braune Augen wurden rasiermesserscharf und in ihnen funkelte das eisblaue Feuer unseres Erzwidersachers. Saint Dane.

Ich spürte Gunnys Überraschung und Angst. Er wich

einen Schritt zurück. Es war das erste Mal, dass er die Transformation erlebte, und er sah auch zum ersten Mal Saint Dane in seiner wahren Gestalt.

»Besser so?«, zischte Saint Dane mit einem verzerrten Grinsen. »Wir verbringen wirklich zu wenig Zeit miteinander, Pendragon, nicht wahr?«

Ich musste meine ganze Willenskraft aufbieten, um nicht zu schreien.

## Zwölftes Journal
(Fortsetzung)

# Erste Erde

»Du hast mich enttäuscht, Pendragon«, sagte Saint Dane. »Ich habe dir so viele Hinweise ausgestreut – wie Brotkrumen im Wald –, und trotzdem hast du bis jetzt gebraucht, um meine kleine Verschwörung aufzudecken. Die Zeit wird knapp. Verlierst du allmählich das Interesse?«

Saint Dane spazierte lässig durchs Zimmer, die Hände hinter dem Rücken verschränkt. Gunny und ich hielten uns auf Distanz. Es war, wie zusammen mit einem wilden Tier eingesperrt zu sein. Bei diesem Typen konnte man nie wissen, was als Nächstes kam.

»Ich nehme an, seit du die weise Führung deines Onkels entbehren musst, hast du es noch schwerer als bisher, mit mir Schritt zu halten.«

O Mann. Dieser Typ zielte aber auch mit Vorliebe dahin, wo es am meisten wehtat.

Dann fügte er hinzu: »Ich muss gestehen, du hast mich sowohl in Denduron als auch in Cloral überrascht.«

»Warum das?«, wollte ich wissen.

»Du warst ein ernst zu nehmender Faktor. Das räume ich ein. Und ich muss mich für meine Dummheit entschuldigen. Ich habe einen Fehler begangen, als ich dich fragte, ob du dich mir anschließt.«

»Gut erkannt«, versetzte ich prompt. »Ich werde mich unter keinen Umständen jemals auf deine Seite schlagen.«

Saint Dane blieb stehen und lächelte. Er genoss diese Szene sichtlich.

Ganz im Gegensatz zu mir.

»Du missverstehst mich«, entgegnete er. »Mein einziger Fehler war, dass ich dir diese Frage zu früh gestellt habe. Dadurch musst du den Eindruck gewonnen haben, ich sei in gewisser Weise … angreifbar.« Er kicherte in sich hinein. »Ich versichere dir, das bin ich nicht. Darum habe ich mich entschieden, dieses Spiel hier in den Erd-Territorien anzuzetteln, in deiner Heimat. Ich wollte dir vor Augen führen, wie leicht ich dich wie eine Marionette tanzen lassen kann. *Meine* Marionette. Ganz gleich, welchen Eindruck du bei unseren früheren Begegnungen gewonnen hast – ich habe alles unter Kontrolle.«

»Hast du nicht«, widersprach Gunny energisch. »Nicht mehr.«

Saint Dane stieß ein tiefes, bellendes Lachen aus. Wie ich es hasste!

»Welch ein amüsanter alter Mann«, gluckste Saint Dane.

»Alt genug um zu wissen, wie man mit deinesgleichen umgeht«, konterte Gunny.

»Oooh«, grölte Saint Dane mit gespieltem Entsetzen. »Vergib mir, wenn ich es versäume, mich vor einem alten Mann zu fürchten, der nicht einmal den Mut besitzt, ein Gewehr abzufeuern.«

»Wenn du denkst, du kannst mir mit solchen Sprüchen was anhaben, bist du auf dem Holzweg«, entgegnete Gunny ohne zu zögern.

»Wart's nur ab, Gunny«, fauchte Saint Dane zurück. »Wenn ich erst mit dir fertig bin, wirst du begriffen haben, dass ich dir eine ganze Menge anhaben kann.«

Saint Dane ging zu der Glastür, die auf den Balkon führte. Er stieß sie auf, sodass der frostige Wind hereindrang. Mit dem Rücken zu uns blieb er stehen und blickte über die graue Stadt hinaus.

»Weißt du, Pendragon, mein Sieg hier auf Erste Erde bedeutet viel mehr als den Untergang dreier Territorien. Was das Ganze so wunderbar einzigartig macht, ist die Tatsache, dass du derjenige bist, der die Arbeit für mich erledigt.«

Das war eine rätselhafte Bemerkung. Sie gefiel mir nicht, ganz und gar nicht.

»Wir wissen, was hier vor sich geht, Saint Dane«, sagte ich. »Wir wissen, was passieren wird, wenn die *Hindenburg* nicht abstürzt. Wir waren auf Dritte Erde.«

Saint Dane fuhr herum und rief: »Aber natürlich wart ihr auf Dritte Erde! Darauf hatte ich doch gezählt. Ich *wollte,* dass ihr erfahrt, was passieren würde.«

Mit dieser Reaktion hatte ich nicht gerechnet. Gunny und ich wechselten einen raschen Blick.

Saint Dane kicherte. »Ihr habt es immer noch nicht begriffen, wie? Ich habe euch und eure wackeren Mitstreiter an der Nase herumgeführt wie die Zirkushunde. Alles, was bisher passiert ist – jede Wendung, jede Überraschung –, habe ich selbst eingefädelt. Dass ich auf Erste Erde bin, wusstet ihr durch die Gewehrkugeln, die deinen Onkel getötet haben. Aber um ganz sicherzugehen, habe ich mich zuerst nach Veelox geflumt. Diese nervige kleine Reisende kam sich ja so was von schlau vor, als sie meinen Auftritt aufzeichnete. Noch deutlicher konnte ich mein Ziel doch nun wirklich nicht kundtun, ich hätte mir genauso gut ein Schild umhängen können.«

Ich dachte an das Hologramm, das Aja Killian uns gezeigt hatte – wie Saint Dane auf Veelox aus dem Flume zum Vorschein kam, nur um »Erste Erde« zu rufen und wieder zu verschwinden. Wenn ich jetzt so darüber nachdachte, war das in der Tat überdeutlich gewesen.

»Nachdem ich euch hergelockt hatte, brauchte ich

nur noch dafür zu sorgen, dass ihr Winn Farrows Plan, die *Hindenburg* abzuschießen, aufdecken würdet. Mir war klar, wenn ihr davon wüsstet, würdet ihr alles Erdenkliche tun, um den Anschlag zu verhindern. Die Vorstellung, dass Unschuldige ums Leben kommen, ist redlichen Gemütern wie euch einfach unerträglich.«

Während Saint Dane redete, erinnerte ich mich an die Ereignisse zurück, die zu unserer Bekanntschaft mit Winn Farrow geführt hatten.

»Und die Gangster in der U-Bahn?«, fragte ich.

»Ich habe sie zum Flume geholt, um euch auf Winn Farrows Spur zu bringen«, antwortete er. »Dass Press dabei umkam, war nur das Sahnehäubchen.«

Ich bemühte mich krampfhaft, diese Bemerkung an mir abprallen zu lassen.

»Aber sie haben versucht uns umzubringen. Zwei Mal sogar.«

»Sie sollten euch warnen, euch von Winn Farrow fern zu halten, denn mir war natürlich klar, dass ihr euch daraufhin auf ihn stürzen würdet wie die Ratten auf den Müll. Euch umzubringen war ihre eigene Idee. Idioten. Darum musste ich einen von ihnen aus dem Weg schaffen. Um genau zu sein: Harlow musste das.«

»Der Gangster, der aus dem Hotel stürzte, wurde von Harlow hinabgestoßen? Ich meine, von dir?«, fragte Gunny verblüfft.

Saint Dane antwortete mit einer stolzen Verbeugung. Jetzt wussten wir, wer Mr Fiesen Gangster auf dem Gewissen hatte. Saint Dane.

»Ich konnte doch nicht zulassen, dass er euch umbringt«, sagte er. »Nicht bevor mein Drama zu Ende gespielt war. Man könnte sagen, ich war euer Schutzengel, Pendragon.«

Mir fiel etwas ein. »In dem Schlachthaus hast du die Tür offen gelassen, damit wir entkommen konnten.«

»Wiederum schuldig im Sinne der Anklage«, bestätigte er hämisch.

Dann trat er einen Schritt zurück und verwandelte sich. Sein Körper schien sich wiederum zu verflüssigen und er wurde ... Ludwig Zell.

»Du warst auch Zell?«, rief ich überrascht.

»Bis vor kurzem nicht«, entgegnete Zell/Saint Dane. »Aber nachdem Max Rose von dem geplanten Anschlag auf die *Hindenburg* wusste, war mir klar, dass er Herrn Zell warnen würde.«

Zell/Saint Dane ging zu einem Wandschrank hinüber.

»Da ich nicht zulassen konnte, dass unser Nazifreund den Zeppelin umkehren lässt, musste ich einschreiten.«

Zell/Saint Dane öffnete die Schranktür und heraus fiel die Leiche von Ludwig Zell. Dem *echten* Ludwig Zell. Er war mausetot. Ganz gleich wie viele Tote ich schon gesehen habe, ich werde mich nie daran gewöhnen.

»Der arme Ludwig war zur falschen Zeit am falschen Ort. Max Rose glaubte, er hätte seinem Verbündeten die schlechte Nachricht mitgeteilt, aber in Wirklichkeit hat er *mir* davon erzählt.«

Die Enthüllungen folgten Schlag auf Schlag. Mir wurde allmählich schwindlig.

»Aber warum?«, fragte ich. »Wenn Ludwig Zell die Deutschen gewarnt hätte, wäre die *Hindenburg* gerettet worden. Genau das willst du doch erreichen, oder nicht? Was für einen Unterschied macht es dann noch, *wie* sie gerettet wird?«

Zells/Saint Danes Miene verfinsterte sich. Er kam einen Schritt auf mich zu und nahm dabei wieder seine eigentliche Gestalt an. Seine grauenhaften Augen bohrten sich in meine und er sprach mit zusammengebissenen Zähnen.

»Weil es hier um *dich* geht, Pendragon!«, zischte er. »Es interessiert mich nicht, was aus diesem Luftschiff wird. Es interessiert mich auch nicht, was aus diesen elenden Erd-Territorien wird. Und wer von denen diesen albernen Krieg gewinnt und was sie nachher mit ihrer nutzlosen Welt anfangen, interessiert mich ebenfalls nicht.«

»Nicht?«, fragte ich verständnislos.

»In wenigen kurzen Stunden wird der Lauf deiner Welt für immer verändert werden. Die Erd-Territorien werden im Chaos versinken. Und wer wird daran schuld sein? Du! Wenn du nicht hergekommen wärst um mich aufzuhalten, hätte die Geschichte ihren vorgesehenen Lauf genommen. Aber du musstest dich ja unbedingt einmischen. Du hast dich selbst in die Gleichung eingebracht und darum stehen jetzt drei Territorien vor dem Untergang. *Deine Heimat* steht vor dem Untergang.«

Ich starrte in Saint Danes stechende Augen. Ich weiß nicht, was mir mehr Angst einjagte: er oder das Grauen, das bevorstand. Alles, was er gesagt hatte, entsprach der Wahrheit. Wenn Spader und ich ihn nicht auf Erste Erde verfolgt hätten, wäre die *Hindenburg* dem Untergang geweiht, wie es vorgesehen war. Aber jetzt bestand dank meiner Einmischung eine reelle Chance, dass die *Hindenburg* gerettet wurde und dafür die Erd-Territorien dem Untergang geweiht waren. Dieses ganze Abenteuer war darauf angelegt, mir zu zeigen, wie leicht Saint Dane uns manipulieren konnte ... *mich* manipulieren konnte. Und allein zu diesem Zweck war er offenbar drauf und dran, drei Territorien zu vernichten.

Saint Dane meinte: »Nun, was ist es für ein Gefühl, zu wissen, dass all das deinetwegen geschieht?«

Unsere Blicke trafen sich. In diesem einen grauenhaften Moment wurde alles nur allzu klar. Ich wusste, worauf der Kampf zwischen Saint Dane und den Reisenden hinauslief. Irgendwann, irgendwo, irgendwie würde es nur noch Saint Dane geben …

… und mich. Darum tat er sein Möglichstes, sich vor mir zu beweisen. Welch entsetzliche Vorstellung! Das Einzige, was mich daran hinderte, auf der Stelle durchzudrehen, war die Gewissheit, dass der Tag der Abrechnung noch nicht gekommen war. Nein, diese Geschichte war längst noch nicht zu Ende.

»Ich kann dir sagen, was für ein Gefühl das ist«, erwiderte ich leise. »Es ist ein Gefühl, das mir sagt: Solange du noch versuchst mich zu beeindrucken, kann ich dich schlagen.«

Einen Moment lang schien die Zeit stillzustehen.

»Bildest du dir etwa ein, du hättest mich durchschaut?«, fragte er. »Bildest du dir ein, du besäßest die Kraft, mich zur Strecke zu bringen? Wir sprechen uns in ein paar Stunden wieder, nachdem du auf Zweite Erde gereist bist und da, wo einmal deine Freunde gelebt haben, nur noch Schutt und Verwüstung vorgefunden hast. Alles, was du je geliebt hast, wird ausgelöscht sein, Pendragon. Deine Heimat wird ein verkohltes Massengrab sein … und das alles durch deine Schuld.«

»Noch haben wir Zeit«, entgegnete ich. »Wir können immer noch dafür sorgen, dass die *Hindenburg* abstürzt.«

Daraufhin geschah etwas Merkwürdiges. Saint Dane lächelte. Es war nicht das verschlagene, überhebliche Grinsen, mit dem er mich sonst immer zur Weißglut brachte. Dies hier war ein richtiges breites Honigkuchenpferdgrinsen. Der Kerl freute sich tatsächlich. Ein echtes Strahlen, und das bei Saint Dane – es war wirklich mehr als grotesk. Es war absolut gruselig.

»Ja«, sagte er, »noch habt ihr Zeit. Bitte sehr, macht das Beste daraus.«

Er wandte sich ab und ging zur Tür hinüber, wo er am Türknauf drehte und eine spöttisch-überraschte Miene zog. »O nein, die Tür ist ja abgeschlossen!«, rief er aus. »Max Rose ist aber auch wirklich paranoid. Er hat sämtliche Türschlösser so umbauen lassen, dass sie von innen nicht ohne Schlüssel zu öffnen sind. Aber das habt ihr doch sicher gewusst?«

Dann griff er in die Tasche, zog einen altmodischen Messingschlüssel hervor und winkte uns neckisch damit zu.

»Aber keine Sorge, ich habe den Schlüssel.« Mit diesen Worten trat Saint Dane auf den Balkon hinaus. »Meinst du, ihr könnt die Sache noch rumreißen, Pendragon?«, fragte er. »Wenn ich euch hier rauslasse, könnt ihr dann wohl Spader aufhalten? Und Rose? Könnt ihr dafür sorgen, dass die *Hindenburg* zerstört wird?«

»Wir können es versuchen«, sagte ich.

»Natürlich könnt ihr das.« Saint Dane ging rückwärts auf die Balkonbrüstung zu. »Und das sollt ihr auch. Ich will, dass ihr euer Ziel zum Greifen nahe vor euch seht. Ich will, dass ihr euch schon einbildet, mich wieder geschlagen zu haben, denn dann schmeckt der Sieg am süßesten ... wenn der Gegner tatsächlich glaubt, er hätte eine Chance, zu gewinnen, unmittelbar bevor alles in die Brüche geht.«

Er blickte über die Stadt hinaus und sagte: »Ich glaube, ich gehe noch mal nach Veelox und sehe zu, was ich da anrichten kann. Diese kleine Reisende ist noch selbstherrlicher als du, Pendragon. Es wartet eine große Überraschung auf sie.« Er stand jetzt ganz dicht an der Balkonbrüstung.

»Lebt wohl, meine Freunde. Ich wünsche euch noch

einen schönen Tag.« Saint Dane verbeugte sich mit einer übertriebenen Geste und hechtete dann mit einem einzigen eleganten Sprung vom Balkon!

Gunny und ich wechselten einen kurzen ungläubigen Blick, dann rannten wir ans Geländer. Gerade als wir uns über die Brüstung beugen wollten, stieg von unten ein riesiger schwarzer Rabe auf. Ich schwöre, so einen großen Raben habe ich in meinem Leben noch nicht gesehen. Er hatte schon eher Adlergröße. Der Vogel schwang sich mühelos in die Höhe, als ob er auf einem Luftstrom dahinglitte. Dann drehte er mit einem raschen Flügelschlag ab und segelte davon. Aber im letzten Moment glaubte ich noch zu erkennen, dass er etwas in seinem krummen Schnabel trug. Es blitzte nur ganz kurz auf, doch ich war sicher, es mir nicht eingebildet zu haben.

Es war ein altmodischer Messingschlüssel.

»Glaubst du …?«, setzte Gunny an.

»Ich weiß nicht«, erwiderte ich. »Und ich will es auch gar nicht wissen. Wir müssen hier raus.«

Ich rannte zurück ins Apartment und lief zur Tür. Mit einer Drehung am Türknauf vergewisserte ich mich, ob sie wirklich verschlossen war. Sie war es. Ich sah mich hastig um und entdeckte eine weitere Tür. Ich rannte hin. Ja, sie war ebenfalls abgeschlossen. Diese zwei Türen waren die einzigen Ausgänge aus diesem Zimmer.

»Wir müssen sie aufbrechen!«, verkündete ich entschlossen.

Ich wollte gerade mit der Schulter gegen die Tür rennen, als Gunny warnend rief: »Nicht!«

»Aber uns bleibt nichts anderes übrig!«, schrie ich.

»Wir können diese Türen nicht aufbrechen«, entgegnete Gunny. »Max Rose hat sie mit Stahl verstärken lassen. Das hier war seine Festung. Die kriegst du nicht mal mit einem Rammbock klein.«

Ich sah mich hastig im Wohnzimmer um und suchte nach einem anderen Ausweg … da fiel mein Blick auf das Telefon. Ich riss den Hörer von der Gabel, doch vergebens – die Leitung war tot.

»Er hat das Telefonkabel durchgeschnitten«, stellte ich fest. Dann warf ich einen Blick auf die Uhr. »Gunny, uns läuft die Zeit weg.«

Die *Hindenburg* würde in neun Stunden landen.

## Zwölftes Journal
(Fortsetzung)

# Erste Erde

»Das hier ist *dein* Hotel!«, schrie ich. »Wie kommen wir hier raus? Es muss doch eine Möglichkeit geben, jemanden zu verständigen.«

Gunny sah sich in dem vornehm eingerichteten Wohnzimmer um, dann schüttelte er den Kopf. »Nicht, wenn das Telefon nicht funktioniert.«

Das war doch zum Verrücktwerden! In wenigen Stunden würde der Weltuntergang besiegelt werden und wir hockten eingeschlossen in einem dämlichen Hotelzimmer.

»Ich hab's!«, rief ich. »Wir können ein Feuer machen. Dann gehen die Rauchmelder los.«

Gunny sah mich verständnislos an. »Was sind Rauchmelder?«

Ach ja, klar, 1937. Ansonsten hätte den Brand in Roses Arbeitszimmer auch schon längst jemand entdeckt gehabt. Ich blickte mich noch einmal verzweifelt in dem Zimmer um, dann rannte ich auf den Balkon hinaus. Ich spähte über die Brüstung in der Hoffnung, Saint Danes Leiche unten auf dem Gehweg liegen zu sehen. Da war nichts zu entdecken. Ich weiß nicht warum, doch ich war nicht überrascht. Ich dachte an den großen Raben. War das nicht völlig abgedreht? Aber ich durfte mich jetzt nicht mit Grübeleien aufhalten. Wir mussten hier raus.

Ich suchte nach einem Mauervorsprung, über den wir klettern könnten – vergebens. Die nächste waagerechte Fläche lag dreißig Stockwerke tiefer: das Pflaster. Ich schaute nach oben in der Hoffnung, wir könnten vielleicht über das Dach entkommen. Wieder Fehlanzeige. Es war nicht zu erreichen. Wir saßen wirklich in der Falle.

Ich muss gestehen, dass ich eine Sekunde lang dastand und versuchte mich in einen Raben zu verwandeln. Warum auch nicht, zum Teufel? Wenn Saint Dane ein Reisender war und das einfach so konnte, dann konnte ich es vielleicht auch.

Konnte ich natürlich nicht. Aber allein die Tatsache, dass ich es versuchte, beweist, wie verzweifelt ich war.

Ich rannte wieder nach drinnen, wo Gunny sich inzwischen einen genialen Plan ausgedacht hatte. Gefährlich, aber genial. Er riss die Vorhänge herunter, die rechts und links neben der Balkontür hingen. Mit seinem Taschenmesser schnitt er an einem Ende ein kleines Stück ein, um einen Anfang zu haben, und dann riss er einen langen Streifen von dem Stoff ab. Ich begriff sofort, was er vorhatte. Wir würden ein Rettungsseil machen.

»Schneid du weiter die Streifen«, befahl er, »und ich mach die Knoten.«

Mithilfe seines Messers machte ich mich daran, den Vorhangstoff in lange Streifen zu zerteilen. Gunny verknotete die Enden fachmännisch.

»Unter uns ist noch ein Balkon, ungefähr zehn Meter tiefer«, erklärte Gunny. Dann zerrte er an dem Stoff, um die Festigkeit zu prüfen. »Ich binde ein Ende hier oben am Geländer fest und lasse mich dann am Seil hinunter.«

Das klang nach einem astreinen Plan. Aber während ich weiter an den Stoffstreifen arbeitete, dämmerte mir allmählich, dass er einen Haken hatte.

»Das könnte klappen, Gunny«, sagte ich. »Nur dass du zu schwer bist. Dieses Seil wird dich nicht tragen.«

»Das wird es müssen«, erklärte Gunny. »Dich lasse ich nämlich nicht da runterklettern.«

Wir arbeiteten noch einige Minuten lang so weiter, bis Gunny schließlich ein Seil fertig gestellt hatte, das lang genug aussah. Ich zog daran. Es war zwar stark, gab aber doch ein wenig nach. Gunny war über eins neunzig und wog gut und gern seine hundert Kilo. Ich war eins fünfundsechzig und gerade mal halb so schwer.

»Gunny, wenn du kletterst, wird es reißen«, sagte ich.

Gunny prüfte das Seil ebenfalls. Ich konnte an seinem Gesicht ablesen, dass auch er nicht glaubte, es werde sein Gewicht tragen.

»Ich bin leicht«, fügte ich hinzu. »Mich hält es bestimmt aus.«

Ohne seine Antwort abzuwarten fing ich an, mir ein Ende des Seiles um die Brust zu binden. Ich musste mich beeilen – nicht weil ich dachte, Gunny würde mich aufhalten, sondern weil ich Angst hatte, ich würde es mir anders überlegen, wenn ich zu viel Zeit zum Nachdenken hätte. Wir befanden uns dreißig Stockwerke über dem Boden. Vor meinem geistigen Auge blitzte der grauenhafte Anblick des in die Tiefe stürzenden Mr Fieser Gangster auf.

Pendragon an Pendragon: Sofort aufhören zu denken!

»Nein, Pendragon, ich kann nicht zulassen, dass du …«

»Uns bleibt wohl kaum was anderes übrig«, unterbrach ich ihn. »Entweder ich klettere runter oder wir hängen hier rum, bis das Personal morgen früh zum Bettenmachen kommt.«

Gunny senkte den Blick. Wenn es irgendeinen anderen Weg gegeben hätte, dann hätte er ihn vorgezogen, doch er wusste, dass ich Recht hatte.

»Los geht's!« Ich trug das provisorische Seil auf den Balkon hinaus.

Gunny knotete das freie Ende fachmännisch um das Balkongeländer. Er wusste, was er tat. Vielleicht hatte er so etwas bei der Army gelernt. Ich war jedenfalls restlos überzeugt, dass seine Knoten halten würden. Was mir Sorgen machte, war eher der Vorhangstoff.

»Du musst das Seil nahe an der Brüstung fassen«, wies Gunny mich an. »Gesicht zur Wand. Du stemmst die Füße gegen die Wand und gehst rückwärts. Dabei lässt du das Seil durch die Hände gleiten. Ich lasse dann allmählich Seil nach.«

»Ich hab so was schon mal gemacht«, sagte ich. »Das ist wie das Abseilen beim Steilwandklettern.«

Onkel Press hatte mir das Klettern beigebracht. Irgendwie brauchte ich ständig Fähigkeiten, die Onkel Press mir beigebracht hatte. Früher hatte ich immer gedacht, er unternähme all diese tollen Abenteuer mit mir, weil er einfach ein cooler Onkel war. Ich hatte nicht geahnt, dass er mich damit auf mein Leben als Reisender vorbereitete. Weil wir auf Klettertour gegangen waren, als ich zwölf war, wusste ich jetzt, wie man sich an einer Steilwand abseilt, die keinerlei Halt bietet. Der einzige Unterschied bestand darin, dass ich hier nicht mit einem soliden Kletterseil gesichert war. Mein Leben hing an einem zerfetzten Vorhang. Schluck!

Ich setzte mich auf die Kante und schwang die Beine über die Brüstung. Dabei vermied ich es sorgfältig, nach unten zu blicken. Ich wollte gar nicht wissen, wie tief ich fallen würde, wenn der sprichwörtliche seidene Faden riss. Stattdessen versuchte ich mir einzureden, ich sei nur ein paar Meter über dem Boden, während ich mich vorsichtig umdrehte und nach unten gleiten ließ. Ich stand jetzt mit den Fußspitzen außen auf dem Rand des Balkons, hielt mich am Geländer fest und sah

Gunny an. Das alles schien so selbstverständlich – nur dass er auf der sicheren Seite des Geländers stand und mein Hintern mitten über Manhattan in der Luft hing.

»Kinderspiel«, sagte er, um mich zu beruhigen. Aber seine Augen verrieten ihn. Er hatte Angst, wenn auch wahrscheinlich nicht so viel wie ich.

Gunny fädelte das übrige Seil zurück durch das Geländer und zog daran, damit mein Ende stramm war. Während ich mich hinunterließ, würde er Seil nachlassen, sodass der Knoten am Geländer nicht belastet wurde. Ich war also gewissermaßen doppelt gesichert. Sagte ich mir jedenfalls.

Ich prüfte das Seil, nickte und kletterte vom Balkon. Die Füße fest gegen die Mauer gestemmt begann ich Schritt für Schritt rückwärts zu gehen.

Plötzlich sah ich vor mir, wie die Leute in der alten *Batman*-Serie im Fernsehen mit ihrem Bat-Seil senkrechte Häuserwände hochliefen. Idiotisch. Allerdings nicht so idiotisch wie das, was ich hier gerade tat. Ich hielt das Seil fest gepackt und ließ es beim Abwärtsklettern langsam durch die Hände rutschen. Schwierig wurde es nur, wenn ich an Gunnys Knoten kam. Die waren zu dick, als dass ich sie durch die Hände gleiten lassen konnte. Darum musste ich an diesen Stellen mit einer Hand loslassen und darunter wieder zupacken. Das war jedes Mal ein ziemlicher Nervenkitzel.

Ich hörte das provisorische Seil unter meinem Gewicht ächzen. Dieser Stoff war eindeutig nicht dafür gedacht, eine derartige Belastung auszuhalten. Immer wieder hörte ich, wie irgendwo Fäden rissen. Es waren nur ganz leise, knirschende Geräusche, aber mir kamen sie vor wie Bombenexplosionen. Wenn genug einzelne Fädchen rissen, würde das einen großen Riss ergeben und dann … Platz da unten!

Als ob mich das noch nicht nervös genug gemacht

hätte, stellte ich mit einem Blick nach oben fest, dass Gunny nicht mehr genug Seil zum Festhalten übrig hatte. Ich war also nicht mehr doppelt gesichert.

Der ganze Abstieg dauerte nur ein paar Minuten, aber mir kam es vor, als hätte ich mindestens eine Woche lang an dieser Mauer gehangen. Endlich, als ich meinen Fuß ein weiteres Stückchen abwärts schob, ertastete ich keine Wand mehr. Ich hatte die Decke des unteren Balkons erreicht! Den Balkon selbst konnte ich nicht sehen, weil er in die Wand eingelassen war, aber ich wusste, dass er da sein musste. Ich konnte ihn mit der Fußspitze ertasten. Fast am Ziel!

In diesem Moment stellte ich fest, dass ich ein Problem hatte.

Nein, das Seil riss nicht. Ganz so schlimm war es nicht, aber fast. Ich musste noch schätzungsweise anderthalb Meter weiter hinunter, bis ich mit den Füßen das Balkongeländer erreichen würde, als ich mit Entsetzen begriff: So weit reichte das Seil nicht mehr. Es war zu kurz! Da hing ich nun neunundzwanzig Stockwerke über dem Erdboden, wurde vom Wind hin und her geschaukelt, gerade setzte wieder ein Regenschauer ein … und ich kam nicht weiter.

»Es ist zu kurz!«, rief ich zu Gunny hoch. »Ich kann nicht weiter runter.«

Gunny stöhnte. »Bist du sicher?«

»Äh … ja, schon.« Für diese Erkenntnis brauchte man wahrhaftig kein Genie zu sein.

»Du musst wieder hochklettern«, rief Gunny zu mir herunter.

Das war eine Katastrophe! Wir hatten es vermasselt. Wie konnten wir nur so einen blöden Fehler begehen? Ich musste umkehren und einen Plan B ausarbeiten. Aber sobald ich das Seil packte, um mich hochzuziehen, spürte ich einen Ruck. Diesmal rissen nicht nur ein paar Fädchen – das Seil gab gleich um mehrere Zentimeter nach. Es war kurz davor, vollends zu reißen! Wenn ich versuchte wieder hochzuklettern, würde ich nicht sehr weit kommen. Ich saß in der Falle. Es gab nur noch einen Weg: abwärts. Und zwar tief.

In diesem Augenblick wurde mir klar, dass ich noch eine Chance hatte. So grausig die Vorstellung auch war, es war die einzige Möglichkeit. Ohne eine Sekunde nachzudenken packte ich das Seil mit einer Hand weiter oben und zog mich etwas hoch, sodass ich nicht mehr mit meinem ganzen Gewicht in der Schlinge um meine Brust hing. Dann begann ich den Knoten zu lösen, mit dem ich mich gesichert hatte.

»Pendragon, was machst du da?«, schrie Gunny entgeistert.

»Ich brauche mehr Seil«, rief ich zurück. »Die Schlinge gibt noch ein ganzes Stück her.«

Es war wirklich ein haarsträubendes Manöver. Wenn es mir gelang, den Knoten zu lösen, konnte ich das zusätzliche Seil, das vorher um meine Brust gebunden war, dazu benutzen, mich noch weiter hinabzulassen. Hoffentlich würde ich dann mit den Füßen das Geländer erreichen und mich auf den Balkon abseilen können.

Hoffentlich. Andernfalls wäre es Selbstmord.

Ich musste mich mit einer Hand hochziehen, während ich mit der anderen den Knoten löste. Und um das Ganze noch schlimmer zu machen – falls das überhaupt möglich war –, hatte sich der Knoten durch mein Gewicht richtig fest zugezogen.

Und es fing an zu regnen.

Der Stoff wurde nass und glitschig. Es war schierer Wahnsinn!

Ich zog mich also mit einer Hand hoch und bearbeitete mit der anderen den Knoten. Ganz schön anstrengend. Nach ein paar Minuten schmerzte der Arm, mit dem ich mein ganzes Gewicht hielt, wie rasend. Ich wusste nicht, was zuerst nachgeben würde: mein Arm oder das Seil. Aber ich konnte mich jetzt nicht ausruhen. Wenn ich mich wieder in die Schlinge hängte, würde der Knoten sich so fest zuziehen wie vorher und ich müsste von vorn anfangen.

Mir dämmerte ziemlich bald, dass das Ganze eine ziemliche Schnapsidee gewesen war.

Nach ein paar qualvollen Minuten gelang es mir, den Knoten zu lockern. Der nächste Schritt war der heikelste. Mein rechter Arm war Gummi, sodass ich mich mit der linken Hand hochziehen musste, um die rechte etwas ausruhen zu können. Jetzt konnte ich mein Gewicht nicht mehr von der Schlinge tragen lassen, denn der Knoten war mittlerweile zu locker. Wenn ich jetzt losließ, würde nur noch eins meinen Fall bremsen: das Pflaster unter mir.

Mit ein paar hastigen Griffen löste ich den Knoten vollends, dann packte ich das Seil mit beiden Händen. Ich hing jetzt nur an meinen Händen – an meinen zu Tode erschöpften Händen. Dann ließ ich mich zentimeterweise abwärts gleiten, wobei mir das glitschige Seil durch die Hände rutschte. Der Schmerz war unbeschreiblich. Ich war völlig erledigt.

Ich sah nach, wie viel Seil noch übrig war: etwa dreißig Zentimeter bis zum Ende. Könnte knapp werden. Dann, als nur noch etwa eine Handbreit Seil übrig war, berührte meine Fußspitze das Geländer. Endlich!

Aber noch war ich nicht in Sicherheit. Noch hing ich an ausgestreckten Armen, das Gesicht zur Hauswand. Ich war so verdammt nah am Ziel, doch noch nicht tief genug, um mich auf den Balkon hinunterlassen zu können. Dazu musste ich mit meinem ganzen Gewicht auf dem Geländer stehen, das Seil loslassen und mich in die Balkonnische ducken. Klingt ganz einfach, wie? War es aber nicht. Es war elend vertrackt. Und zu allem Übel war das Balkongeländer vom Regen nass und rutschig.

Ich ließ mich abwärts gleiten, bis ich mit beiden Füßen auf dem Geländer stand. Mann, war das ein tolles Gefühl, wieder auf etwas Festem zu stehen. Es blieben nur noch wenige Zentimeter Seil übrig, aber das war okay. Zum ersten Mal dachte ich wieder, ich könnte es schaffen. Vorsichtig ließ ich das Seil los und verlagerte mein gesamtes Gewicht auf die Füße. Dann bückte ich mich ganz langsam, um in die Balkonnische zu springen, als plötzlich …

… meine Füße abglitten.

Es ging alles so schnell, dass ich selbst nicht genau weiß, was geschah. Zum Glück rutschte ich nach innen vom Geländer ab, nicht nach außen. Das rettete mir das Leben. Aber bei meinem Sturz vom Geländer schlug ich mit dem Hinterkopf auf das harte, glatte Metall auf.

Unser Fluchtplan war gelungen, doch wir saßen immer noch in der Falle, denn der Aufprall beförderte mich geradewegs ins Traumland.

Ich fand mich an einem Strand wieder. Es war der Point in Stony Brook. Der tollste Strand der Welt. Oder wenigstens der tollste Strand von Stony Brook. Mark, wie oft sind wir mit dem Fahrrad dorthin gefahren, um stundenlang am Strand abzuhängen und die Mädchen zu beobachten? Ich sehe immer noch diesen pinkfarbenen Bikini vor mir, den Courtney letzten Sommer trug. Echt heißer Fummel, Courtney. Ja, ich lag da also so richtig träge hingefläzt am Point im Sand und lauschte den Wellen.

Als ich die Augen aufschlug, erwartete ich dich zu

sehen, Mark. Oder Courtney oder sonst jemanden aus unserer Schule, der da immer mit mir herumhing. Stattdessen sah ich Dewey.

Er starrte auf mich herunter, Augen wie Tennisbälle.

»Pendragon!«, rief er entgeistert. »Bist du am Leben?«

Das wusste ich selbst nicht so genau. Aber Tote haben keine Kopfschmerzen, also musste ich wohl noch unter den Lebenden weilen. Ich setzte mich langsam auf und sah mich um. Sämtliche Gedanken an Stony Brook und Courtneys Bikini waren wie weggefegt. Na ja, wenn ich auch plötzlich Deweys Gesicht vor der Nase hatte ... Mir wurde bewusst, dass ich auf dem Boden des Ballsaals in der neunundzwanzigsten Etage des Hotels lag. Es war derselbe Ballsaal, in dem Spader und ich Max Rose das Leben gerettet hatten. Jetzt war der Saal leer bis auf Dewey und mich.

»Ich wollte einen Arzt rufen, aber Gunny hat gesagt, das soll ich nicht«, jammerte Dewey. »Willst du, dass ich einen rufe?«

»Nein«, erwiderte ich hastig. Wahrscheinlich hätte ich einen gebraucht, aber dazu war jetzt keine Zeit. »Mir geht's gut. Wo ist Gunny?«

»Unten. Er hat mir aufgetragen bei dir zu bleiben, bis er zurückkommt. Bist du wirklich an diesem Vorhangstoff runtergeklettert?«

Mit einem Schlag fiel mir alles wieder ein: Saint Dane, wie wir im Penthouse festsaßen, Ludwig Zell, die Klettertour am Seil, der Sturz. Augenblicklich wünschte ich mich zurück an den Strand von Stony Brook.

»Einer der Köche hat dich da draußen gefunden«, erklärte Dewey. »Aber du warst gründlich k.o. Er sah das Seil runterhängen, ging hoch und fand Gunny. Pendragon, da oben liegt ein Toter! Wer ist das? Und wie kam es, dass ihr zwei im Penthouse eingesperrt wart?«

»Ist 'ne lange Geschichte«, antwortete ich. Dann fiel mir etwas ein. »Wie spät ist es?«

Dewey warf einen Blick auf die Uhr und antwortete: »Kurz vor drei.«

*Mist!* Spätestens jetzt war ich hellwach. Ich war stundenlang bewusstlos gewesen! Die *Hindenburg* würde in vier Stunden landen und wir waren noch nicht einmal aus Manhattan raus!

»Ich muss hier weg«, sagte ich und versuchte mich aufzurappeln. Aber der Schmerz zuckte mir wie ein Blitzschlag durch den Kopf und streckte mich sofort wieder zu Boden.

»Bleib ganz ruhig liegen«, riet Dewey. »Ich hol dir ein Glas Wasser.« Damit rannte er davon und ließ mich allein zurück.

Das war schlecht. Ganz schlecht. Wo war Gunny? Mühsam richtete ich mich auf und hievte mich auf einen Stuhl. Ich musste schnellstens wieder auf die Beine kommen und mich auf den Weg nach New Jersey machen, sonst war alles verloren. Die *Hindenburg* würde um 19.25 Uhr landen. Laut Gunny dauerte die Fahrt nach Lakehurst vier Stunden. Selbst wenn wir jetzt in dieser Minute aufgebrochen wären, hätten wir kaum vor 19 Uhr dort sein können. Damit bliebe uns herzlich wenig Zeit, eine Möglichkeit zu finden, um Spader und Max Rose aufzuhalten.

»Wir haben ein Problem«, sagte eine Stimme hinter mir. Es war Gunny. Er kam im Laufschritt durch den Ballsaal auf mich zu.

»Ich war stundenlang ohnmächtig, Gunny! Warum hast du mich nicht geweckt?«

»Weil ich nach einer Möglichkeit gesucht habe, wie wir beide nach New Jersey kommen«, lautete die Antwort.

Sehr gut.

»Ich habe aber keine gefunden«, fügte er hinzu.

Oha. Weniger gut.

»Was soll das heißen? Was ist mit Caplesmiths Auto?«

»Ich bin zu dem Typen gegangen, der es repariert. Es liegt derzeit in Einzelteilen über den ganzen Werkstattboden verteilt. Der Bursche sagte, er würde einen halben Tag brauchen, um es wieder zusammenzubauen.«

»Dann fahren wir eben mit dem Bus. Gunny, wir müssen da runter!«

»Das kannst du vergessen«, entgegnete Gunny. »Der letzte Bus in diese Richtung ist heute Mittag abgefahren.«

»Und wie steht es mit Zügen?«, fragte ich.

»Kannst du ebenfalls vergessen. Wir würden nicht vor morgen früh ankommen.«

»Aber das gibt's doch nicht!«, rief ich und sprang auf. Ganz schlechte Idee. Wieder durchbohrte rasender Schmerz meinen Kopf. Aber selbst das konnte mich jetzt nicht mehr bremsen. »Drei Territorien werden in Trümmer gelegt, weil wir kein Auto haben?«, tobte ich weiter.

»So Leid es mir tut, Pendragon, ich sehe keinen Ausweg. Wir können nun mal nicht fliegen.«

Ich stutzte. Mein gemartertes Hirn arbeitete fieberhaft. Gunny hatte das Zauberwort ausgesprochen. Fliegen.

»Komm«, sagte ich und lief zum Aufzug. Gunny folgte mir auf den Fersen. Wir rannten Dewey, der uns mit einem Glas Wasser entgegenkam, fast über den Haufen.

»Wo wollt ihr hin?«, fragte er.

Ich packte ihn am Arm und zerrte ihn mit. Schließlich musste er den Aufzug bedienen.

Fünf Minuten später standen wir vor Zimmer 1515. Ich klopfte an und wartete mit angehaltenem Atem.

Schließlich wusste ich nicht einmal, ob sie überhaupt noch hier wohnte, aber sie war unsere letzte Hoffnung. Nach ein paar Sekunden, die mir wie Stunden vorkamen, öffnete sich die Tür und vor uns stand Jinx Olsen.

»Pendragon! Gunny! Wollt ihr mir auf Wiedersehen sagen?«, rief sie überrascht. »Kommt doch rein.« Sie ließ uns eintreten. Drinnen lagen ihre Habseligkeiten auf dem Bett ausgebreitet. Jinx packte gerade ihren Seesack.

»Reist du ab?«, erkundigte ich mich.

»Hab gerade die Nachricht bekommen«, erwiderte sie. »Das war's. Zapfenstreich. Ich bin offiziell aus dem aktiven Dienst ausgeschieden.« Sie sagte es, als handelte es sich um eine freudige Nachricht, doch mir war klar, dass es ihr in Wirklichkeit schwer zu schaffen machte. »Ich fahre heim nach Maine. Und wisst ihr was? Ich fahr mit dem Zug. Warum auch nicht? Ist doch mal was anderes.«

Während Jinx weiter einpackte, wechselte ich einen Blick mit Gunny. Er nickte mir ermutigend zu. Ich wusste nicht recht, wie ich anfangen sollte, doch ich durfte keine Zeit verlieren.

»Jinx, wir müssen dich um einen Gefallen bitten«, begann ich.

»Klar doch, jederzeit«, antwortete sie.

»Kannst du uns mit dem Flugzeug wohin fliegen?«

Jinx hörte auf zu packen. Sie sah mich verdutzt an, dann ließ sie sich auf die Bettkante sinken.

»Ich sagte doch gerade, ich bin aus dem Dienst entlassen, Pendragon. Schluss mit den Rundflügen.«

»Es geht nicht um einen Rundflug«, erwiderte ich und bemühte mich, so überzeugend wie möglich zu klingen. »Wir müssen dringend nach Lakehurst, New Jersey.«

»Lakehurst?«, wiederholte sie. »Da landen die Luftschiffe. Heute trifft die *Hindenburg* ein.«

»Eben«, sagte ich.

»Und was ist daran so wichtig? Wollt ihr gaffen wie alle anderen, wenn sie angeschwebt kommt? Dieses ganze Getue um die Zeppeline, ehrlich, wenn du mich fragst, das ist doch alles nur heiße Luft. Kapiert? Heiße Luft.«

Ich hatte es kapiert. Ich lachte nicht.

»Darum geht es nicht«, entgegnete ich ernst. »Ich weiß gar nicht, wie ich es sagen soll. Es ist eine lange Geschichte und du würdest sie nie im Leben glauben. Aber was ich dir jetzt erzähle, ist die reine Wahrheit. Wenn wir nicht ganz schnell da hinkommen – und ich meine jetzt sofort –, dann geschieht etwas, das so entsetzlich ist, dass ich es noch nicht mal ansatzweise beschreiben kann.«

»Tatsächlich?«, fragte sie überrascht und mit einem Anflug von Neugier. »Was denn?«

»Ich kann es dir wirklich nicht erklären. Ich weiß, das muss sich alles total bescheuert anhören, aber es ist die Wahrheit. Ich kann dir nur so viel sagen: Der Flug, um den wir dich bitten, ist die bedeutendste Mission, die je ein Pilot oder eine Pilotin übernommen hat. Und das ist nicht übertrieben.«

»Er sagt die Wahrheit, Ma'am«, schaltete Gunny sich ein.

Jetzt lag es an Jinx. Ich würde ja gern behaupten, ich hätte sie mit meiner überwältigenden Überzeugungskraft dazu gebracht, uns zu fliegen. Ich würde gern behaupten, ich hätte mir ganz raffiniert ihre größte Sehnsucht zunutze gemacht – ihren Wunsch, einmal eine wirklich wichtige Mission zu fliegen und nicht immer nur die zweite Geige zu spielen. Am allerliebsten würde ich behaupten, ich hätte sie mithilfe der Geisteskräfte überzeugt, über die wir Reisenden verfügen. Das alles würde ich gern behaupten, aber nichts davon entspräche der Wahrheit.

»Ehrlich gesagt hättest du mir das alles gar nicht zu erzählen brauchen, Pendragon«, erwiderte sie. »Ich hätte euch auch so geflogen, das stand für mich sofort fest, als du gefragt hast.«

Ich musste lächeln. War Jinx nicht wirklich cool? »Und die Küstenwache? Hast du keine Angst, dass du Ärger kriegst?«

»Ach was!«, schnaubte sie verächtlich. »Was sollen die denn schon groß unternehmen? Mich runterholen? Wenn ich schon gehen muss, dann wenigstens mit einem Paukenschlag!«

Eine knappe Stunde später saßen wir startbereit in Jinx' V-157 Schreck/Viking. Ich saß neben Jinx im vorderen Cockpit, denn Gunny war wesentlich breiter als Spader und füllte den hinteren Sitz allein aus. Der Dinosauriermotor erwachte dröhnend zum Leben und die Wellen schaukelten das Flugzeug unsanft auf und ab. Das Wetter war immer noch fies und der Fluss entsprechend aufgewühlt. Mein schmerzender Kopf hämmerte bei jedem Hopser. Mir war elend zumute, aber ich musste die Zähne zusammenbeißen. Was mir viel mehr Sorgen bereitete, war das Wetter. Wenn es sich noch weiter verschlechterte, würden wir bestimmt nicht starten können. Ich blickte auf und stellte fest, dass immer noch Blitze über den Himmel zuckten.

»Kannst du bei diesem Unwetter überhaupt fliegen?«, schrie ich Jinx über das Röhren der Maschine hinweg zu.

Jinx sah sich kurz um und versetzte trocken: »Was für ein Unwetter?«

Das beruhigte mich ein wenig. Es war jetzt fast 16.30

Uhr. Der Flug würde etwa anderthalb Stunden dauern, was bedeutete, dass wir gegen 18.00 Uhr in Lakehurst ankommen würden. Die *Hindenburg* würde um 19.25 Uhr landen. Uns blieb also nicht viel Zeit, um Spader und Max Rose aufzustöbern und eine Möglichkeit zu finden, sie aufzuhalten. Das konnte verdammt knapp werden.

Ich drehte mich zu Gunny um und brüllte: »Alles klar?«

Gunny hockte zusammengekrümmt im hinteren Cockpit und übergab sich gerade. Er hob den Kopf, grinste mir zu und streckte den Daumen hoch. Es würde ein langer Flug werden. Jinx gab Gas, die Maschine hopste über die Wellen und nach einer halben Minute Holperei, die uns schier das Mark aus den Knochen schüttelte, erhoben wir uns in die Luft.

Der Flug übertraf meine schlimmsten Befürchtungen. Das kleine Flugzeug wurde ständig von Böen und Fallwinden durchgerüttelt. Jinx probierte auf der Suche nach ruhigeren Luftschichten verschiedene Flughöhen aus, doch nichts half.

Die meiste Zeit flogen wir blind durch die düsteren, tief hängenden grauen Wolken. Jedes Mal wenn wir in eine hineinflogen, biss ich die Zähne zusammen und hielt die Luft an. Wenn uns in diesem undurchdringlichen Dunst ein anderes Flugzeug entgegenkäme, wären wir Geschichte. Aber schließlich befanden wir uns im Jahr 1937. Damals herrschte am Himmel noch nicht sonderlich viel Verkehr, sodass wir verhältnismäßig sicher waren. Wenigstens versuchte ich krampfhaft, mir das einzureden.

Ab und zu drehte ich mich zu Gunny um. Dem armen Kerl ging es wirklich elend. Er war ganz grün im Gesicht, streckte aber immer noch den Daumen hoch, wenn er merkte, dass ich ihn beobachtete. Irgendwann begann ich mich zu fragen, ob er mit diesem Zeichen vielleicht sagen wollte: »Gleich muss ich wieder kotzen.« Das war während des Fluges nämlich seine Hauptbeschäftigung.

Damals gab es weder Funkpeilung noch Radar. Jinx hatte zum Navigieren nichts als einen Kompass, ihre Augen und einen großartigen Orientierungssinn. Wie sich herausstellte, kannte sie die Strecke nach Lakehurst bereits und wusste daher, auf welche Orientierungspunkte in der Landschaft sie zu achten hatte. Wenn ich an diesen Flug zurückdenke, muss ich zugeben, Jinx hatte allen Grund, ein wenig selbstgefällig zu sein. Sie flog wirklich hervorragend. Eine Schande, dass sie dafür nicht die verdiente Anerkennung bekam.

Einmal wurde es so was von brenzlig, dass mir heute noch der Schweiß ausbricht, wenn ich daran denke. Wir waren schon seit fast zwei Stunden unterwegs. Ganz schlecht. Der Flug dauerte länger, als Jinx angenommen hatte. Was natürlich am Wetter lag. Wir hatten die ganze Zeit mit Gegenwind zu kämpfen. Meine Anspannung stieg mit jeder Sekunde.

Dann flogen wir in eine riesige Wolkenbank hinein – finsterer und länger als alle bisherigen. Ich hielt verzweifelt nach einem Lichtschimmer vor uns Ausschau, der signalisieren würde, dass wir es gleich hinter uns hätten. Aber es kam keiner. Diese Wolke war gigantisch. Kaum waren wir hineingeflogen, als auch schon Regen auf uns niederprasselte. Denkt dran, wir waren dem Unwetter in unseren offenen Cockpits schutzlos ausgesetzt. Ständig mussten wir uns die Brillengläser abwischen, um überhaupt noch etwas sehen zu können. Ich beugte mich immer wieder vor, um die Glasscheibe vor Jinx abzuwischen. Im Grunde reine Zeitverschwendung, denn die Sicht war mehr oder weniger gleich null.

Ich hatte gerade wieder einmal die Scheibe gewischt

und lehnte mich in meinen Sitz zurück, als ich etwas sah, das mir den Atem stocken ließ. Da, nur ein paar Meter vor uns, bot sich ein Anblick, der so unglaublich war, dass ich meinen Augen nicht traute. Aber ich träumte nicht. Da schwebte ein riesiges schwarzes Hakenkreuz in einem weißen Kreis auf rotem Grund.

»Pass auf!«, schrie ich.

Jinx riss das Flugzeug scharf nach rechts herum. Der Motor heulte auf und ich wurde durch die Fliehkraft tief in meinen Sitz gepresst. Die Tragflächen müssen senkrecht gestanden haben. Ich kniff die Augen zu und machte mich auf den Aufprall gefasst, doch nichts geschah. Jinx' Ausweichmanöver war gelungen. Erst eine volle Sekunde später wurde mir klar, *was* wir da beinahe gerammt hätten.

Die Heckflosse der *Hindenburg*!

Sie hatte genau unseren Kurs gekreuzt. Wir hatten sie nicht gesehen, weil die Wolke so dicht war, und nicht gehört, weil unser eigener Motorenlärm das Geräusch übertönte. Ich schwöre, wir können sie nur um Zentimeter verfehlt haben.

Jinx grinste mir zu. »Das war aufregend.«

Aufregend … allerdings, so konnte man es nennen. Ich drehte mich zu Gunny um … und er war verschwunden! Mein erster Gedanke war, er müsse hinausgefallen sein. Aber eine Sekunde später richtete er sich auf und blickte mich aus trüben Augen an. Er hatte sich zusammengekrümmt, weil er wieder einmal würgen musste. Inzwischen war er sogar schon zu fertig, um die Daumen hochzustrecken. Der arme Kerl würde erst wieder er selbst sein, wenn er festen Boden unter den Füßen hätte.

»Heißt das, wir sind gleich da?«, schrie ich Jinx zu.

»Ein paar Minuten dauert es noch«, rief sie zurück.

In diesem Moment brachen wir endlich aus der Wolkenbank hervor. Ich warf einen Blick nach unten und erstarrte. Da fuhr ein langer silberfarbener Bus einen schmalen Highway entlang. Dieser Teil von New Jersey war ziemlich ruhig und verkehrsarm. Ich gab Gunny ein Zeichen und deutete nach unten.

»Könnte das der Bus sein, in dem Spader sitzt?«, brüllte ich.

Gunny warf einen Blick in die Tiefe und streckte den Daumen hoch. Entweder war es tatsächlich der Bus oder er musste sich wieder übergeben. Ich nahm aber an, dass er den Bus meinte. So ein Riesenglücksfall! Wenn wir Spader rechtzeitig erreichten, könnten wir ihn daran hindern, Winn Farrow aufzuhalten. Eine Sorge weniger – dann bliebe nur noch Max Rose übrig. Ich drehte mich rasch zu Jinx um.

»Du musst uns absetzen«, rief ich.

»Was?«, schrie sie zurück. »Warum?«

»Wir müssen zu dem Bus da!«, brüllte ich über das Motorengeheul hinweg.

Jinx besah sich die Landschaft, wobei sie das Flugzeug erst nach links, dann nach rechts in die Kurve legte.

»Geht nicht, Pendragon«, schrie sie zurück. »Ich kann hier nirgendwo landen.«

»Ganz sicher nicht?«, fragte ich.

»Tut mir Leid. Ich tät's, wenn ich könnte«, lautete die Antwort. »Aber da ist nichts zu machen. Wir müssen bis zum Flugplatz weiterfliegen.«

Bis dahin wäre es zu spät. Ich musste jetzt sofort zu Spader, bevor er Gelegenheit hatte, Winn Farrows Pläne zu vereiteln. Wenn es uns gelänge, ihn aufzuhalten, wäre die Schlacht schon zur Hälfte gewonnen. Wir standen an einem entscheidenden Punkt unserer Mission. Gerade jetzt durften wir auf keinen Fall was vermasseln. Es *musste* eine Möglichkeit geben!

Ein paar Sekunden später fiel der Groschen. Ich dachte an eines meiner Abenteuer mit Onkel Press. Wie ich schon schrieb, ist mir inzwischen klar geworden, dass er mich auf mein Leben als Reisender vorbereitet hat. Ich verdanke ihm viele meiner Fähigkeiten und hier konnte ich wieder einmal eine davon zum Einsatz bringen. Die bloße Vorstellung ängstigte mich zwar zu Tode, aber ich wusste, was ich zu tun hatte. Ich hatte keine andere Wahl.

»Flieg vor den Bus«, schrie ich Jinx zu.

Jinx stellte keine Fragen. Sie gab Gas und das Flugzeug schoss vorwärts. Mit einem Blick auf den Höhenmesser stellte ich fest, dass wir in dreitausend Fuß Höhe flogen. Dann fragte ich Jinx: »Sind die Fallschirme in Ordnung?«

Mit einem Seitenblick zu mir antwortete sie: »Natürlich. Ich hab sie selbst gepackt. Aber keine Sorge, du wirst deinen nicht brauchen.«

Irrtum.

»Danke, Jinx. Sorg dafür, dass Gunny zum Flugplatz kommt«, sagte ich.

Gunny warf mir einen verständnislosen Blick zu. Auch er begriff nicht, was ich da redete. Wie auch? Was ich vorhatte, war so abgedreht, dass die beiden in tausend Jahren nicht darauf gekommen wären. Ein weiterer Blick auf den Höhenmesser sagte mir, dass wir immer noch auf dreitausend Fuß flogen. Die Höhe reichte locker für einen gefahrlosen Absprung. Laut Lehrbuch jedenfalls. Bevor ich noch selbst zu der Überzeugung gelangen konnte, dass ich völlig verrückt war, löste ich meinen Anschnallgurt und wandte mich Jinx zu.

»Danke fürs Mitnehmen, Jinx.«

»Was machst du da?«, schrie sie entgeistert.

Das sollte sie gleich darauf selbst sehen. Mit einer raschen Bewegung zog ich mich hoch und stürzte mich aus dem Cockpit. Im nächsten Augenblick befand ich mich im freien Fall durch die Wolken und hoffte inständig, Jinx möge im Fallschirmpacken ebenso begnadet sein wie im Steuern von Flugzeugen.

## Zwölftes Journal
(Fortsetzung)

# Erste Erde

Bis zu diesem Tag war ich genau drei Mal aus einem Flugzeug abgesprungen. Jedes Mal wurde ich von einem erfahrenen Fallschirmspringer begleitet und ich hatte nur Automatik-Sprünge absolviert. Dabei wurde die Reißleine am Flugzeug befestigt, sodass sich der Fallschirm nach ein paar Sekunden freiem Fall automatisch öffnete. Ich schätze, das macht man bei Anfängern so, damit sie nicht womöglich die Nerven verlieren und vergessen an der Leine zu ziehen. Aber klar doch – als ob das irgendwem passieren könnte.

Bei dem Sprung aus Jinx' Flugzeug war ich völlig auf mich allein gestellt. Ich dachte an alles, was ich gelernt hatte, über die richtige Körperhaltung, darüber, wie man Objekte am Boden sichtet, und all diese Formsachen. Aber als ich im freien Fall aus diesem Flugzeug Richtung Erdboden stürzte, konnte mir die richtige Haltung schlagartig gestohlen bleiben. Ich wollte einfach nur lebend unten ankommen.

Eine Sekunde nachdem ich aus dem Cockpit gesprungen war, zerrte ich an der Reißleine, als ob mein Leben davon abhinge – was es ja auch tat. Ich befand mich dreitausend Fuß hoch in der Luft und fiel in rasantem Tempo. Die geringe Höhe war zwar ziemlich riskant, aber wenn der Fallschirm sich wie vorgesehen öffnete, würde mir nichts passieren. Zu meiner großen Freude kann ich berichten: Kaum hatte ich an der Leine gezogen, als ich auch schon den vertrauten Ruck des Fallschirms spürte und die Fangleinen rasch herausgezogen wurden. Zu meinem Glück verstand Jinx etwas vom Fallschirmpacken. Uff.

Zwei Sekunden später schwebte ich sanft unter einem herrlichen weißen Baldachin dahin. Ich blickte auf und stellte fest, dass der Schirm sich vollständig geöffnet hatte und nicht eine einzige Leine verheddert war. Ob ihr es glaubt oder nicht: In diesem Moment packte mich die Angst. Als ich beschloss, mich aus dem Flugzeug zu stürzen, ging alles so Hals über Kopf, dass ich überhaupt keine Zeit hatte, mir bewusst zu machen, was für eine wahnwitzige Aktion das war. Jetzt schwebte ich mitten durch das Gewitter. Nach den grellen Blitzen um mich herum zu urteilen, war es Glückssache, ob ich unten ankäme, ohne unterwegs gegrillt zu werden. Nicht dass es einen Sinn gehabt hätte, sich jetzt darüber aufzuregen, ich konnte ohnehin nichts weiter tun, als tief durchzuatmen und mich zur Ruhe zu zwingen.

Als ich wieder zu meinem Fallschirm aufblickte, sah ich Jinx' Maschine weiter auf das Flugfeld zusteuern. Gleich darauf teilte sich eine Wolke und die riesenhafte silberne Nase der *Hindenburg* schob sich heraus. Dank der Geschichtsstunde auf Dritte Erde wusste ich, dass der Zeppelin über dem Flugfeld kreiste und darauf wartete, dass das Wetter sich beruhigte, damit er landen konnte. Mann, war das Ding gigantisch! Jinx' Flugzeug wirkte im Vergleich wie eine Ameise neben einem Fußball. Echt ein eindrucksvoller Anblick. Das Furchtbare war, meine Mission bestand darin, dafür zu sorgen, dass dieses gewaltige Luftschiff abstürzen und ausbrennen würde. Schlimmer noch – wenn ich Erfolg hätte, würden sechsunddreißig Menschen sterben. Eine grässlichere Zwickmühle war schwer vorstellbar. Ich riss meinen Blick von dem Zeppelin los und zwang mich stattdessen, an die Bilder des Grauens zu denken, das bevorstand, wenn die *Hindenburg* nicht zerstört würde.

Der Boden näherte sich rasend schnell. Bei der Landung kam es darauf an, sich gerade zu halten und zu entspannen. Wenn alles glatt ging, würde der Aufprall kaum heftiger sein als nach einem Sprung von der dritten Stufe einer Trittleiter. Wenn *nicht* alles glatt ging, würde ich mir beide Beine brechen und dann wäre alles aus. Ich packte die Fangleinen, senkte den Kopf, hielt meinen Körper gerade und senkrecht zum Boden, die Knie gebeugt. Knie locker lassen ... Knie locker lassen ... betete ich mir unablässig vor. Entspannte Knie federten den Aufprall ab, steife Knie nicht. Ich kam mit beiden Füßen auf und überschlug mich. Nicht die eleganteste Landung, aber immerhin hatte ich mir nichts gebrochen. Das war schon ein Erfolg.

Doch noch war die Gefahr nicht ausgestanden. Der Fallschirm wurde mir jetzt zum Feind. Wenn ein Windstoß ihn erfasste, bevor ich mich losgemacht hatte, konnte er mich ohne weiteres von den Füßen reißen und wild durch die Gegend schleifen. Instinktiv löste ich die Schnallen, mit denen das Gurtzeug an mir befestigt war. Im selben Moment kam eine Böe. Mit einem Ruck füllte sich der Fallschirm und riss mir das Gurtzeug vom Körper. Wenn ich nur eine Sekunde länger gezögert hätte, wäre ich unweigerlich mitgezerrt worden. Stattdessen flog der Fallschirm nun einfach ohne mich davon. Ich machte mir nicht die Mühe, ihn zu verfolgen, sondern blieb stehen und blickte ihm nach, als er wie eine riesige Qualle mit hinterherschleifenden Tentakeln davonschwebte. Ich schuldete der US-Küstenwache einen neuen Fallschirm.

Was für eine Aktion! Ich war in dreitausend Fuß Höhe aus einem Flugzeug gesprungen und lebend unten angekommen. Doch das war jetzt nebensächlich. Hier ging es schließlich nicht um meine Fallschirmspringerkünste, sondern darum, Spader zu erreichen. Ich musste mich zusammenreißen und mir überlegen, wie ich am besten weiter vorging.

Da stand ich nun also an einer einsamen Straße irgendwo in einer gottverlassenen Gegend. Zu beiden Seiten der Fahrbahn wuchs struppiges Gras, hier und dort stand ein einzelner Baum. Wahrscheinlich war dies hier Weideland für Kühe. Und jetzt?

Da hörte ich ein Geräusch. Zuerst wusste ich nicht, was es war, weil ich gerade stundenlang nichts anderes als das Getöse von Jinx' Maschine und das schrille Pfeifen des Windes gehört hatte. Dieses neue Geräusch war eher ein heiseres Dröhnen und es wurde immer lauter. Offenbar näherte sich die mysteriöse Lärmquelle. Ich spähte die Straße entlang, konnte aber nichts entdecken. Erst als ich mich umdrehte, sah ich es.

Es war ein silberfarbener Bus, der auf mich zukam und hupte. Jawoll! Jinx hatte mich genau an der richtigen Stelle abgesetzt. Plötzlich kam mir mein wahnwitziger Sprung aus dem Flugzeug gar nicht mehr so verrückt vor. Ich hatte Spader überholt und gleich würden wir wieder zusammen sein.

Ich fing an, wie bekloppt mit den Armen zu wedeln. Wenn dieser Bus nicht anhielt, würde ich gleich wie eine Fliege an der Windschutzscheibe kleben. Das Zischen entweichender Druckluft verriet mir, dass der Fahrer bremste. Ich schätze, er hatte keine Lust, mich von der Scheibe abzukratzen. So weit, so gut. Der Bus kam vor mir zum Stehen und die Tür wurde geöffnet. Ich rannte hinüber.

»Hallo, Lindbergh«, rief mir der Fahrer entgegen. »Ist dir dein Flugzeug abhanden gekommen?«

Lindbergh? Flugzeug? Ach ja, klar. Ich Trottel trug

immer noch die lederne Fliegerkappe und die Schutzbrille. Hastig nahm ich beides ab und fragte: »Kann ich bis zur nächsten Haltestelle mitfahren?«

»Klar doch, Wilbur«, erwiderte der Mann. »Willkommen an Bord.«

Ich stieg ein, der Fahrer schloss die Tür wieder und los ging's. Der Bus war rappelvoll mit Leuten, die offenbar alle bei der Landung der *Hindenburg* dabei sein wollten. Der erwartungsvollen, gespannten Stimmung nach zu urteilen brannten sie darauf, das riesige Luftschiff zu sehen.

Ich ging den Mittelgang entlang und musterte dabei alle Fahrgäste eingehend, doch als ich die letzte Sitzreihe erreichte, hatte ich Spader immer noch nicht entdeckt. Ich machte kehrt und ging wieder nach vorn, wobei ich noch einmal jedes einzelne Gesicht genauestens betrachtete. Sollte ich ihn etwa übersehen haben? Unmöglich. Doch als ich wieder vorn ankam, fehlte von Spader immer noch jede Spur. Allmählich hatte ich wieder einmal allen Grund, unruhig zu werden.

»Entschuldigung«, sprach ich den Fahrer an. »Kommt dieser Bus aus New York City?«

»Original von da«, bestätigte er.

»Ein Freund von mir sollte eigentlich mit diesem Bus kommen, aber ich finde ihn nicht.«

»Wer ist denn dein Freund?«, fragte er lachend. »Orville?«

Orville. Wilbur. Lindbergh. Ha, ha, ha. Dieser Typ hielt sich wohl für besonders komisch.

»Er heißt Spader. Er ist größer als ich und hat schwarze Haare. Seine Augen sehen ein bisschen asiatisch aus. Ist er in New York in diesen Bus eingestiegen?«

»Hör mal, du Meisterpilot«, versetzte der Fahrer. »Ich kann mich nicht an jeden Hinz und Kunz erinnern, der hier in den Bus einsteigt. Seh ich vielleicht aus wie Sherlock Holmes?«

»Nein, aber dieser Bursche fällt einem schon auf«, beharrte ich. Wir befanden uns im Jahr 1937. Ich sagte mir, dass damals wohl nicht viele asiatisch aussehende Leute mit dem Bus durch New Jersey fuhren.

»Jetzt hör mir mal zu«, sagte der Fahrer genervt. »Wenn ich ihn gesehen hätte, würd ich's dir sagen. Aber ich hab ihn nun mal nicht gesehen. Klar?«

Klar. Spader war also nicht im Bus. Aber wie konnte das sein? Wenn dies der Bus aus New York war, warum saß er dann nicht drin? Ich ließ mich resigniert auf einen freien Sitzplatz fallen. Mein Todessprung aus Jinx' Flieger war nichts als Zeit- und Adrenalinverschwendung gewesen. Ich stand völlig auf dem Schlauch. Und was das Ganze noch schlimmer machte – ich war allein. Gunny flog weiterhin durch den Sturm. Mir blieb nichts anderes übrig, als erst einmal mit dieser Touristengruppe nach Lakehurst zu fahren und mir dann vor Ort etwas einfallen zu lassen. Ich warf einen Blick auf die Uhr: 18.30. Die *Hindenburg* würde in weniger als einer Stunde landen. Die Lage wurde immer aussichtsloser.

Ein paar Minuten später hielt der Bus an einer Tankstelle. Der Fahrer stand auf und wandte sich an die Fahrgäste. »Bis zum Flugplatz sind es noch zehn Minuten, Leute«, verkündete er. »Ich muss tanken. Das dauert nicht lange, also bleiben Sie besser sitzen, gleich geht's weiter.« Damit stieg er aus.

Es war die reinste Folter. Ich musste so schnell wie möglich den Flugplatz erreichen. Jede Minute zählte. Aber leider wusste ich nicht, wie ich sonst hinkommen sollte, und so blieb mir nichts anderes übrig, als mit den Touristen zu warten. Ich schnappte Gesprächsfetzen auf. Die *Hindenburg* war Thema Nummer eins.

Ständig hieß es, welch ein einzigartiges Luftschiff sie doch sei, und sie mit eigenen Augen zu sehen, das sei geradezu, als könnte man einen Blick in die Zukunft werfen. Mann, es war zum Verrücktwerden. Wenn diese Leute eine Ahnung gehabt hätten, was für eine entsetzliche Zukunft das sein würde, wären sie wohl nicht so begeistert gewesen.

Nach einer Weile konnte ich mir dieses Gerede einfach nicht länger anhören. Ich schaltete auf Durchzug und sah aus dem Fenster. Da bemerkte ich etwas, das mich erstarren ließ.

Auf der anderen Seite der Zapfsäulen stand ein schwarzes Auto. Am Steuer saß Max Roses Wach-Gorilla! Derselbe, der Spader und mich immer in der Küche abgefangen und hoch ins Penthouse geschleift hatte.

Dann sah ich Max Rose persönlich aus dem Kassenhäuschen kommen. Ich konnte es nicht fassen. Die ganze Zeit jagte ich hinter diesen Typen her und jetzt standen sie hier direkt vor mir! Ich war wieder im Rennen. Sofort sprang ich auf und stürmte aus dem Bus, wobei ich den Fahrer, der gerade wieder einsteigen wollte, fast über den Haufen rannte.

»Mr Rose!«, schrie ich. Max blickte auf, aber diesmal ohne das bekannte selbstgefällige Lächeln. Seine Mission nahm ihn völlig in Anspruch. Er musste verhindern, dass Winn Farrow sein Verbrechensimperium in die Luft jagte.

»Buck! Ich hab mich schon gewundert, wo du steckst«, sagte er. »Flash meinte, du würdest nicht rechtzeitig zurück sein.«

Flash? Das bedeutete Spader. Aber wann hatte er mit Spader gesprochen?

»Hobey-Ho, Pendragon«, ertönte eine vertraute Stimme.

Ich wirbelte herum und sah Spader vom Rücksitz

des Gangsterautos klettern! Darum war er nicht im Bus. Er hatte bei Max Rose eine Mitfahrgelegenheit gefunden.

Gerade eben hatte ich noch geglaubt, es sei alles verloren. Jetzt stand ich genau den Leuten gegenüber, derentwegen ich hergekommen war und die ich aufhalten musste. Zwar hatte ich immer noch keinen Schimmer, wie ich das anstellen sollte, aber wenigstens war ich wieder am Ball.

Ich rannte auf Spader zu, packte ihn am Arm und zog ihn ein paar Schritte beiseite. Jetzt wurde es knifflig. Er war hier, um Max Rose und seinen Leuten zu helfen. Ich musste ihm klar machen, dass sich die Sachlage verändert hatte. Und zwar drastisch.

»He, wo wollt ihr denn hin?«, meinte Max Rose.

»Sind gleich wieder da!«, rief ich zurück. Ich zog Spader vom Auto weg, bis wir außer Hörweite waren.

»Was hast du vor, Kumpel?«, protestierte Spader. »Mach ihn bloß nicht sauer. Denk dran, er ist auf unserer Seite.«

»Nein, das ist er nicht«, flüsterte ich. »Stell jetzt keine Fragen, hör mir einfach nur zu. Wir müssen Winn Farrow das Luftschiff abschießen lassen.«

»Was?«

»Max Rose unterhält ein Spionagenetzwerk, das mit den Nazis zusammenarbeitet. Wenn der Zeppelin planmäßig landet, werden diese Spione den Deutschen helfen eine entsetzliche Waffe zu bauen, mit der sie den Krieg gewinnen. Und das würde für drei Territorien das Ende bedeuten.«

Spader blickte verwirrt drein. Ich konnte es ihm nicht verdenken, es war wirklich ein harter Brocken.

»Ich verstehe nicht«, sagte er. »Woher weißt du das?«

»Wir haben es auf Dritte Erde selbst gesehen. Hör zu, es würde jetzt zu lange dauern, dir alles zu erklären, aber du musst mir glauben, es ist die Wahrheit. Wir haben dafür zu sorgen, dass die Geschichte ihren vorgesehenen Lauf nimmt. Winn Farrow *muss* die *Hindenburg* in die Luft jagen.«

»Wir fahren!«, rief Max Rose. Der Wagen war fertig aufgetankt und startbereit. Es war Zeit, einzusteigen.

»Du musst mir glauben, Spader«, wiederholte ich eindringlich.

Dann zog ich Spader mit zum Auto. Es war eigenartig. So hatte ich Spader noch nie erlebt. Normalerweise preschte er als Erster vor, wann immer ein Abenteuer in Sicht war. Doch jetzt wirkte er völlig verunsichert. Kein Wunder, ich hatte ihm gerade ein paar reichlich verwirrende Neuigkeiten um die Ohren gehauen. Alles, wovon er bis dahin felsenfest überzeugt gewesen war, stand plötzlich auf dem Kopf. Hey, das Gefühl kannte ich doch. Ich konnte nur hoffen, dass er sich schnell mit der neuen Sachlage abfand und mir half einen Plan auszuhecken.

Aber im Augenblick konnten wir nichts weiter tun, als zu Max Rose ins Auto zu steigen, in seiner Nähe zu bleiben und uns bereitzuhalten um einzugreifen, sobald sich eine Gelegenheit dazu bot. *Falls* sich eine Gelegenheit bot.

Spader und ich nahmen neben Max Rose auf der Rückbank Platz. Vorn saßen zwei von Roses Gorillas. Wir waren also zwei zu drei in der Minderzahl. Ich hoffte, dass es nicht zum Kampf käme, denn dann würden wir bestimmt ganz schön zugerichtet werden. Der Fahrer trat aufs Gas und schon waren wir wieder unterwegs zu unserem Date mit dem Zeppelin.

»Ich bin euch was schuldig, Jungs«, sagte Max Rose, während er sich mit seinem teuren Seidentaschentuch nervös den Schweiß von der Stirn wischte. »Helft mir, dieser Ratte Farrow das Handwerk zu legen, und ihr werdet es nicht bereuen. Der Deal, um den es hier geht, ist größer, als ihr euch vorstellen könnt.«

Danke schön, ich konnte es mir durchaus vorstellen. Der Deal, um den es hier ging, bestand darin, die USA ans Messer zu liefern, indem Geheiminformationen über Atomwaffentechnik an die Nazis verkauft wurden. In dieser Gleichung gab es in der Tat eine Ratte, aber Winn Farrow war es nicht.

»Wir wissen, wie sie in die Nähe der *Hindenburg* kommen«, fuhr Rose fort. »Sie haben sich die gleichen Uniformen beschafft, die das Bodenpersonal trägt. Auf diese Weise fallen sie nicht auf.«

»Wie haben Sie das denn rausgekriegt?«, fragte ich.

Einer der Gangster auf dem Vordersitz erwiderte: »Wir konnten einen von Farrows Jungs bekehren.« Die beiden lachten, als wären sie mächtig stolz, diese Information aus ihrem Widersacher rausgequetscht zu haben.

Ich konnte mir schon denken, welcher von Farrows Leuten sich hatte ›bekehren‹ lassen: bestimmt Saint Dane. Er wollte, dass Rose Farrows Pläne in allen Einzelheiten kannte. Wieder einmal war er der Puppenspieler, der an den Fäden zog, und wir mussten tanzen.

»Ich kenne Farrows Jungs allesamt«, fuhr Rose fort. »Ich zeige euch, welche es sind, und dann legen wir sie um.« Er klopfte auf die Stelle, wo unter seiner Jacke die Pistole verborgen war. So also sah Roses Plan aus. Er wollte Farrows Leute identifizieren und kurzerhand erschießen. Ganz einfach. *Peng, peng*. Nicht gerade ein ausgefuchstes *Mission-Impossible*-Manöver.

»Wie sollen wir auf das Gelände kommen?«, erkundigte ich mich. »Wir haben keine Uniformen.«

Rose zog einen Packen Geldscheine aus der Tasche. »Das findet sich schon«, sagte er. »Wir sind nur ein paar harmlose Touristen, die den berühmten Zeppelin landen sehen wollen, und wir sind auch bereit, uns den Spaß eine Kleinigkeit kosten zu lassen. Geld war von jeher das beste Argument und daran wird sich auch nie etwas ändern.«

Ich starrte durch die Scheibe. Noch vierzig Minuten. Als ich da so in diesem Auto saß und der schicksalhafte Moment immer näher rückte, hatte ich keine Ahnung, wie die Sache ausgehen würde.

Dann sprang mir auf einmal etwas ins Auge. Es war ein Straßenschild, das die Straße, auf der wir gerade fuhren, als Toms River Road auswies. Gleich darauf kamen wir an einem Hinweisschild vorbei, das die Kreuzung mit der Route 527 ankündigte. Eigenartig, ich war noch nie in dieser Gegend gewesen, doch die Straßennamen kamen mir bekannt vor. Wie konnte das sein?

Das Auto raste auf die Kreuzung zu. Plötzlich fiel der Groschen. Ich kannte diese Stelle tatsächlich. Ich hatte in der Bibliothek auf Dritte Erde davon gehört. Der Computer hatte gemeldet, Max Rose sei am 6. Mai um 18.50 Uhr bei einem Autounfall ums Leben gekommen, und zwar an der Kreuzung zwischen Toms River Road und Route 527. Ich warf einen Blick auf die Uhr. Es war 18.50 Uhr. Spader und ich saßen in demselben Auto und näherten uns unaufhaltsam einer grausigen Begegnung mit einem unschuldigen Motorradpolizisten.

Wir waren nur noch wenige Meter von der Kreuzung entfernt. Ich blickte rasch nach links und sah das heranrasende Polizeimotorrad. Uns blieben nur noch Sekunden, bis wir als Hackfleisch enden würden.

Es war keine Zeit mehr, um den Fahrer zu warnen. Ich warf mich nach vorn und packte das Lenkrad.

»Vorsicht!«, schrie ich und riss das Steuer herum.

Wir schlitterten auf die Kreuzung. Das Auto fuhr so schnell, dass es anfing sich zu überschlagen. Das Polizeimotorrad erwischte uns trotzdem, aber es streifte nur gerade eben das Heck des Autos. Wenn ich nicht das Lenkrad herumgerissen hätte, wäre der Zusammenprall tödlich ausgegangen. Die folgenden Sekunden nahm ich nur verschwommen wahr. Das Auto überschlug sich wieder und wieder – ich weiß nicht wie oft. Ich konnte nichts weiter tun, als die Arme schützend über den Kopf zu halten und die Augen zuzukneifen. Wir wurden herumgeschleudert wie in einer Waschmaschine. Das Innere des Wagens war ein einziges Gewirr aus Armen, Beinen und Geschrei. Das Blech schrammte mit grauenhaftem Kreischen und Knirschen über den Asphalt.

Endlich kam das Auto zum Stillstand.

Ich öffnete langsam die Augen, noch nicht ganz sicher, ob ich tot oder lebendig war. Erstaunlicherweise war der Wagen wieder auf allen vier Rädern zum Stehen gekommen. Selbst der Motor lief noch. Kein Vergleich zu dem Wrack, das der Computer auf Dritte Erde gezeigt hatte. Wir waren einem Volltreffer mit knapper Not ausgewichen. Ich kauerte im Fußraum, eingekeilt zwischen dem Sitz und Spader.

»Spader?«, fragte ich behutsam.

Spader schlug die Augen auf und fixierte mich mühsam. »Alles okay bei dir?«, wollte er wissen.

»Glaub schon. Und bei dir?«

Spader bewegte sich ein bisschen und winkelte die Arme an, um zu sehen, ob die Gelenke noch funktionierten. »Alles noch dran«, verkündete er.

Ich sah mich im Auto um und stellte fest, dass der Fahrer jetzt auf dem Beifahrersitz saß. Er war benommen, aber noch am Leben. Sonst befand sich niemand mehr im Auto. Max Rose und der andere Gangster mussten hinausgeschleudert worden sein, als der Wagen sich überschlug.

Spader und ich rappelten uns mühsam auf die Sitze hoch. Er stieß mit dem Fuß die Tür auf. Vorsichtig kletterten wir aus dem ramponierten Auto. Erst viel später wurde mir klar, wie viele Schrammen und Prellungen ich hatte. Im ersten Moment stand ich so unter Schock, dass ich meine Verletzungen gar nicht spürte. Mein Kopf schmerzte ohnehin noch immer wie rasend von dem Sturz auf dem Hotelbalkon, sodass mir alle anderen Schmerzen im Vergleich nebensächlich vorkamen. Ich war völlig zerschlagen.

Mit weichen Knien umrundeten wir das Auto und nahmen den Unfallschauplatz in Augenschein. Das Motorrad lag hinter dem Wagen auf der Seite, daneben der Polizist. Ich ging schnell zu ihm und stellte fest, dass er zwar bewusstlos, aber nicht tot war. Uff! Der zweite Gangster war schon wieder auf den Beinen. Er torkelte wie besoffen umher, aber es sah aus, als ob auch er wieder in Ordnung kommen würde. Schließlich entdeckten wir Max Rose am Straßenrand. Der Riesenkerl versuchte gerade sich aufzusetzen. Kaum zu glauben, wir alle hatten diesen spektakulären Crash überlebt.

Ich konnte es kaum fassen. Zuerst war ich einfach nur dankbar, doch dann fiel mir etwas ein. Max Rose hätte eigentlich bei diesem Unfall ums Leben kommen sollen, aber weil ich ins Steuer gegriffen hatte, war er aus dem Wagen geschleudert worden und hatte überlebt. Ich hatte schon wieder den Lauf der Geschichte verändert. Meinetwegen war Max Rose noch am Leben und würde weiterhin versuchen Winn Farrow aufzuhalten. Wenn ich nicht eingegriffen hätte, wäre er jetzt wahrscheinlich tot und die Erd-Territorien wären in Sicherheit. Indem ich Max das Leben rettete, hatte ich womöglich den Weltuntergang besiegelt.

Erwähnte ich schon, wie scheußlich mein Kopf wehtat?

»Buck!«, rief Max.

Spader und ich gingen zu ihm. Er lebte, war aber schwer mitgenommen. Auf der Stirn klaffte eine große Wunde und er hatte offenbar Schwierigkeiten, klar zu sehen. »Ihr müsst ihn aufhalten, Jungs«, stieß er hervor. »Ihr müsst Farrow aufhalten. Ich zähl auf euch.«

Aber sicher doch. Von wegen, den Teufel würden wir tun! Max ließ sich auf den Boden zurücksinken. Der würde vorerst nirgendwohin gehen. Auch wenn ich in die Geschichte eingegriffen hatte, indem ich ihm das Leben rettete – dass er jetzt die *Hindenburg* rettete, war völlig ausgeschlossen. Vielleicht war doch noch nicht alles verloren.

In diesem Moment hörte ich, wie ein Motor gestartet wurde. Spader und ich fuhren herum und sahen, dass sich der zweite Gangster, der sich wieder gefangen haben musste, das Motorrad des Polizisten geschnappt hatte. Gerade hatte er mit einem Tritt die Maschine gestartet.

»Ich erledige das, Boss«, rief er Max zu. »Ich halte ihn auf.«

So ein Mist! Roses Gang war noch nicht außer Gefecht. Ich wusste nicht, was ich tun sollte: hinlaufen und versuchen den Typen aufzuhalten? Mich vor das Motorrad werfen? Mir blieben nur Sekunden, um etwas zu unternehmen, doch ich unternahm nichts. Dann geschah etwas, das mir noch lange nachhängen wird.

Spader rannte zu dem Motorrad.

»Ich komme mit!«, schrie er und schwang sich auf den Soziussitz.

Was hatte er vor? Ich stammelte verwirrt: »Spader?« Mehr brachte ich nicht heraus.

»Tut mir Leid, Kumpel«, sagte Spader. »Wir müssen die Menschen in dem Zeppelin retten.«

»Nein!«, brüllte ich. Ich wollte ihn packen und festhalten, doch im selben Moment gab der Gangster Gas, das Motorrad machte einen Satz und war außer Reichweite.

Jetzt war es passiert. Genau das, was ich seit Monaten befürchtet hatte. Spaders Hass auf Saint Dane war wieder lodernd aufgeflammt. Er wollte den Tod seines Vaters rächen, egal um welchen Preis. Spader hatte mir versprochen, seine Emotionen unter Kontrolle zu halten, doch er hatte sich verschätzt ... oder ein falsches Versprechen gegeben. Wie auch immer, Tatsache war, dass er mir nicht glaubte, was ich ihm über unsere Entdeckungen auf Dritte Erde erzählt hatte. Vielleicht hätte ich es besser erklären müssen. Vielleicht war es auch einfach zu viel für ihn. Jedenfalls zählte für ihn in diesem Moment nur eins: Er wusste, Saint Dane hatte eine furchtbare Katastrophe heraufbeschworen, in der Menschen umkommen würden. Spader war viel zu blind vor Hass um zu sehen, dass er genau das tat, was unser Feind wollte.

All das wurde mir schlagartig klar, als ich da allein auf der Straße stand und keine Möglichkeit hatte, Spader zurückzuhalten oder ihm zu folgen. Ich warf einen Blick auf die Uhr. Es war 19.00 Uhr. In fünfundzwanzig Minuten würde der erste Dominostein in Saint Danes Plan, Halla zu zerstören, umkippen.

Das wäre das Ende der Erd-Territorien – jetzt und bis in alle Zukunft.

## Zwölftes Journal
(Fortsetzung)

# Erste Erde

Mir blieb nur noch eine Möglichkeit, zum Landeplatz zu gelangen: das Auto.

Ich hatte bisher genau ein Mal ein Auto gefahren. Damals war ich dreizehn, meine Mutter saß auf dem Beifahrersitz und auf dem großen, leeren Parkplatz gab es weit und breit kein Hindernis. Diese Erfahrung qualifizierte mich nicht gerade für das Fünfhundert-Meilen-Rennen von Indianapolis. Andererseits, hey, ich war heute schon mitten in einem Gewitter aus einem Flugzeug abgesprungen, hatte mich von einem Hotelbalkon im dreißigsten Stock abgeseilt und einen fürchterlichen Autounfall überstanden. Wie viel schlimmer konnte Autofahren noch sein?

Mit einem raschen Blick rundum vergewisserte ich mich, dass mich niemand aufhalten würde. Max Rose lag bewusstlos am Straßenrand. Ebenso der Motorradpolizist. Der Einzige, den ich noch loswerden musste, war der andere Gangster, der immer noch zusammengesackt auf dem Beifahrersitz saß – gründlich weggetreten. Den würde ich unter keinen Umständen mitnehmen.

Es war derselbe Typ, der Spader und mich im Hotel immer am Kragen umhergeschleift hatte wie Müllsäcke. Diese Sonderbehandlung erwiderte ich jetzt mit Freuden. Ich packte ihn also an der Jacke und zog. Der Typ rührte sich kaum. Er war doppelt so groß wie ich und hing völlig schlaff im Sitz. Es kam mir vor, als ob ich versuchte, einen riesigen Sack voller Bowlingkugeln von der Stelle zu bewegen.

Ich schätze, jetzt kam mein Adrenalinspiegel zum Tragen, denn beim zweiten Versuch gelang es mir, den Kerl kopfüber aus dem Auto zu zerren. Seine Schultern schlugen mit einem dumpfen *Rumms* auf dem Asphalt auf. Pech gehabt. Ich zerrte noch einmal mit aller Kraft, um den Rest von dem Typen aus dem Auto zu befördern. Mit dem brauchte ich nicht zimperlich zu sein, er spürte ohnehin nichts. Ich schleifte den schlaffen Körper extra noch ein Stück vom Auto weg; man konnte ja nie wissen, wie sich der Wagen mit mir am Steuer benahm, und überfahren wollte ich den armen Kerl dann doch nicht.

Anschließend schwang ich mich auf den Fahrersitz und stellte mit einem Blick fest, dass ich ein Problem hatte.

Es war ein altmodisches Auto, das kein Automatikgetriebe hatte wie die meisten amerikanischen Autos auf Zweite Erde. Neben der Lenksäule befand sich ein Schaltknüppel und im Fußraum ein Kupplungspedal, von dem ich jetzt ganz schnell herausfinden musste, wie man damit umging. Mein Vater hatte einen Wagen mit Schaltgetriebe gefahren, sodass ich wenigstens das Prinzip kannte. Ich hatte oft in der Garage bei abgestelltem Motor in seinem Auto gesessen und so getan, als würde ich fahren. Er konnte das nicht leiden, sagte immer, ich würde die Kupplung ausnudeln oder so. Aber jetzt kam es mir zustatten, denn ich wusste, wie man schaltete. So ungefähr jedenfalls. Der Trick bestand darin, dass man erst das Kupplungspedal ganz durchtreten musste, dann den Gang einlegen und die Kupplung langsam kommen lassen, während man gleichzeitig Gas gab. Wenn man das sachte genug tat, fuhr das Auto an. Wenn nicht, würgte man den Motor ab. Es war eine Frage des Fingerspitzengefühls oder besser gesagt des Zehenspitzengefühls. Ich besaß weder das eine noch das andere. Die Sache versprach interessant zu werden.

Da der Motor immer noch lief, brauchte ich mir wenigstens über das Anlassen keine Gedanken zu machen. Ich stellte den Sitz so weit wie möglich nach vorn, um an die Pedale zu kommen. Dann trat ich die Kupplung, bewegte den Schaltknüppel dahin, wo ich den ersten Gang vermutete, und ließ die Kupplung langsam los, während ich aufs Gas trat.

Das Auto rollte vorwärts. Es klappte! Und noch dazu gleich beim ersten Versuch. Ich packte das Lenkrad mit beiden Händen, blickte nach vorn und gab Gas.

Das Auto machte zwei Hopser nach vorn, dann soff der Motor ab. Mann! Schlimm genug, dass ich nicht fahren konnte; jetzt stand ich auch noch vor dem Problem, den Wagen wieder anzukriegen. Ich musste mich heftig zusammenreißen, um nicht in Panik zu geraten.

Im Zündschloss steckte ein Schlüssel, doch als ich ihn drehte, tat sich nichts. Im ersten Moment dachte ich, jetzt sei das Auto endgültig hinüber. Immerhin hatte es einen ziemlich üblen Crash hinter sich. Andererseits machte ich vielleicht auch bloß irgendwas falsch. Allzu viele Knöpfe gab es nicht am Armaturenbrett. Vergesst nicht, damals war noch keine Rede von Klimaanlage, CD-Player und Navigationssystem. Ich fand einen Schalter für die Scheinwerfer und einen für die Scheibenwischer und das war's auch schon so ziemlich.

Dann entdeckte ich unter dem Armaturenbrett einen kleinen silbernen Knopf. So einen Knopf hatte ich noch nie in einem Auto gesehen, aber schließlich war ich ja auch noch nie mit einem Auto aus dem Jahr 1937 gefahren. Was hatte ich schon zu verlieren? Sofern dieser Knopf nicht gerade den Schleudersitz auslöste, konnte es wohl nicht schaden, ihn auszuprobieren. Ich drückte drauf ... und der Motor erwachte zum Leben. Treffer! Ich hatte den Anlasserknopf gefunden.

Das Auto machte einen Satz nach vorn und ging wieder aus. Klar, ich Blödmann hatte den Gang noch drin. Ich trat das Kupplungspedal durch und drückte noch einmal auf den silbernen Knopf. Hustend und knatternd startete der Motor erneut. Hervorragend. Jetzt musste ich nur noch von der Stelle kommen. Viermal versuchte ich im ersten Gang loszufahren, viermal verreckte der Motor. Ich verplemperte hier wertvolle Zeit. Am liebsten wäre ich ausgestiegen und einfach losgerannt.

Ich beschloss, es noch ein letztes Mal zu versuchen. Diesmal mit mehr Gas. Als ich merkte, dass das Auto zu ruckeln anfing und gleich wieder ausgehen würde, gab ich noch mehr Gas. Ich dachte, der Wagen müsse jeden Moment auseinander fliegen vor lauter Gerüttel, aber eine Sekunde später lief der Motor wieder ruhig und ich fuhr. Geschafft!

Leider war *An*fahren nur der erste Schritt. Jetzt musste ich *fahren*. Da kam der nächste Schreck. Ich war so damit beschäftigt gewesen, das Auto in Gang zu bringen, dass ich überhaupt nicht darauf geachtet hatte, wohin ich fuhr. Sobald mir das klar wurde und ich aufblickte, sah ich Max Rose genau vor dem Wagen stehen! Er hatte seinen massigen Körper irgendwie in die Senkrechte manövriert und taumelte auf mich zu. Ich riss hastig das Lenkrad herum und wich ihm um Haaresbreite aus. Leider geriet ich dabei vom Asphalt hinunter auf den Randstreifen. Ich wagte nicht zu bremsen, weil ich Angst hatte, den Motor abzuwürgen und mich noch einmal durch die ganze Anfahrprozedur quälen zu müssen. Also hielt ich das Gaspedal gedrückt und kurbelte verzweifelt am Steuerrad, um den Wagen wieder auf die Straße zu lenken. Nachdem ich ein ganzes Stück durch die Landschaft geholpert war und dabei beinahe ein paar Felsbrocken, einen Baum und ein Stoppschild gerammt hätte, hatte ich endlich wieder Asphalt unter den Rädern.

Ich fuhr.

Während ich das Auto die Straße entlang steuerte und mich nach Kräften bemühte geradeaus zu fahren, hörte ich von fern Sirenengeheul, das in meine Richtung kam. Das hätte mir gerade noch gefehlt, dass mich jetzt ein Cop anhielt! Ich musste ganz schnell zusehen, möglichst weit vom Unfallschauplatz wegzukommen. Also biss ich die Zähne zusammen und trat das Gaspedal bis zum Bodenblech durch.

Nur gut, dass es da draußen in der Pampa kaum Verkehr gab, denn ich schlingerte kreuz und quer über die ganze Fahrbahn. Das Steuerrad war riesig und schwer zu drehen. Jede noch so kleine Lenkbewegung erforderte einen mittleren Kraftakt. Mann, damals war Autofahren noch echte Schwerstarbeit. Es dauerte ein paar Minuten, aber irgendwann hatte ich den Bogen raus. Wenn der Motor allzu grässlich heulte, schaltete ich sogar. Ich fühlte mich nicht gerade in der Verfassung, die Führerscheinprüfung abzulegen, aber immerhin fuhr ich.

Bei diesem ganzen Abenteuer waren zehn Minuten draufgegangen. Es war jetzt 19.10 Uhr. Noch eine Viertelstunde. Aber wenigstens war ich unterwegs in Richtung Flugplatz.

Nachdem es so aussah, als ob ich doch noch dort ankommen würde, begann ich zu überlegen, wie ich nach meiner Ankunft weiter vorgehen sollte. Ehrlich gesagt hatte ich keinen Schimmer. Spader und der

Gangster würden versuchen Winn Farrow daran zu hindern, das Luftschiff abzuschießen. Ich musste sie daran hindern, ihn zu hindern. Aber wie? – Eins nach dem anderen, sagte ich mir. Erst mal musste ich lebend da ankommen. Und dann hieß es, schnellstens handeln.

Ich holte das Letzte aus dem Auto heraus. Auch wenn ich mir bei dem Tempo fast in die Hose machte – ich durfte nicht zu spät kommen! Das wurde mir klarer denn je, als ich um eine Kurve bog und ein paar Bäume hinter mir ließ. Vor mir bot sich ein spektakuläres Bild. Ich fuhr auf einer Anhöhe entlang, von der ich freie Sicht auf meinen Bestimmungsort hatte.

Das Flugfeld. Da ich noch gut anderthalb Kilometer entfernt war, konnte ich das Ganze gut überblicken. Das Wetter hatte aufgeklart, und obwohl die Sonne schon hinter dem Horizont verschwunden war, reichte das Licht noch aus, um alles ziemlich gut zu erkennen. Nach modernen Maßstäben war der Flugplatz nicht besonders groß. Er hatte ein paar Start- und Landebahnen, die sich überkreuzten, und ich sah mehrere Flugzeuge, die Tragfläche an Tragfläche aufgereiht standen. Außerdem gab es ein paar Flugzeughangars. Einer hob sich von den übrigen ab. Er war riesig. Ich meine *richtig* gigantisch. Er hatte ein einziges gewaltiges Tor. Das musste die Luftschiffhalle sein. Abgesehen von diesem kolossalen Hangar war nichts Außergewöhnliches zu entdecken bis auf etwas sehr Offensichtliches:

Die *Hindenburg* war eingetroffen.

Ich warf einen Blick auf die Uhr. Es war 19.15 Uhr. Mir blieben noch zehn Minuten, bis Winn Farrow seine Rakete abschießen und den Zeppelin zerstören würde. Allerdings schien die *Hindenburg* ihren Landeanflug bereits begonnen zu haben. Eine riesige Menschenmenge war versammelt, Scheinwerfer strahlten in den Himmel und erleuchteten die silberne Hülle des Luftschiffs wie am helllichten Tag. Ich schätze, der Zeppelin war noch einen knappen Kilometer von der Stelle entfernt, an der er landen sollte. Aber für etwas so Riesiges war ein knapper Kilometer keine Entfernung. Es war ein eindrucksvoller und Furcht einflößender Anblick.

Das Luftschiff schwebte von rechts nach links heran. Der Anblick war mir nur allzu vertraut. Auf sämtlichen Bildern, die ich von dem brennenden Zeppelin gesehen hatte, zeigte die Nase nach links. Die Zuschauer waren alle auf einer Seite, vom Luftschiff aus gesehen links. Von dort aus wurden die Bilder aufgenommen. Aufgrund dieser Aufnahmen wusste ich: Winn Farrow musste irgendwo auf der anderen Seite des Zeppelins sein, auf der rechten. Nur von dort aus konnte er seinen Anschlag durchführen, ohne von der Zuschauermenge bemerkt zu werden. Die Frage war nur: Konnte ich rechtzeitig dorthin gelangen, um Spader aufzuhalten?

Während ich mich dem Flugplatz näherte, kam ich an demselben Bus vorbei, in dem ich Spader vermutet hatte. Er stand am Straßenrand, und alle Fahrgäste waren ausgestiegen, um die Landung des Zeppelins zu beobachten. Ich wunderte mich, dass sie ausgerechnet hier angehalten hatten, so weit vom Landeplatz entfernt. Sekunden später wurde mir klar warum.

Als ich auf das Gelände des Flugplatzes zufuhr, sah ich, dass es von einem hohen Maschendrahtzaun umgeben war. Am Eingangstor war ein Sicherheitscheck, wo Typen in Navy-Uniform von jedem, den sie durchließen, zuerst die Personalien überprüften. Offenbar hatten Unbefugte keinen Zutritt.

Und ich war so unbefugt, wie man es sich nur vorstellen konnte.

An den Sicherheitsleuten vorbeizukommen war unmöglich. Folglich konnte ich den Weg durch den Vordereingang vergessen. Wahrscheinlich hätten die mich gleich wegen Fahrens ohne Führerschein einkassiert. Und wegen Autodiebstahls. Ich bog also nicht auf die Zufahrt zum Tor ein, sondern blieb auf der Straße, die parallel zum Zaun verlief.

Als ich am Tor vorbeikam, warfen ein paar der Navy-Posten mir skeptische Blicke zu. Ich setzte mich kerzengerade hin und gab mir alle Mühe, erwachsen auszusehen. Zum Glück ließ man mich unbehelligt weiterfahren.

Doch was nun? Ich folgte der Straße, die um das Gelände herumführte, in der Hoffnung, einen weiteren, weniger streng bewachten Eingang zu finden. Mir lief die Zeit davon. Allmählich dachte ich schon, ich müsse umkehren, vor dem Haupteingang Vollgas geben und einfach durchpreschen. Was blieb mir anderes übrig?

Dann, als ich das Flugfeld halb umrundet hatte, entdeckte ich noch einen anderen Zugang. Das Tor war kleiner und es waren keine Navy-Typen zu sehen. Na also! Ich riss das Steuer herum und lenkte den Wagen durch das Tor. Beim Durchfahren wurde mir klar, warum dieser Eingang nicht bewacht war.

Zwei Navy-Wachposten lagen gefesselt und geknebelt im Gras. Jemand, der nicht hierher gehörte, hatte sie überrumpelt, um sich Zutritt zu verschaffen. Waren es Winn Farrow und seine Gang? Oder Spader und der Typ aus Max Roses Bande? Oder beide? Egal jetzt, jedenfalls war ich am richtigen Ort. Ich hielt nicht an, um die Wachen zu befreien. Dazu blieb mir keine Zeit.

Es wurde jetzt rasch dunkler. Ich dachte kurz daran, die Scheinwerfer einzuschalten, aber ich wollte nicht, dass jemand mich kommen sah. Vor mir erblickte ich die *Hindenburg,* deren Nase nun nach rechts zeigte.

Ich hatte das Gelände tatsächlich halb umrundet und befand mich auf der anderen Seite des Luftschiffs, genau wie beabsichtigt. Irgendwo hier musste Winn Farrow auf der Lauer liegen, um jeden Moment seine todbringende Rakete zu zünden. Irgendwo hier war auch Spader. Ich warf einen Blick auf die Uhr. Es war 19.20 Uhr. Laut der historischen Aufzeichnungen würde hier bereits in wenigen Minuten der Teufel los sein. Der entscheidende Augenblick stand unmittelbar bevor.

Da hörte ich den Schuss.

Zwölftes Journal
(Fortsetzung)

# Erste Erde

Der Schuss kam von irgendwo vor mir, aus der Richtung der landenden Hindenburg. Ich trat das Gaspedal durch und hielt darauf zu. Nach kurzer Zeit kam eine Ansammlung kleiner Holzhütten in Sicht. Sie sahen aus wie Lagerschuppen, aber vor allem sahen sie aus wie das ideale Versteck für jemanden, der eine Rakete abschießen wollte. Ich raste auf diese Hütten zu, auch wenn ich noch keine Ahnung hatte, was ich dort vorfinden würde oder was ich tun könnte.

Da entdeckte ich das Motorrad, mit dem Spader und der Gangster gefahren waren. Sie waren also tatsächlich hier. Neben dem Motorrad trat ich aus Leibeskräften auf die Bremse. Das Auto machte einen Satz und der Motor ging wieder mal aus. Egal, jedenfalls hatte es mich bis hierher gebracht.

Dann hörte ich einen weiteren Schuss, diesmal hinter der Hütte, die mir am nächsten war. Ich sprang aus dem Wagen und pirschte mich vorsichtig heran.

Die *Hindenburg* schwebte jetzt fast genau über uns. Das Dröhnen der Maschinen ließ die Luft erbeben. Da sämtliche Scheinwerfer auf der anderen Seite waren, lag diese Seite des Luftschiffs im Schatten. Es wirkte wie eine riesige bedrohliche Wolke, die sich allmählich auf uns niedersenkte.

Als ich um die Ecke des Schuppens bog, blieb mir fast das Herz stehen. Direkt vor mir hockten geduckt hinter zwei Holzkisten, die als Deckung dienten, Spader und der Gangster. Die beiden spähten zu einem weiteren hölzernen Schuppen etwa zwanzig Meter weiter.

Ich begriff: Dort musste sich Farrow versteckt halten.

Dann hörte ich einen weiteren Schuss. Eine Nanosekunde später schlug etwas direkt über meinem Kopf in die Wand ein und riss einen Holzsplitter heraus. Ich ging in die Hocke, dann sah ich genauer hin: Die Kugel hatte sich direkt über meinem Kopf in das Holz gebohrt. Jetzt wusste ich, wovor Spader und der Gangster in Deckung gegangen waren. Jemand schoss auf sie. Ich duckte mich tief und rannte zu den beiden hinüber.

»Spader«, zischte ich.

Spader fuhr herum. Der Gangster ebenfalls. Der Typ hatte eine Waffe in der Hand, die er mir jetzt unter die Nase hielt.

»Pendragon!«, rief Spader überrascht. Er schob die Pistole beiseite. Sobald der Gangster mich erkannte, richtete er seine Aufmerksamkeit wieder auf seine Feinde.

»Farrow ist da drüben!«, erklärte Spader rasch, die Augen vor Aufregung weit aufgerissen. »Sie sind zu zweit.«

»Sie *waren* zu zweit«, korrigierte der Gangster. »Einen hab ich schon erledigt.«

Na toll. Das Blutvergießen war also bereits in vollem Gange.

»Das ist ein echter Tum-Tigger, Kumpel«, stieß Spader atemlos hervor. »Er wird jeden Moment seine Rakete zünden.«

»Nur über meine Leiche«, verkündete der Gangster.

Dann tat er etwas ganz Unglaubliches. Er hechtete mit einem Satz aus seiner Deckung hervor und startete einen Kamikazelauf in Richtung Farrow. Mann, das war echter Einsatz! Dieser Typ nahm ein Selbstmordkommando auf sich, um Max Rose und sein Verbrechensimperium zu retten. Den hätte man glatt zum Gangster des Monats küren sollen.

Allerdings war die Aktion nicht nur außerordentlich mutig, sondern auch außerordentlich schwachsinnig. Zwischen unserer Deckung und Winn Farrow lagen zwanzig Meter offenes Gelände. Sobald der Gangster losrannte, machte er sich quasi zur wunderbarsten Zielscheibe. Er war kaum ein paar Schritte weit gekommen, als drei Schüsse abgefeuert wurden. Der Gangster wirbelte herum und brach zusammen.

»Nein!«, brüllte Spader und machte Anstalten, selbst hinter den Kisten hervorzuspringen und es dem Typen gleichzutun. Aber ich packte ihn.

»Das kannst du nicht machen!«, schrie ich ihn an.

»Er wird das Luftschiff abschießen!«, schrie Spader zurück. »Saint Dane gewinnt!«

»Nein!« Ich hielt Spader immer noch fest. »Saint Dane will ja gerade, dass wir Winn Farrow aufhalten. Das hab ich dir doch schon erklärt.«

»Aber das ist doch Unsinn!«, widersprach er. »Woher willst du das überhaupt wissen?«

Eindringlich blickte ich Spader in die Augen. Ich hatte keine Chance, ihm jetzt auf die Schnelle alles zu erklären, was wir auf Dritte Erde gesehen hatten. Es gab nur eine Möglichkeit, wie ich ihn überzeugen konnte. Ich sprach ganz ruhig und sachlich. Gefühle waren hier fehl am Platz.

»Vertraust du mir?«, fragte ich.

»Das weißt du doch«, antwortete Spader.

»Dann glaub mir: Unsere Aufgabe ist es, dafür zu sorgen, dass dieser Zeppelin in die Luft gejagt wird. Ich weiß, das ist grauenhaft, aber es ist die Wahrheit. Wir haben zusammen schon eine Menge durchgestanden,

Spader. Du kennst mich; du weißt, was es bedeutet, ein Reisender zu sein. Du musst mir vertrauen.«

Spader erwiderte meinen Blick. Ich richtete all meine Willenskraft darauf, dass er mir glauben sollte. Ich wusste, er war hin- und hergerissen zwischen seinem Gefühl, das mir vertrauen wollte, und seinem Verstand, der gegen das, was ich ihm sagte, rebellierte.

So furchtbar es ist, das Folgende sagen zu müssen: Sein Verstand gewann die Oberhand. Spader stieß mich so plötzlich beiseite, dass ich das Gleichgewicht verlor und auf den Hintern plumpste.

»Tut mir Leid, Kumpel, aber das kann ich nicht zulassen«, sagte er.

»Spader, nicht!«, schrie ich.

Zu spät. Er hechtete über die Holzkisten hinweg und rannte auf Farrows Schuppen zu.

Ich duckte mich und machte mich darauf gefasst, jeden Moment Schüsse zu hören. Aber es blieb still. Ich rappelte mich auf, spähte über die Kisten und sah etwas ganz Unglaubliches.

Spader rannte nicht. Er stand stocksteif mitten auf dem Rasen zwischen den Kisten und dem Schuppen. Gunny versperrte ihm den Weg. Gunny hatte die Pistole des erschossenen Gangsters aufgehoben und sich damit zwischen Spader und Winn Farrow gestellt.

Über uns senkte sich die *Hindenburg* tiefer. Landetaue wurden von dem Zeppelin herabgeworfen, und Arbeiter rannten herbei, um sie aufzuheben und damit das gewaltige Luftschiff in die richtige Position zu dirigieren.

»Tut mir Leid«, sagte Gunny ruhig. »Ich kann dich nicht vorbeilassen.«

Ich konnte nicht fassen, dass es so weit gekommen war. Ein Reisender richtete eine Pistole auf einen anderen Reisenden.

Spader blickte zu dem Luftschiff auf. Ihm war klar, dass er keine Zeit zu verlieren hatte. Er sah Gunny an und sagte: »Du wirst nicht auf mich schießen, Gunny. Das kannst du nicht.«

Gunny wand sich. Spader hatte Recht. Natürlich würde Gunny niemals auf ihn schießen. Das Ganze war ein Bluff. Langsam ließ Gunny die Pistole sinken.

»Der Zeppelin muss zerstört werden«, sagte er.

Spader beachtete ihn gar nicht. Er rannte weiter, wild entschlossen zu Winn Farrow zu gelangen. Gunny beugte die Knie und machte sich bereit, ihn zu packen und festzuhalten, aber Spader war zu stark. Er rammte den älteren Mann wie ein Fullback, sodass Gunny flach auf dem Rücken landete. Nichts konnte Spader jetzt mehr aufhalten. Ich rechnete damit, dass Farrow auf ihn schießen würde, doch nichts geschah. Entweder war Farrow die Munition ausgegangen oder er war zu sehr mit seiner Rakete beschäftigt.

Ich sprang hinter den Kisten hervor und sprintete hinter Spader her.

»Spader! Stopp!«, schrie ich, doch er konnte mich nicht hören, weil die Maschinen der *Hindenburg* zu laut dröhnten. Es hätte ohnehin nichts genützt. Er war auf seine Mission fixiert und würde sich durch nichts davon abbringen lassen, da konnte ich schreien, wie ich wollte.

Als ich die Hütte erreichte, sah ich, dass Spader Farrow auf die gleiche Art umgerannt hatte wie Gunny. Er war geradewegs in ihn hineingestürmt und hatte den verrückten kleinen Kerl zu Boden gerissen. Jetzt wälzten sich die zwei kämpfend im Dreck.

Und noch etwas sah ich. Auf dem Boden, nur ein paar Schritte von ihnen entfernt, war Farrows Rakete an einem Brett befestigt, das als provisorische Abschussrampe diente. Die Spitze zeigte auf den landenden Zeppelin und die Zündschnur brannte. Die tödliche Waffe war bereit, das Luftschiff in Flammen aufgehen zu lassen.

Der Kampf zwischen Farrow und Spader war schnell entschieden. Farrow war zwar klein, aber ein Kämpfer. Spader nicht. Der Gangster war ihm überlegen. Bereits nach wenigen Sekunden hatte er Spader zu Boden gedrückt und ihm einen Arm auf den Rücken gedreht. Spader hatte keine Chance mehr, die Rakete zu erreichen.

Mein Freund bog den Kopf zurück und sah mich dort stehen. Als ich sein verzweifeltes Gesicht sah, tat es mir in der Seele weh.

»Pendragon!«, rief er flehentlich. »Lass diese Menschen nicht sterben!« Tränen standen ihm in den Augen. Aus seiner Sicht ging es hier um sechsunddreißig Menschenleben. Den größeren Zusammenhang sah er nicht.

Und ich in diesem Moment auch nicht.

Die Realität dessen, was gleich geschehen würde, traf mich wie ein Faustschlag in den Magen. Was tat ich hier? Das Leben von sechsunddreißig Menschen lag plötzlich in meiner Hand. Um sie zu retten brauchte ich nichts weiter zu tun, als mich zu bücken und die Rakete ein Stück zu drehen. Es wäre so leicht. Farrow würde mich nicht daran hindern können, weil er mit Spader beschäftigt war.

»Zu spät!«, lachte Farrow. »Max Rose wird in der Luft zerrissen, genau wie dieser Zeppelin!«

»Bitte, Kumpel«, flehte Spader mich unter Tränen an. »Sie werden sterben!«

Ich blickte zu dem Zeppelin hinüber. In der Gondel brannte Licht. Dort drin waren Menschen – deren Leben gleich ein grauenhaftes Ende nehmen würde. Ich blickte auf die Rakete hinab. Die Zündschnur brannte, aber noch war es nicht zu spät. Ich brauchte sie nur mit dem Fuß umzustoßen. So einfach wäre das; eine Bewegung und das Luftschiff würde unter allgemeinem Jubel landen. Die Zeitungen würden eine völlig andere Geschichte bringen, eine Triumphstory, und sechsunddreißig Menschen würden am Leben bleiben.

In diesem Moment wurde mir klar, dass ich sie nicht sterben lassen konnte.

Alles, was ich über den Lauf der Geschichte, über die Nazis und die Atombombe wusste, erschien mir auf einmal so unwirklich. Die Menschen da oben in dem Luftschiff hingegen, die waren real. Sie würden sterben und ich konnte es verhindern. Und so bückte ich mich, um die Rakete wegzuschieben.

»Pendragon«, ertönte eine leise, ruhige Stimme.

Ich wandte mich um und sah Gunny hinter mir stehen. Er wirkte so gelassen, als ob er in der Lobby seines Hotels stünde und Gäste begrüßte. Er blickte mich mit seinen warmen, wissenden Augen an und sagte das Einzige, was in dieser Situation Sinn ergab. Es war ein Satz, den ich schon viele Male gehört hatte. Ein Satz, der uns Reisenden helfen sollte unser Leben zu begreifen. Er sollte einem das Gefühl geben, dass Halla auf dem richtigen Kurs war und wir auf der richtigen Seite standen. Er sollte uns über Trauer und Verluste hinweghelfen. Ich hatte diesen Satz gehört, als mein Onkel starb, als Osa starb und als ich erfuhr, dass meine Familie verschwunden war. Er schien immer in den denkbar schlimmsten Momenten ausgesprochen zu werden.

Gunny sagte leise: »Es hat so sein sollen.«

Ich erwiderte seinen Blick eine Sekunde lang. Er lächelte. Ich sah wieder die Rakete an. Eine Million Gedanken schossen mir durch den Kopf. Aber einer setzte sich gegen alle anderen durch.

Ich konnte diese Menschen nicht sterben lassen. Dazu war ich einfach nicht fähig.

»Es tut mir Leid, Gunny«, sagte ich. »Das kann ich nicht.«

Ich ging einen Schritt auf die Rakete zu, um sie mit dem Fuß beiseite zu stoßen. Über die Konsequenzen würde ich mir später Gedanken machen. Ich war nur noch einen Sekundenbruchteil davon entfernt, die *Hindenburg* zu retten, als Gunny von hinten sanft, aber fest die Arme um mich schlang.

»Dann lass mich es tun«, sagte er leise.

Er hinderte mich daran, die Rakete umzustoßen! Ich wand mich in seinem Griff und versuchte mich loszureißen. Den ganzen Tag lang hatte ich verzweifelt danach gestrebt, hierher zu gelangen, um dafür zu sorgen, dass die Geschichte ihren vorgesehenen Lauf nahm. Jetzt hatte ich nur noch den verzweifelten Wunsch, dieses Luftschiff und die Menschen darin zu retten.

»Gunny, lass mich los!«, bettelte ich. Doch Gunny hielt mich fest.

»Nein!«, schrie Spader entsetzt.

Im nächsten Augenblick war die Zündschnur abgebrannt. Das Pulver zündete, die Rakete schoss von der hölzernen Abschussrampe in den Himmel empor und nahm Kurs auf ein sehr großes Ziel.

## Zwölftes Journal
(Fortsetzung)

# Erste Erde

Was versteht man unter einem Albtraum?

In einem Albtraum kramt dein Geist deine tiefsten, verborgensten Ängste aus und schleudert sie dir ins Gesicht, und zwar zu keinem anderen Zweck als dem, Grauen zu erregen. Einen Albtraum kannst du nicht steuern. Die Horrorbilder stürmen auf dich ein wie eine Naturkatastrophe. Du kannst nichts weiter tun, als es auszuhalten und zu hoffen, dass es bald vorüber ist. Und es geht vorüber. Wenn du aufwachst, weißt du, dass sich das entsetzliche Erlebnis – so wirklich es dir auch vorgekommen sein mag – nur in deinem Geist abgespielt hat.

Albtraum ist wohl der passendste Begriff für das, was während der folgenden Minuten geschah. Mit dem Unterschied, dass es sich nicht bloß in meinem Geist abspielte.

Wir sahen zu, wie die Rakete auf den dunklen Rumpf der *Hindenburg* zuraste. In den wenigen Augenblicken, die der Anflug der Rakete dauerte, schien die Zeit stillzustehen. Ich hätte mich am liebsten an diesen Augenblicken festgeklammert, denn sobald sie vorüber waren, würde das Grauen erst richtig beginnen.

Die Rakete schlug in den vorderen Teil der Hecksektion ein. Stoppuhr los – in siebenunddreißig Sekunden würde alles vorbei sein.

Gunny sagte leise: »Wir sollten gehen.« Seine Stimme klang brüchig. Er war genauso erschüttert wie ich.

Winn Farrow hatte Spader losgelassen. Wir vier zogen uns hastig aus der Gefahrenzone zurück. Wir wussten, welches Grauen jetzt bevorstand. Während wir uns davonmachten, ließ ich das Luftschiff nicht aus den Augen.

Das Feuer griff wahnsinnig schnell um sich. Zuerst breitete sich der Brennstoff aus der Rakete über einen großen Teil des Zeppelins aus. Dann fing die Ballonhülle Feuer. Die Flammen griffen rasch auf das gesamte Luftschiff über und verzehrten die weiche silberfarbene Haut in null Komma nichts. Sekunden später lag das skelettartige Gerippe des Luftschiffes frei. Dann begann es zu fallen, das Heck zuerst. Sobald es sich nach hinten neigte, breiteten die Flammen sich in Richtung Nase aus. Das Wasserstoffgas, das jetzt frei wurde, lieferte dem Feuer zusätzliche Nahrung.

Ich sah, wie sich die beiden Hakenkreuze an der Heckflosse in die Erde rammten und in Flammen aufgingen. Es war ein symbolischer Moment und das einzige klitzekleine Siegesgefühl, das ich während dieser ganzen Katastrophe empfand.

Die Zuschauer stoben auseinander und rannten um ihr Leben. Das Bodenpersonal ließ die Leinen los und flüchtete in Panik. Es konnte ohnehin niemand mehr tun, als sich selbst in Sicherheit zu bringen.

Dann prallte die Passagiergondel unter dem brennenden Zeppelin auf den Boden. Sofort schlugen Leute die Scheiben ein und sprangen hinaus. Erstaunlicherweise gingen einige sogar die Stufen hinunter und stiegen ganz normal aus. Das waren die Glücklichen. Sobald sie festen Boden unter den Füßen hatten, rannten sie um ihr Leben, während überall um sie herum brennendes Material zu Boden stürzte. Diese Menschen würden überleben. Aber viele saßen noch im Inneren fest. Für sie würde die Sache nicht so glimpflich ausgehen.

Ich hatte all das schon gesehen – in der Computerbibliothek auf Dritte Erde. Doch jetzt sah ich es in Wirklichkeit. Aus nächster Nähe. Ich spürte die Hitze. Ich sah die entsetzten, panischen Gesichter. Ich hörte die Schreie. Aber das Entsetzlichste war das Gefühl, dass ich all das hätte verhindern können ... und es nicht getan hatte.

Dann sah ich etwas Unvorstellbares. Während all diese Menschen vor der Katastrophe davonrannten, rannte eine Person tatsächlich darauf zu. Zuerst hielt ich die Gestalt für einen tollkühnen Feuerwehrmann, der unter Einsatz seines Lebens versuchen wollte, noch ein paar Menschen aus dem brennenden Wrack zu retten. Aber als er näher kam, erkannte ich, um wen es sich handelte.

Es war Max Rose. Ich hatte keine Ahnung, wie er dorthin gelangt war. Vielleicht hatte die Polizei ihn am Unfallort aufgelesen, vielleicht hatte auch jemand aus seiner Gang ihn am Straßenrand gefunden. Das spielte jetzt keine Rolle. Er rannte wie von Sinnen auf die dem Untergang geweihte Gondel zu. Wir werden nie erfahren, was in seinem Kopf vorging, aber ich kann es mir denken. Er wollte versuchen sein Geld zu retten. So irrsinnig das auch klingt, es war die einzig plausible Erklärung. Er musste den Verstand verloren haben. Oder vielleicht wusste er, dass seine Welt zusammenbrechen würde, und setzte bewusst alles aufs Spiel, um es doch noch zu verhindern?

Niemand versuchte ihn aufzuhalten. Es ging alles zu schnell und alle hatten nur eins im Sinn: das eigene Leben zu retten. Max Rose schaffte es tatsächlich bis zur Gondel und kletterte hinein. Er wurde nie wieder gesehen. In gewisser Weise war eine Kursänderung der Geschichte wieder korrigiert. Es war Max Rose bestimmt gewesen, am 6. Mai 1937 zu sterben. Das geschah nun, wenn auch nicht bei einem Autounfall, sondern im brennenden Wrack der *Hindenburg*.

In der nächsten Sekunde brach das gewaltige, lichterloh brennende Luftschiff in sich zusammen. Das Gerippe, das eben noch die Form eines Zeppelins gehabt hatte, stürzte ein. Funken stoben in die Luft und von dem einst majestätischen Luftschiff blieb nichts als ein riesiger brennender Trümmerhaufen übrig.

Siebenunddreißig Sekunden.

Während ich dastand und die Hitze des gewaltigen Feuers spürte, sah ich etwas, das mir tatsächlich einen kalten Schauder über den Rücken jagte. Es war ein Vogel. Ein großer schwarzer Vogel. Er schwebte wie ein Schatten über den Flammen, beschrieb eine scharfe Kurve und schoss über unsere Köpfe hinweg. Dann drehte er mit einem raschen Flügelschlag ab und verschwand in der Nacht. War es Saint Dane? War er hergekommen, um seine neuerliche Niederlage mit anzusehen?

Ich glaubte nicht recht daran. Eher wollte er sich über mich lustig machen. Die Reisenden hatten gewonnen, das schon. Wir hatten dafür gesorgt, dass die Geschichte ihren vorgesehenen Lauf nahm. Die Erd-Territorien waren gerettet. Aber ging es Saint Dane wirklich darum? Oder ging es ihm, wie er selbst gesagt hatte, nur um mich?

In diesem einen entsetzlichen Augenblick dämmerte mir die Wahrheit. Alles, was geschehen war, Saint Danes sämtliche Manipulationen, all das war nur darauf angelegt gewesen, mich genau hierher zu bringen. Im entscheidenden Augenblick hatte ich nicht die Kraft besessen, die Katastrophe zu verhindern. Er wusste, dass ich die Kraft nicht aufbringen würde. Er wusste es und wollte meine Niederlage mit ansehen.

Die Reisenden mochten diese Schlacht hier auf Dritte Erde gewonnen haben, aber Saint Dane hatte den Krieg gewonnen. Er hatte bewiesen, dass ich ihm nicht ebenbürtig war.

Winn Farrow lachte. Tatsächlich, er lachte. Dieser Typ war wirklich durchgeknallt. Solch eine Katastrophe zu verursachen, nur um sich an einer einzigen Person zu rächen – dafür musste man schon buchstäblich wahnsinnig sein.

»Rache ist süß«, sagte er hämisch.

»Du Untier!«, schrie Spader und wollte sich auf ihn stürzen, aber Gunny packte ihn und hielt ihn zurück.

»Lass gut sein«, sagte Gunny. »Beachte ihn gar nicht. Das ist nicht deine Angelegenheit.«

»Genau«, lachte Farrow. »Nicht deine Angelegenheit.« Dann wandte er sich mit einem fiesen, aalglatten Grinsen an Gunny. »Danke, Kumpel«, sagte er. »Warst mir eine echte Hilfe.«

Gunny zuckte zusammen, als ob Farrow ihm einen Schlag versetzt hätte. In diesem Moment tat er mir unendlich Leid. Er hatte das getan, wovon er wusste, dass es das Richtige war. Er hatte getan, was ich nicht konnte. Aber dieser arme Mensch, der es nicht einmal über sich brachte, ein Gewehr abzufeuern, hatte gerade zugelassen, dass die *Hindenburg* zerstört wurde. Ganz gleich ob es das Richtige war, er würde dennoch für den Rest seines Lebens daran zu tragen haben.

Dann machte Farrow kehrt und rannte in die Dunkelheit davon. Wohin, das scherte mich nicht.

Spader stellte sich dicht vor Gunny hin und sah ihm in die Augen, das Gesicht vor innerer Qual verzerrt. »Du hast ihn zurückgehalten«, rief er anklagend. »Pendragon wollte den Zeppelin retten und du hast ihn zurückgehalten. Deinetwegen sind all diese Menschen umgekommen! Du hast Saint Dane zum Sieg verholfen.«

Gunny brachte kein Wort heraus. Ich sah, dass er zitterte.

»Er hat das Richtige getan«, sagte ich.

Spader wandte sich von Gunny ab und warf mir einen zornigen Blick zu. »Warum? Weil irgendwer euch erzählt hat, dass ihr den Lauf der Geschichte nicht ändern dürft? Ich glaub das nicht. Woher wollt ihr das überhaupt alles wissen?«

Ich antwortete nicht. Jetzt war nicht der richtige Zeitpunkt. Gunny sagte matt: »Wir müssen von hier verschwinden.«

»Ich habe ein Auto«, bot ich an.

»Nein«, entgegnete Gunny. »Kommt mit mir.« Er eilte davon. Spader und ich blieben noch einen Moment lang stehen und starrten auf das brennende Wrack.

»Hobey, ich hoffe nur, du hast Recht«, meinte er schließlich und lief Gunny nach.

Auf dem Flugfeld herrschte Chaos. Feuerwehrwagen kamen angerast. Menschen rannten kreuz und quer durcheinander und versuchten den Überlebenden zu helfen. Manche der Opfer wurden in Autos verfrachtet, die mit quietschenden Reifen zum nächsten Krankenhaus fuhren, andere wurden in Rettungswagen geladen. In all der fieberhaften Betriebsamkeit fiel niemandem auf, dass drei Typen ruhig von dem Getümmel weg in Richtung Rollfeld gingen.

Die Flammen der *Hindenburg* erleuchteten den Flugplatz taghell. Ich wusste nicht, wohin Gunny uns führte, und wollte es auch nicht wissen. Ich wollte überhaupt nicht mehr denken. Am Ende des Rollfeldes erwartete mich ein willkommener Anblick: Da stand, vom Feuerschein angestrahlt, Jinx Olsens kurioses kleines Flugboot. In all der Aufregung hatte ich Jinx glatt vergessen.

Sie kam gerade vom Schauplatz der Katastrophe angerannt. Ihre Augen waren schreckgeweitet. Es hätte mich auch gewundert, wenn nicht.

»War es das?«, fragte sie mit Verzweiflung in der Stimme. »Seid ihr darum hergekommen? Um das hier zu verhindern?«

Wir sahen uns an – alle bis auf Spader, der starr zu Boden blickte. Ich wusste nicht, was ich darauf sagen sollte. Zum Glück übernahm Gunny die Antwort.

»Uns war da was zu Ohren gekommen«, sagte er. »Wir dachten, wir könnten vielleicht helfen.«

»Aber wir sind zu spät gekommen«, ergänzte Jinx. »Es ist grauenhaft.«

»Ja«, entgegnete Gunny, »es ist grauenhaft.« Dann ging er auf Jinx zu und blickte ihr tief in die Augen. Mit ruhiger, fester Stimme sprach er auf sie ein. »Niemand wird je erfahren, was hier geschehen ist. Du dachtest, du könntest helfen, aber du konntest nichts tun. Niemand konnte irgendetwas tun. Denk daran.«

Es war unheimlich. Jinx starrte mit glasigem Blick zu Gunny empor. Sämtliche Spannung schien von ihr abzufallen. Es war, als hätte Gunny sie hypnotisiert. Er setzte die Geisteskräfte, die er als Reisender besaß, dazu ein, Jinx ihren Seelenfrieden zurückzugeben. Ich wünschte, dasselbe hätte er auch mit mir machen können.

»Ja«, sagte sie langsam. »Ich konnte nichts tun.«

»Wir sollten jetzt nach Hause fliegen«, erklärte Gunny bestimmt.

»Ja«, erwiderte Jinx. »Lasst uns nach Hause fliegen.

Wir vier stiegen in das Flugzeug; Jinx und ich ins vordere Cockpit, während Spader und Gunny sich in das hintere quetschten. Ich glaube nicht, dass irgendwer bemerkte, wie die kleine Maschine ganz am Rande des Flugplatzes startete. Alle waren völlig auf den brennenden Zeppelin fixiert. Als wir abhoben und uns vom Schauplatz der Zerstörung entfernten, wurde mir bewusst, dass wir eins der großen Rätsel der Geschichte hinter uns zurückließen. Die Menschheit würde niemals herausbekommen, wie es tatsächlich dazu kam, dass die *Hindenburg* in Brand geriet und abstürzte. Niemand würde je erfahren, welche Rolle die beiden rivalisierenden New Yorker Gangs dabei gespielt hatten – und erst recht nicht, dass Reisende aus verschiedenen Territorien beteiligt gewesen waren.

So hatte es sein sollen.

Die Rückreise verlief ereignislos. Glücklicherweise hatte sich das Wetter inzwischen beruhigt, sodass wir einen sanften Flug hatten. Unterwegs sprach niemand ein Wort. Jeder hing seinen Gedanken nach. Wir wasserten ohne Zwischenfälle auf dem Hudson und vertäuten das Flugzeug wieder am Dock. Dann fuhren wir gemeinsam im Taxi zum Manhattan Tower Hotel zurück. Während der Fahrt sprach kaum jemand mehr als ein oder zwei Worte. Nachdem das Taxi uns vor dem Hotel abgesetzt hatte, entstand ein unbehagliches Schweigen. Spader ließ uns wortlos stehen und ging hinein. Gunny und ich blieben mit Jinx am Straßenrand stehen. Ich hatte keine Ahnung, wie wir uns jetzt von ihr verabschieden sollten.

Wieder übernahm Gunny das Reden. »Du bist ein ganz außergewöhnlicher Mensch«, sagte er zu Jinx. »Ich bin stolz, dich kennen gelernt zu haben.«

»Ich hoffe, dass du eines Tages wieder fliegen kannst«, fügte ich hinzu.

»Oh, das werde ich«, erwiderte sie augenzwinkernd. »Darauf kannst du wetten.«

Wir umarmten uns, dann ging Jinx auf das Hotel zu. Nach ein paar Schritten drehte sie sich noch einmal zu uns um. Sie sah besorgt aus. »Dieser Flug, den wir gerade unternommen haben … warum werde ich nur das Gefühl nicht los, dass da etwas Großes dahinter steckte?«

»Es steckt nichts dahinter«, antwortete Gunny. »Es war nur ein ganz normaler Flug.«

Das schien Jinx zufrieden zu stellen. Sie nickte und ging hinein. In keinem der vielen Berichte über das Unglück der *Hindenburg* wurde je erwähnt, dass Jinx Olsen auf dem Flugplatz war. Was auch immer Gunny mit ihren Gedanken angestellt hat, er hat dafür gesorgt, dass sie niemals jemandem von unserem Flug erzählte. Anders kann ich es mir nicht erklären. Ein Jammer, denn was Jinx sich mehr als alles andere gewünscht hatte, war, einmal eine wirklich bedeutende Mission zu fliegen. Sie würde nie erfahren, dass sie an jenem stürmischen Nachmittag genau das getan hatte.

Gunny und ich blieben allein am Straßenrand zurück. Sonst war niemand in der Nähe. Als ich so dastand, wusste ich wirklich nicht, was ich denken sollte. War dies ein überwältigender Sieg über Saint Dane? Es fühlte sich jedenfalls nicht so an. Ich musste mir selbst immer wieder sagen, dass ohne unser Eingreifen noch Schlimmeres passiert wäre. Viel Schlimmeres. Aber das wusste ich nur im Kopf. In meinem Herzen fühlte ich etwas anderes.

Meine Wirklichkeit war, dass ich versagt hatte. Anders konnte man es nicht nennen. Als alles auf dem Spiel stand, hatte ich es vermasselt. Wenn Gunny nicht gewesen wäre, hätte Saint Dane gesiegt. Die Erd-Territorien wären zum Untergang verdammt gewesen, und zwar durch meine Schuld. Und das lässt mich an meinem Wert als Reisender zweifeln. Ich musste an Onkel Press denken. Er hatte sein Vertrauen in mich gesetzt, hatte anderen gesagt, sie sollten ihr Vertrauen in mich setzen. Durch mein Versagen bei dieser Sache mit der

*Hindenburg* hatte ich ihn enttäuscht. Wie sollte ich jetzt weitermachen?

»Es tut mir Leid, Gunny«, sagte ich leise.

»Was tut dir Leid?«

»Dass ich es auf dich abgewälzt habe.«

Gunny blickte an seinem geliebten Hotel empor. Die Lichter von dort spiegelten sich in seinen braunen Augen.

»Nie im Leben hätte ich mir so etwas träumen lassen, wie wir es gerade erlebt haben. Aber jetzt, da mir die Augen geöffnet sind und ich begriffen habe, worum es im Leben wirklich geht, muss ich dir sagen: Ich glaube ehrlich an das, was ich vorhin gesagt habe. Es hat so sein sollen. Unsere Aufgabe ist es, dafür zu sorgen, dass das, was sein soll, geschieht. Du hast nichts auf mich abgewälzt, Bobby.«

»Aber ich habe das Falsche getan.«

Gunny blickte mich an. Ich sah die Güte in seinen Augen. Nein, ich *spürte* sie. »Vielleicht. Aber vielleicht war auch heute der Tag, an dem *ich* meine Aufgabe zu erfüllen hatte. Vielleicht war genau das meine eigentliche Bestimmung. Du hast noch einen weiten Weg vor dir, Pendragon. Ich glaube, der Tag, an dem du deine Aufgabe zu erfüllen hast, ist noch nicht gekommen.«

Wir gingen hinein und ich wünschte Gunny eine gute Nacht. Ich war hundemüde und sehnte mich nur noch danach, endlich ins Bett zu fallen. Als ich ins Zimmer kam, saß Spader auf der Couch und wartete auf mich. Ich wollte mich nicht mit ihm auseinander setzen müssen. Nicht jetzt. Doch Spader hatte Redebedarf.

»Ich hab Angst, Kumpel«, fing er an. »Plötzlich steht alles auf dem Kopf. Wie konnte Gunny diese Menschen sterben lassen?«

Zuerst erwiderte ich nichts. Ich war zornig und verwirrt und hatte ein bisschen Angst vor mir selbst. Wir standen selbst an einem Wendepunkt, Spader und ich. Wir mochten noch so ein tolles Team sein – als es hart auf hart kam, hatte Spader mir nicht vertraut. Bis jetzt war es mir nicht gelungen, ihn davon zu überzeugen, dass wir das Richtige getan hatten.

»Morgen«, sagte ich schließlich. »Morgen werde ich dir alles zeigen.«

Damit ließ ich ihn allein und legte mich schlafen. Bevor ich eindämmerte, hoffte ich noch, eine traumlose Nacht zu haben. Vor allem eine albtraumlose.

Am nächsten Morgen unternahmen Spader und ich einen Ausflug, und zwar an den einzigen Ort, wo er die Antworten auf seine drängenden Fragen bekommen konnte: Dritte Erde.

Auf der Fahrt in die Bronx und während des Fluges durch das Flume passierte nichts sonderlich Erwähnenswertes. Schon verblüffend, dass man so etwas Abenteuerliches wie das Flumen durch Zeit und Raum als ›nicht sonderlich erwähnenswert‹ empfinden kann. Aber allmählich hatte ich mich tatsächlich daran gewöhnt. Als wir das Tor auf Dritte Erde erreicht hatten, zogen wir uns um, ohne ein Wort miteinander zu reden. In dem Kleiderhaufen war auch der Kommunikator versteckt, den Gunny benutzt hatte, um Patrick, den Reisenden von Dritte Erde, zu rufen. Ich drückte auf die Taste. Bald würde Patrick uns abholen kommen.

Ich muss gestehen, dass ich mir Sorgen machte, wie ich Dritte Erde vorfinden würde. Hatte die Geschichte ihren vorgesehenen Lauf genommen? Hatten wir das Geschick der Territorien in der Bahn gehalten, indem wir zuließen, dass die *Hindenburg* zerstört wurde? Oder hatten wir womöglich noch etwas anderes verändert, das dafür gesorgt haben könnte, dass Max Roses Gang ihre Spionagegeschäfte fortsetzte?

In dem Moment, als ich aus dem Flumetor trat, hatte ich die Antwort. Die U-Bahn war genauso, wie ich sie in Erinnerung hatte. Ebenso das riesige unterirdische Einkaufszentrum. Als wir mit der Rolltreppe nach oben fuhren, sah ich die sanften grünen Hügel der Bronx. Welch eine Erleichterung!

Ihr könnt euch sicher vorstellen, wie Spader staunte. Er sah genauso beeindruckt und sprachlos aus, wie ich es gewesen war, als Gunny und ich zum ersten Mal hergekommmen waren. Er wollte mir Fragen stellen, aber ich sagte nur: »Frag Patrick.« Ich mochte nicht den Fremdenführer spielen. Nicht heute.

Wenig später erschien Patrick an dem grünen Kiosk am Aufgang der U-Bahn-Station. Er hielt mit seinem kleinen Auto neben uns an und warf mir einen fragenden Blick zu.

»Bring uns zur Bibliothek«, sagte ich nur.

Patrick merkte sofort, dass etwas nicht stimmte, aber er stellte keine Fragen. Wir fuhren dieselbe Strecke nach Manhattan wie beim letzten Mal. Ich bat Patrick, Spader zu erklären, wie es zu dieser Entwicklung der Erd-Territorien gekommen war. Patrick erzählte ihm so ziemlich dasselbe wie mir. Das war gut. Ich wollte, dass Spader erfuhr, was für ein besonderer Ort Dritte Erde war.

In der Bibliothek gab Patrick Spader eine kurze Einführung in das Computersystem und seine erstaunlichen Speicherkapazitäten. Diesmal ließ er zur Demonstration ein holografisches Bild der Beatles anzeigen, die »She Loves You« spielten. Nicht unbedingt mein Musikgeschmack, aber es war schon ziemlich cool, die vier berühmten Jungs quasi leibhaftig vor uns stehen zu sehen.

Wie ihr euch vorstellen könnt, war Spader völlig platt. Und dann war es an der Zeit, das zu sehen, weswegen wir hergekommen waren.

Ich bat Patrick, das Alternativszenario zur *Hindenburg* zu erklären. Patrick führte Spader zuerst den tatsächlichen Verlauf vor – die Zerstörung des Zeppelins. Der einzige Unterschied, den ich gegenüber dem letzten Mal bemerkte, war, dass nicht die Rede davon war, Max Rose sei bei einem Verkehrsunfall an der Toms River Road ums Leben gekommen. Diesmal hieß es stattdessen, Max Rose sei am 6. Mai auf mysteriöse Weise verschwunden und nie wieder gesehen worden. Wir wussten natürlich, was tatsächlich geschehen war: Max Rose war im Wrack der *Hindenburg* umgekommen. Aber das würden die Geschichtsschreiber nie erfahren.

Anschließend führte Patrick Spader Schritt für Schritt durch das Alternativszenario und zeigte ihm, was geschehen wäre, wenn die *Hindenburg* unversehrt hätte landen können.

Es klingt bestimmt eigenartig, aber ich muss gestehen, als ich diese grauenhaften Bilder sah, fühlte ich mich in gewisser Weise besser. Ich wusste jetzt, diese Zukunft würde nicht eintreten. Mir war klar, ich würde nie wirklich damit ins Reine kommen, dass die *Hindenburg* ein solches Ende gefunden hatte, aber jegliche Zweifel an Gunnys Handlungsweise waren verflogen. Wir hatten nichts weiter getan als dafür zu sorgen, dass die Geschichte ihren vorgesehenen Lauf nahm.

So hatte es sein sollen.

Spader sprach während der ganzen Vorführung kaum ein Wort. Es war eine ganze Menge, was er da zu verdauen hatte. Schließlich verließen wir beide die Bibliothek und setzten uns draußen auf die Treppe, wo ich auch mit Gunny gesessen hatte. Gestern erst. Es schien eine Ewigkeit her zu sein.

»Es tut mir Leid, Kumpel«, murmelte Spader. »Ich weiß nicht, wie ich es sonst sagen soll. Aber versuch mal das Ganze aus meiner Sicht zu betrachten. Ich hatte all das gestern noch nicht gesehen. Ich wusste nicht, was du wusstest. Hobey, sonst hätte ich mich niemals so verhalten.«

»Wenn wir zusammengeblieben wären, dann *hättest* du all das gesehen«, entgegnete ich.

Spader schwieg. Ich glaube, er begriff allmählich, *wie sehr* er seinen Part verbockt hatte.

»Du bist mein Kumpel, Pendragon«, erwiderte er. »Kumpel verzeihen einander.«

Zuerst sagte ich nichts. In gewisser Weise war das hier schwieriger als gegen Saint Dane anzutreten. Im Kampf gegen Saint Dane gab es Gut und Böse und nicht viel dazwischen. Dies hier war etwas anderes. Spader war mein Kumpel. Er war ein Reisender. Wir standen auf derselben Seite. Darum war es so schwer, zu entscheiden, was ich sagen sollte.

»Ich will, dass du nach Hause gehst, Spader.«

»Was?«, rief er entgeistert.

»Geh zurück nach Cloral, nach Grallion«, fuhr ich fort. »Sei wieder ein Aquanier.«

»Aber ich bin jetzt ein Reisender«, protestierte er. »Mein Platz ist an deiner Seite.«

»Dein Platz ist da, wo du den anderen Reisenden helfen kannst die Territorien zu beschützen«, korrigierte ich. »Wenn wir einander nicht vertrauen, können wir das nicht gemeinsam tun.«

»Aber ich vertraue dir doch, Pendragon«, sagte er aufrichtig.

Ich holte tief Luft. »Aber ich kann *dir* nicht mehr vertrauen.«

Spader sah völlig geschockt aus. Kein Wunder, das waren harte Worte.

»Es geht hier nicht um dich«, fuhr ich fort. »Es geht nicht um Rache an Saint Dane. Es geht darum, die Territorien zu retten und Halla zu bewahren. Ich glaube, das begreifst du nicht. Und solange du das nicht begreifst, bleibst du besser zu Hause.«

Jetzt war es heraus. Ich hatte alle Karten auf den Tisch gelegt. Spader war ein feiner Kerl. Ein großartiger Kerl. Aber er begriff es nun einmal nicht. Ich bildete mir nicht ein, alles zu wissen, doch ein paar Dinge standen für mich fest. Dazu gehörte unter anderem, dass wir Reisenden zusammenhalten mussten. Anders hatten wir gegen Saint Danes üble Machenschaften keine Chance. Spader hatte bewiesen, dass ihm dazu das Vertrauen fehlte. Mehr als ein Mal. Gemeinsam konnten wir es mit Saint Dane aufnehmen, einzeln waren wir verloren. Gunnys selbstlose Handlung im entscheidenden Moment hatte das deutlich gezeigt. Ich spürte diese Gewissheit so tief, dass ich bereit war, mich von jemandem abzuwenden, der mittlerweile mein bester Freund geworden war. Jedenfalls mein bester Freund unter den Reisenden.

Spader senkte den Kopf. Ich wusste, dass er alles lieber gehört hätte als das, aber er musste begreifen. Er war ein Reisender. Eines Tages würde er wieder eine Rolle spielen, und ich wollte, dass er bereit war, wenn dieser Tag kam. Seine Reaktion auf das, was ich gesagt hatte, war entscheidend für die Zukunft der Reisenden, für unseren Kampf gegen Saint Dane und dafür, welche Rolle er, Spader, in alldem spielen würde.

»Gehen wir zurück zum Flume«, sagte er knapp. Dann stand er auf und ging davon.

Womit überhaupt nichts geklärt war.

Während Patrick uns mit dem Auto zurück zu der U-Bahn-Station in der Bronx brachte, konnte ich nur hoffen, dass Spader sich bemühte zu verstehen. Ich drängte ihn nicht, denn ich wollte nicht den Eindruck erwecken, ich würde mich zu einer Elternrolle aufschwingen. Spader musste das mit sich allein ausmachen.

Patrick setzte uns an dem grünen Kiosk ab, und nachdem Spader und ich uns von ihm verabschiedet hatten, machten wir uns auf den Weg hinab zum Flumetor. Immer noch sprach keiner von uns. Ich fürchtete schon, dass Spader sich wortlos wegflumen würde. Das durfte ich nicht zulassen. Wir mussten diese Sache klären.

Als wir das Tor hinter uns gelassen hatten, stellte Spader sich vor die finstere Mündung des Flumes. Hätte er in diesem Augenblick den Namen eines Territoriums gerufen, dann hätte ich ihn zurückgezerrt.

Doch er schwieg. Er wandte sich um, sodass er mit dem Rücken zum Flume stand und mich ansah. So standen wir eine Sekunde lang, ehe er schließlich leise sagte: »Ich halte zu dir, Kumpel.«

»Wirklich?«, fragte ich.

»Wie ich dir schon mal gesagt habe – wie auch immer dieser Natty-Do sich weiterentwickelt –, ich glaube, du bist derjenige, der uns da durchführt«, fuhr er fort. »Wenn du willst, dass ich nach Hause gehe, dann also: auf nach Cloral.«

Ich war erleichtert und zugleich traurig. Nun trennten sich unsere Wege also tatsächlich.

»Spader, du bist wie ein Bruder für mich.«

»Und du für mich, Pendragon«, erwiderte er mit einem zaghaften Lächeln. »Darum höre ich auf dich. Es stimmt schon, seit dem Tod meines Vaters war ich nur noch darauf aus, Saint Dane zur Strecke zu bringen. Ich habe versucht, es mir aus dem Kopf zu schlagen, aber ich werd es nicht los. Ich muss eine Art finden, damit umzugehen, und wenn ich dazu nach Hause zurückkehren und alles in Ruhe noch mal durchdenken muss, dann werde ich das tun.«

Dann fügte Spader hinzu: »Aber eins musst du mir versprechen.«

»Was?«

»Wenn du jemals in einen Tum-Tigger gerätst – und ich weiß, dass das geschehen wird –, dann komm und hol mich.«

Genau das hatte ich hören wollen. Spader war der Reisende von Cloral. Sein Durchhaltevermögen und seine Fähigkeiten hatten uns durch schwere Zeiten geholfen, als ich schon kurz davor gewesen war, aufzugeben. Wie auch immer dieser Krieg gegen Saint Dane weitergehen würde, Spader musste darin eine bedeutende Rolle spielen.

»Worauf du dich verlassen kannst«, erwiderte ich.

Genau *das* hatte wiederum *er* hören wollen. Wir umarmten uns. Am liebsten hätte ich ihn gar nicht gehen lassen. Ich wollte nicht wieder allein sein. Erst recht nicht jetzt, wo ich daran zweifelte, dass ich überhaupt würdig war ein Reisender zu sein. Einen Sekundenbruchteil lang dachte ich, es wäre besser, mich mit Spaders Unberechenbarkeit herumzuschlagen, als ihn gehen zu lassen. Doch ich musste stark sein.

Er hielt mich auf Armeslänge vor sich und sagte: »Ich werde bereit sein.«

Ich nickte. Dann wandte Spader sich ab und warf einen Blick in den Tunnel.

»Komm gut heim«, meinte ich.

Spader stellte sich vor die unendliche Schwärze und rief: »Cloral!«

Der Felstunnel erwachte zum Leben. Aus der Ferne erschien das Licht. Die vertrauten Töne näherten sich. Rasch wurde das Licht strahlend hell. Spader wandte sich noch einmal zu mir um und lächelte.

»Hobey-Ho, Pendragon.«

»Hobey-Ho, Spader.«

In der nächsten Sekunde war er verschwunden.

Ich glaube, ich habe mich noch nie so einsam gefühlt. Oder vielleicht einmal: als ich auf Zweite Erde das verlassene Grundstück sah, wo früher das Haus meiner Eltern gestanden hatte.

Mein ganzes Leben lang war ich daran gewöhnt gewesen, Menschen um mich zu haben, die mir den richtigen Weg wiesen. Anfangs waren es meine Eltern. Auch manche Lehrer. Und dann Freunde wie ihr, Mark und Courtney. Natürlich hatte Onkel Press eine herausragende Rolle gespielt. Immer konnte ich es nicht leiden, wenn mir jemand sagte, was ich zu tun hatte; aber es war gut zu wissen, dass im Hintergrund ständig jemand da war, der ein Auge auf mich hatte.

Jetzt kam ich mir vor wie bei einem Hochseilakt ohne Netz. Um auf die andere Seite zu gelangen, war ich ganz auf mich allein gestellt. Nun gab es zwei Möglichkeiten: Ich konnte stehen bleiben und mir selbst Leid tun oder ich konnte vorwärts gehen.

Ich wandte mich von dem still gewordenen Flume ab und zog mir wieder meine Erste-Erde-Klamotten an. Jetzt musste ich zuallererst zurückkehren und Gunny erzählen, was geschehen war.

»Erste Erde«, rief ich in das Flume.

Dann schloss ich die Augen und freute mich auf die paar Minuten Flug durch das Flume, in denen ich mir um nichts Gedanken zu machen brauchte.

## Zwölftes Journal
(Fortsetzung)

# Erste Erde

Als ich die Eingangshalle des Manhattan Tower Hotels betrat, fiel mein Blick sofort auf Gunny. Er stand in seiner schicken Uniform an der Rezeption und benahm sich, als wäre nichts geschehen. Die Lobby wimmelte von Leuten, die Zeitungssonderausgaben mit Berichten über das Unglück der Hindenburg lasen. Jeder schien eine andere Theorie darüber zu haben, wie es zu der Explosion gekommen war.

Und natürlich war eine so falsch wie die andere.

Gunny und ich fuhren mit dem Aufzug hoch in die sechste Etage, um uns ungestört unterhalten zu können.

»Alles prima«, verkündete ich, als wir das Zimmer betraten. »Auf Dritte Erde ist alles genauso wie bei unserem letzten Besuch.«

Gunny stieß erleichtert die Luft aus. »Wo ist Spader?«

»Zu Hause in Cloral«, erwiderte ich. »Er braucht etwas Zeit, um das alles zu verdauen.«

»Begreift er?«, fragte Gunny.

»Die Sache mit der *Hindenburg* schon«, antwortete ich. »Ob wir uns in Zukunft auf ihn verlassen können, ist allerdings eine andere Frage.«

»Und?«

»Ich weiß nicht«, sagte ich ehrlich, »aber ich hoffe es.«

Dann ließ ich mich auf die Couch sinken und lehnte mich in die weichen Polster zurück. Auf einmal war ich unsäglich müde. Ich glaube, ich hätte eine Woche lang durchschlafen können. Die Spannung war endlich von mir abgefallen. Wir waren eine lange Zeit im Turbogang gelaufen, und jetzt, nachdem alles vorbei war, stand ich kurz vor dem Zusammenbruch. Aber mein Geist erlaubte mir nicht, abzuschalten.

»Gunny, ich habe Angst«, sagte ich.

»Wovor? Saint Dane?«

»Das, was wir tun mussten um ihn aufzuhalten, macht mir Angst«, erwiderte ich langsam und suchte mühsam nach den richtigen Worten. »Den Abschuss der *Hindenburg* zuzulassen war ...«

Ich fand kein Wort, das groß genug war, dieses Grauen zu beschreiben.

»Ich verstehe, was du meinst«, sagte Gunny.

»Und ich habe Angst, was passieren wird, wenn Saint Dane mich das nächste Mal auf die Probe stellt«, fügte ich hinzu. »Was, wenn dann niemand wie du in der Nähe ist, um mir aus dem Schlamassel zu helfen? Gunny, es ging ihm nicht darum, was aus den Erd-Territorien wird. Es ging ihm die ganze Zeit nur darum, uns zu beweisen, wie sehr er uns beeinflussen kann. Genauer gesagt, wie sehr er *mich* beeinflussen kann! Ist dir klar, was das heißt? Es heißt, dass er gewonnen hat. Ich *hätte* diese Rakete weggestoßen.«

»Hast du aber nicht.«

»Nur weil du da warst. Trotzdem hat Saint Dane das bewiesen, worum es ihm ging. Gunny, ich pack das nicht.«

Gunny lehnte sich in seinem Sessel zurück und nickte bedächtig. Als er schließlich sprach, klang seine Stimme ruhig und fest. Ich wollte so verzweifelt gern glauben, was er sagte.

»Wir haben uns alle nicht um diesen Job beworben«, begann er. »Ich wäre auch lieber hier in meinem Hotel geblieben und hätte nie jemanden wie Saint Dane oder die Reisenden kennen gelernt. Aber es ist nun mal anders gekommen.«

»Was du nicht sagst.«

»Doch es gibt da etwas, das mir hilft, meinen Seelenfrieden ein bisschen zurückzugewinnen. Vielleicht hilft es auch dir.«

»Schieß los«, sagte ich. »Ich kann es brauchen.«

»Seit ich von deinem Onkel erfuhr, dass ich ein Reisender bin, habe ich mich ständig gefragt, warum ich auserwählt wurde. Das frage ich mich immer noch. Warum gerade wir? An uns ist nichts Besonderes, wir sind ganz normale Leute. Aber je länger ich darüber nachdenke, umso überzeugter bin ich, dass hier etwas Größeres am Werk sein muss. Ich denke, wir alle wurden aus einem ganz bestimmten Grund auserwählt. Denk nur mal an gestern Abend. Ich glaube wirklich, dass ich bei dieser Sache mit der *Hindenburg* dabei war, um genau das zu tun, was ich getan habe. Das hört sich vielleicht verrückt an, aber so zu denken gibt mir etwas Hoffnung, dass vielleicht jeder Einzelne von uns für seine Aufgabe genau der Richtige ist.«

»Und wenn wir tatsächlich dazu auserwählt wurden, wer hat dann die Auswahl getroffen?«

»Genau! Das ist die große Frage. Wer besitzt die Einsicht und den Überblick, zu erkennen, was sein soll, und mit einem Typen wie Saint Dane Schach zu spielen? Ich habe keine Ahnung. Aber wer auch immer es ist – er will, dass Saint Dane verliert. Das heißt, er ist einer von den Guten. Und die Vorstellung, dass jemand so Mächtiges auf unserer Seite steht, gefällt mir.« Lächelnd fuhr Gunny fort: »Vielleicht bist du in diesem Schlamassel doch nicht ganz so allein und verlassen, wie du bisher gedacht hast.«

War das möglich? Konnte hier ein großer Plan am Werk sein? Gab es einen Guten, der Saint Dane aufhalten wollte und dazu uns als seine Krieger auserwählt hatte? Wenn ja, hätte ich es wirklich gern gewusst. Vielleicht hätte ich mich dann nicht mehr so einsam gefühlt.

»Du bist ein cleverer Bursche, Gunny«, sagte ich.

»Keineswegs«, versetzte er. »Ich hab nur schon so dies und das erlebt. Und ich habe die Absicht, auch noch einiges mehr zu erleben.«

Ich wälzte mich auf die Seite, schloss die Augen und schlief ein. Einfach so, auf der Couch. Schon lange hatte ich keine Nacht mehr richtig durchgeschlafen.

Die nächsten paar Tage brachte ich damit zu, dieses Journal zu Ende zu schreiben und mich zu verabschieden. Ich wollte zu Jinx, aber sie hatte das Hotel schon verlassen. Vielleicht war es besser so. Ich wusste nicht, was ich hätte sagen sollen, wenn sie von der Hindenburg angefangen hätte. Wo auch immer sie jetzt war und was auch immer die Zukunft für sie bereithalten mochte, ich wünschte ihr im Stillen viel Glück.

Ich verabschiedete mich von meinen Freunden im Hotel. Dewey Todd war ganz aus dem Häuschen, weil sein Vater gerade draußen in Hollywood ein weiteres Hotel gebaut hatte und er dorthin ziehen würde um es zu leiten. Dewey als Hotelmanager – könnt ihr euch das vorstellen? Ich hoffte, dass er von der Geschäftsführung etwas mehr verstand als von Aufzügen. Er wünschte mir alles Gute und sagte, falls ich mal nach Hollywood käme, sollte ich bei ihm vorbeischauen.

Sobald ich dieses letzte Journal von Erste Erde fertig habe, werde ich es Gunny übergeben, damit er es zusammen mit den anderen binden lässt. Ich wünschte, ich könnte euch die Aufzeichnungen durch meinen Ring schicken, aber den bin ich wohl leider für immer los. Ich werde jedenfalls den Teufel tun, mich auf die

Suche nach ihm zu machen. Von Gangstern habe ich entschieden die Nase voll.

Morgen fahre ich mit dem Zug raus nach Stony Brook und hinterlege die Journale in einem Schließfach in der Nationalbank. Auf diese Weise werdet ihr sie zu gegebener Zeit abholen können. Was ich in Zukunft mit meinen Journalen anfangen werde, weiß ich noch nicht.

Die nächste Frage ist: Wohin gehe ich, wenn ich hier fertig bin? Die logische Antwort wäre Veelox. Saint Dane sagte, er wolle dorthin. Oder hat er das vielleicht nur gesagt, um mich wieder mal in die Falle zu locken? Selbst wenn – habe ich eine andere Wahl?

Am Anfang dieses Journals schrieb ich, dass ich selbst an einen Wendepunkt gekommen bin. Das kam zum Teil dadurch, weil ich gesehen hatte, welche Verheerung Saint Dane auf den Erd-Territorien anrichten wollte. Einen derart grauenhaften Anblick schüttelt man nicht so einfach wieder ab. Sollte ich bis dahin noch nicht wirklich begriffen haben, dann spätestens jetzt.

Aber vielleicht noch wichtiger war der Moment, als ich die brennende Zündschnur an der Rakete sah, die die *Hindenburg* zerstören würde. In diesem Augenblick wusste ich, was ich zu tun hatte, und doch tat ich es nicht.

Hatte ich nicht letztendlich den gleichen Fehler begangen, den ich Spader vorwarf? Ich ließ mich von meinen Gefühlen leiten, wie er es getan hatte. In diesem Journal gestehe ich ein, dass ich ganz massiv an mir selbst als Reisendem zweifle. Saint Dane hatte mich zu dieser Rakete gelockt, um etwas zu beweisen. Er wusste, dass ich nicht in der Lage sein würde, die *Hindenburg* abstürzen zu lassen – was bedeutet, er wusste, wie er mich manipulieren konnte.

Ich darf nicht zulassen, dass das noch einmal geschieht. Zu viel steht auf dem Spiel. Das ist mir klarer denn je. Wenn mein Versagen auf Erste Erde irgendetwas Gutes an sich hatte, dann, dass ich mich jetzt endlich rückhaltlos darauf eingelassen habe, ein Reisender zu sein.

So oder so muss ich diese Sache zu Ende bringen.

Wie ich schon so oft geschrieben habe: Ich hoffe, Freunde, dass ihr dies hier lest. Weder habe ich auch nur die leiseste Ahnung, wann ich wieder dazu kommen werde, zu schreiben, noch aus welchem Territorium das sein wird. Ich kann nur sagen: Seht immer mal wieder in dem Bankschließfach nach, ob etwas nachgekommen ist. Ich werde nicht aufhören zu schreiben. Das kann ich nicht. Das Verfassen dieser Journale hat mir geholfen, nicht den Verstand zu verlieren. Es gibt mir beinahe das Gefühl, ihr, meine Freunde, wäret bei mir. Also macht's gut bis zum nächsten Mal, habt Spaß und denkt ab und zu an mich.

Euer Freund
Bobby

(Ende des zwölften Journals)

# ZWEITE ERDE

… Euer Freund Bobby.

Courtney ließ das letzte Journal sinken und sah Mark an. Die beiden saßen noch immer im Hobbykeller von Courtneys Vater, wo sie sich während der letzten fünf Stunden gegenseitig vorgelesen hatten. Zwischendurch hatten sie Truthahnsandwiches, Kartoffelchips und Karotten gegessen. Mark hatte Cola getrunken, Courtney Wasser. Sie hatten nur Pause gemacht, um auf die Toilette zu gehen. Jetzt war der Lesemarathon zu Ende.

Courtney warf das Journal vor sich auf den Tisch. »Ich bin völlig mit den Nerven fertig«, verkündete sie.

»Hm, ich auch«, stimmte Mark zu, erleichtert, dass Courtney es als Erste eingestanden hatte. »Wenn Gunny nicht dafür gesorgt hätte, dass der Abschuss der *Hindenburg* ungehindert vonstatten geht …«

»… dann würden wir jetzt nicht hier sitzen und uns verrückt machen«, beendete Courtney den Satz.

»Genau«, bestätigte Mark. »Dann gäbe es jetzt weder New York noch Stony Brook … noch uns.«

»Ich habe richtig Angst, was sein wird, wenn wir hier rausgehen«, sagte Courtney. »Was, wenn sich die Welt inzwischen völlig verändert hat?«

»Hat sie nicht«, erwiderte Mark energisch. »Dafür haben die Reisenden gesorgt.«

»Das Ganze wird allmählich ernst, Mark«, sagte Courtney mit aufsteigender Panik in der Stimme. »Ich meine, es kommt uns gefährlich nahe.«

Die beiden starrten eine Weile auf die Journale, die vor ihnen lagen, und hingen diesem Gedanken nach. Schließlich meinte Mark: »Vielleicht auch nicht.«

»Wie meinst du das?«, fragte Courtney überrascht. »*Du* hast doch gesagt, Saint Dane würde früher oder später hier auftauchen, oder etwa nicht?«

»Schon«, erwiderte Mark. »Ich hatte von Anfang an Sorge, dass dieser Krieg irgendwann Zweite Erde erreicht.«

»Und um ein Haar wäre es tatsächlich so weit gekommen!«, warf Courtney ein.

»Aber weißt du«, fuhr Mark nachdenklich fort, »nachdem wir dieses letzte Journal gelesen haben, beginne ich zu glauben, wir könnten davongekommen sein.«

»Im Ernst?«

»Überleg doch mal. Wenn Saint Danes Plan mit der *Hindenburg* alle drei Erd-Territorien zerstört hätte, dann kommt er vielleicht doch nicht her. Ich meine, vielleicht war das schon sein Anschlag.«

Courtney warf Mark einen hoffnungsvollen Blick zu. »Meinst du, dass es hier auf Zweite Erde vielleicht gar keinen Wendepunkt gibt?«, fragte sie.

»Nein«, entgegnete er. »Ich meine bloß, vielleicht war die Sache mit der *Hindenburg* auch der Wendepunkt für Zweite und Dritte Erde. Drei auf einen Schlag sozusagen. Mir scheint, wir sind da noch mal haarscharf einer kapitalen Katastrophe entgangen.«

Courtney erwiderte nach kurzem Nachdenken: »Das wäre ja unglaublich! Aber wie können wir uns da sicher sein?«

Mark erwiderte: »Gar nicht, das ist es ja gerade.«

Die zwei schwiegen. Courtney musterte Mark einen Moment lang, dann bemerkte sie: »Du wirkst irgendwie enttäuscht.«

»Ich? Enttäuscht? Du machst wohl Witze! Ich bin total erleichtert. Ich hoffe nur, dass es auch wirklich so ist, wie ich denke.«

Mark packte die Journale wieder in seinen Rucksack.

»Ich glaube, wir sollten ab jetzt alle Journale in dem Bankschließfach aufbewahren. Da sind sie sicherer als in dem Sekretär bei mir auf dem Dachboden.«

»Cool«, sagte Courtney. »Ich hole dich morgen früh um acht zu Hause ab. Dann bringen wir die Journale zusammen hin.«

Als Mark nach Hause kam, ging er schnurstracks in sein Zimmer und las einige Passagen von Bobbys Bericht noch einmal. Er suchte nach einem Hinweis darauf, dass seine Theorie über Zweite Erde stimmte. Je mehr er las, desto überzeugter wurde er, dass Zweite Erde in Sicherheit war.

Und das behagte ihm nicht.

Courtney hatte Mark durchschaut. Er war tatsächlich enttäuscht. Er hätte natürlich nicht gewollt, dass Zweite Erde in Gefahr geriet, aber in gewisser Weise fühlte er sich übergangen. Bobby hatte ein neues Leben angefangen. Auch dass er Spader als seinen besten Freund bezeichnete, hatte Mark einen Stich versetzt. Er und Bobby waren von klein auf unzertrennlich gewesen. Und jetzt hatte sich zwischen ihnen eine Kluft aufgetan, die immer unüberwindlicher wurde.

Auch wenn er es Courtney gegenüber niemals zugegeben hätte, hatte Mark sich schon oft ausgemalt, wie es sein würde, falls Saint Dane auf Zweite Erde zuschlug. Dann würde Bobby nach Hause kommen und sie könnten alle drei zusammen dem Dämon ein Schnippchen schlagen. Jetzt sah es so aus, als ob sich diese Gelegenheit niemals ergeben würde. Wenn Saint Dane Zweite Erde nicht aufs Korn nahm, gab es für Bobby auch keinen Grund, nach Hause zu kommen.

Als Mark an diesem Abend im Bett lag, hatte er das Gefühl, seine einzige Chance auf ein echtes Abenteuer sei dahin.

Am nächsten Morgen kam Courtney in aller Frühe zu Mark nach Hause und sie packten gemeinsam Bobbys zwölf Journale in den Rucksack. Den beiden Freunden war zwar alles andere als wohl dabei, die kostbaren Aufzeichnungen durch die Gegend zu tragen, aber sie waren überzeugt, es sei die Sache wert. Der Tresorraum der Nationalbank von Stony Brook war wirklich viel sicherer als der hölzerne Sekretär bei Mark zu Hause auf dem Dachboden.

Auf dem Weg zur Bank traf Mark eine Entscheidung. Er musste Courtney mitteilen, wie er sich fühlte. Sie beide hatten vereinbart, einander alles zu erzählen, was mit Bobby und den Journalen zu tun hatte. Als Mark damals vor Courtney verheimlicht hatte, dass Andy Mitchell von den Aufzeichnungen wusste, war daraus ein heilloser Schlamassel entstanden. Daraufhin hatte Mark versprochen, Courtney nichts mehr zu verschweigen.

Auf dem Weg zur Bank gestand Mark Courtney also, dass er hoffte, Saint Dane würde trotzdem noch auf Zweite Erde kommen, damit sie sich mit Bobby verbünden und den finsteren Dämon gemeinsam bekämpfen könnten.

Er wusste, sie würde ihn verstehen.

»Bist du verrückt?«, schrie sie ihn an.

Sie verstand ihn nicht. Absolut kein bisschen.

»Das hier ist kein Spiel, Mark. Es kann einem vielleicht so vorkommen, solange man gemütlich auf der Couch sitzt, Karotten mümmelt und die Journale liest. Aber wenn man selbst mit drinsteckt, ist das ein völlig anderes Paar Schuhe.«

»Ich weiß …«, setzte Mark an.

»Das ist wie mit diesen Reality-Shows im Fernsehen«, fuhr ihm Courtney über den Mund. »Da machen die Leute lauter verrückte Sachen, springen über irgendwelche Abgründe oder leben auf einer Insel, wo sie nichts als Käfer zu essen haben, und das sieht alles so aus, als ob gar nichts dabei wäre. Aber das liegt nur daran, weil wir den Fernseher abschalten und ins Bett gehen können und wissen, dass am nächsten Morgen das Frühstück auf dem Tisch steht. Wenn Saint Dane hier auftaucht, dann kannst du nicht den Fernseher abschalten und ins Bett gehen.«

»Mir ist schon klar ...«

»Ach, wirklich?« Courtney redete sich immer weiter in Rage. »Tatsächlich? Weißt du was? Ich finde, du hörst dich an wie Spader.«

Diese Bemerkung versetzte Mark einen Stich. »W-wie meinst du das?«, fragte er gereizt.

»Spader denkt mehr an Spader als daran, Halla zu retten«, erwiderte Courtney in oberlehrerhaftem Ton. »Darum hat Bobby ihn nach Hause geschickt. Wenn du darauf hoffst, dass Saint Dane hierher kommt, damit du gemeinsam mit Bobby ein Abenteuer erleben kannst, dann denkst du mehr an dich selbst als an Zweite Erde.«

»Herrgott, ist ja schon gut!«, fauchte Mark. »Ich hab es doch kapiert. Was soll's, ich hab ja ohnehin keinen Einfluss darauf. Ich werd bestimmt nicht bei Saint Dane anrufen und ihn zum Lunch einladen.«

Die beiden sahen einander an und prusteten los. Die Vorstellung, dass Mark bei Saint Dane anrufen würde, war einfach zu komisch.

»Tut mir Leid, Mark.« Courtney lächelte ihn versöhnlich an. »Ich wollte nicht so über dich herfallen. Es ist nur ... ich hab einfach Angst.«

»Ich doch auch«, erwiderte Mark. »Ich wollte dir bloß sagen, wie ich mich fühle. Das haben wir einander doch versprochen, weißt du noch?«

»Ja, entschuldige, ich hab mich wirklich blöd benommen«, sagte sie. »Ich verstehe schon; es ist nicht leicht, wenn man das alles so liest und selbst nichts tun kann.

Als ob man bei einem wichtigen Spiel die ganze Zeit auf der Reservebank sitzt.«

Mark zuckte die Schultern. *Das* Gefühl kannte er zur Genüge. Bei wichtigen Spielen saß er *immer* nur auf der Reservebank. Und so, wie es aussah, würde es ihm in dieser Angelegenheit nicht anders ergehen.

Als sie bei der Bank ankamen, wurden gerade die Türen aufgeschlossen. Courtney ging als Erste durch die Drehtür. Mark wollte ihr folgen, doch plötzlich stutzte er. Er wusste selbst nicht recht warum, aber er hatte ein merkwürdiges Gefühl. Ob jemand sie beobachtete?

Er sah sich auf der Ave um. Mehrere Geschäfte öffneten gerade. Manche Ladenbesitzer wischten die Schaufenster, andere spannten vor ihren Läden bunte Markisen auf. Auf einer Kreuzung stand ein Polizist und regelte den Verkehr. Nichts Außergewöhnliches. Mark hatte keine Ahnung, woher dieses seltsame Gefühl auf einmal kam. Schulterzuckend betrat er die Bank.

Mark und Courtney marschierten schnurstracks auf Miss Jane Jansens Arbeitsplatz zu. Die verkniffene alte Dame hockte bereits vor ihrem Computer und schien schwer beschäftigt ...

... mit einem Solitärspiel.

»Na, fleißig bei der Arbeit?«, fragte Courtney.

Miss Jansen zuckte zusammen und schloss hastig das Spiel. Als sie sah, wer da vor ihr stand, wurde ihr Gesicht noch verbissener. Mark fand, dass es aussah, als ob sie versuchte ihre Wangen einzusaugen.

»Kann ich etwas für euch tun, Kinder?«, fragte sie mit krampfhaft aufgesetzter Freundlichkeit.

»Wir möchten gern an unser Schließfach«, sagte Mark höflich.

»Aber wenn Sie zu beschäftigt sind, können wir auch warten«, fügte Courtney sarkastisch hinzu.

»Ich nehme an, ihr habt nicht zufällig daran gedacht,

den Schlüssel mitzubringen?«, erkundigte sich Miss Jane Jansen.

Mark zog die Kette unter seinem Hemd hervor. Daran hingen jetzt zwei Schlüssel: der von dem Sekretär auf dem Dachboden und der vom Schließfach.

»Überraschung!«, flötete Courtney.

»Folgt mir.« Miss Jansen erhob sich von ihrem Schreibtisch. Sie machte den Eindruck, als ob es ihr höchst lästig sei, gestört zu werden.

Mark und Courtney kannten sich schon aus. Miss Jansen begleitete sie durch die große, runde Tür in den Tresorraum und zu der Wand mit den Schließfächern.

»Soll ich es vielleicht noch für euch aufschließen?«, fragte sie schnippisch, als ob ihr nichts ferner läge.

»Nö, wir kommen schon klar«, erwiderte Courtney. »Sie können ruhig wieder spielen gehen.«

Miss Jane Jansen schien etwas erwidern zu wollen, überlegte es sich dann aber anders. Schließlich waren Mark und Courtney Kunden. Sie warf den beiden noch einen finsteren Blick zu und ging.

»Oh, wie ich sie liebe!«, lachte Courtney.

Während Courtney das Fach aufschloss, holte Mark die zwölf Journale aus seinem Rucksack. Dann legte er sie in die große Stahlschublade. Es war noch reichlich Platz darin für weitere Journale, falls welche auftauchten. Er schob das Fach wieder hinein und machte die Tür zu. Nachdem Courtney abgeschlossen hatte, hängte Mark den Schlüssel sofort zurück an die Kette, die er um den Hals trug. Sicherer hätten die Journale gar nicht untergebracht sein können.

Auf dem Weg nach draußen machten die beiden sich nicht die Mühe, sich von Miss Jansen zu verabschieden. Sie wollten sie nicht beim Computerspielen stören. Sie verließen den Tresorraum, durchquerten die Eingangshalle und hatten schon fast die Tür erreicht, als …

»Kinder! Einen Moment bitte!« Das war Miss Jansen. Sie kam herbeigeeilt, dass ihre Absätze auf dem Marmorfußboden nur so klackten. Ihre Wangen waren gerötet, ihre Augen sprühten Funken.

»Eins möchte ich klarstellen«, begann sie erbost. »Ihr seid zwar Kunden dieser Bank, aber damit seid ihr noch lange nicht berechtigt, Botendienste in Anspruch zu nehmen.«

Mark und Courtney wechselten einen Blick. Sie hatten keine Ahnung, wovon die alte Schreckschraube redete. »Übersetzung bitte«, entgegnete Courtney.

Miss Jane Jansen hielt eine braune Papiertüte hoch, etwa so groß wie eine Einkaufstüte, mit dunklen Flecken am Boden.

»Während ihr zwei im Tresorraum wart, ist jemand hereingekommen und hat mich gebeten, euch dies hier zu geben«, erklärte sie. »So etwas gehört sich nicht. Derartige Dienstleistungen bietet unsere Bank nicht an. Und was immer in dieser Tüte ist – es stinkt.«

Courtney nahm die Tüte neugierig entgegen.

»Von wem ist das?«, fragte Mark.

»Das weiß ich nicht und ich habe auch nicht danach gefragt«, erwiderte Miss Jansen. »Ich sagte doch bereits, Botendienste fallen nicht in meinen Aufgabenbereich.«

Courtney öffnete die Tüte vorsichtig und spähte hinein. Darin befanden sich drei weiße Schachteln sowie eine Dose Cola und zwei Dosen Eistee. Mark warf einen Blick über Courtneys Schulter und war ebenso verblüfft wie sie. Außerdem steckte in der Tüte noch ein zusammengefalteter Zettel. Mark zog ihn heraus und las vor: »Für Pommes vom Hühnergarten ist es nie zu früh. Ich warte im Park auf euch.« Mark blickte Courtney an und fügte hinzu: »Unterschrieben ist es mit … B.«

War das möglich?

»Haben wir uns verstanden?«, fragte Miss Jane Jansen.

Courtney griff in die Tüte, zog eine Schachtel Pommes heraus und drückte sie der übellaunigen Vizepräsidentin der Bank in die Hand.

»Vollkommen«, entgegnete Courtney. »Hier, Sie sollen auch nicht leer ausgehen.«

Courtney und Mark rannten hinaus. Miss Jane Jansen stand da mit der fettigen Pommes-Schachtel in der Hand. Gerade wollte sie sie in den Mülleimer werfen, als ihr der ölig-köstliche Duft in die Nase stieg. Sie schnupperte genüsslich, sah sich um, ob auch niemand sie beobachtete, und kehrte mit der fettigen Leckerei an ihren Schreibtisch zurück.

Mark und Courtney stürmten aus der Bank und rannten die Ave hinunter zum Park. Die Ave verlief mitten durch die Innenstadt von Stony Brook. Zu beiden Seiten gab es massenhaft kleine Geschäfte, Restaurants und Buchläden. Hier trieben sich bei weitem die meisten Kids der Stadt herum, aber so früh am Tag war noch niemand auf den Beinen.

Der Park an der Ave war ein beliebter Treffpunkt. Früher hatte auf dem Grundstück mal ein Gebäude gestanden. Als es abgerissen wurde, entstand eine Lücke, die anschließend mit Rasen, Bäumen und Bänken zu einem winzigen Park gestaltet worden war.

Courtney kam als Erste an und warf einen Blick in den Park. Er war fast menschenleer. Nur eine Person saß auf einer Bank – aber nicht die, die sie zu treffen gehofft hatten. Mark, der Courtney inzwischen eingeholt hatte, musterte den Typen. Dann ließ er die Schultern hängen. Das war nicht Bobby. Dieser Typ war älter und größer als Bobby. Er war blond, hatte einen superkurzen Bürstenschnitt und trug eine schmale Wrap-around-Sonnenbrille. Der sah aus wie ein Hip-Hop-Skateboard-Kid aus New York, nicht wie Bobby Pendragon aus Stony Brook. Courtney und Mark gingen vorsichtig auf ihn zu.

»Hast du das hier für uns abgegeben?«, fragte Courtney und hielt die fettfleckige Tüte hoch.

Der Typ hatte sich auf die Bank gefläzt, die Ellbogen aufgestützt. Als er antwortete, sah er sie nicht mal an. Er tat wirklich ziemlich cool.

»Ich schätze, damit wäre meine Frage beantwortet«, sagte er.

»W-was für eine Frage?«, erkundigte sich Mark verständnislos.

»Die Frage, ob mich hier jemand erkennt«, erwiderte er.

Dann nahm der Typ die Sonnenbrille ab, sah Mark und Courtney an und grinste breit. »Na, spannende Lektüre gehabt?«

Tatsache. Es war Bobby.

# ZWEITE ERDE

Mark und Courtney waren völlig baff. Bobby sprang auf und die drei fielen einander um den Hals. Niemand wusste etwas zu sagen – für das, was sie in diesem Moment empfanden, gab es keine Worte. Nach einer Weile machte Bobby sich los.

»Immer schön cool bleiben«, kicherte er. »Schließlich soll niemand auf mich aufmerksam werden.«

»Ich schwöre, ich hätte dich nicht erkannt«, sagte Courtney aufgeregt. »Du bist ... erwachsener geworden.«

»Tja, ihr auch, Freunde«, erwiderte Bobby. Er musterte Courtney von oben bis unten und fügte hinzu: »Echt, *viel* erwachsener.« Courtney wusste nicht recht, ob sie ihm gegen die Schulter boxen oder rot werden sollte. Sie tat beides.

»Autsch!«, rief Bobby. Dann grinste er. »Mann, das ist jetzt fast ein Jahr her, dass ich euch zwei zuletzt gesehen habe. Herzlichen Glückwunsch nachträglich zum Geburtstag, Mark.«

»Danke, Mann«, entgegnete Mark. »Das hier ist wirklich ein irres Geschenk.«

»Seit wann bist du blond?«, fragte Courtney.

»Das hab ich mir im Friseursalon im Hotel machen lassen, bevor ich von Erste Erde abgereist bin. Die dachten, ich hätte sie nicht mehr alle. Im Jahr 1937 würde kein Mensch so rumlaufen. Aber ich dachte mir, auf die Art erkennt mich hier keiner.«

Mark sagte: »Ich habe eine Million Fragen.«

»Lasst uns woanders hingehen«, schlug Bobby vor. »Hier kommen zu viele Leute vorbei.«

Die drei schlenderten die Ave entlang Richtung Long Island Sound, zu einem großen Stadtpark mit Wäldchen. Dort konnten sie sich zwischen die Bäume zurückziehen und ungestört reden. Die Freunde entdeckten ein geschütztes, schattiges Plätzchen und ließen sich nieder um zu picknicken.

»Mann, wie ich die vermisst habe!«, sagte Bobby, während er sich Pommes frites in den Mund stopfte. »Das sind die besten Pommes der Welt. *Sämtlicher* Welten.«

Courtney und Mark interessierten sich gar nicht für das Essen. Bobby war bei ihnen! Es gab so viel zu reden, dass man unmöglich Zeit mit Kauen verplempern konnte.

»Woher wusstest du, dass wir in der Bank sein würden?«, fragte Mark.

»Ich hab mir gedacht, wenn ihr meine Journale an deinem Geburtstag bekommen habt – also am letzten Samstag –, dann könntet ihr frühestens heute Morgen wieder da sein, um sie in das Schließfach zurückzubringen.«

»Clever!«, kommentierte Mark beeindruckt.

»Nur gut geraten«, entgegnete Bobby bescheiden.

»Warum bist du hergekommen?«, fragte Courtney. »Du hast doch geschrieben, du wolltest nach Veelox.«

Bobby antwortete nicht sofort. Mark und Courtney hatten den Eindruck, dass ihm etwas zu schaffen machte.

»Wollte ich eigentlich auch«, antwortete er nach kurzem Schweigen nachdenklich. »Aber in letzter Minute ging es doch nicht.«

»Ist Saint Dane irgendwo anders aufgetaucht?«, erkundigte sich Courtney.

»Nein«, erwiderte Bobby. »Ich hab mir nur gedacht, ich … na ja, um ehrlich zu sein: Ich muss mal ein bisschen ausspannen.«

»Das ist dein gutes Recht«, sagte Courtney.

Bobby fuhr fort: »Aber es ist mehr als das. Ich fürchte, je mehr ich lerne ein Reisender zu sein, umso mehr verlerne ich Bobby Pendragon zu sein. Ich habe das Gefühl, dass ich mich verändere. Ich schätze, das muss so sein, aber es gefällt mir trotzdem nicht.«

Die drei sahen sich an. Bobby hatte Recht. Es war wirklich eine Menge Zeit vergangen. So gut er Mark und Courtney auch im Gedächtnis behalten hatte – die beiden Jugendlichen, die da vor ihm saßen, stimmten mit dieser Erinnerung nicht mehr so recht überein.

»Ich schätze, ich brauchte einfach mal einen Realitätscheck«, sagte Bobby. »Ich will nicht vergessen, wer ich bin und woher ich komme. Deshalb dachte ich mir, ich könnte hier vielleicht ein paar Tage relaxen. Ihr wisst genauestens über mich Bescheid, Leute; jetzt will ich hören, was *ihr* inzwischen so getrieben habt. Wäre es okay, wenn wir eine Weile zusammen abhängen?«

»Okay?«, schrie Courtney. »Das wäre fantastisch!«

»Aber riskant«, wandte Mark ein. »Die fahnden immer noch überall nach dir und deiner Familie.«

Bobby lachte. »Ja, das hab ich mir schon gedacht. Aber wenn nicht mal ihr zwei mich erkannt habt, dann erkennt mich bestimmt auch sonst niemand.«

»Sind deine Eltern nicht diese Woche in Florida?«, fragte Courtney Mark.

»Hm«, stimmte er zögernd zu.

»Die lassen dich allein zu Hause?«, fragte Bobby grinsend.

»Hey, ich bin immerhin fünfzehn«, antwortete Mark etwas gekränkt. »Sie vertrauen mir.« Und leise fügte er hinzu: »Außerdem wohnt meine Tante zwei Straßen weiter.«

»Dann ist doch alles in Butter«, verkündete Courtney. »Bobby kann bei dir wohnen!«

Bobby sah Mark an. »Wäre das okay für dich?«

Mark überlegte kurz, dann grinste er breit. »Bist du verrückt, Mann?«, rief er. »Das wäre total genial!«

Während der folgenden Woche tat Bobby sein Bestes, sämtliche Gedanken daran, dass er ein Reisender war, aus seinem Kopf zu verbannen. Während dieser paar ganz besonderen Tage wollte er so tun, als wäre er einfach nur Bobby Pendragon.

Die meiste Zeit verbrachten sie bei Mark zu Hause. Courtney kam dazu und sie saßen stundenlang zusammen und redeten über alles Mögliche. Die beiden brachten Bobby auf den neuesten Stand: welche Bands gerade angesagt waren und wer inzwischen das Zeitliche gesegnet hatte. Sie liehen Filme aus und hörten Musik, sahen fern und quatschten darüber, wer aus ihrer Schule mit wem zusammen war.

Courtney berichtete Bobby ausführlich von der Baseball-Meisterschaft, an der sie teilgenommen hatte, und Mark führte ihm den Killer-Kampf-Roboter vor, mit dem er auf der regionalen Messe für Wissenschaft und Technik den ersten Preis im Jugendwettbewerb gewonnen hatte. Er erzählte Bobby auch von seinen Plänen, Ingenieurswissenschaften zu studieren, und dass er davon träumte, später mal in der Raumfahrttechnik zu arbeiten.

Die drei Freunde gingen sogar in die Bücherei, um ein paar Nachforschungen anzustellen. Bobby wollte wissen, was aus Jinx Olsen und Winn Farrow geworden war. Die Bibliothek auf Zweite Erde verfügte zwar nur über ein Fantastillionstel der Informationen, auf die man in der Bibliothek auf Dritte Erde Zugriff hatte, aber das reichte. Sie fanden heraus, dass Winn Farrow seinen Sieg über Max Rose nicht lange hatte auskosten können. Er wurde bei einem Banküberfall im Juni 1937 getötet. Das Geheimnis um den Absturz der *Hindenburg* nahm er mit ins Grab.

Über Jinx Olsen gab es erfreulichere Neuigkeiten. Bobby war völlig begeistert, als er erfuhr, dass Jinx es beim Eintritt der Vereinigten Staaten in den Zweiten Weltkrieg geschafft hatte, in die Air Force aufgenommen zu werden, indem sie sich als Mann ausgab! Sie flog mehrere Bombereinsätze über Deutschland und bekam eine Auszeichnung für ihre Heldentaten als Pilotin. Jinx hatte ihren Traum verwirklicht und sich später in Maine niedergelassen, wo sie heiratete und drei Kinder bekam.

Und sie aßen. Pizza, Spaghetti, chinesische Gerichte, Eiscreme, Burger, Burger und Burger. Und mindestens einmal täglich holten sie sich Hühnchen und Pommes beim Hühnergarten.

Sie gingen am Strand schwimmen, wobei Courtney es nicht versäumte, den pinkfarbenen Bikini zu tragen, den Bobby in seinem Journal erwähnt hatte. Bobby freute sich darüber. Ihm fiel auf, dass Courtney den Bikini etwas besser ausfüllte als damals, als er sie zum letzten Mal darin gesehen hatte, doch er verkniff sich eine Bemerkung in dieser Hinsicht. Das wäre uncool gewesen. Er und Mark sahen auch bei einem Baseballspiel zu, bei dem Courtney mitspielte. Sie hoffte, später auf ein großes College zu kommen, wo sie Baseball und Fußball spielen konnte. Ihre wahre Leidenschaft galt allerdings dem Fußball. Sie träumte davon, irgendwann in die Nationalmannschaft aufgenommen zu werden.

Wenn die drei zusammen unterwegs waren, achteten sie sehr darauf, dass Bobby von niemandem gesehen wurde, der ihn hätte erkennen können. Einmal wurde es ziemlich brenzlig. Die drei fuhren mit dem Rad zum Strand und standen gerade an einer Ampel, als Lieutenant Hirsch, der Polizist, der die Ermittlungen zum Verschwinden der Pendragons leitete, mit seinem Auto genau neben ihnen hielt.

Mark blieb fast das Herz stehen. Courtney hingegen tat völlig cool. Sie winkte dem Polizisten fröhlich zu. Bobby wusste nicht, wer der Typ war, hatte also gar keinen Grund, sich verrückt zu machen. Als die Ampel grün wurde, fuhr Hirsch weiter, ohne einen weiteren Blick auf die

Radfahrer zu werfen. Was im Grunde auch nicht weiter tragisch gewesen wäre – Bobby hatte sich so sehr verändert, dass der Polizist ihn sowieso nicht erkannt hätte.

Die drei Freunde packten den Spaß und die Kameradschaft eines ganzen Jahres in eine einzige Woche. Sie schliefen im Durchschnitt kaum mehr als drei Stunden pro Nacht. Es gab nur eine einzige Regel: Niemand durfte über irgendetwas reden, das mit den Reisenden zu tun hatte. Ohne Ausnahme. Ein paarmal schnitt Mark das Thema an, doch Bobby tat dann immer so, als hätte er ihn nicht gehört. Mark begriff und verlor kein Wort mehr darüber. Sie taten alle drei so, als gäbe es nichts Wichtigeres als die Entscheidung, welche DVD sie sich ausleihen sollten oder ob die Yankees die Red Sox mal wieder abziehen würden. Genau das hatte Bobby gebraucht. Er konnte auftanken und fühlte sich endlich einmal wieder wie ein normaler Mensch.

Doch nach einigen Tagen begann Bobby unruhig zu werden. Nicht dass er sich nicht amüsierte – er hatte massenhaft Spaß –, aber er wusste, dass das nicht ewig so weitergehen konnte. Die Veränderung setzte ein, sobald es ihm gelungen war, sich völlig zu entspannen. An diesem Punkt begann sein Geist in die Gegenrichtung zu steuern. Sosehr sich Bobby auch bemühte, nicht daran zu denken, er war sich ständig bewusst, dass Saint Dane irgendwo da draußen war und plante, die Welt ins Unglück zu stürzen.

Mark bemerkte, dass etwas im Busch war. Es hatte etwa einen Tag gedauert, bis Bobby wieder ganz der Alte war, witzig und locker wie eh und je. Doch dann fiel Mark auf, dass Bobby stiller wurde. Manchmal wirkte er, als sei er mit seinen Gedanken Lichtjahre entfernt. Mark vermied es, seinen Freund darauf anzusprechen. Er fürchtete, Bobby würde wieder dichtmachen – oder noch schlimmer, der Zauberbann, der ihnen diese herrliche gemeinsame Woche verschaffte, wäre womöglich mit einem Schlag gebrochen. Obgleich Mark nicht wollte, dass diese Zeit zu Ende ging, wusste er doch, es war unvermeidlich.

Dann, eines Abends, kurz vor dem Einschlafen, ergriff Mark die Gelegenheit und sprach das Tabuthema an.

»Bobby«, begann er behutsam. »Ich will ein Akoluth werden.«

Auf so etwas war Bobby nicht gefasst. »Wow!«, stieß er verblüfft hervor. »Wie kommst du denn *darauf?«*

Bobby blockte das Thema nicht ab. Das gab Mark den Mut, näher darauf einzugehen.

»Du weißt doch, diese Akoluthen«, sagte er, »die Leute, die in den Territorien wohnen und den Reisenden helfen, indem sie Kleidung zu den Flumes bringen, sich um die Fahrzeuge kümmern und ...«

»Ja, ja, weiß ich doch alles«, unterbrach ihn Bobby. »Aber ich hab überhaupt keine Ahnung, wer die sind. Ich bin nie einem begegnet.«

»Aber es *gibt* sie«, beharrte Mark.

»Ja, ich schätze schon«, entgegnete Bobby ohne jede Begeisterung. Die Wirklichkeit hatte ihn eingeholt. Bobby wusste, dass er nicht länger davor weglaufen konnte. Er atmete tief durch, zögerte noch einen Moment und schaltete dann wieder auf Reisendenmodus.

»Aber warum, Mark?«, fragte er. »Warum willst du ein Akoluth werden?«

»Aus einer Menge Gründen«, antwortete Mark. »Ich will helfen. Es ist schwer, hier rumzusitzen und nichts zu tun, wenn irgendwo da draußen ein Typ sein Unwesen treibt, der versucht, das Universum zu vernichten und meinen besten Freund gleich mit. Seit ich deine Journale lese, hat sich eine Menge verändert.«

Bobby nickte. Er verstand, was Mark zu schaffen machte. »Komisch«, sagte er nachdenklich. »In ein paar

Tagen geht ihr beide, du und Courtney, auf die Davis Gregory High School, und ich täte nichts lieber als zu vergessen, dass ich ein Reisender bin, und mit euch zu gehen.«

»Aber das geht nicht«, erwiderte Mark.

»Nein, das geht nicht.«

»Es gibt noch einen Grund«, fügte Mark hinzu. Er zögerte ein wenig, dieses heikle Thema anzusprechen. »Ich werd dich nicht hängen lassen so wie Spader.«

Bobby zuckte zusammen. »Spader hat mich nicht hängen lassen«, entgegnete er in scharfem Ton. »Er hat nur das Wichtige aus dem Blick verloren.«

Mark wurde klar, dass er einen wunden Punkt berührt hatte. »Ich weiß«, sagte er schnell, um Schadensbegrenzung zu betreiben. »Ich wollte nur, dass du weißt, du kannst immer auf mich zählen. Egal was passiert.«

»Was hält Courtney von deiner Idee?«, wollte Bobby wissen.

»Na ja, ehrlich gesagt haben wir noch nicht darüber gesprochen«, antwortete Mark. »Aber ich wette, sie wäre sofort dabei. Du kennst doch Courtney.«

Bobby kicherte. Allerdings kannte er Courtney. »Weißt du was, ich versuche was darüber rauszukriegen«, sagte er. »Wenn es eine Möglichkeit gibt, wie ihr zwei mithelfen könnt, lasse ich es euch wissen.«

Mehr hatte Mark gar nicht erreichen wollen. Immerhin hatte er jetzt wieder die Hoffnung, Bobby doch noch bei seiner Mission beistehen zu können. Diese Aussicht beschäftigte ihn so sehr, dass er nach dem Gespräch kaum einschlafen konnte.

Auch Bobby lag noch lange wach, aber aus einem ganz anderen Grund. Er wusste, dass seine Zeit hier auf Zweite Erde abgelaufen war. Er musste weg, in ein anderes Territorium, um das zu tun, wozu er bestimmt war. Morgen würde er sich wieder einmal von seinen Freunden verabschieden und erneut ins Rennen gehen. Darüber grübelte er, während er versuchte einzuschlafen. Aber es war gar nicht so leicht, ins Traumland hinüberzugleiten, während ein Gedanke alle anderen verdrängte …

Wo ist Saint Dane? Was hat er vor? Und wenn ich ihn finde, werde ich stark genug sein, ihn zu schlagen?

# ZWEITE ERDE

Courtney kam früh am nächsten Morgen bei Mark zu Hause an, um ihre beiden Freunde zu einem erneuten Ausflug an den Strand abzuholen. Sie hatte einen Stapel Salami-Sandwiches gemacht und trug unter Shorts und T-Shirt ihren berühmten pinkfarbenen Bikini. Nur noch zwei Ferientage, dann würden sie und Mark auf die Davis Gregory High School gehen. Courtney wusste, ihr Leben würde sich von da an ändern. Nicht nur dass sie nicht mehr auf die vertraute Junior High School zurückkehren würden, vor allem wäre Bobby nicht mehr da. Daran führte kein Weg vorbei. Diese letzten paar Tage kamen ihr wie das Ende einer Ära vor und sie wollte das Beste daraus machen.

Aber es sollte nicht sein.

Sie wusste es gleich in dem Moment, als sie Marks Haus betrat. Die Atmosphäre hatte sich verändert. Sonst hatte sie die Jungs immer beim Nintendo-Spielen angetroffen, beim Musikhören oder vor dem Fernseher, wenn ein Spiel übertragen wurde. Heute war das Haus ruhig. Bobby und Mark saßen im Wohnzimmer und waren in ein Gespräch vertieft. Es herrschte eine angespannte Stimmung. Courtney kam es vor wie in der Umkleidekabine vor einem Spiel, wenn alle Lampenfieber hatten.

»Du gehst heute, nicht wahr?«, fragte sie Bobby.

Bobby nickte.

Courtney ließ sich neben ihm auf die Couch fallen. »Das war's dann also«, sagte sie. »Das nächste Mal hören wir dann wieder per Journal von dir?«

»Wahrscheinlich«, lautete seine Antwort.

Alle drei schwiegen unbehaglich, denn sie wussten: Sobald Bobby zur Tür hinaus wäre, würde sich das Leben für sie alle grundlegend ändern. Es war eine herrliche Woche gewesen, doch jetzt war sie vorbei.

Da klingelte das Telefon.

»Wahrscheinlich meine Eltern«, sagte Mark und nahm ab. »Hallo?«

Aus dem Hörer ertönte eine tiefe Stimme. »Hallo. Spreche ich mit Mark Dimond?«

»Ja.« Mark kannte die Stimme nicht. »Wer spricht denn da?«

»Du kennst mich nicht, Mark«, sagte die Stimme. »Ich heiße Vincent Van Dyke.«

»Gunny?«, rief Mark verblüfft.

Bobby sprang auf und riss seinem Freund den Hörer aus der Hand. »Gunny?«

»Hallo, Kleiner. Na, genießt du deine Ferien?«

»Was ist los? Wo bist du? Ist alles in Ordnung?«

»He, he, immer langsam«, wehrte Gunny lachend ab. »Alles bestens. Ich bin hier auf Zweite Erde.«

»Das hab ich mir schon gedacht. Aber wo? Und was machst du hier?«

»Ich muss mit dir sprechen, Bobby. Sofort«, sagte Gunny. »Können wir uns irgendwo treffen? Ich kann zu dir kommen, kein Problem.«

Bobby wandte sich an Mark und Courtney und sagte: »Gunny will sich mit mir treffen. Kann er herkommen?«

»Auf keinen Fall!«, erwiderte Mark. »Was, wenn meine Eltern unerwartet zurückkommen?«

Bobby warf einen Blick zu Courtney, doch die schüttelte den Kopf. »Mom ist zu Hause. Ich wüsste nicht, wie ich ihr das erklären sollte.«

Bobby überlegte fieberhaft. Dann fiel ihm etwas ein. »Wo bist du jetzt, Gunny?«

»New York City.«

»Pass auf, ich geb dir eine Adresse. In meiner Heimatstadt, Stony Brook. Linden Place 2.«

Mark und Courtney wechselten einen Blick. Sie wussten genau, wo der Linden Place 2 war. Sie hatten es die ganze Woche über vermieden, dort vorbeizugehen. Es war die Adresse von Bobbys ehemaligem Zuhause. Jetzt befand sich dort nur noch ein leeres Grundstück. Das Haus war verschwunden, ebenso wie alles andere auf mysteriöse Weise verschwunden war, das mit Bobby Pendragon zu tun gehabt hatte.

»Das finde ich schon«, sagte Gunny. »Wir treffen uns dort in einer Stunde.«

»Ist auch wirklich alles in Ordnung?«, fragte Bobby.

»Bis dann«, erwiderte Gunny und legte auf.

»Bist du sicher, dass das eine gute Idee war?«, erkundigte sich Courtney. »Ich meine, wird es nicht schwer für dich, dort noch einmal hinzugehen?«

Bobby zuckte die Schultern. »Ich kann nicht so tun, als wäre das alles nie geschehen.«

Linden Place 2 war nur einen kurzen Fußweg von Marks Haus entfernt, sodass sie bis zu dem Treffen mit Gunny noch einige Zeit totzuschlagen hatten. Da sie Courtneys Salami-Sandwiches nicht verderben lassen wollten, setzten sie sich an den Küchentisch und machten sich darüber her. Sie bemühten sich nach Kräften einander abzulenken, aber egal worüber sie sprachen, es war alles nur oberflächliches Gelaber. Mit den Gedanken waren sie woanders.

Schließlich stand Bobby auf und verkündete: »Zeit zum Aufbruch.«

Mark und Courtney wussten nicht recht, wie sie sich verhalten sollten. War es das gewesen? War es jetzt Zeit, sich zu verabschieden?

Mark sagte: »Du musst uns unbedingt in deinem nächsten Journal berichten, was Gunny wollte.«

»Warum?«, versetzte Bobby. »Ihr kommt mit.«

Marks Herz machte einen Hüpfer.

»Meinst du wirklich?«, fragte Courtney.

»Klar«, erwiderte Bobby. »Ich habe keine Geheimnisse vor euch, Freunde.«

Die drei verließen das Haus und gingen durch das stille Vorstadtviertel zum Linden Place 2. Als sie diesen Weg das letzte Mal gemeinsam gegangen waren, hatte Bobby erwartet, nach dem Abenteuer auf Denduron wieder mit seiner Familie zusammenzutreffen. Es war ein furchtbarer Schock für ihn gewesen, als er begreifen musste, dass sein Zuhause – sein ganzes bisheriges Leben – verschwunden war. Allen war klar, es würde hart sein, dorthin zurückzukehren.

Der Weg dauerte nur fünf Minuten. Als Bobby schließlich vor dem verlassenen Grundstück stand, sprach niemand ein Wort. Gras und Unkraut waren gewuchert, seit sie das letzte Mal dort gewesen waren, sodass der leere Platz noch verlassener wirkte. Erst wollte Bobby das Gelände betreten, dann hielt er jedoch inne und blieb auf dem Gehweg stehen. Mark und Courtney warfen sich einen Blick zu. Sie sahen, dass Bobby die Tränen in den Augen standen.

Da hupte ein Auto hinter ihnen. Die drei wandten sich um und sahen eine große schwarze Limousine am Straßenrand halten. Sie wechselten neugierige Blicke; das war das Letzte, womit sie gerechnet hätten. Doch als sich der Wagenschlag öffnete, stieg tatsächlich Gunny Van Dyke aus. Er trug einen schlichten, dunklen Anzug mit Krawatte, der ebenso gut aus dem Jahr 1937 wie aus der Gegenwart stammen konnte.

»Morgen, Leute«, grüßte Gunny mit breitem Grinsen, während er auf sie zukam.

Bobby wollte ihm seine Freunde vorstellen: »Gunny, das hier sind ...«

»Ich weiß, wer das ist«, unterbrach Gunny ihn mit einem warmen Lächeln. »Courtney Chetwynde und Mark

Dimond. Es ist mir ein Vergnügen, euch kennen zu lernen.«

Damit schüttelte er allen dreien die Hand.

»Sie sind mein Held«, sagte Courtney andächtig.

»Tatsächlich?«, erwiderte Gunny überrascht.

»Na, hören Sie mal, jeder, der die Erde vor dem Untergang bewahrt, ist für mich ein Held.«

Gunny lachte.

»Ist es okay, dass wir mitgekommen sind?«, fragte Mark. »Ich meine, Sie haben doch bestimmt was Geschäftliches mit Bobby zu besprechen.«

»Nein, nein, gut, dass ihr da seid«, versicherte Gunny ihm. »Die Sache betrifft auch euch.«

Mark und Courtney schwiegen verdutzt. Wie konnte das, was Gunny zu sagen hatte, sie beide betreffen?

»Was ist los? Hast du im Lotto gewonnen?«, fragte Bobby und deutete auf die Limousine.

»Schön wär's«, schmunzelte Gunny. »Das war so: Kurz nachdem du das Hotel auf Erste Erde verlassen hattest, kam ein Typ an und fragte nach dir. Er sagte, er müsse dir etwas Wichtiges mitteilen, und wollte dir etwas geben. Ich sagte ihm, dass du nicht mehr da seist, aber ich könnte es dir schicken.«

»Wer war das?«, fragte Bobby.

»Nicht so hastig, Kleiner«, rügte ihn Gunny. »Lass mich erst mal die ganze Geschichte erzählen. Jedenfalls ließ der Typ nicht locker. Sagte, er wolle selbst mit dir reden. Als er mir schließlich verriet, worum es ging, verstand ich, warum er dich so dringend sprechen wollte. Ich sagte ihm, ich wisse nicht genau, ob du überhaupt jemals zurückkämst, und versprach dir das Päckchen zu geben, sobald ich dich sähe.«

»Und was war es nun?«, bohrte Bobby.

»Jetzt wart doch mal ab. Also, ich flumte mich hierher, um nach dir zu suchen. Doch als ich auf Zweite Erde ankam, fiel mir etwas ein. Ich fragte mich, ob der Typ, der dich 1937 so dringend sprechen wollte, wohl noch lebte. Ich hörte mich ein wenig um und fand heraus, dass es ihn tatsächlich noch gibt und er in New York wohnt.«

»Machst du Witze? Wie alt ist er denn?«, wollte Bobby wissen.

»Muss so in den Neunzigern sein, schätze ich«, erwiderte Gunny. »Ich bin hin und hab mich vorgestellt.«

»Hat er sich nicht gewundert, dass du seit damals keinen Tag gealtert bist?«, fragte Courtney.

»Er denkt, dass der Typ, der damals in dem Hotel gearbeitet hat, mein Großvater war«, erklärte Gunny. »Ich habe ihm erzählt, mein Opa habe den Pagen Pendragon nie wieder gesehen, aber die Geschichte auch nie vergessen. Außerdem behauptete ich, er habe das Päckchen seinem Sohn hinterlassen, der es wiederum mir gab, und ich hätte nun endlich den Enkel des Pagen ausfindig gemacht. Das bist natürlich du, Bobby.«

»Und das hat er dir geglaubt?«

»Warum nicht? Klingt doch ganz plausibel. Jedenfalls erheblich plausibler als die Wahrheit«, fügte Gunny kichernd hinzu.

»Und wer ist nun dieser Typ?«

»Frag ihn selbst«, erwiderte Gunny und deutete auf die Limousine. »Das ist sein Auto.«

»Er ist hier?«, fragte Bobby verblüfft.

»Na los, red mit ihm«, ermunterte ihn Gunny. »Aber denk dran, du bist nicht du. Du bist dein Enkel.«

»Ähm … ja.« Bobby ging zögernd auf den Wagen zu.

Ein Chauffeur im schwarzen Anzug sprang vom Vordersitz, rannte nach hinten, öffnete den Wagenschlag und half dem Mann auf dem Rücksitz beim Aussteigen. Bobby sah, dass der Typ, der da zum Vorschein kam, tatsächlich steinalt war. Er sah aus, als wäre er mindestens hundert. Er trug einen cremefarbenen Anzug und eine leuchtend gelbe Krawatte. Wer immer das sein mochte – nach der Limousine und den feinen Klamotten zu urteilen, war er nicht arm. Der Chauffeur reichte ihm einen Gehstock, auf den er sich stützte. Doch nachdem der Mann erst einmal ausgestiegen war, brauchte er keine Hilfe mehr. Er mochte alt sein, aber es steckte durchaus noch Leben in ihm.

Sobald er sicher auf dem Gehweg stand, wandte er sich Bobby zu. Als ihre Blicke sich trafen, straffte sich der alte Mann. Bobby sah förmlich seinen inneren Stolz, dem es gegen den Strich ging, in diesem gebrechlichen Körper gefangen zu sein. Wie erwartet erkannte er ihn nicht. Dennoch, als sie einander in die Augen blickten, hatte Bobby ein merkwürdig vertrautes Gefühl.

»Wie heißt du, mein Sohn?«, fragte der alte Mann mit brüchiger, aber kraftvoller Stimme.

Bobby warf einen Blick zu Gunny, der ihm ermutigend zunickte. »Bobby Pendragon«, antwortete er.

»Genau wie dein Großvater«, erwiderte der alte Mann. »Ich heiße Peter Nelson. Aber ich nehme an, der Name sagt dir nichts.«

»Sie sind von weit her gekommen, um mit mir zu sprechen, Mr Nelson«, sagte Bobby respektvoll. »Möchten Sie mir etwas über ... ähm ... meinen Großvater mitteilen?«

Nelson wandte einen Moment lang den Blick ab. Offenbar drehte er die Zeit in seiner Erinnerung auf 1937 zurück. »Ich bin ein erfolgreicher Mann gewesen, junger Pendragon«, begann er. »Geschäftlich, familiär, überhaupt in allen Belangen des Lebens. Aber das war nicht immer so. In meiner Jugend habe ich manches getan, worauf ich nicht stolz war. Dinge, für die ich mich selbst jetzt noch zu sehr schäme, als dass ich sie aussprechen möchte. Aber das waren andere Zeiten, und schließlich gelang es mir, die Vergangenheit hinter mir zu lassen. Das habe ich einem Menschen zu verdanken: deinem Großvater.«

Bobby hatte keine Ahnung, wovon dieser Typ redete. Er versuchte krampfhaft sich zu erinnern, was er auf Erste Erde getan haben könnte, um jemandem aus der Patsche zu helfen, doch ihm fiel nichts ein.

»Du musst wissen«, fuhr der alte Mann fort, »dein Großvater hat mir das Leben gerettet.«

Jetzt verstand Bobby überhaupt nichts mehr.

»Ich hatte einen finsteren Weg eingeschlagen«, sagte der alte Mann. »Dein Großvater hat mir eine zweite Chance gegeben.«

»Entschuldigen Sie«, unterbrach Bobby. »Mein Großvater hat mir ja eine Menge Geschichten erzählt, aber er hat nie erwähnt, irgendwem das Leben gerettet zu haben.«

»Das überrascht mich nicht«, erwiderte der alte Mann. »Ich glaube, das war seine Art. Aber jedenfalls hat er mir das Leben gerettet, so wahr ich hier vor dir stehe.«

»Wie das?«, fragte Bobby, dem die ganze Geschichte reichlich verrückt vorkam.

Mr Nelson überlegte eine Sekunde lang und erwiderte dann: »Ich weiß nicht, wie viel ich dir erzählen soll, andererseits ist das jetzt wohl ohnehin alles Schnee von gestern. Dein Großvater hat an jenem Tag sogar *zwei* Menschen das Leben gerettet. Der eine war ich, der andere ein sehr mächtiger Mann namens Max Rose. Du musst wissen, ich habe versucht Max Rose umzubringen, aber dein Großvater hinderte mich daran. Dann befahl Max Rose deinem Großvater mich zu erschießen, doch der tat es nicht. Er hielt mein Leben in der Hand und gab es mir einfach zurück. Ich rannte davon und kehrte alldem den Rücken. Dem Tod so direkt ins Auge zu blicken ... nun, dieses Erlebnis hat mein Leben verändert. Und das verdanke ich deinem Großvater.«

Mit einem Schlag brach die Erinnerung über Bobby herein. Er betrachtete den alten Mann genauer und erkannte die schmale Nase und die scharfen Augen. War es möglich? Ja, das war tatsächlich Mr Ängstlicher Gangster. Er schien um Jahrhunderte gealtert und war doch ohne Zweifel derselbe. Dies war der Typ, der Spader und ihm am Flumetor im U-Bahn-Tunnel aufgelauert und sie beide später ins Hotel verfolgt hatte. Als Bobby so dastand, stieg die Erinnerung an die angsterfüllten Augen des Mannes wieder so klar in ihm auf, als wäre das Ganze erst gestern geschehen. Er hielt eine Pistole auf den Gangster gerichtet und Max Rose befahl ihm zu schießen. Bobby erinnerte sich an das Gefühl, das er gehabt hatte, als er diese Pistole in der Hand hielt und kurz davor war, ein Leben auszulöschen. Doch er hatte die Waffe fallen gelassen und der Gangster war geflohen.

Und jetzt stand dieser Typ hier vor ihm und wollte sich gewissermaßen bei ihm bedanken. Der alte Mann streckte Bobby die Hand hin und sagte: »Ich wollte ihm persönlich danken, aber es kam nicht dazu. So bleibt mir nichts weiter als dir zu danken.«

Bobby ergriff die Hand nicht.

»Jetzt erinnere ich mich«, sagte er zu dem alten Mann. »Ich meine, ich erinnere mich an die Geschichte, die ich von meinem Großvater gehört habe. Darf ich Sie etwas fragen?«

»Selbstverständlich.« Der alte Mann ließ die Hand sinken.

»Mein Großvater hat mir davon erzählt, wie er Ihnen zum ersten Mal begegnete. Das war in einem Seitengang eines U-Bahn-Tunnels in der Bronx.«

Nelson ließ den Kopf hängen. »Ich habe versucht das zu vergessen«, sagte er.

»Na, dann versuchen Sie jetzt mal, sich wieder daran zu erinnern«, versetzte Bobby schroff. »Was haben Sie da gemacht?«

Der Alte kniff die Augen zusammen, während er sich bemühte die Erinnerung zurückzuholen. »Das, was ich noch weiß, ist ziemlich verworren. Wir waren zu dritt. Ich und mein Partner Tony und dann noch einer, ein eigenartiger Bursche. Hatte ein erstaunliches Durchsetzungsvermögen, soweit ich mich erinnere. Er gehörte nicht sehr lange zur Gang.«

Bobby nahm an, dass von Saint Dane die Rede war.

»Dieser Bursche führte uns zu diesem seltsamen Tunnel und sagte ...«, fuhr Nelson fort. »Was war es doch gleich? Ach ja, irgendwas mit Chlor, glaube ich ... du weißt schon, wie das Bleichmittel.«

Bobby wusste genau, was der Mann gesagt hatte. Es war tatsächlich Saint Dane gewesen und er hatte *Cloral* gesagt.

»Und dann passierte etwas völlig Verrücktes. Der Tunnel fing an zu leuchten, als ob jemand ein Feuerwerk gezündet hätte. Der Bursche befahl Tony, sein Maschinengewehr zu nehmen und in den Tunnel hineinzuschießen. Tony war ein wüster Kerl. Der ließ es sich nicht zweimal sagen, wenn er schießen sollte, egal worauf. Er schoss also mitten in dieses Licht rein. Eine Sekunde später war wieder alles dunkel. Das ergab überhaupt keinen Sinn.«

Für Bobby ergab es sehr wohl Sinn. Die Kugeln, die durch das Flume gefeuert worden waren, hatten Onkel Press getötet.

Nelson fuhr fort: »Dann verschwand der Typ. Er befahl uns, noch eine Weile dazubleiben, und wenn irgendwer aus dem Tunnel käme, sollten wir ihm einen ordentlichen Schrecken einjagen und ihm sagen, er solle sich von Winn Farrow fern halten. Ist deine Frage damit beantwortet?«

»Fast«, erwiderte Bobby. »Sie sagten also, es war Ihr Partner, der in den Tunnel hineinschoss? Nicht Sie selbst?«

»Auf keinen Fall«, erwiderte der alte Mann fest. »Daran erinnere ich mich glasklar. Ich begriff überhaupt nicht, warum ich das tun sollte. Tony hat geschossen.«

Bobby holte tief Luft, dann streckte er die Hand aus und sagte: »Wenn das so ist, dann nehme ich Ihren Dank an – im Namen meines Großvaters.«

Der alte Mann schüttelte Bobby die Hand. Sein Händedruck war stark und fest, als wäre er zwanzig. Bobby las in seinen Augen die Freude darüber, seinem Lebensretter in gewisser Weise doch noch danken zu können, wenn auch indirekt. Der Typ würde natürlich nie erfahren, dass er in Wirklichkeit den Bobby Pendragon von damals vor sich hatte und keineswegs dessen Enkel.

»Danke«, sagte Nelson. »Ich danke dir sehr.«

Er ließ Bobbys Hand los und wandte sich wieder zu seinem Wagen um, als ihm plötzlich etwas einfiel.

»Ach, da wäre noch etwas.« Er griff in seine Jacketttasche und zog ein kleines, in braunes Papier gewickeltes Päckchen hervor. »Das hier wollte ich deinem Großvater geben als kleines Zeichen meiner Dankbarkeit. Leider hat er es nie erhalten, aber ich hoffe, du freust dich auch darüber.«

»Danke. Das werde ich ganz bestimmt«, sagte Bobby aufrichtig.

Nelson reichte ihm das Päckchen. Dann wandte er sich an Gunny. »Mr Van Dyke«, rief Nelson. »Möchten Sie mit mir zurück in die Stadt fahren?«

»Gern, Mr Nelson«, antwortete Gunny. »Wenn Sie noch einen Augenblick warten könnten?«

»Lassen Sie sich Zeit, so viel Sie möchten«, erwiderte Nelson, ging zu seinem Wagen zurück und ließ sich von seinem Chauffeur beim Einsteigen helfen.

Bobby gesellte sich wieder zu seinen Freunden, die die ganze Unterredung mit angehört hatten.

»Unglaublich!«, stieß Mark hervor.

»Was hat er dir da gegeben?«, wollte Courtney wissen.

Bobby warf Gunny einen fragenden Blick zu. Der grinste breit. »Mach es auf«, ermunterte er Bobby.

Bobby zuckte die Schultern und riss das Packpapier auf. »Sieht nicht besonders alt aus«, bemerkte er.

»Ist es auch nicht«, erwiderte Gunny. »Ich hab's gestern erst bekommen.«

Bobby musste lachen. Klar, gestern war Gunny noch im Jahr 1937 gewesen. Bobby riss das braune Papier vollends ab und eine kleine, schwarze rechteckige Schachtel kam zum Vorschein. Er blickte noch einmal zu Gunny auf. Gunny zwinkerte. Bobby öffnete das Kästchen und darin lag ...

»O Mann!«, rief Mark verblüfft.

Courtney lachte.

Gunny sagte: »Jetzt weißt du, warum ich extra hergekommen bin, um dir das zu überbringen.«

Bobby traute seinen Augen nicht. In dem Kästchen lag sein Ring, der Ring der Reisenden.

»Er hat mir erzählt, er habe den Ring seinem Partner abgenommen«, erklärte Gunny. »Später dachte er sich, ihn dir zurückzubringen wäre das Mindeste, was er tun könnte, nachdem du ihm immerhin das Leben gerettet hattest ...«

»Klasse!«, warf Courtney ein. »Jetzt sind wir wieder auf Sendung.«

Endlich konnte Bobby seine Journale wieder auf die gewohnte Art an Mark und Courtney schicken. Bobby kam aus dem Grinsen nicht mehr heraus. In gewisser Weise hatte sich der Kreis geschlossen. Er nahm den Ring aus dem Kästchen und steckte ihn an den Finger. Sofort begann der Ring zu zucken. Bobby streckte rasch die Hand aus.

»Was ist los?«, wollte Mark wissen.

»Er aktiviert sich«, erwiderte Bobby.

»Wirklich? Meinst du, dass es hier irgendwo ein Flume-tor gibt?«, fragte Courtney.

Gleich darauf wurde ihre Frage beantwortet. Der graue Stein in dem Ring begann zu leuchten, dann zu funkeln. Eine Sekunde später schoss ein einzelner Lichtstrahl aus dem Ring hervor und projizierte ein Bild in die Luft. Vor ihnen schwebte ein Mädchen. Besser gesagt ein Mädchenkopf. Mit blondem Haar, das zum Pferdeschwanz gebunden war, und kleinen gelb getönten Brillengläsern.

»Wow!«, stieß Courtney hervor.

»Allerdings, wow!«, schloss sich Mark an.

»Aja Killian«, flüsterte Bobby entgeistert.

»Wer?«, fragte Gunny.

»Die Reisende von Veelox.«

»Wo warst du?«, fragte Ajas Projektion. »Ich versuche schon seit Ewigkeiten, Kontakt zu dir aufzunehmen.«

»Lange Geschichte«, entgegnete Bobby.

»Ich will nichts davon hören, Pendragon!«, versetzte Aja. »Du solltest lieber nach Veelox zurückkommen.«

»Warum?«, fragte Bobby.

»Ich sage nicht, dass ich einen Fehler gemacht habe«, erwiderte Ajas Kopf. »Möglicherweise ist das hier bloß falscher Alarm, aber …«

»Nun sag schon, was ist los?«, drängte Bobby.

»Na schön«, erwiderte Aja gereizt. »Saint Dane ist möglicherweise durch mein Sicherheitssystem geschlüpft. Er ist hier auf Veelox.«

Bobby grinste und sagte: »Heißt das, dein perfektes Sicherheitssystem ist doch nicht ganz so perfekt?«

»Kommst du jetzt her oder nicht?«, fauchte Aja zornig.

»Bin schon unterwegs«, versicherte Bobby.

»Aber leg einen Zahn zu«, versetzte Aja schnippisch. Dann verschwand die Projektion wieder in Bobbys Ring, der gleich darauf aussah, als wäre nichts geschehen.

»Hm«, meinte Courtney. »Das war … eigenartig.«

»Ich schätze, dann mach ich mich mal auf den Weg nach Veelox«, sagte Bobby. Und zu Gunny gewandt fuhr er fort: »Wie steht's, willst du mitkommen?«

»Das werd ich mir doch nicht entgehen lassen«, erwiderte Gunny lächelnd. »Wir bitten Mr Nelson, uns in der Bronx abzusetzen.«

Bobby wandte sich noch einmal an Mark und Courtney. »Das war die schönste Woche meines Lebens«, sagte er ernst.

Courtney ging auf Bobby zu, und ehe er sichs versah, packte sie ihn und gab ihm einen dicken Kuss. Bobby zögerte keine Sekunde. Kaum hatte er sich von dem Schock erholt, schlang er die Arme um Courtney und drückte sie fest an sich.

Courtney zu küssen war noch toller, als er es in Erinnerung hatte.

Mark und Gunny wandten sich verlegen ab. Den beiden war das Ganze höchst peinlich. »Und, wie steht's mit den Yankees?«, erkundigte sich Gunny bei Mark.

Endlich lösten Courtney und Mark ihre Lippen voneinander. Bobbys Blick war noch ein bisschen verschwommen, Courtneys hingegen rasiermesserscharf.

»Und bis zum nächsten Kuss lassen wir nicht wieder ein Jahr vergehen, klar?«, sagte sie.

»Ähm ... klar. Hört sich gut an«, erwiderte Bobby und versuchte krampfhaft, das Zittern in seinen Knien zu unterdrücken.

Mark und Courtney umarmten Gunny und dann gingen die beiden Reisenden zu der Limousine.

»Denk dran, worüber wir gesprochen haben«, rief Mark seinem Freund nach.

»Mach ich«, gab Bobby zurück.

Während er und Gunny auf den Wagen zugingen, fragte Gunny: »Wie sieht's aus, Kleiner? Ich meine ... was denkst du so über das Ganze ... du weißt schon?«

Bobby antwortete nicht sofort. Er suchte nach den richtigen Worten.

»Ich habe das Gefühl, Saint Dane hat mich auf Erste Erde in die Tasche gesteckt«, sagte er schließlich. »Und das passiert mir nicht noch mal.«

Gunny kicherte.

»Was ist daran so komisch?«, fragte Bobby.

Gunny grinste breit und erwiderte: »Kleiner, du redest schon genau wie dein Onkel.«

Bobby grinste zurück. Dann stiegen er und Gunny in das große Auto. Bobby ließ die Scheibe herunter, um einen letzten Blick auf seine Freunde zu werfen. Als der Wagen anfuhr, winkte er ihnen zu.

Mark und Courtney beobachteten, wie die schwarze Limousine auf der ruhigen Straße beschleunigte. Bobbys Arm ragte noch immer aus dem Fenster und winkte.

»Worüber habt ihr zwei denn gesprochen?«, fragte Courtney.

»Ach, über alles Mögliche«, erwiderte Mark und grinste geheimnistuerisch. »Aber eins sag ich dir: Ich wette, wir werden Bobby Pendragon wiedersehen, und zwar wesentlich eher, als du denkst.«

Dann blickten die beiden schweigend dem Auto nach, das sich rasch entfernte. Gerade verschwand Bobbys Arm wieder im Inneren. Der Wagen bog auf die Hauptstraße ein und war gleich darauf außer Sichtweite.

(Fortsetzung folgt)

# PENDRAGON

D. J. MacHale

## Der Händler des Todes

In einem stillgelegten U-Bahnhof in New York beginnt für Bobby Pendragon das größte Abenteuer seines Lebens. Durch die Tür mit dem Stern wird er aus seiner heilen Welt ins mittelalterliche Denduron »geflumt«, das kurz vor einem Bürgerkrieg steht, der das Territorium auslöschen würde. Bobby begreift: Das Universum ist anders, als wir glauben. Schon bald muss er erkennen, dass er zu den »Reisenden« gehört, die helfen, wo Hilfe gebraucht wird. Nur er kann Denduron retten. Scheitert er, wird Denduron untergehen. Und das wäre das Ende aller Zeiten und Welten …

Der furiose Auftakt zu einem dramatischen Kampf gegen die Mächte der Finsternis zwischen Raum und Zeit

396 Seiten
ISBN 3-8000-5079-X

UEBERREUTER

# PENDRAGON

D. J. MacHale

## Die verlorene Stadt Faar

In dem stillgelegten U-Bahnhof in New York geht Bobby Pendragons geheimnisvolle Reise durch Zeit und Raum weiter. Durch die Tür mit dem Stern wird er in die Wasserwelt Cloral »geflumt«, die kurz vor einer Hungerskatastrophe steht. Nur die Bewohner der Stadt Faar, die sagenumwobenen Hüter von Cloral, könnten das Territorium noch retten. Doch Faar ist seit ewigen Zeiten im Meer verschollen. Gemeinsam mit seinen Gefährten macht sich Bobby auf, die verlorene Stadt zu finden. Scheitert er, wird Cloral in einen blutigen Krieg um Nahrung versinken. Und das wäre das Ende aller Zeiten und Welten …

Bobby Pendragon – der unfreiwillige Held
in seinem neuen Abenteuer

396 Seiten
ISBN 3-8000-5106-0

UEBERREUTER